유령의 사랑

유령의 사랑

초판 1쇄 발행일 · 2003년 1월 18일
초판 3쇄 발행일 · 2003년 2월 3일

지은이 · 손석춘
펴낸이 · 이정원

펴낸곳 · 도서출판 들녘
등록일자 · 1987년 12월 12일 / 등록번호 · 10-156
주소 · 서울시 마포구 합정동 366-2 삼주빌딩 3층
전화 · 영업(02)323-7849 편집(02)323-7366 팩시밀리(02)338-9640

ⓒ 손석춘, 2003

ISBN 89 - 7527 - 344 - ✕ (03810)

* 저자와의 협의하에 인지는 생략합니다.
* 값은 뒤표지에 있습니다. 잘못된 책은 구입하신 곳에서 바꿔드립니다.
 · 홈페이지 · www.ddd21.co.kr

유령의 사랑

손석춘의 소설

들녘

왜 당신들은 나를 밟고 가지 않으려는가.
왜 당신들은 내가 걸음을 멈춘 그곳에서
단 한 걸음도 더 전진하려고 하지 않는가.
왜 앞으로 걸어가지 않고 자꾸 뒤를 돌아보는가.

차 례

1부 무덤

물안개 어려 그윽한 어머니 눈빛이 그리워서일까.
마치 안개가 눈 속으로 스며들어 몸 곳곳으로
뭉게뭉게 퍼져가는 듯했다. 와룡강으로 내려오며 따먹었던
진달래 꽃잎의 쌈싸래한 맛도 혀끝에 맴돈다.
새벽 안개와 무덤 그리고 꽃과 어머니 눈빛이 추억의 씨줄이었다면
유난히 잦은 꿈속 동화 같은 단편들이 날줄이었다.

1 소설이 죽었단다. 우울한 진단
이다. 늦깎이로 슬그머니 장편소설을 내놓아서일까. 소설에 내려지는
사망선고가 턱없이 억울했다. 스무 살의 피멍든 가슴에 깊이 갈무리해
둔 작가의 꿈을 이루었다 싶을 때 어느새 세상은 소설의 시대를 지나
소설의 부음을 전하고 있었다.

하긴 죽은 게, 그리고 죽어가는 게 어찌 소설만인가. 활자 자체가
사활의 고비를 맞아 숨가쁘다. 활자에서 등돌린 젊은 벗들은 곰비임비
화려한 화면으로 몰려갔다. 섹스·스포츠·스크린 앞에 넘실대는 사
람바다 속에서 소설은 익사했다. 더구나 문단이란 본디 서로 어울리게
마련이다. 오랜 세월 신문기자로 일하다가 뒤늦게 뒷문으로 소설을 낸
늙은 새내기에 보내는 눈길은 결코 고울 수 없어 시큰둥했다.

작가로서 낙망은 물론 한 인간으로서도 절망의 늪에 빠져 지난 봄
런던으로 훌쩍 떠날 때만 하더라도 전혀 탈출구가 보이지 않았다. 아
니, 굳이 비상구를 찾겠다는 생각도 없었다.

그런데 런던에서 우연히 한 러시아 작가를 만나면서 모든 게 시나
브로 달라졌다. 지금 돌이켜보면 그 우연은 서울을 떠나기 전부터 예
정된 필연이라는 생각도 든다. 숱한 밤을 팽이잠으로 보낸 겨울의 끄
트머리부터 조짐이 수상했던 까닭이다.

곧이어 이른 봄날에 꿈결처럼 밀어닥친 사건들은 반세기 동안 이어온 내 삶의 바탕을 마구 뒤흔들었다. 본디 인생이란 권태로울 만큼 나른한 일상이 끝없이 이어지다가도 삶을 뿌리부터 뒤집는 사건들이 파도처럼 연이어 몰려올 때가 있다.

안개가 유난히 잦던 그 봄날의 하루하루가 바로 그랬다. 하여 독자 가운데 더러는 현실감이 없다고 여길지 모르겠다. 그러나 실상 우리 삶의 현실은 오히려 더 짙은 안개에 갇혀 있지 않은가.

사월의 첫날 첫새벽. 와룡강^{臥龍崗}의 무덤에서 이야기는 시작된다.

누군가 온몸을 스멀스멀 어루만지는 느낌에 부스스 눈을 떴을 때다. 열리는 눈 안 가득 무덤을 에워싼 하얀 안개가 들어왔다. 한둔으로 몸은 찌뿌드드했지만 반가웠다.

안개 안녕?

목 언저리까지 그 말이 올라오다가 맴돌았다. 어린 시절부터 안개는 동무였다. 늘 외로움을 타서였을까. 아침 안개는 아늑한 품으로 다가왔다. 더러 포근한 안개에 휩싸일 때면, 아버지의 넉넉한 가슴으로 달려가 안기는 상상에 잠겼다. 한 번도 아버지의 얼굴을 보지 못했기에 더욱 그랬을까. 친구들 두루 아버지가 있다는 사실만으로도 서러웠다. 안개 속으로 나아가며 이따금 아버지를 조용히 불러볼 때는 목젖이 뜨거워져 하릴없이 눈을 슴벅거렸다. 안개 길을 줄달음치면, 고이던 눈물이 콧잔등 속으로 잦아들어 찝찔했다.

강을 따라 오리 남짓한 학교로 가는 길에 안개가 자욱한 날은 발걸음이 한결 가벼웠다. 왼발을 앞으로 내밀며 두 발을 폴짝폴짝 뛰어 두 걸음 옮기다가 다시 오른발을 앞으로 되풀이 내디며 안개 속을 파고들었다. 온 세상이 날 축복하기 위해 있다고 생각했다. 푸근한 신비로움에 하염없이 젖었다.

안개가 뿌옇게 서려 오르는 강 길은 아버지의 그리움으로 허기진 소년의 가슴을 채워준 동화의 세계였다. 깊은 산과 강이 만나는 곳이어서일까. 소 한 마리가 지나가도 길섶으로 비켜서야 했던 오솔길은 짙은 안개 속으로 굽이굽이 이어졌다.

안개 속을 걸을 때마다 정체 모를 어떤 존재가 내게 발견되길 기다리며 어딘가 숨어 있으리라는 신비감에 사로잡혔다. 옮겨가는 걸음걸음마다 하얀 장막이 걷히고 불쑥불쑥 이슬 머금은 민들레나 보라색 제비꽃이 나타나면 호기심은 짙어갔다. 상상조차 못할 아름다운 진실들로 넘실댈 세상에 얼른 어른이 되어 나가고 싶었다.

그렇다고 안개가 늘 포근했던 것은 결코 아니었다. 아니, 정반대인 안개가 있었다. 밤안개다. 어쩌다 동무 집에서 해지는 줄 모르고 가댁질하며 놀다가 어슬어슬 땅거미가 내릴 무렵에 끄끄름히 돌아오거나 밤마을을 다닐 때가 있었다. 어둑어둑한 풀등에서 실안개가 몽실몽실 피어나면 등골이 쭈뼛쭈뼛 수꿀했다. 밤안개는 오솔길을 감돌다가 어느 순간에는 통째로 길을 집어삼켜 여간 신경이 곤두서는 게 아니었다.

안개 속에서 악머구리 끓는 울음이 여울소리와 어울리면 캄캄한 강변이나 음산한 도린곁 어딘가에서 불현듯 선혈이 낭자한 유령이 입을 쩍 벌릴 것만 같았다. 실제로 그 무렵 피투성이 유령이 연거푸 꿈에 나타나 무서움이 더했다. 심장이 멎는 듯 써늘할 때가 잦았다.

오금이 저려와 뜀박질을 할라치면 얼마 못 가 어김없이 길 밖 논두렁이나 풀밭으로 고꾸라졌다. 식은땀이 등줄기를 타고 흘러내렸다. 그럴 때면 얼굴도 모르는 아버지가 원망스레 그리웠다. 눈앞에 아버지 얼굴만 떠오르더라도 아예 무서울 게 없을 터였다. 하지만 아버지 얼굴은 윤곽조차 그려지지 않았다. 상상조차 할 수 없어 늘킨 적이 한두 번이 아니다.

하지만 다음날 등교 길에 아침 안개를 만나면 언제 그랬느냐는 듯이 들떴다. 그 시절 새벽 안개와 밤안개는 눈과 비처럼 다른 존재였다.

새벽 안개보다 밤안개가, 눈보다 비가 오히려 더 아늑해진 것은 그로부터 30여 년이 흘러 마흔을 넘기면서였다.

안개를 아버지 품으로 연상한 것은 아마도 어머니 때문이 아닐까 싶다. 서너 살부터 안개가 눈에 익은 사연이기도 하다. 품성이 바지런한 어머니는 꼭두새벽에 일어나셨다. 늘 어머니 옆에서 잠든 나도 허전함에 덩달아 눈을 비비며 방밖으로 나왔다. 그럴 때면 어머니가 또바기 다가와 등을 토닥이며 칭찬해주셨기에 더욱 그랬다. 이윽고 돋을 볕이 들 즈음엔 어머니 손잡고 선산에 올랐다. 거의 하루도 빠짐 없었다. 조상들 무덤으로 빼곡한 와룡강에 오를 때 숨이 차 뒤돌아서 보는 안개는 한결 푸근했다. 실뱀이 도망치듯 꼬불꼬불 이어진 길섶에서 아침 이슬 머금은 복사꽃, 살구꽃, 배꽃이 줄이어 나타났다.

아버지 산소를 잔잔하게 바라보는 어머니 눈빛 속에 어리던 물안개는 포근히 내 몸을 감싸왔다. 어머니는 자주 이슬 머금은 꽃 한 송이를 꺾어 무덤 앞에 놓았다. 진달래가 지천인 봄이나 들국화·코스모스 피는 가을에는 어김없이 그랬다. 유난히 좋아하신 꽃은 진달래였다. 진달래가 필 무렵부터 무덤 앞은 선홍색으로 물들었다. 아버지가 어머니께 진달래 꽃잎을 실로 엮어 꽃목걸이를 해주셨다는 이야기를 들은 것도 신새벽 산행 길에서였다. 어느 해이던가는 진달래 화관을 만들어 머리에 씌워주시면서 눈물이 그렁그렁한 채 혼잣말처럼 말했다.

"느이 아부지께 내가 해드린 유일한 선물이었단다. 어찌나 좋아하시던지……."

말을 채 맺지 못하셨다. 물끄러미 무덤을 바라보던 어머니의 긴 목, 더러 고개를 돌려 진한 눈빛으로 내 얼굴을 들여다보던 젊은 당신의 서러운 얼굴이 지금도 눈물에 어린다. 무덤 앞에 놓인 진달래보다 연붉고, 들국화보다 청초했다. 이따금 어머니와 진달래 꽃술을 따 꽃싸움을 벌이기도 했다.

물안개 어려 그윽한 어머니 눈빛이 그리워서일까. 마치 안개가 눈 속으로 스며들어 몸 곳곳으로 뭉게뭉게 퍼져가는 듯했다. 와룡강으로 내려오며 따먹었던 진달래 꽃잎의 쌉사래한 맛도 혀끝에 맴돈다.

새벽 안개와 무덤 그리고 꽃과 어머니 눈빛이 추억의 씨줄이었다면 유난히 잦은 꿈속 동화 같은 단편들이 날줄이었다. 한 가지 특이한 것 은 꿈에서 늘 산신령을 만난 사실이다. 40여 년이 흐른 오늘도 눈감으 면 속눈썹까지 허연 할아버지의 얼굴이 가물가물 떠오른다. 당시 난 그분이 와룡강에 잠든 조상들 가운데 가장 나이가 많은 할아버지일 거라고 짐작했다.

그러나 꿈보다 더 아찔한 것은 현실이었다. 밤에 꾼 꿈이 언제나 적 중했기 때문이다. 가령 얼굴을 피로 칠갑한 유령이 내 둘레를 맴도는 꿈 못지않게 어머니가 강 건너 벼룻길에서 낭떠러지 아래로 꽃잎처럼 천천히 떨어지는 꿈을 종종 꾸었다. 꿈에도 으스레를 쳤거니와 벅벅이 그날은 어머니께 좋지 않은 일이 일어났다. 읍에서 갑작스레 경찰이 찾아와 어머니를 훑닦거나, 그도 아니면 몸살로 끙끙 앓아누우셨다. 자연히 그런 꿈을 꾼 날 아침은 침울할 수밖에 없었다. 특히 꿈에서 눈썹 허연 할아버지를 만나는 날은 하루종일 머리가 어지러웠다. 내 몸 어디엔가 살고 있는 누군가와 울근불근 치받는 환상에 잠겼다. 어 머니 근심을 덜어드리려 누구에게도 말하지 못했지만 이러다가 죽는 게 아닐까 걱정하기도 했다.

서울로 올라오고 나이가 들면서 꿈은 시나브로 줄어들었다. 하지만 어김없이 신호를 보내왔다. 이를테면 아내가 혁이를 가졌을 때도 그랬 다. 아내가 잉태 사실을 알기 전에 내가 먼저 확신한 것도 태몽 때문이 었다. 성별까지 정확하게 맞혔다.

지나간 인생의 순간들을 되돌아보면 인과관계가 새롭게 인식되듯 이, 훗날에야 알았지만 내 꿈의 예지력은 와룡강 선산에서 말미암은

게 아니었다. 눈어치 외가에서 물려받은 게 틀림없다. 그리고 바로 그 이유에서 꿈꾸기를 언제부터인가 본능적으로 거부했는지도 모른다. 때로는 실체를 또렷이 알 수 없는 두려움에 사로잡혔다.

부끄러운 고백이지만 초등학교에 들어가서도 어머니 가슴에 손을 얹고 잠들었다. 잠이 드는 순간까지 이따금 손가락으로 꼬물거리며 어루만졌던 젖무덤처럼 봉긋한 어머니 산소를 에워싸고 안개는 저 아래 솔내^{松川}서부터 서려 올랐다.

문득 지난밤 무덤에 손을 올리고 어루만졌던 게 떠올랐다. 아마도 그러다가 밤새 잠 든 모양이다. 소쩍새 소리에 귀를 곤추세우던 기억도 났다. 풀밭의 이슬이 외투 속까지 축축하게 적셔와 오슬오슬했다. 몸을 뒤척여 모로 누웠다. 어머니 무덤에 다시 손을 얹었다.

열아홉 새색시로 신혼 이틀 만에 남편과 헤어진 뒤 평생 수절한 여인. 그분의 삶은 대체 무엇이었을까. 안개 속으로 젊은 농부와 고운 처녀가 사랑을 속삭이는 정경이 그림처럼 피어났다.

밀골을 휘감고 흐르는 솔내는 금강의 상류. 이름 그대로 흐르는 물살에서 솔 향기가 솔솔 풍겼다. 솔내를 가운데 두고 마을 맞은편은 무선봉^{舞仙峰}. 신선이 춤을 추듯 벼랑이 병풍을 둘렀다. 절벽 위 큰 소나무 아래선 범종이 울려퍼졌다. 새벽 종소리가 그치자 곧이어 벼랑 사이에 자리한 용연사^{龍淵寺}에서 늙은 스님의 독경소리가 맑은 바람을 타고 흘렀다.

어느새 떠오른 햇살이 시나브로 안개를 들이마셨다.

어머니께 마지막 인사를 올리고 밀골을 떠났다. 오전 11시. 런던으로 가는 비행기를 타려면 서둘러야 했다. 영동^{永同}서 영종도 국제공항까지는 어림잡아 3시간. 안개가 짙다면 더 많은 시간이 걸릴 터였다. 차가 밀골을 벗어나자 다행히 안개는 엷어졌다. 차가 나아갈 때마다 밀려오는 안개가 가시면서 애써 지웠던 후배의 얼굴이 나타났다. 기실 밀골에 내려오고 런던 여행을 결정하게 된 배경에는 그 얼굴이 똬리 틀고 있었다. 류선일. 그가 아무런 예고 없이 휘두른 창끝이 앙가슴을 파고들었기 때문이다.

2 신문사 둘레를 떠나 호젓하게 술잔을 나누고 싶다는 몇몇 후배들과 거나히 마신 뒤였다. 한잔 더하자는 제의를 가까스로 뿌리치고 헤어졌다. 서울 광화문 사거리. 이순신 장군이 처연하게 서 있는 대한민국의 한복판, 그곳은 늘 그렇듯이 심야택시 잡기가 여간 어려운 게 아니다. 반시간 정도를 비틀비틀 보내고 있을 때였다. 누군가 어깨를 툭 쳤다.

"어? 선배! 이거 몇 해 만이오!"

술기운이 아릿아릿했지만 한눈에 그를 알아보았다. 대학 후배 선일이었다. 유별나게 반짝여 은근히 부럽기까지 했던 후배의 눈빛은 다소 바랜 듯했지만 가는 눈매만은 더 날카롭게 벼려 있었다. 젊은 시절 선일과 나는 누가 더하달 것도 없이 몸과 마음 두루 가난했다. 그래서 술이 더 고팠을까. 해거름에 자주 술잔을 기울였다.

지금은 흔적조차 사라졌지만 화사한 백화점이 들어선 신촌시장 한복판에 '형제집'이 있었다. 우리의 가난한 영혼을 보듬던 둥지였다. 빈 가슴에 쏟아붓는 막걸리는 술에 취하고 싶은 어설픈 낭만을 수나롭게 충족시켜주었다. 김치찌개 일인분을 주문한 뒤 끼그리긴 냄비가 속살을 드러낼 때면 밑반찬으로 나온 김치를 한 줌 집어넣고 다시 물을 부었다. 여기저기 움푹 파인 상처를 훈장처럼 달고 있는 노란 주전자를 흐뭇하게 들고 예외 없이 두서너 군데 이가 빠진 하얀 대접으로 찰랑찰랑 막걸리를 따르고는 눈부신 순결의 빛을 찬미하던 계절이었다.

술에 취할 때면 을씨년스레 어둠이 깔린 교정으로 깃들었다. 새가 보금자리 제 둥지로 들 듯이. 교정의 검푸른 솔숲에 묻혀 소주 한 병씩 앞에 놓고 긴 밤을 지새웠다.

독일문학을 전공한다는 걸 과시라도 하고 싶었을까. 얼마나 과장되게 삶을 고통스러워했던가. 실존의 허망함에 대해, 그리고 그 못지않게, 아니 그 이상으로 우리가 살아가는 공화국의 더없는 천박함에 대해. 지성사든 정치사든 대한민국이 왜 그다지 가여웠던가.

선일은 영악해 보이는 겉보기와는 달리 본디 마음은 순하고 여렸다. 눈물이 많았던 선일은 술에 취해 쓰러지기 전에 나를 부둥켜안고 흐느낄 때가 잦았다.

"형은 정말 인간적인 너무나 인간적인 인간이야! 우리 후배들이 형을 얼마나 사랑하고 있는 줄 알아? 형의 인간적인 모습, 순결성, 순수성! 전혀 변하지 말아야 해! 알겠지!"

우리의 슬픔이 어느 정도는 과장되었음을 알고 있어서일까. 아니면 너울가지가 없어서일까. 처음 선일이 무람없이 사랑이란 말을 전했을 때 거북했다. 아니, 역겹기조차 했다. 그 시절 난 사람이란 누구든 순결하거나 순수할 수 없다는 걸 확신하고 있었다. 다만 순결한 삶을 살아가자고 다짐은 할 수 있다고 생각했다. 그래서였다. '인간적인 너무나 인간적인'이라는 니체의 저작을 따온 말에는 괜스레 얼굴이 그닐거렸다. 내가 비겁하게 살고 있다는 사실을 확인시켜주는 말처럼 들렸기에 더 그랬다.

그러나 어느 날인가 선일의 부르대기가 적어도 얼마쯤은 진실이라는 믿음이 들었다. 아니, 어쩌면 그동안 후배의 찬사를 짐짓 경멸하는 체 내심 즐겨왔는지도 모른다. 후배의 흐느낌 탓이었을까. 아니면 나 또한 술기에 젖어서일까. 고여오는 눈물을 삼키며 문득 거룩함을 생각했다. 형제애가 무엇인지 그리고 나아가 동지애가 무엇인지 얼추 이해할 듯했다. 이상이 같을 때, 걸어가는 길이 같을 때, 사람의 몸 속에서 자연스레 배어나오는 우애는 여느 연애 못지않게 애틋하고 거룩한 사랑이 아닐까. 나 또한 그를 사랑하고 있다고 확신했다.

1971년 10월 15일. 위수령이 발동되고 박정희 정권의 탱크가 대학가를 짓밟았다. 벗들은 하나둘 학교를 떠나갔다. 난 망설이지 않을 수 없었다. 칼 마르크스를 파고들면서 당시 학생운동 주류와 거리를 두고 있었기 때문만은 아니었다. 혁명을 꿈꾸고 있었지만 길이 보이지 않았다. 마르크스를 깊이 들여다볼수록 조선로동당의 유일사상을 납득하기 어려웠다. 사사롭게는 애오라지 나만 해바라기 해온 어머니가 계셨다. 모진 삶을 살아온 어머니를 모르쇠한 채 군사독재체제의 야수적 탄압으로 생명을 잃을지도 모를 혁명운동에 가담하기가 벅찼다. 지금 돌이켜보면 어머니는 그때 나의 선택에 실망했을지도 모르겠다. 하지만 무엇보다 중요한 이유는 조선로동당이 제시하는 혁명의 길에 확신이 없어서였다.

무엇을 해야 할지 가슴이 먹먹할 때였다. 동아일보사 기자들의 자유언론실천선언은 언론운동에 내 눈을 번쩍 뜨게 해주었다. 자유언론실천운동에 나선 기자들이 끝내 대량 해직당한 사태는 한층 더 투지를 불러일으켰다. '동아사태'를 예로 들며 언론도 우리가 내버려둘 수 없는 진지요, 운동 영역이라고 소리 높인 내 주장에 선일은 사뭇 솔깃했다. 실제로 선일은 훗날 내가 몸담은 신문사 맞은편에 자리한 신문사로 들어왔다.

그러나 군대식의 고된 수습기자 생활을 마치고 정치부 기자가 되면서 선일은 시나브로 변해갔다. 그가 쓰는 기사에서 더는 예전의 고민하던 모습을 찾기 어려웠다. 참으로 새퉁스럽게도 선일은 전두환 정권 초기에 '여당의 2중대'에 지나지 않았던 민한당과 집권당인 민정당 사이에서 양비론을 펼쳤다.

그래서일까. 딱히 원칙으로 정한 것은 아니지만 선일을 만나기가 쉽지 않았다. 직접 만나 소주잔을 기울이며 충고를 해주고 싶을 때도 더러는 있었다. 그러나 나 또한 학생운동 때와 달리 후배를 나무랄 만큼 선명한 길을 걷지 못하고 있다는 자책감이 그때마다 발목을 잡았다. '오십 보 백 보'인 주제에 무슨 훈수를 할 수 있겠는가 싶었다.

더구나 내가 6월 대항쟁을 일궈낸 민중이 푼돈을 모아 창간한 신문사로 옮긴 뒤에는 물리적 거리마저 멀어졌다. 그후 긴 세월이 흘렀다. 10년을 훌쩍 넘긴 그 시간 동안 전화조차 나누지 못할 만큼 소원했던 게 사실이다. 다만 몇 달 전 선일이 편집국을 떠나 논설위원으로 발령이 난 인사기사를 보았을 때는 뜻밖이었다. 선일의 성격이나 능력으로 미루어 편집국장을 거친 뒤에나 논설위원실로 가리라고 예상했기에, 그리고 비록 신문사는 다르지만 나 또한 논설위원실로 옮긴 지 얼마 되지 않았기에, 그에게 전화를 걸어 위로 겸 축하 겸 술 한잔 살까 싶었다. 몇 차례나 전화번호를 돌리다가 아무래도 선일이 부담스러워할 것 같아 그만두었다.

그랬기에 그날의 우연한 만남이 무척 반가웠다.

"아니, 이게 누군가?"

"선배, 정말 보고 싶었습니다. 우리 어디 가서 한잔합시다."

순간 망설임이 스쳐갔다. 나이가 들어서일까. 언제부터인가 술에 일찍 취했다. 술자리에 함께 한 사람들이 부담스러울 만큼 허튼 장광설을 늘어놓는가 하면 상대가 내게 동의하지 않을 때는 공격적 언사를 일삼는 버릇이 생겼다. 그런 다음날은 또 얼마나 불편했던가.

주춤거린 내가 그에겐 서운했을까.

"선배, 왜? 저하고 한잔하기 싫어요?"

단호하게 도리질했다.

"무슨 소리야? 다만 오늘은 전작이 좀 과해서……."

"참, 선배 술 실력 내가 잘 알잖소. 고래 아니오, 고래! 가만, 선배 집이 어디시죠."

"난 봉천동인데."

"그럼 잘 됐군요. 같은 강남이네. 가깝기도 하고. 우리 동네로 갑시다. 방배동에 내 단골집이 있어요. 오늘 선배에게 제대로 한잔 살게!"

'같은 강남이네'라고 말할 때 선일은 이물스레 웃었다.

"이 사람, 내가 사야지 무슨 소리야."

"작은 신문사에서 받으면 얼마나 받겠어요."

비아냥이 번득이는 것을 어슴푸레 느꼈다. '같은 강남'이란 말에 긴가민가했으나 이어진 '작은 신문'이라는 말에선 뭔가 뒤틀린 심사가 슬금슬금 묻어나고 있는 게 분명했다. 정색을 하고 '큰 신문사'와 '작은 신문사'의 기준이 무엇이냐고 따질 상황은 더욱 아니었다. 그런 판단이 들었을 때 돌아서야 했다. 하지만 나 또한 온몸에 술기운이 퍼져 있는 상태였다. 감각이 무뎌질 만큼 무뎌 있었다. 기실 가슴 깊은 어느 곳에선 이따금 선일이 내심 그리웠던 것도 사실 아닌가. 그래, 그럴 수도 있겠지. 불쾌한 순간들을 지우려고 노력했다.

방배동 카페에 들어서자 서늘한 느낌을 받을 만큼 미인인 마담이 선일을 반겼다.

"이봐, 현! 내가 오늘은 아주 존경하는 선배 모시고 왔어. 어때, 언뜻 보면 나보다 더 나이가 젊어 보이지? 잘 모셔야 해!"

서른 중반쯤 되었을까. 현이라는 여인은 선일의 농담이 싫지 않은 듯 내게 농익은 시선을 던져왔다. 지나치게 고혹적이기에 나와는 전혀 인연이 없어 보였다. 다만 귀티마저 흐르는 여성이 왜 술집을 열어 살아가는지 이해하기 어려웠다.

"어! 두 남녀가 눈을 맞추는데? 이봐 현, 그래도 되는 거야?"

선일이 질투 섞인 농담을 했다. 자신의 말에 미묘한 감정이 드러났음을 의식해서일까. 곧장 아주 선심 쓰듯 말했다.

"좋아. 사랑할 만한 선배지. 현 마담, 우리 이 선배 나이 얼마나 된 것 같아?"

현이라는 여인이 농염하게 눈을 흘기며 묻는다.

"음, 40대 중반? 근데……, 선배 맞아요? 훨씬 더 젊으신 것 같아."

선일이 나와 현을 번갈아 보며 나섰다.

"이거 아무래도 내가 선배를 잘못 모시고 왔는데. 현 마담을 뺏길 것 같아. 이 사람아! 쉰 고개 넘은 지 오래야. 학교가 나보다 두 학번이나 빨라."

"어머! 자그만치 두 살이나!"

능숙한 호들갑이다.

"아니지, 나이는 겨우 몇 달 차이야. 어찌 보면 친구일 수도 있는데 그래도 내가 늘 깍듯이 모셨지. 오늘 밤 잘 해봐. 꽤나 순진한 사람이니까!"

가슴이 산뜩거렸다. 후배의 한마디 한마디가 위태위태했다. 선일이 내게 시비를 걸고 있음이 틀림없었다. 다음에 내가 한잔 사겠다며 자리를 털고 일어나려고 마음속에서 가닥을 잡았을 때다. 주문도 하지 않았는데 양주와 과일이 나왔다. 선일이 술을 따르며 말했다.

"이거 어디 너무 존경스러운 선배라 술 한번 같이 하기 쉽지 않군요. 게다가 이런 제국주의자들의 술이 나와서 어쩌죠?"

술이 확 깨는 빈정거림이다. 거슬렸지만 넘어갔다. 나 또한 선배들이 보기엔 저런 모습이었을까. 선배들과 불화는 기자생활 출발 때부터 불거졌다. 경찰기자로 여섯 달 동안 뛰어다닌 뒤 수습꼬리를 뗀 날이었다. 사회부 기자 전원을 불러 부장이 축하 술을 샀다. 어디서 누군가에게 두툼한 봉투를 받았는지 술자리는 호화판이었다. 술시중을 드는 젊은 여성들을 의식해서일까. 평소에도 언행이 거친 부장이 거나해서 가들막거렸다.

"지사志士? 이제부터 너희들 그런 것 깡그리 잊어! 기자가 무슨 지사야! 기자는 월급쟁이야. 샐러리맨! 알겠어? 기자를 아직 지사라고 생각하는 놈 있어? 그러면 지금 당장 이 자리에서 사표를 써!"

처음엔 위악이라고 생각했으나 아니었다. 부장은 그런 언행이 솔직한 미덕이라 여기는 게 분명했다. 합석했던 사회부의 기라성 같은 선배들도 고개를 끄덕여 비나리쳤다. 마치 세상을 '달관'했다는 듯이 저마다 그리는 웃음들이 비굴해 보였다. 그래서일까. 처음 들었을 때 그저 넘어가려 했지만 수습을 함께 마친 기자들을 상대로 한 사람 한 사람씩 확인하며 다짐받는 것까지 참아내기는 어려웠다. 불과 몇 년 전에 언론자유를 내걸고 싸우던 동료들이 무더기로 해직당한 일도 있지 않은가. 제발 내게는 묻지 말길 바라며 애써 술잔을 바라보고 있었지만 부장은 어김없이 내 이름을 불렀다. 그리고 말살에 쇠살을 되풀이했다. 나도 모르게 참았던 분노를 내뱉고 말았다.

"부장! 그렇게 해서라도 편히 밥 먹고살겠다면 혼자나 그렇게 사쇼!"

순간, 시끌시끌하던 술자리가 옆 사람 숨소리마저 들릴 만큼 고요했다. 나 자신도 자리가 그렇게 급격히 썰렁해지리라고는 예상하지 못했다.

얼굴이 하얗게 질린 부장이 도끼눈을 부릅떴다. 숨도 멎은 듯했다.

세상 물정을 너무 몰라서였을까. 그 시절 겁이 없었다. 어차피 내친 걸음이었다. 당당하게 맞쏘아보았다.

자리가 폭발하기 직전이었다. 마침내 부장이 말꼭지를 뗐다.

"허허허. 좋아! 너 마음에 드는데? 기자라면 그 정도 패기는 있어야지."

뜻밖이었다. 아량이 넓고 습습하다는 걸 보여주겠다는 듯 부장은 곧장 농도 짙은 음담패설로 화제를 바꾸었다.

내 마음 한 자락에 자리하고 있는 감상 탓일까. 후배가 내게 연이어 시비를 거는 순간 그 부장이 떠올랐다. 지금쯤 일흔이 넘었을 선배는 어디서 무엇을 하고 있을까.

아니, 더 정직해지자. 선일이 기자 후배로서 내게 무례를 보인 것이라면 나 또한 슬프지 않았을 터이다. 하지만 나를 부둥켜안고 때로는 가슴에 파묻혀 울던 눈빛 맑은 대학 후배와 내 앞에 있는 중년의 언론인이 같은 사람, 류선일이라는 사실이 아무래도 믿어지지 않았다. 30년의 세월은 인간에겐 자신을 지키는 데 장담하기 어려운 시간대일까.

"선배! 내 말이 우습소? 아예 딴 생각하고 있는 표정인데?"

"그렇지 않아. 이 사람, 왜 아까부터 말을 그렇게 해."

"내가 선배를 얼마나 존경하는지 알아요? 증거를 보여주지."

취재수첩을 꺼냈다. 논설위원이면서도 안주머니에 취재수첩을 지니고 다니는 후배의 성실성만은 마음에 들었다. 문제는 다음이었다. 수첩을 뒤적이더니 얼마 전 내가 쓴 신문칼럼을 축소 복사해 붙여놓은 갈피를 보여주었다. 이어 소리내 읽는 게 아닌가.

"21세기를 맞은 오늘도 저 케케묵은 레드콤플렉스가 남북의 평화적 통일을 가리틀고, 심지어 신성한 문학에도 국가보안법을 들이대려는 야만적 행위가 벌어지는 상황은 참으로 개탄할 만한 일이다. 사상의 자유를 옥죄는 근거는 무엇인가. 참으로 우습게도 사상의 자유를 뉘보다 강조한 칼 마르크스를 빌미로 삼고 있다……."

"잠깐! 뭐 하는 거야?"

"어허! 선배는 잠자코 있소! 자, 계속 읽습니다. ……하지만 우리는 과연 칼 마르크스에 대해 얼마나 알고 있는가. 언제까지 사상가 칼 마르크스를 사시로만 바라볼 터인가. 마르크스를 전면 도외시함으로써 한국의 사회과학계는 학문을 수입한 지 한 세기가 지나도록 독창적인 이론 하나 내오지 못하고 있다. 이 나라의 지적 색맹들에게 평소 마르크스가 즐겨 쓰던 경구 하나를 들려주고 싶다. '무지는 아무에게도 도움이 되지 않는다.' 자유민주주의 세력까지 빨갛게 덧칠하는 수구세력과 수구언론이 명심할 일이다."

"왜 그래! 이 사람. 술맛 나지 않게."

멋쩍어 손사래를 치며 만류했다.

그때 선일의 반응이 허를 찔렀다.

"어, 술맛 나지 않는다는 건 알고 있네? 선배, 내가 왜 이걸 복사까지 해서 붙여놓았는지 알아? 언젠가 선배 만나면 꼭 칭찬해주려고 그리고 이렇게 큰 소리로 외쳐주려고. 우리 선배는 하나도 변하지 않았다! 30년 전 대학 시절 때 그대로다!"

선일은 정말 소리를 질렀다. 술집에 있는 다른 손님들이 아까부터 흘깃거리다가 아예 모두 우리를 응시하고 있었다. 대다수가 시끄러운 게 싫어 험악한 표정을 짓는 가운데 더러는 은근한 미소를 지으며 감상하는 축도 있었다.

"그 사실을 선배에게 언젠가 축하해주려고 이렇게 오려두었지! 그러니 내가 선배를 얼마나 그리워했는지 알겠지? 오늘 나와 잘 만난 거야! 여러분! 이분이 누군지 아시오? 저 유명한 논객⋯⋯."

얼결에 후배의 입을 황급히 막았다.

선일과 눈이 마주쳤다.

그때까지도 난 모든 게 농담이거나 수수꾸기라고 짐작했다. 아니, 그러길 바랐던 걸까. 그래서다. 다정하게 선일의 눈길을 받은 것은. 그러나 아니었다. 후배의 눈빛에선 알 수 없는 적개심이 뚝뚝 묻어났다. 순간이지만 시퍼런 불길이 거무끄름한 눈동자에서 번개처럼 번쩍였다. 당혹스러웠다.

아니나다를까. 내 손을 뿌리치며 작심하고 쏘아붙였다.

"선배, 그런데 말야. 하나도 변하지 않았다는 것! 그건 솔직히 축하할 일은 못 돼. 아니, 애도할 일이지. 선배의 사고가 대학 시절 이래로, 그래 1970년대 초에서, 더 이상 커가기를 중단했다는 뜻이거든. 화석처럼 굳어진 생각, 그걸 미화한 것 따름이야. 이제 은유법을 벗어나 분명하게 말해줄까? 좋아. 선배의 칼럼은 지금 위기야. 그것은 그저 좌파를 상업주의에 이용해 적당하게 인기관리를 해나가는 포퓰리즘에 지나지 않아. 그러니 제발 그만 쓰쇼. 절필하란 말이오!"

선일은 '절필하라'는 대목에서 탁자를 주먹으로 두들겼다. 쾅! 쾅! 쾅! 판결을 내린다는 '시위'였다.

어쩌면, 아니 명백히, 치밀하게 준비한 공격이었다.

"많이 취했군."

어색하게 미소를 그리며 말했다.

"천만에! 취하지 않았어. 선배. 그렇게 우아하게, 그렇게 슬픈 척 미소짓지 말아! 그 모습은 스무 살 순수한 젊은이들에나 어울려. 역시 하나도 변하지 않았군!"

말을 끊더니 나를 노려보았다. 술판이 수상함을 감지해서일까. 어느새 그의 옆자리에 와 앉은 현이 나를 보며 한쪽 눈을 찡긋 감았다. 참으라는 걸까. 슬픈 미소에 동의한다는 걸까.

"선배, 제발 어줍잖은 미소일랑 거두쇼 얼버무리지 말고! 똑바로 날봐. 형이 칼럼에서 결국 하고 싶은 이야기가 대체 뭐요? 선배는 결국 의자에 앉은 마르크스주의자 아니오? 그건 마르크스주의자도 진보주의자도 아니야. 형이야말로 수구세력이지. 형이 믿는 세력이 누구야? 도대체! 대한민국 노동자? 형! 진정으로 노동계급을 믿어? 아니야. 암, 아니고 말고 그들도 더 이상 마르크스에 귀기울이진 않아! 왜 그런지 알아? 그들은 삶 자체에서 타고난 리얼리스트, 냉철한 현실주의자들이기 때문이지. 형처럼 배부른 관념주의자가 아니야. 게다가 형이 마르크스주의자임을 감추며 써나가는 칼럼은 정말 싸구려 희극이야. 더 이상 보기 싫소. 왜냐면? 지나치게 단순해! 구역질이 난다니까!"

열기가 얼굴 위로 확 치솟았지만 참았다. '형'이라는 후배의 호칭에서 대학 시절 선일과 나누던 추억이 떠오른 까닭이다. 숨을 고르며 내 앞에 그 시절의 젊은 후배를 떠올리려고 안간힘을 썼다.

"너무 인색하지 말게, 류 위원. 내 칼럼을 좋아하는 독자들도 있어."

"하하. 바로 그게 문제야. 독자들을 속이고 있는데 독자들은 그걸 모르고 있으니까. 그 죄가 얼마나 클까? 응? 언제 그 업보를 씻으려고 그래?"

술잔을 들어 작은 물음표를 그리던 선일이 물음표 밑점을 찍는 순간 다시 눈을 치떴다. 이글이글 느끼한 눈빛으로 덧붙였다.

"솔직히 말하지. 나는 형도 솔직했으면 좋겠어. 왜 마르크스주의자가 아닌 체 가장하며 칼럼을 쓰는 거지? 그건 비겁하고 웃기는 짓이야. 당신! 비겁해! 웃겨! 알았어?"

시나브로 말투가 바뀌더니 '당신'이라는 말이 툭 불거져 나왔다. 형이라는 부름 또한 '선배'에서 '당신'으로 넘어가려는 징검다리였을까.

도대체 무슨 억하심정일까. 그의 흡뜬 눈을 찬찬히 바라보았다. 정체를 모를 적개심말고는 아무것도 읽혀지지 않았다. 곱슬머리 아래 역삼각형의 얼굴. 날카로운 콧날. 그 아래 옥니를 덮은 얇은 입술은 빈정거리는 조소를 머금고 있었다. 특이한 것은, 왜 그랬는지 모르지만 그가 내뱉는 도발의 강도가 클수록 긴장감은 거꾸로 가셔졌다는 사실이다. 한숨만 나왔다. 내가 무엇을 잘못했을까. 후배에게 어떤 잘못을 했기에 이런 꼴을 당할까? 짚이지 않았다.

카페의 침침한 조명 아래 선일의 술기 찬 얼굴은 대학 시절의 해맑은 얼굴과 너무나 대조적이어서 차라리 연민을 느끼게 했다. 내가 너무 침착하게 반응한다고 판단해서일까. 그리고 그것이 모욕이라고 여겨서일까. 갈수록 더 당돌하게 변해갔다.

"당신은 위선자야! 그저 책상 앞 마르크스주의자이지. 그러면서도 마르크스주의가 이 땅에서 실제로 구현되고 있는 주체사상이 인민을 얼마나 억압하고 있는지에 대해서는 눈감고 있어. 똑똑히 봐. 인민을 굶어죽이고 있잖아. 당신은 그 문제에 대해서는 한 줄도 쓰지 않고 있지. 한심한 듯 쳐다보지만 말고 분명하게 고심한 게 있으면 말해봐. 과연 당신은 우리 민족의 내일이 지금 조선민주주의인민공화국이라고 생각해? 천만에! 난 그 따위 운동에 이제 신물이 나! 제발 정신 차려. 당신이나 나나 평양에 가서 과연 살 수 있을까? 정직한 난 분명하게 말하지. 아니오!라고 김일성에 이어 그의 아들 김정일을 어버이로 모시면서 그 독재 치하에서 살 수 없어. 과연 내가 부르주아지라서 그럴까? 그래?"

"오늘 이 자리가 마르크스나 주체사상을 이야기하긴 적절치 않아. 더구나 우리가 그런 이야기를 할 자격이나 있는지 묻고 싶군. 자네나 나는 기자이면서도 독자들에게 마땅히 알릴 일을 제대로 해오지 못했잖아. 우리 언론이 언제 마르크스를 단 한 번 온전히 소개했었나? 조선민주주의인민공화국을 경제적·군사적으로 압박해온 미국을 제대로 비판하지도 못했지. 자, 우린 그런 죄를 저지른 사람들이야. 그러니 오늘은 술이나 마시자. 오랜만에 술 한잔하기로 했잖아."

"흥. 제법인데? 아주 현명하게 피하는군. 근데, 그러지 마. 그러지 말자니까! '현명'은 때로는 '교활'이나 '비겁'의 다른 이름일 뿐이야. 내가 생전에 언제 또 당대의 논객을 다시 만날 수 있겠어? 암! 영원히 불가능하지. 그러니 우리 여기서 뿌리를 뽑자구!"

쉰이 넘은 두 사내의 입씨름이 보기 딱해서일까. 옆에 있던 현이 눈을 맵시 있게 흘기며 나섰다.

"어머나? 평소답지 않게 왜 그러세요. 술은 즐겁게 마셔야죠?"

선일은 귀찮다는 듯 살천스레 내뱉었다.

"넌 좀 빠져! 저리 가! 난 오늘 꼭 할 일이 있어. 네가 끼어들 자리가 아니야. 어쭈? 싫어? 왜? 벌써부터 선배와 잠잔 기분이야? 그렇게 반했어?"

술잔을 내밀던 현이 그 순간 말도 행동도 딱 멈추었다. 눈길을 오뚝한 콧날 끝으로 내리며 불쑥 일어났다. 후배가 지나치다 싶어서 성과 이름 세 글자 류·선·일을 똑똑 끊으면서 불렀다. 그리고 한마디 덧붙였다.

"너, 정말 왜 그래?"

"뭐? 너 왜 그래? 기가 막히는군."

후배는 빈 잔에 양주를 따라 두꺼비 파리 잡아먹듯 입안에 톡 털어넣었다. 술이 술을 마시는 단계에 이르러 있었다. 한 잔을 더 비운 뒤 잔을 탁자 위에 내박치며 부르댔다.

"너 왜 그래? 그건 바로 내가 하고 싶은 이야기야. 도대체 넌 뭘 어떻게 하자는 거야. 대한민국이 이만큼 발전하기까지 무얼 했지? 너희가 주장하는 대로 이 나라가 굴러갔다면 오늘의 대한민국이 가능했을까. 인도나 미얀마 꼴이 나지 않았겠어? 우리 진보주의자! 말해보시지. 넌 우리 신문이 색깔몰이 한다고 비판하지? 미안하지만, 너 틀림없는 마르크스주의자 아닌가? 이거 왜 이래? 우리 신문이 색깔몰이를 한 것이 아니라 색깔을 정확히 밝힌 것 아냐? 언론의 생명은 진실에 있다며? 마르크스주의자에게 마르크스주의자라고 하는 것이 색깔공세인가? 왜! 비겁하게 색깔을 숨겨! 지식인이라면 당당하게 자기 양심을 밝히라구! 마르크스가 말했잖아. 당당하라구! 천하의 당대 논객이 왜 그리 비굴해?"

자신이 날 뒤흔들고 있다고 확신해서일까. 선일은 짐짓 의기양양했다. 아무런 거침이 없었다.

"아니라구? 아니라면 어디 아니라고 말해봐."

참았다. 이 무슨 봉변이란 말인가. 치기 어린 말싸움을 하기엔 그나 나나 나쎄에 어울리지 않았다. 하지만 한 가지만은 분명히 해두고 싶었다. 차분하게 말했다.

"오늘의 문제는 그게 아니야. 조금이라도 좌파적 사고를 지닌 사람들을 모두 '친북세력'으로 색깔몰이 하는 게 문제지. 사회민주주의자까지 빨갱이로 몰아세우는 게 과연 자유민주주의 국가에서 일어나도 되는 일인가?"

차분하게 말해서일까. 선일이 다소 숙지근하게 반응했다.

"좋아. 그건 뭐 나도 동의하지. 하지만 그렇게 문제를 회피하지 말아. 오늘 나 류선일이가 형에게 묻는 것을 정말 몰라서 그러우? 언제까지 좌파는 수구세력과 보수세력 사이에 숨어 있으려 하는가, 바로 그걸 묻는 거야. 이제 좌파도 스스로 좌파라고 나서야 하지 않겠어? 왜 좌파가 아닌 척하며 자유민주주의자인 양 비겁하게 행세하느냐 말야. 요점을 분명히 말하지. 이제 안개는 그만 피워. 정체를 밝히셔야지."

진지하게 답하려고 노력했다. 한때 후배의 존경을 받았던 선배로서 그게 도리가 아닐까 싶었다.

"음, 그건 좀 단계적으로 생각할 문제가 아닐까? 국가보안법이 지배하는 게 우리가 살고 있는 엄연한 현실이잖아. 류 위원이 정 그렇게 생각한다면 보안법부터 없애자고 본인이 나서야 순서 아닐까?"

"단계적? 순서? 언제까지? 응? 백년하청이오. 그건 전혀 좌파다운 발상이 아니지. 권력은 단계적으로 거머쥔다고 하더라도 지금 할 것은 해야 하지 않소? 스스로 좌파임을 밝히며 끊임없이 선전해내야 할 것 아니우? 그런데 왜 좌파가 스스로 좌파임을 부정하며 색깔공세를 하지 말라고 하지? 잘 생각해봐. 너무 웃기지 않아? 내 말은 바로 그거야. 왜? 감옥 가기가 두려워?"

후배의 말속에 날카로운 추궁이 없는 것은 아니었지만 차근차근 이야기하기엔 선일이 너무 술에 취했다고 생각했다.

"집에 가자. 응? 일어나자. 우리 다음에 한잔하고 그만 가자."

일어섰다. 아니었다. 그는 내 팔을 꽉 잡았다.

"집에 가자구? 좋아. 그 유명한 우리 논객이 드디어 말문이 막히는군. 하지만 우리에게 돌아갈 집이 있나?"

순간 후배의 정신이 멀쩡하게 보였다. 자리에 다시 앉아 찬찬히 눈을 들여다보았다.

"우리에겐, 형이나 나에겐, 돌아갈 집이 없어! 그런데 그만 집에 가자니? 대체 어디로 가자는 거야? 비겁하게 어디로 간다고 그래. 못 가! 아니! 갈 곳이 없지! 난 형이 그해 여름에 한 고백을 생생하게 기억하고 있단 말이야. 가장 존경하는 사람을 형에게 물었을 때 누구라고 답했는지 알아? 음, 표정을 보니 기억하고 있구먼. 헌데, 그자의 정체를 제대로 알아? 편향되게 책을 읽어서 모르지? 내가 진실을 말해줄까?"

그는 취재수첩 한 장을 찢어 나를 건네주었다. 말투도 다시 급격히 바뀌었다.

"여기에 지금부터 내가 말하는 것을 적어! 칼 마르크스! 그 위대한 노동계급의 혁명가는 자기 하녀를 평생 월급 한 번 주지 않고 착취했어. 게다가 하녀를 임신시켰지. 성적 착취까지 감행한 거야. 화대조차 주지 않은 지능적인 오입이지. 아니, 이데올로기적 축첩이지. 뿐만인 줄 알아. 하녀에게 태어난 아이를 친구 엥겔스의 아들로 은폐하며 평생 동안 모르쇠했지. 바로 그런 자를 존경한다구? 내가 당신의 아까 그 칼럼에서 한 대목을 다시 읽어주지. 잠깐 기다려!"

혈압이 높은 걸까. 술기가 시나브로 오르는 걸까. 선일의 얼굴이 붉으락푸르락했다. 취재수첩을 거칠게 뒤적여 밑줄 친 대목들을 살폈다. 이어 큰 소리로 읽었다.

"마르크스와 예니의 사랑은 모든 고통을 이겨내며 전설처럼 남아 있다. 아버지로서 마르크스가 자녀들을 얼마나 사랑했는지도 대한민국이 아닌 거의 모든 나라에선 잘 알려진 상식이다."

수첩을 덮은 선일이 내 얼굴을 똑바로 노려보았다.

"거짓말! 대체 그런 거짓말이 어디 있어? 기막힌 일이야. 이러고도 당신이 기자야? 아, 참! 그리고 보니 얼마 전에 소설을 썼지? 지금 얼마나 거짓말을, 아니 삼류소설을 쓰고 있는 줄 알아? 당신은 사실을 왜곡하면서 스스로 언필칭 위한다는 민중을 속이고 있는 거야. 하녀를 집에 두고 '유노동 무임금'으로 부려먹으며 임신을 시키고 게다가 하녀가 낳은 자기 자식을 평생 나 몰라라 한 그런 인간을 일러 전설의 사랑? 아이들에 대한 아버지로서의 사랑이 상식? 천만에! 새빨간 거짓말이야! 잘해야 엉터리 소설이지! 혁명이라는 큰 뜻을 위해 진실은 얼마든지 숨길 수 있다는 운동권의 악습, 그것도 바로 그 시조의 작품이지. 그러나 시대가 바뀌었어. 마르크스는 오래 전에 지하에 묻힌 유령일 뿐이야. 유령을 드라큘라처럼 부활시켜서 도대체 뭘 어떻게 하겠다는 거야? 게다가 겨우 사랑타령이야? 어? 어딜 가? 가지 말라니까! 도망가지 말고 앉아!"

자리에서 일어선 채로 빠르게, 그러나 또박또박 말했다.

"한 가지만 말해줄게. 내가 너에게 마르크스주의자인지 아닌지 밝힐 이유가 하나도 없어. 그건 사상검증을 하겠다고 나서는 냉전세력이나 공안검사의 질문이야. 기자의 질문은 아니지. 너, 류선일. 아무리 네가 평생 밥 먹고 살아온 신문사가 그렇다고 너까지 이렇게 철저히 뒤틀렸을지 난 상상도 못했다. 나를 그렇게 해서라도 몰아쳐서 너의 응어리가 풀린다면 그렇게 해. 하지만 그렇지 못할걸. 네 평생 그냥 호의호식하며 지금까지 지내왔듯이 앞으로도 그러고 싶거든 조용히 그저 그렇게 지내. 내가 네게 개인적으로 시비 걸지 않듯이, 너도 내게 시비 걸지 말고 알았니?"

그 자리에 더 눌러 있으면 어떤 일이 벌어질지 몰랐다. 대학 시절 그를 만났을 때 너라고 했던 문법대로 나 또한 말투가 변해 있었다. 소매를 잡은 선일의 손을 단호히 뿌리쳤다. 술값을 계산하자는 말에 마담은 웃으며 내겐 절대로 받지 않겠단다. 선일과 그렇게 헤어져선 영 께끄름할 것 같아 되돌아섰다. 그에게 다가가 누그러진 목소리로 말했다.

"류선일. 한 가지만 덧붙일게. 칼 마르크스, 그도 인간이야. 자네도 이제 오십이 넘었잖아. 아직도 인생을 몰라? 약점이 없는 인간이란 없어. 언어도단이지. 어떤 사람이 완벽하길 바란다면 그건 인권유린이야. 인간적 약점과 사상을 제발 구분하게. 마르크스 사상은 자본주의가 미친 듯이 질주하고 있는 오늘 오히려 어떤 과학보다 더 우리가 살아가는 현실을 설명하는 데 설득력 있어. 그게 핵심이야. 기자가 밑절미와 곁가지를 구분하지 못하고 더구나 핵심을 파악하지 못해서야 되겠니?"

술집을 나서며 몹시 우울했다. 문밖을 나서자 세상이 달라져 있었다.

그랬다. 안개였다. 술집 밖 거리에 흐린 안개발이 피어나고 있었다. 창백한 가로등 불빛이 짙은 구름에 숨은 달처럼 흐릿했다. 한강이 바로 옆이어서일까. 짙은 밤안개가 빈 거리를 삼키며 포위해왔다.

선일은 술집 문밖까지 쫓아나와 고래고래 소리쳤다. 안개가 가려 모습은 보이지 않았다. 내가 저에게 그러했듯이 이름 석자를 또박또박 끊어 부르고는 외마디소리를 질렀다.

"도망가지 마! 비겁하게 도망치지 말라니까!"

무시했다. 지천명을 넘어선 나쎄에도 인간이란 언제나 어리보기일까. 안개 속으로 걸어갔다. 부산하던 거리가 텅 비어서일까. 어디선가 불쑥 유령이 나올 것 같았다. 동시에 가슴 깊은 곳에 숨어 있던 얼굴이 천천히 고개를 들었다.

하지만 곧 지웠다. 고수련이 이 순간 그립다는 것부터 싫었다. 애써 후배 선일의 역삼각 얼굴을 떠올린 까닭이다. 더구나 그의 말처럼 어쩌면 나 지금 도망치고 있는지도 모른다. 밤안개 속 어딘가에서 불쑥 유령이 나타날 것만 같아 마구 달렸던, 그리고 이윽고 고꾸라졌던 저 어린 시절의 도주처럼.

류선일을 처음 만난 것은 1971년 봄 대학교정에서였다. 당시 1학년 이던 선일이 내가 회장으로 활동하던 동아리에 들어왔다. 신입회원 가운데 선일은 특출했다. 고등학교와 재수생 시절에 도스토예프스키와 니체를 '졸업'했다고 자부할 만큼 독서량이 풍부했다.

그래서일까. 모임이 끝나고 으레 들르는 술집은 그의 독무대였다. 현학적이고 거쿨진 언행에 누구나 슬그머니 한 걸음씩 빼고 있었다. 술이 센 후배는 우럭우럭 신바람 나서 동서고금을 꿰며 좌중을 사로잡았다. 그 치기 어린 객기랄까 객기 어린 치기를 난 진지하게 받아주었다. 하지만 지나치게 과신한 나머지 가끔 엉뚱한 해석을 늘어놓기도 했다. 이를테면 니체 책을 섭렵했다고 말하면서도 그의 세계관이 우울한 비관주의라는 피상적 인식을 드러냈다. 다른 후배들도 듣고 있는 자리였기에 바로잡아주어야 했다. 그럴 때면 내가 되레 민망할 만큼 선일의 얼굴은 창백하게 변했다. 술자리가 끝날 때까지 한마디도 하지 않았다. 아마도 그에게는 다분히 불쾌했을 법한 참견이었음이 틀림없을 터임에도 내 지적에 한 번도 여든대지 않았다. 뿐만이 아니다. 다음에 만날 때면 어김없이 내게 사발을 건네고 막걸리를 따르면서 큰소리로 떠벌렸다.

"내가 지난주 내내 밤을 새며 니체를 다시 탐독했거든. 역시 형 지적이 맞더군. 류선일의 오독을 바로잡아주신 형을 위하여 한 잔!"

내 머리에 지적 교만이 조금씩 자라고 있던 시절이었다. 선일의 태도가 만족스러웠다. 그래서였다. 우연히 교정에서 마주치면 무슨 책을 읽고 있는지 물어보고 적절한 참고문헌들을 일러주기도 했다.

그해 여름방학을 맞아 경기도 양수리로 수련회를 갔을 때였다. 밤을 패며 술판을 벌였다. 먼동이 트면서 하나둘 쓰러졌지만 잠이 오지 않았다. 사부자기 일어나 밖으로 나왔다. 새벽 안개 자욱한 한강변 풀밭 사이로 난 오솔길을 따라 산책을 했다. 걸음을 멈추고 안개가 퍼져가는 틈으로 드러나는 물낯을 바라보고 있을 때였다. 언제 따라나왔을까. 선일이 다가섰다. 사색을 방해받는 게 싫어 눈길도 주지 않았다. 주뼛거리던 그가 조심스레 말을 붙였다.

"들려주신 말씀 인상적이었습니다."

선일이 어젯밤 술자리에서 존경하는 인물을 물었던 순간이 떠올랐다. 어느 정도 술기가 올라 있던 나는 애틋한 후배라는 생각이 들어 그의 귀를 잡아당긴 뒤 서슴없이 속삭였다.

"칼! 마르크스!"

예상과 달리 선일은 놀라지 않았다. 술자리가 시끄러워서 후배가 제대로 내 답을 듣지 못했나 싶었다. 새벽 산책길에 그 이야기를 끄집어냈을 때 기특했던 까닭이다.

"사실 어제 형에게 그 대답을 듣고, 음, 예상은 했었지만, 형을 새삼스레 더 존경하게 됐어요. 형, 우리 언제 칼 형님에게 인사하러 갑시다."

"칼 형님? 인사?"

류선일다운 발상과 어법이었다. 뜬금없기도 하고 흥미롭기도 해 반문했다.

"그럼요! 가야지요. 칼 형님이 어디에 묻혀 있지요?"

"런던! 그곳에 하이게이트라는 공동묘지가 있다더군."

"형, 그럼 우리 나중에 둘이서 칼 형님 무덤 앞에 찾아가지요. 조촐하게 막걸리 한잔 바칩시다. 멀리서 찾아온 젊은 벗들이 칼 큰형님께 절하고 조선의 술 한잔 정히 차려 올리면 좋아하지 않겠어요?"

신선한 제안이었다. 대견함을 넘어 미더운 후배를 만난 느낌이었다. 비로소 그에게 따뜻한 눈길을 주며 입을 열었다.

"좋아. 나도 언젠가 가볼 생각이야. 나중에 내가 갈 때 연락할게. 그 앞에서 우리 맑은 술 한잔 올리자."

후배가 반기며 말했다.

"좋아요. 약속한 겁니다. 형! 우리 약속을 지켜본 이 새벽 안개를 잊지 맙시다."

그리고 어느새 30여 년. 긴 세월이 흘렀다. 둘 다 반백이 된 채 앵돌아졌지만 후배 또한 그 아침의 귓속 대화를 기억하고 있는 게 분명했다.

"난 형이 그해 여름에 한 고백을 생생하게 기억하고 있단 말이야." 게다가 덧붙이지 않았던가."

"도망치지 마!

고래고래 내 이름을 부르던 선일의 소리가 귓전에 새되게 울려왔다. 밀골을 빠져나가 고속도로에 들어설 때 안개는 벗개어 흔적도 없었다.

3 칼 마르크스는 내게 벼락으로 다가왔다. 그 불칼을 알린 벼락불은 전태일이었다. 1970년 대학 2학년 때였다. 2학기 수업이 끝나가던 11월 13일 서울의 한복판 청계천 평화시장에서 청년 노동자 전태일이 몸을 살랐다. '근로기준법 화형식'이었다.

바로 다음날 학생운동을 하던 학과 선배가 강의실에서 들려준 그

비보는 관념으로 굳어 있던 내 가슴을 강타한 쇠망치였다. 언론의 침묵과 무관심으로 대다수 대학생들이 금세 알 수는 없었다. 그러나 시간 문제였다. "대학생 친구가 있으면 좋겠다"며 유언처럼 남긴 전태일의 소망은 대학가의 젊은 영혼들에게 퍼져가 날카로운 비수로 꽂혔다. 그의 몸을 사른 불길은 메말랐던 젊은 영혼들을 불태우며 저마다에 영원히 아물지 않을 화상을 남겼다.

내 또래인 노동자의 분신자살은 고요한 고독을 즐겼던 한 문학도에게 인생의 길을 바꾸게 했다. 1학년 때 더러는 지켜보고 더러는 동참했던 '3선 개헌 저지 투쟁'의 한계가 무엇이었는지를 단박에 깨우칠 수 있었다. 쇠망치로 피멍든 가슴에 미련 없이 작가의 꿈을 묻었다. 노동문제를 공부하면서 필연처럼 만나게 된 인물이 바로 칼 마르크스였다. 그를 알면 알수록 『공산당 선언』의 마지막 문장이 한결 강렬한 호소력으로 젊은 가슴을 울렸다.

"만국의 노동자여, 단결하라!"

그러나 더 충격적인 사건이 날 기다리고 있었다.

그해 겨울방학을 맞아 어머니의 고향 눈어치를 찾았을 때다. 할아버지와 할머니가 모두 돌아가신 뒤 내가 중학교에 입학하면서 우리 집은 밀골에서 눈어치로 이사했다. 영동읍이 훨씬 가까워 학교 다니기도 편했다. 눈어치가 내게도 절반은 고향마을인 셈이다.

마을 청년이 된 친구들에게 전태일의 분신 이야기를 들려주어서였을까. 이장 어른이 다음날 저녁 늦게 집으로 나를 불렀다. 이장은 사랑방으로 나를 데리고 들어갔다. 가족들에게 아무도 들어오지 말라고 엄명을 내렸다. 아마도 내게 톡톡히 훈계를 늘어놓으려니 생각했지만 막상 방안에 들어서자 망설이는 표정이 역력했다. 곰방대를 찾아 불을 붙이고 한 모금 내쉰 뒤였다. 살천스레 말을 꺼냈다.

"자네, 선친이 어떻게 세상을 하직하셨는지 모친이 말해주던가아?"

"예."

"그려? 그럼 무라고 알고 있는 기여?"

"제가 아주 어렸을 때 마을에 돌던 열병^{熱病}으로 돌아가셨다고 들었습니다."

눈에 삼선 이장은 담배를 깊이 빨아 내뿜으며 회색 빛 눈길을 던졌다.

"열병이라……, 암만, 열병은 열병이여."

아버지에 대한 이야기라면 뭐든지 듣고 싶던 시절이었다. 다그치듯 여쭸다.

"무슨 뜻이온지……."

말이 없었다. 조바심이 일었다. 조금은 단호하게 주문했다.

"말씀해주십시오"

한참 묵묵히 바라보던 이장이 고개를 뒤로 젖히더니 눈동자 위에 흰자위가 보일 만큼 눈을 크게 내리뜨며 입을 열었다.

"그려, 자네가 듣고 싶다니 내 말혀주지. 지금부터 내 이야길 잘 새겨 들어. 참말로 자네 선친처럼 거기가 너무 똑똑혀 내 걱정이 되어그려."

굵은 주름, 잔주름이 가로세로 빽빽한 이장의 굳어지는 얼굴이 부담스러웠다. 그 부담의 무게는 이어 내치듯 나온 말에 비하면 정말이지 얼마나 가벼웠던가.

"자네 부친은 산사람이었구먼!"

빈 방이 울릴 만큼 모두숨을 쉰 뒤 아늠을 썰룩거리며 쐐기를 박았다.

"그려, 빨치산! 빨치산이었다는 거여!"

벙벙하게 바라보는 내게 이장은 아버지가 민주지산에서 토벌대에 학살당했다는 말을 덧붙였다.

뒤통수가 쿵했다. 그제야 어린 시절 경찰이 이따금 집으로 찾아와 어머니를 괴롭혔던 순간들이 떠올랐다. 왜 어머니가 이웃들과 위아랫물지며 살아갔는지, 내가 대학 입학 때 문학의 길을 선택했을 때 예상과 달리 반대하지 않으셨는지, 내게 왜 사법고시나 외무고시를 권하지 않았는지도 깨달았다. 훗날 신문기자가 되었을 때 반기신 까닭도 어쩌면 연좌제의 '붉은 줄'을 내가 넘어서서였는지도 모른다.

충격에서 채 헤어나지 못하고 밀골을 떠날 때였다. 이장 어른은 또 다른 진실을 들려주며 당부했다.

"근데 말여, 자네, 모친께 효도혀야 혀. 암만. 그래야 하구 말구. 혼례를 치른 지 이틀 만에 자네 선친과 영영 작별했어. 유복자로 거길 낳고 을마나 힘든 세월을 보냈는지 아는감? 박꽃처럼 흿하던 얼굴에 한시도 수심이 떠나지 않았어. 이제 자네가 출세를 혀 보답해야 마땅한 거여. 알아듣겠는가아?"

서울로 오는 기차에서 창 밖을 바라보았다. 산천이 왜 그리 처연했던가. 이장이 툭 뱉은 대로 '빨갱이 자식 데린 새파란 과부'에게 세상은 얼마나 모질었을까. 중학교 다닐 때에 어머니가 눈물을 늘키며 들려주었던 이야기가 있었다.

"느이 아부지는…… 법 없이도 살 양반이셨다. 마음도 착하고…… 비단결 같으셨지. 진달래 꽃잎을 따 손수 실로 엮어…… 꽃목걸이를 걸어주시기도 했단다. 마을 처녀들 죄다 어찌나 날 부러워했던지……."

그 '아부지'의 얼굴과 빨치산 아버지의 얼굴이 잘 이어지지 않았다. 집에 돌아와 며칠 동안 입을 닫고 있었다. 하지만 더 이상 억눌러 둘 일만은 아니라고 생각했다.

"이장 어른으로부터……, 다 들었어요. 어머니!"

어머니는 순간 멈칫하더니 내 눈을 웅숭깊게 들여보았다. 이어 말 없이 눈길을 방바닥으로 모았다. 침묵이 견디기 어려워 이장에게 들은 말을 좀더 자세히 전하려 할 때였다. 어머니는 말문을 막듯이 답했다.

"그려, 미안하구나. 대체 조금만 똘똘혀도 죄다 굴비 엮듯 잡아가 쥐도 새도 모르게 쥑이는 세상이라 그랬다. 그렇지 않아도 언젠가는 느이 아부지 이야길 들려주려고 했다."

어머니 말씨는 여느 때보다 여물었다.

늘 연민의 대상이던 어머니가 거인처럼 다가왔다. '언젠가 오늘이 올 것을 기다렸다'는 말씀에 이어 아무런 머뭇거림 없이 얽힌 사연을 들려주었다. 두 분은 일제 말기 야학에서 처음 만났다, 영민했던 아버지는 야학 선생님의 주선으로 밀골과 읍내를 오가며 독립운동을 했다, 해방이 되었지만 친일 경찰을 비롯해 아무것도 변한 게 없어 건국운동을 계속할 수밖에 없었다, 혼례하기 1년 전부터는 읍내와 가까운 눈어치로 '거점'을 옮겼다, 하지만 혼례를 치른 이틀 뒤 조직이 드러나 산으로 들어갔다······.

마치 색 바랜 사진을 보는 것처럼 한 장면 한 장면이 안개 속에서 희미하게 그려졌다. 산사람으로 활동하던 아버지가 1950년 4월 중순께 민주지산에서 경찰 토벌대에 학살당했으며 정확한 기일은 모른다는 사실도 알았다. 내 이름이 어디서 연유했는지를 안 것도 바로 그때였다.

어머니가 애써 슬픔을 삭이고 있음이 말씨에서 묻어났다. 전태일의 새까만 주검 너머 총알로 피범벅이 되었을 아버지의 검붉은 죽음이 떠오르며 내 목소리도 어느새 젖어들었다.

"그럼 아버지 제사를 지내던 4월 17일은 뭔가요? 어림짐작이셨어요?"

어머니는 고개를 조용히 가로질렀다.

"아직 다 알려 허진 말거라."

"그래도 그날인 이유는 있을 거 아닙니까?"

여싯여싯 망설이던 어머니가 결연히 말했다.

"그날은······."

"······?"

"느이 아부지와 내가 가입한 당의 창건일이었다."

한마디 한마디가 비장했다. 처음으로 어머니 입에서 당이라는 말을 들었다. 그리고 어머니 또한 당원으로 활동했다는 사실이 놀라웠다. 고백하거니와 그때까지 어머니를 존경했으면서도 마음 한편으로는 무시했었다. 어머니를 새롭게 발견—지금 곰곰이 따져보면 '새로운 발견' 뒤에도 나는 대학에 다닌답시고 어머니를 허투루 보았다. 어머니께서 돌아가시는 순간까지 그랬다!—했다. 솔직히 처음 어머니 입에서 당이라는 말을 들었을 때 어떤 당인지조차 모를 만큼 난 현실에 무지했었다. 그 당이 조선로동당이 아니라 조선공산당이라는 사실은 더더욱 몰랐었다.

그랬다. 칼 마르크스는 1970년 말 내게 그렇게 왔다. 아버지의 원혼과 더불어 거역할 수 없는 큰 파도처럼 만 스무 살의 겨울에 내 삶을, 내 영혼을, 쓸어갈 듯이 덮쳐왔다. 가슴을 쿵쾅거리게 한『공산당 선언』에 이어 선배들로부터 어렵게 구한 영문판『자본』을 한 줄 한 줄 읽어갔다.

마르크스는 참으로 큰산이었다. 파헤치면 파헤칠수록 넓고 깊었다. 해석이 막힐 때면 절망하기도 했다. 다만 독일에서 막 귀국한 교수가 용케 들여온 소설『프로메테우스』가 빈 공간을 채워주었다. 독일어 공부도 할 겸 시작한 소설 읽기는 젊은 나날을 사로잡았다. 밤낮을 가리지 않고 사전을 들추며 몰두할 만큼 흥미로웠다.『자본』보다 해석이 쉬워서였을까.

『프로메테우스』는 소련에서 신문기자로 살아간 갈리나 세레브리아코바가 30여 년에 걸쳐 마르크스의 삶을 형상화한 대하소설이다. 스탈린 시대에 1부를 출간한 뒤 흐루시초프 시대에 3부로 완간했다. 집필을 위해 작가는 소련 공산당이 보관하고 있던 모든 자료들을 섭렵했다. 유럽혁명사를 배경으로 마르크스의 사랑과 투쟁을 생생하게 재현한 작품이다. 굳이 흠이 있다면 사회주의 리얼리즘 원론에 지나치게 충실했다는 점이다.

『프로메테우스』를 읽으며 마르크스와 예니의 애틋한 사랑에 매혹당했다. 소설이 불러내온 두 사람의 사랑은 셰익스피어가 그려낸 여느 사랑이야기 못지않게 순수하고 아름다웠다. 그러면서도 역사적 가치를 듬뿍 담고 있었다.

하지만 마르크스에 몰두했으면서도 실천에 적극적으로 나서지는 못했다. 아직 마르크스 사상을 온전히 파악하지 못했을 뿐더러 조선로동당의 문제를 매끄럽게 정리할 수 없었다. 내게 그것은 삶과 죽음의 문제였기에 쉽게 결정할 수 없었다. 당시 박정희 정권은 통일혁명당에 이어 인민혁명당을 '북괴의 지시를 받는 간첩조직'이라며 '일망타진'했고 두 당의 지도자들을 가차없이 처형하는 만행을 서슴지 않았다.

무엇보다 김일성 주석의 조선로동당 체제가 애초 조선공산당의 지도자였던 박헌영을 미제의 간첩으로 처형한 사실을 이해할 수 없었다. 진실이 무엇인지 알 수 없었지만 적어도 박헌영이 간첩일 수 없다는 것은 상식 아닌가. 그래서였다. 김일성 유일사상을 강조하고 나선 조선로동당과 그 당이 추구하는 혁명의 진실성에 믿음이 없었다. 분단을 앞뒤로 한 현대사 또한 파고들면 들수록 그만큼 진실은 더 멀리 달아나 짙은 안개 속으로 숨었다.

친미군사독재체제인 박정희 정권을 타도한 뒤에 도대체 누가 어떤 사회를 만들어갈 수 있을지 과학적 전망도 서지 않았다. 열정을 쏟아 투쟁에 몰두할 수 없었던 까닭이다. 레닌과 모택동의 사상이 다르고 김일성의 유일사상도 달랐다. 갈라진 겨레를 혁명적으로 통일하는 길에 이 땅의 민중이 어떤 사상을 선택해야 옳은지 판단하기 어려웠다.

아니, 어쩌면 그 시절 삶의 무게를 떨쳐버리지 못해서였는지도 모른다. 독일문학이 웅장하게 펼쳐온 삶과 죽음의 문제가 집요하게 발목을 잡았다. 괴테의 『파우스트』를 읽고 또 읽었다.

그럼에도 젊은 날의 가슴에 조각처럼 각인된 것은 파우스트 박사가 아니었다. 마르크스였다. 1883년 봄에 세상을 떠난 마르크스의 생애는 그가 살았던 런던의 안개와는 어울리지 않았다. 괴테처럼 정열적이되 괴테와 정반대로 철저히 민중의 눈으로 세상을 바라보았다. 선이 굵고 선명한 삶이었다. 그래서일까. 제3의 천년이 열리는 시점에 영국 비비시^{BBC}가 온 세계를 대상으로 한 설문조사에서 마르크스는 단연 제2의 천년 동안 가장 위대한 사상가로 꼽혔다.

문제는 거리마다 '붉은 악마'의 물결을 이룬 대한민국에선 '천년이 빚은 사상가' 마르크스를 '붉은 악령'으로 사갈시한다는 데 있다. 한글 '붉은 악마'와 '붉은 악령'은 비단 '마'와 '령' 사이가 아니다. 그 차이는 하늘과 땅 차이다. 서로 논쟁을 하다가도 상대에게 마르크스주의자라든가 '빨갱이'라는 딱지를 붙이면 더 이상 토론이 불가능한 일이 21세기에도 일상적으로 벌어졌다. 가령 영국 사회주의자 알렉스 캘리니코스가 쓴 『마르크스의 혁명적 사상』을 번역해서 출간했다는 이유만으로 출판사 대표가 구속되기도 했다. 노벨 평화상을 받은 김대중 정권에서도 사상의 자유를 구속하는 국가보안법의 칼날은 서슬 푸르게 살아 있었다. 줄곧 기득권세력을 대변해온 대한민국의 언론이 '국민작가'로 칭송하는 소설가 이문열은 민중운동에 나선 지식인을 소설의 주제로 삼아 서슴없이 '악령'으로 몰아쳤다.

아무튼 밤안개가 자욱하던 그날, 마르크스를 둘러싸고 선일과 벌인 언쟁은 쉽게 아물지 않는 상처를 주었다. 반세기 넘도록 살아오면서 삶의 더께가 켜켜이 쌓였을 터임에도 본디 여린 성격은 여물지 못했다.

비단 후배 선일이 준 생채기 때문은 아니다. 눈 내린 데 서리 내린 격으로 아들과 갈등이 불거졌다. 사흘쯤 지나서일까. 후배의 얼굴을 잊으러 그날도 홀로 술에 잠기다가 밤늦게 들어왔다.

그날 따라 쓸쓸해서였을까. 문을 열어준 외아들 혁에게 허전하게 물었다.

"이봐 문학도! 너 아버지 칼럼을 어떻게 보니?"

혁이 싱그레 웃었다.

'어? 이놈 봐라. 언제 이렇게 컸지?'

새퉁스레 눈에 들어오는 듬직한 어깨가 대견스러웠다. 하지만 곧이 어 나온 말은 가슴에 서슬 푸른 칼날로 그어졌다.

"또 술 드셨군요. 그만 주무세요"

애써 냉철하게 말하려 했지만 어느새 목소리는 갈라지고 있었다.

"너 임마! 건방지게 굴지 말고 묻는 말에 대답이나 해!"

"갑자기 왜 물으세요. 언제나 자신만만하게 쓰시면서요"

시큰둥한 말. 술기 탓인가. 아들의 언행 하나하나가 가슴을 쓰라리게 했다. 딴은 혁이 내 품을 떠난 것도 오래 전 아닌가. 소년기에 저에게 지나친 통제를 했다고 생각하는 걸까. 고등학교에 들어서면서 혁은 조금씩 반항의 눈길을 던져왔다. 아들의 눈길이 불손한 언행으로 처음 나타났을 때다. 그만큼 컸다는 증거라고 애써 생각했지만 밤잠을 설쳤다.

나 자신이 아버지 없이 커오며 서러움을 느꼈기에 아들에게만은 훌륭한 아버지이고 싶었다. 그러나 아들이 그것을 받아주지 않는다면, 통제나 억압으로 느낀다면 어쩌겠는가. 아들에게 군림하는 아비로 인식되는 것이야말로 최악의 사태 아닌가.

그러나 사람의 일이란 늘 그렇듯이 뜻대로 풀려지지 않았다. 모든 걸 아내에게 맡기고 불만장만했으나 대학에 들어간 혁이, 그리고 나에겐 한 가닥 상의도 없이 영문학을 선택한 아들이, 어느 날 머리칼을 노랗게 물들이고 집에 들어섰을 때는 나무라지 않을 수 없었다. 딴에는 자제한 꾸지람이었건만 아들이 대들어 기어이 빰을 갈겼다. 아무 말 없이 나를 바라보다가 눈물을 뚝 흘리던 아들의 눈이, 아니 그 먹먹한 눈빛이 바닥 모를 슬픔으로 떠오른다.

아마도 그 사건이 아들과 나 사이에 깊은 골을 팠으리라. 그 뒤 1년이 가깝도록 아들과 대화를 나누지 않았다. 쓰라림의 지우개를 들고 시나브로 어린 시절의 자태를 지워갔다. 하지만 지울 수가 없었다. 아들이 나와 다른 삶임을, 그리고 그것이야말로 다행임을 깨달았을 때서야 편안할 수 있었다. 그랬다. 아들은 이미 스물이 넘어 자신의 세계를 나름대로 만들어갈 터였다. 아들이 스스로 길을 찾도록 하자고 다짐했다.

그런데 왜 난 그날 아들에게 느닷없이 칼럼을 어떻게 읽고 있는지 물었을까. 후배에게 받은 상처를 혹 누군가로부터 위로 받고 싶어서였을까. 그렇다고 하더라도 왜 그것이 하필 아들이었을까.

"그래? 내가 괜스레 네게 물었구나."

아프게 웃으며 돌아서서 서재로 걸어갈 때였다. 등뒤로 새된 목소리가 날아왔다.

"꼭 듣고 싶으세요? 그렇다면 말씀드릴게요. 음, 솔직히 말하죠. 한마디로 낡았어요. 그리고 무책임해요. 도대체 그래서 어떻게 하자는 건가요. 소련과 동유럽의 몰락에서 볼 수 있듯이 좌파는 현실적으로도 사상적으로도 종을 울린 지 오래 아닌가요?"

날벼락이 연쇄적으로 꼭뒤를 때렸다. 서서히 뒤로 돌아서다가 멈춰섰다. 아들의 얼굴을 보기가 두려웠다.

"그래?"

옆으로 돌아선 채 안간힘을 써 침착하게 말했지만 입안은 바짝 메말라갔다.

"예! 영어 문화권에서 마르크스는 일찌감치 정리되었어요. 도무지 마르크스처럼 인간성을 단순화한 사상가는 없을 거예요. 아버지는 바로 그 단순성을 좋아하시지요. 그거 아세요? 단순성은 파시스트들이 좋아했어요. 마르크스는 여성운동가들에게도 가부장적이고 남성이기주의의 작태를 넘어서지 못했다는 비판을 받고 있어요."

아들의 말에서 이른바 가벼움을 좋아한다는 '신세대'의 취향이 뚝 뚝 묻어나왔다. 가벼움은 삶의 경쾌함을 미덕으로 지니지만 동시에 경박함을 악덕으로 지닌다는 사실을 새삼 확인했다. 마른침을 삼키며 겨우 말했다.

"계속해봐."

"아니지요. 영어권만도 아니어요. 프랑스에서 차이 그리고 '차연'의 철학이 나온 지 벌써 얼마나 지났는지 아세요? 독일 사상가 가운데서도 마르크스보다 니체의 철학이 현대의 문제에 더 적실한 대답을 주고 있어요. 마르크스의 낡은 수사들은 당장 그럴듯해 보일지 모르지만, 그리고 사람들의 말초적 자극을 흥분시키지만, 진정한 생명력은 없어요. 차이와 개성이 없는 세상, 그것을 지향하겠다는 것은 너무나 시대착오적이죠."

그랬다. 마주치지 않았음에도 아들의 눈매에 힘이 들어가 있는 걸 충분히 감지할 수 있었다. 아들은 언젠가 이 순간을 도스렸다는 듯이 제법 온갖 이론을 들이밀며 들은귀로 나를 비판했다. 짧은 마르크스 지식에 바탕을 둔 터무니없는 공격이었기에 솜방망이에 지나지 않았으되, 문제는 내게 '철퇴'를 휘두르고 싶은 아들의 마음이었다. 그 마음을 읽었기에 고스란히 '철퇴'를 맞을 수밖에 없었다. 아마도 제 딴에는 짧지만은 않았던 인생을 '지배'해온 내게 켜켜이 감정이 쌓였던 걸까.

말없이 서재로 들어와 문을 닫으며 등을 기댔다. 왜 그랬을까. 벙긋 웃음이 흘러나왔다. 정체를 밝히라는 후배의 추궁에 더해 아들이 보여준 냉소는 단칼에 내 삶의 밑절미를 송두리째 흔들어놓았다. 선일과 혁의 목소리가 귓바퀴를 물어뜯는 것처럼 끝없이 메아리쳐왔다. 실로 감당하기 어려운 아픔이었다. 언제나 난 늦깎이일까. 하여 남들이 40대에 겪는다는 중년의 위기를 오십이 지나서야 직면하는 걸까. 삶의 모든 전선에서 철저히 무너지는 공허감이 몰려왔다.

세상을 마감하고 싶은 충동이 불쑥 엄습해왔다. 지나온 50여 년이 일순간 피로감으로 허망했다. 스무 살 고비에서 맞았던 실존의 불안감이 그때보다 더 날을 세워 다가오고 있었다.

문득 고수련이 보고 싶었다. 그냥 수련과 만나기만 하더라도, 그것이 어렵다면 전화로 목소리만 듣더라도 삶에 새로운 힘을 얻을 수 있을 것 같았다. 반기는 듯하면서도 절도를 잃지 않는 음성과 엷은 웃음소리가 그리웠다. 그러나 곧 머리를 흔들었다. 그래선 안 될 일이었다. 부엌에서 술병을 닥치는 대로 찾아들고 서재로 왔다.

타는 갈증으로 깨어난 곳은 서재의 책상 앞 의자였다. 새벽 6시 15분. 앉아서 잠든 채로 또 밤을 보냈다. 허리며 목으로 통증이 몰려왔다. 손에는 손전화기가 쥐어 있었다. 수련에게 전화를 걸까말까 하다가 참았던 게 가까스로 떠오르며 안도했다.

아직 흡수되지 않은 술이 몸 구석구석에 따리 틀어 머리와 속이 쑤셨다. 하지만 무엇보다 고통스레 밀려온 것은 철저하게 홀로 있다는 새퉁스런 느낌이었다. 슬픈 깨달음의 한가운데로 이렇게 쓸쓸하게 살다가 죽음을 맞으리라는 두려움이 퍼져왔다.

멍하게 앉아 바라보던 눈길 끝으로 가물가물 책장에 꽂힌 독어판 『프로메테우스』가 들어왔다. 30년 전 젊은 시절에 밤을 새워 읽어가던 소설이 왜 그날 그 시각 내 눈길을 끌었는지는 지금도 알 길이 없다.

손때 묻은 『프로메테우스』를 뒤적이다 연보를 보았다. 운명이었을까. 아니면 아무런 필연조차 없는 인생에서 굳이 운명처럼 믿고 싶었던 걸까. 바로 그날이 마르크스의 기일이었다. 삼월 열나흗날. 그 사실을 안 순간 무덤 앞에 서보자는 생각이 섬광처럼 스쳐갔다. 류선일의 외마디가 배경음처럼 울려온 것도 그 순간이었다.

"마르크스는 오래 전에 지하에 묻힌 유령일 뿐이야. 유령을 드라큘라처럼 부활시켜서 도대체 뭘 어떻게 하겠다는 거야?"

며칠 뒤 주필에게 사월에 '안식월'安息月을 쓰겠다고 말했다. 신문사 입사 10년이 넘은 기자들에게 한달 동안 휴가를 주는 신문사 내부 규정이 있지만 그동안 편집국에서 바삐 일하느라 미뤄두고 있었다. 주필은 처음에는 난감한 표정을 지었다. 논설위원실에 온 지 얼마나 되었다고 쉬겠다는 거냐는 물음표가 슬그머니 묻어났다.

그럼에도 주필은 더 좋은 사설과 칼럼을 쓰기 위해서라도 안식월이 필요하다는 말에 선뜻 동의해주었다. 고마웠다. 주필은 내게 어디로 갈 생각인지 물었다. 어떻게 답할지 분명 결정하지 못했는데 내 입술은 어느새 응답하고 있었다.

"유령을 만나러 가요"

어이가 없다는 표정으로 주필이 물끄러미 내 얼굴을 바라보았다.

4 런던으로 떠나기 전날 어머니의 산소, 아니 아버지와 어머니 무덤을 찾았다. 마침 아버지 기일, 아니 조선공산당 창당 기념일이 다가오고 있었다.

민주지산에서 비명에 간 아버지의 시신을 끝내 찾지 못해 아버지가 혼례식 때 입은 옷을 넣어 만든 '유령 무덤'에 함께 묻힌 어머니. 합장을 했으나 가묘인 그곳에 갇혀 어머니는 또 얼마나 쓸쓸하실까.

와룡강으로 오르는 길섶에 핏빛 진달래들이 여울여울 타올랐다. 벼랑의 진달래가 밀골을 휘감아 흐르는 솔내까지 물들였다. 때마침 노을이 하늘을 물들이면서 산과 강까지 두루 타오르는 듯 붉었다. 짙은 주홍빛으로 저녁 노을 진 하늘아래 불타는 산천의 한가운데로 범종소리가 은은히 울려퍼졌다.

무릎을 꿇고 어머니께 고했다.

"어머니!

젊었던 나날들 아버지의 영혼을 사로잡았던, 그리고 어머니 또한 잿더미 속의 불씨처럼 그 사상을 지켰을 법한, 하여 우연처럼 다가왔지만 저의 젊은 날마저 불지른 칼 마르크스의 무덤을 찾아갑니다. 아버지가 젊은 시절 그러했듯이 저의 영혼 또한 그에게 사로잡혔습니다. 마르크스는 당시에도 그랬듯이 여전히 이 땅에서 붉은 악령입니다. 대다수 언론인들이 서슴없이 그를 악령으로 그리며 지분거리고 있습니다.

어머니!

슬프게도 참되지 못했던 저들의 음해와 저주가 오늘 엄연한 현실이 되고 말았습니다. 마르크스의 과학적 사회주의를 내걸었던 소비에트 사회주의공화국연방은 더 이상 이 지상에 존재하지 않습니다. 묻고 싶습니다. 아버지는 무엇을 위해 그렇게 민주지산에서 원혼으로 잠드셨습니까. 어머니는 무엇을 위해 그렇게 홀로 기나긴 밤을 살아가셨습니까. 아무도 지금 아버지를 기억하지 않습니다. 아무도 지금 어머니를 추모하지 않듯이. 당신의 삶은, 아니 당신의 망령은 마르크스가 그러하듯이 오늘 이 땅에서 조롱받고 있습니다. 아니, 조롱조차 비껴가고 있습니다. 잊혀지고 있습니다."

다시 무덤에 기대었다. 쓴 소주를 마시며, 산소를 어루만지며. 서울서는 도통 볼 수 없는, 하여 존재조차 잊고 살았던 밤하늘의 무수히 빛나는 별들을 바라보며.

취기가 올라선지 찬기를 느꼈다. 가방에서 외투를 꺼내 입고 단추를 꼭꼭 채웠다. 밤바람을 조금이라도 피하려고 무덤과 둔덕 사이 파인 곳에 누웠다. 서울에서는 좀처럼 보기 어려운 별무리들을 바라보고 일어날 생각이었다. 맞은편 무선봉 어디선가 소쩍소쩍 접동새 울음소리가 들려왔다. 그 소리가 정녕 '솥 적다'는 배고픈 민중의 하소연일까, 아니면 누군가의 원혼이 밤마다 잊지 못해 찾아와 부르는 슬픈 노래일까, 그런 생각을 할 때 도깨비불이 반짝이던 것까지 기억이 난다. 그러다가 취기에 외투의 따뜻함이 겹치면서 어느 순간 잠이 든 게 분명했다. 이윽고 한기에 몸을 부르르 떨며 눈을 떴을 때 새벽 안개가 솜이불처럼 온몸을 감싸왔다.

서울에서 런던으로 가는 비행 시간 내내 곤히 잠에 빠져들었다. 좌석이 한가운데라 불편하기도 해 이륙하자마자 눈을 감았다. 지난밤 무덤 옆에서 한둔한 여파였다. 눈꺼풀이 무겁게 내려앉으며 머리가 여기저기 쑤셨다. 기내식을 먹는 둥 마는 둥 곁들여 나온 포도주를 마신 뒤 잠에 들었는데 어느새 비행기는 유럽의 상공을 날고 있었다. 서울에서 마치 산책을 나온 기분으로 런던에 내렸다.

유럽인 창구와 달리 비유럽인 창구 앞은 줄이 길게 늘어서 있었다. 입국신고를 마치고 곧바로 전철역을 찾았다. 영국의 다른 곳은 아무런 관심도 없었다. 미리 준비해간 전철지도를 꺼내 들었다.

전철을 갈아타고 내린 하이게이트 역 주변은 깔끔했다. 비가 올 듯 말 듯한 잠포록한 날씨. 무엇인가 두껍게 감싸고 있는 분위기도 좋았다. 언덕 쪽으로 영국 중산층의 아담한 주택들이 즐비했다. 그래서일까. 지나가는 사람 몇몇에게 마르크스의 무덤 가는 길을 물어보았으나 선뜻 시원하게 가르쳐주는 사람이 없었다. 까닭 모를 허망감이 감돌았다. 반 시간 동안 빙빙 돌며 겨우 찾아간 공동묘지는 그러나 굳게 닫혀 있었다. 일몰 시간에 문을 닫는다는 안내문이 눈에 들어왔다.

얼마나 기다린 만남이었던가. 허탈했다. 혹 자신을 만나기 전에 마음가짐부터 다지라는 마르크스의 뜻이 아닐까. 어두운 회색 하늘을 우러를 때다. 빗방울이 뚝 얼굴에 떨어지더니 는개가 묘지를 가렸다. 철문을 타넘어가고 싶은 충동을 추적추적 내리는 봄비로 씻어내렸다. 착잡한 상념에 젖어 다시 하이게이트 역 부근까지 내려왔다. 골목 끝에서 허름한 호텔을 발견했다. 그곳에 방을 얻고 묵상에 잠겼다. 잠이 쉬 오지 않았다. 여기서 얼마 떨어지지 않은 곳에 마르크스가 누워 있다는 사실이 실감나지 않았다. 언제나 마르크스 무덤을 찾을 수 있는 영국인들 가운데 더러는 그가 이곳에 잠들어 있는 사실조차 잊고 있는 현실이 대조적으로 다가왔다. 역설이지만 노동당이 이미 몇 차례나 집권한 영국인에게 마르크스가 그만큼 친숙하게 살아 있어서가 아닐까. 반면 서울의 한 먹물은 무덤을 찾아 유라시아 대륙을 가로질러 와서 잠마저 이루지 못하는 현실을 어떻게 이해해야 할까. 게다가 그 서울은 마르크스를 긍정적으로 소개하면 곧 감옥에 가두는 땅이 아니던가.

다음날 아침 일찍 일어나 몸을 씻었다. 목욕재계沐浴齋戒. 몸과 마음을 가다듬고 하이게이트 묘지를 찾았다.

입장료를 받는 할머니가 내 얼굴 표정을 살피더니 왜 여길 찾아왔는지 짐짓 다 안다는 미소를 지었다. 마르크스 묘 앞에 백인은 별로 찾아오지 않고 세계 곳곳에서 '유색인종'들이 참배하러 온다는 기사를 언젠가 읽은 적이 있다. 할머니는 뭔가 이야기를 걸어오길 바라는 기색이었지만 애써 무시했다. 하이게이트를 찾아 마르크스 앞에 설 때까지는 누구와도 말하고 싶지 않았다. 평일 오전시간이어서인지 묘지는 적막했다.

무덤 사이사이를 애무하듯 흐르던 안개가 걷히면서 아름드리 나무가지마다 연푸른 이파리들이 반짝였다. 이어 거뭇거뭇 이끼 긴 묘비들이 곰비임비 나타났다. 머릿속이 맑아지며 콧잔등이 뻐근해졌다. 갈림길에서 왼쪽으로 들어가자 마침내 외진 곳에 실안개가 휘감은 육중한 묘비석이 눈에 들어왔다. 조금 더 다가서자 안개 속에서 마르크스의 커다란 얼굴상이 윤곽을 드러냈다. 얼마나 이 자리에 오고 싶었던가. 벅찼다. 비록 살아 있는 마르크스를 만나진 못하더라도 그의 주검이 누워 있는 곳 앞에 서면 무언의 대화가 가능하리라고 믿었던 젊은 날의 믿음이 스스로 향수를 자아냈다.

칼 마르크스의 73주기를 맞아 1956년 3월 14일 제막되었다는 기념상. 수염으로 뒤덮인 청동 얼굴이 묘비 정면 멀리서부터 일직선으로 뚜벅뚜벅 걸어오는 나를 기다렸다는 듯이 내려보고 있었다.

얼굴상 바로 아래에는 저 유명한 '선언'이 새겨져 있었다.

WORKERS OF ALL LANDS

UNITE

KARL MARX

새삼 큰 울림으로 다가왔다. "만국의 노동자여, 단결하라. 칼 마르크스" 그 밑으로는 사각 테두리를 치고 함께 묻힌 사람들의 이름과 출생·사망일을 새겨놓았다. 맨 위에 적힌 이름은 예니 폰 베스트팔렌(JENNY VON WESTPHALEN). '칼 마르크스가 사랑한 부인'(The beloved wife of Karl Marx)이라는 소개가 눈에 띈다. 그 아래는 칼 마르크스와 생몰일을 기록했다. 이어 그들의 손자[Their grandson] 해리 롱게(HARRY LONGUET)가 자리했다. 이어 그 다음의 비문이 흥미롭다.

AND HELENA DEMUTH

BORN JANUARY 1st 1823 DIED NOVEMBER 4th 1890

무덤에 묻힌 다른 이들과 달리 헬레네 데무트가 마르크스와 어떤 관계인지 적혀 있지 않았다. '가족'이 아님에도 함께 묻힌 데무트 자신이 얼마나 슬픈 존재인지를 묘비명으로 웅변하고 있었다. 마르크스 전기를 읽을 때 사진으로 만난 데무트의 얼굴이 암암했다. 넓은 이마 아래 깊숙하게 반짝이는 눈. 날카로운 콧날 아래 입술을 야무지게 다물었던가. 똑똑하고 강인한 인상이었다.

묘비의 사각 테두리 아래에는 포이에르바하를 비판하며 마르크스가 내세운 '불멸의 명언'이 새겨져 있었다. "철학자들은 세계를 다양하게 해석해왔을 뿐이다. 그러나 중요한 것은 세계를 변혁하는 것이다."

무덤 앞에 앉았다. 마르크스와 예니가 전설로 남긴 사랑을 되짚어 보았다. 그 상념의 한복판으로 후배의 비수가, 아들의 칼이, 날카롭게 뚫고 들어왔다. 기실 묘비에서 헬레네 데무트의 이름을 발견했을 때부터 칼날은 뾰족뾰족 튀어나왔다.

헬레네 데무트 그 이름을 들은 것은 오래 전이었다. 나 또한 후배가 말한 마르크스와 데무트의 관계를 알고 있었다. 다만 그런 사실은 중요하지 않다고 생각했다. 그런데 막상 후배가 그것을 들이밀며 다그칠 때 난감했다. 그런 일이 없었다면 더 좋았을 것은 분명하지 않은가. 마르크스 사상의 역사적 위대성을 훼손하는 것은 아니지만 한 가닥 실망마저 떨쳐버릴 수는 없었다. 물론, 전혀 이해할 수 없다는 건 아니었다. 마르크스 또한 혁명적 사상가이기 전에 한 사람의 남성이라면, 아니 남성이기 이전에 한 인간이라면 자신의 가슴에 고이는 사랑의 감정에 충실하는 것은 삶의 권리가 아닐까. 그것으로 '해명'은 충분하지 않은가.

그럼에도 자신의 아들을 모르쇠한 사실에선 적잖은 사람들이 마르크스의 인도주의가 지닌 진정성에 의문을 제기할 만하다. 그래서였다. 애써 잊은 것은. 무릇 사람인 한 누구나 흠은 있게 마련 아닌가.

다시 마르크스의 혁명과 꿈을 떠올린 것도 그래서였다. 무덤 앞에

서니 더더욱 마르크스를 만나고 싶었다. 만일 마르크스가 살아 있다면 오늘의 세상을 어떻게 '해석'할까. 아니, 어떻게 '변혁'할까.

그의 호소와 정반대로 온 세계의 노동자들은 조각조각 갈라졌다. 게다가 각 나라로 갈라진 안에서도 단결을 이루지 못하고 있다. 그 결과다. 신자유주의의 세련된 옷을 입은 자본의 논리가 지구를 뒤덮고 있다. 그럼에도 당신은 여기 이렇게 말없이 썩어가야 하는지 하소연하고 싶었다. 마르크스 무덤 앞에서 묵상을 하면 그의 영혼과 대화를 나눌 수 있으리라는 오래 전부터의 몽상에 젖어들었다.

그래서였다. 영국 관광에 별다른 흥미도 없었지만 날마다 마르크스의 무덤을 찾았다. 그러다 호텔 지배인이 묘지까지 질러가는 길을 일러주었다. 내가 잠자는 곳에서 마르크스가 잠든 곳까지 걸어서 채 7분이 안 되는 거리였다. 키 큰 나무숲들이 우거진 묘지는 사위의 아늑한 주택가와 더불어 낙원의 정취를 자아내고 있었다. 만일 마르크스의 망령이 있다면 맹렬하게 타오르던 불꽃 투혼도 이곳을 서성이며 안식할 수 있지 않을까 싶었다. 하지만 이내 스스로 고개 저었다.

5 봄비 머금은 우듬지들이 포릇포릇 살아나는 공동묘지에서 마치 내 인생에 예정된 만남처럼 다가온 사람을 이제 소개할 때가 되었다. 거의 찾아오는 이 없던 마르크스의 묘비로 그가 장미꽃을 한아름 들고 나타난 것은 내가 무덤을 찾은 이튿날 황혼이 깔리는 해거름이었다.

이어 사흘 동안 내내 나와 비금비금하게 마르크스 무덤 앞을 서성거렸다. 그의 고요한 자태에선 뭔가 거역하기 어려운 성스러움이 묻어나왔다. 이승의 사람이 아닌 듯 산뜻한 신비로움마저 들었다. 하얀 머리칼이 검은 바바리와 검은 정장에 썩 잘 어울렸다. 희끗희끗한 구레나룻도 보기 좋게 다듬어져 성자의 분위기를 자아냈다. 나이 가늠이 잘 되지 않았으나 적어도 일흔은 넘긴 것 같았다.

그가 가슴속에 각인된 것은 다음날 일어난 '사건' 때문이다. 일몰이 다가오자 입장료를 받던 할머니가 묘지에 온 사람들에게 문닫을 시간임을 알리기 시작했다. 아쉬움에 망설이던 나는 결국 묘지를 걸어나오는 척하다가 숲 속에 사부자기 엎드려 몸을 숨겼다.

얼마나 지났을까. 밤들어서야 슬그머니 숲에서 나왔다. 적막했다. 달빛만 괴괴히 내렸다. 마르크스의 무덤으로 사뿐사뿐 다가섰을 때였다. 묘비 앞에 두 손을 앞으로 모으고 동상처럼 서 있는 사람을 발견했다. 그도 관리인을 따돌리고 남은 게 분명했다. 다소 불편했지만 의도적으로 그를 무시했다. 영국인은 이곳에 올 기회가 얼마든지 있지 않은가. 반면에 나는 저 멀리 유라시아 대륙의 동쪽에서 애오라지 참배를 위해 왔다. 비록 내가 늦게 왔지만 서로 방해가 된다면 그가 자리를 피해줘야 하지 않겠는가. 나로서는 조금도 양보할 뜻이 없었다.

인기척을 느껴서일까. 아니면 그저 어두워서였을까. 슬며시 돌아보는 얼굴에서 두 눈빛이 날카롭게 번쩍였다. 그 순간 어제 만난 사람임을 간파했다. 그리고 참으로 이상하게도 언젠가 이런 일이 일어날 것을 미리 내가 알고 있었던 것 같은 느낌이 들었다.

자리를 양보할 수 없다고 결기를 곤추세운 내 의지를 읽어서일까. 다가서자 그가 조용히 일어나 어둠 속으로 사라졌다. 자리를 비켜준 걸까. 아니면 귀찮아서일까. 그의 정체 탓인지 마르크스에 온전히 생각을 집중할 수 없었다. 묘비 앞에 누워 마르크스의 얼굴상을 바라보았다. 검푸른 얼굴상의 왼쪽 볼 너머로 별 하나가 유난히 빛났다. 천년의 사상가와 대화를 나누고픈 강렬한 갈망이 치솟았다.

다음날 아침에 묘지를 나와 호텔에서 잠깐 눈을 붙였다. 이어 정오께 묘지를 찾아 다시 마르크스와 더불어 밤을 보냈다. 묘비를 에두른 쇠울타리에 기대앉아 마르크스의 큰 얼굴상을 주시하며 절망의 실타래를 풀 실마리를 찾으려 했지만 마음만 스산할 뿐이었다.

마르크스가 지금 살아 있다면 무슨 말을 할까. 기실 무덤 앞에서 아무리 경건히 참배한다고 하더라도 결코 대답이 나올 리 없을 터이다. 그럼에도 이틀째 밤을 지새웠다. 여전히 마르크스의 존재가 현실감 있게 전해오지 않았다. 얼마나 시간이 흘렀을까. 밤안개가 땅바닥으로 깔리는 가운데 인기척이 났다. 숨막히는 두려움을 추스르며 고개를 돌렸다. 언제부터 와 있었던지 어제 그 영국인이 바투 서 있었다.

거의 동시에 우린 서로에게 물었다.

"당신 누구요?"

영어 회화가 서툴렀지만 그가 나를 배려한 것인지 천천히 발음해 둘 사이의 대화는 쉽게 익어갔다. 단답형의 질문들이 오갔다. 그가 "마르크스를 존경해요?"라고 물으면 난 "당신은 사회주의자인가요?"라고 반문하는 식이었다.

과연 마르크스는 대단한 인물이지요?

소련의 몰락으로 마르크스가 '죽은 개' 취급받고 있는 것을 어떻게 생각하세요?

당신은 어디 사람인가요?

그는 내가 서울에서 왔다는 사실에 강한 호기심을 보였다. 지구상에서 그나마 노동운동이 살아 숨쉬는 곳 가운데 하나가 대한민국이라는 사실을 잘 알고 있다며 가보고 싶다고 말했다. 내가 마음에 들어서일까. 아니면 서울에 갈 계기를 마련하고 싶은 걸까. 선뜻 자신의 집으로 가서 한잔하자고 제안했다. 갑작스런 파격에 경계심이 일어나기도 했지만 나 또한 직업으로 '체질'이 된 호기심을 억누를 길이 없었다.

그는 하이게이트 묘지에서 쉽게 넘어갈 수 있는 담을 알고 있었다. 서로 싱그레 웃으며 월담했다. 집은 묘지에서 가까웠다. 밖에서 보기엔 동화 속에 나올 법한 아담한 집이었는데 막상 현관에 들어서자 아무런 장식도 없었다. 마치 성당에 들어온 분위기였다. 그는 집안을 기웃거리는 내게 혼자 살고 있다고 말했다.

뜻밖에 독한 보드카를 내왔다. 목젖이 타들어갔지만 술맛은 깔끔했다. 한 잔을 비운 뒤 그제야 서로 이름도 묻지 않은 사실을 깨달았다.

"블라디미르 보른슈타인이오."

손을 내밀었다. 악수를 하며 러시아에서 온 작가라고 밝혔다. 영국인에 성직자라는 예감이 모두 빗나갔지만 오히려 반가웠다.

"주로 어떤 소설을 쓰셨나요?"

그가 허전하게 웃으며 말했다.

"사회주의 리얼리즘에 충실했었소. 실제로 난 소련을 심장 깊이 사랑했었지요."

작가의 눈빛에 물기가 차올랐다.

"진실로 소련을 사랑하셨군요. 소련공산당원이셨어요?"

반가움에 되물었다.

작가는 고개를 끄덕였다.

난 한국의 진보적 신문에서 논설을 쓰고 있으며 소설도 한 편 발표했다고 소개했다. 이어 소련공산당원을 꼭 만나 대화를 나누고 싶었다며 학창 시절에 익혔던 러시아어로 더듬더듬 말했다. 서툴지만 러시아말이 나오면서 그의 눈길이 한결 다정하게 변해갔다. 묘비 앞에서 불처럼 타오르던 당신의 검은 눈이 마음에 든다고 했던가. 민망스런 고백이지만, 순간 그가 혹 동성애를 원하는지도 모른다는 불안감이 스쳐갔다.

그래서였다. 상황을 분명히 정리해야겠다는 생각이 거의 동시에 일었다. 선뜻 집까지 따라온 나를 오해하고 있는 게 아닐까. 임기응변으로 마르크스와 예니의 사랑에 깊은 감동을 받았노라고 운을 뗐다. 그 말 한마디가 모든 걸 바꿔놓으리라고는 그때까지도 전혀 상상할 수 없었다. 블라디미르는 내 말이 떨어지기도 전에 기다렸다는 듯이 열변을 토했다.

"그렇소. 마르크스와 예니의 사랑은 사실 어떤 문학보다 더 아름다운 이야기입니다. 지금까지 내가 읽은 어떤 소설보다, 아니 내가 아는 어느 사랑보다, 두 사람의 사랑이 위대했다고 생각합니다. 참으로 존경할 만한 여성과 남성이었소. 두 사람의 사랑에 대해 구해볼 수 있는 자료는 모두 찾아 읽었어요. 물론 남과 여 사이의 사랑에는 늘 굴곡이 있게 마련이듯이 두 사람에게도 운명의 장난은 비켜가지 않았지요. 당신에게만 털어놓는 비밀이지만 마르크스의 사랑은 우리가 알고 있는 것보다 다채롭습니다. 그의 사랑은 예니에 머물지 않아요. 그가 사랑했던 또 한 사람의 여성이 있었지요."

"헬레네 데무트를 말씀하시나요?"

블라디미르가 눈을 동그랗게 떴다.

"그 여인, 데무트를 알아요?"

"그럼요. 마르크스의 아들까지 낳았지요. 사실 그 사연이 궁금합니다. 그 뒤에도 데무트가 예니와 더불어 살아간 게 상상이 안 돼요. 마르크스에게 인간적으로 그런 어두운 점이 있었다는 것도 쉽게 믿어지지 않고요. 사실 제가 마르크스의 무덤을 찾은 이유도 그것이 작은 계기가 되었습니다."

그가 보드카를 비우고 눈을 감았다. 잠시 침묵이 흘렀다. 눈을 뜨더니 다시 술잔을 채웠다. 이어 뜬금없는 질문을 던졌다.

"당신은 운명이라는 걸 믿소?"

그의 내심을 가늠하기 어려워 주춤거리다가 되물었다.

"니체식 운명애를 말씀하시는 건가요?"

고개를 무겁게 저으며 엷게 웃었다. 다시 눈을 감고 있던 블라디미르는 보여줄 게 있다면서 자리를 떴다. 긴장하지 않을 수 없었다. 열린 문틈으로 그가 들어간 방을 바라보았다. 책장으로 벽이 가득 찼다. 바닥 곳곳에도 책들이 쌓였고 책상 위에는 마르크스와 레닌의 흉상이 자리하고 있었다.

블라디미르는 상기된 표정으로 원고뭉치를 들고 나왔다. 그는 내게 앞 부분을 내밀었다.

"읽어보시겠소?"

영문으로 된 '작가의 말'이었다.

지금은 사라진 조국 소비에트사회주의공화국연방. 나는 그곳 소련공산당 문서보관소에서 평생을 일해왔다. 서기장이 고르바초프로 바뀔 때 문서들을 재정비하라는 당의 지시를 받고 곳곳을 훑었다. 그 과정에서 선임자들이 '확인 불능자료'로 구분해놓은 문서철을 발견했다. 더구나 확인불능이라 했음에도 '극비'라는 도장이 찍혀 있어 궁금증을 더했다. 문서를 뽑아들어 제목을 보았을 때 경악했다.

문서번호 009-002 헬레네 데무트의 회고록

문서번호 009-003 프레디 데무트의 고백

문서번호 009-001 K. M의 '유서'

문서철 표지에는 입수 경위를 기록해놓았다. 1944년 런던주재 소련 대사관의 한 정보요원이 고서점들을 찾아 각종 자료들을 구입할 때였단다. 런던 교외의 작고 허름한 서점에서 천장과 닿을 만큼 높은 곳에 놓여 먼지가 수

북이 쌓인 잡지들을 발견했다. 1917년이라는 작은 글자가 들어와 모두 구입해서 대사관에 들어와 검색했다. 다른 것에 비해 유난히 두툼한 잡지가 눈에 띄었고 그 잡지를 폈을 때 책갈피에서 문서들을 발견했다. 잡지 크기에 맞춰 정교하게 끼워져 지면과 더불어 누렇게 변색되어 있었기에 판별하기가 쉽지는 않았지만 몇 줄 읽으면서 그것이 칼 마르크스의 이야기라는 사실을 알았다고 한다. 아무튼 그 요원은 진위여부를 판단할 수 없다며 '신중히 조처 바람'이라고 자기 의견을 덧붙여놓았다. 중앙당 관계자들도 나름대로 확인해 보았지만 분명하지 않았던 것으로 보인다. 더구나 당시는 공산주의 사상의 엄숙성을 누구보다 강조했던 스탈린 시대라 이런 문서에 대해 누구도 발언하길 꺼려했을 터이다. 결국 '확인불능' 극비문서로 분류돼 차곡차곡 세월의 더께만 쌓여갔다. 부끄러운 고백이지만, 개인적으로 강렬한 흥미를 느껴 은밀하게 복사해두었다. 그 문서들에 이제 햇살을 비춘다.

"문서들 앞에 써 있었다는 제목들이 진실인가요?"

전해준 글을 다 읽고 탁자 위에 올려놓으며 물었다. 블라디미르는 상기된 내 얼굴을 한참이나 흐뭇한 표정으로 바라보더니 넌지시 물었다.

"K. M이 누구겠소?"

"칼 마르크스?"

"그래요! 단숨에 맞히는군요"

"그렇다면 소설이군요"

블라디미르가 의아스러운 표정을 지었다.

"왜 그런 생각을 하지요?"

"그것이 정말 칼 마르크스의 유서라면 선생님이 굳이 이걸 유서로 공표하지 않을 이유가 없지 않습니까? 그러므로 작가적 상상력에 지나지 않을 게 분명하지요"

"글쎄요. 전 당신과 생각이 달라요. 첫째, 실제 유서라면 굳이 공표하지 않을 이유가 없다고 했는데 그렇다면 내가 이 '확인불능의 유서'로 뭘 해야 한다고 생각하오? 경매에 부쳐 거액을 챙길 수 있다는 말을 하고 싶은 거요? 아니라면 정작 대중들은 본문을 읽어보지도 못한 채 학자나 언론인들 사이에 지루한 논쟁을 불러일으키며 칼 마르크스를 희화화할까요? 둘째, '작가적 상상력에 지나지 않다'는 말은 더욱 심각한 발언이오 소설에 대한 모독 아니오? 어떻게 작가라는 사람이 그런 말을 할 수 있소?"

"그러나 독자로서는 이야기가 실화인지 아닌지 알 권리가 있지 않은가요?"

작가의 입술이 일그러졌다.

"당신은 보기와는 달리 조급하군요. 당신은 아직 유서는 물론이려니와 이 원고를 읽어보지도 않았잖소?"

부끄러웠다. 정확한 지적이었다. 하지만 어쩌면 난 내심 그 말을 노리고 있었는지도 모른다.

"좋습니다. 그럼 제가 원고 전체를 볼 수 있겠습니까?"

그가 대답을 회피하며 보드카를 권했다. 자신도 술잔을 비운 뒤 말을 이었다.

"기다려보세요 오랜만에 내 조국의 운명에 진지한 관심을 보낸 벗을 만났다는 기대감을 제발 허물게 하지 마시오 사실과 소설 사이의 거리는 당신이 생각하듯 그렇게 먼 게 아니라오 위대한 소련이 결국 파멸에 이르게 한 중심에 옐친 같은 지극히 이기적인 인간이 자리하고 있었던 사실은 어떤 소설보다 허구적이오 그러나 엄혹한 현실이었지요 물론 소련의 해체에는 또 다른 인물 고르바초프의 책임도 있습니다. 아무튼 옐친은 8월 쿠데타를 제압한 뒤 소련공산당을 불법화하고 문서보관소를 개방하라고 명령했어요. 당시 문서보관소 책임자는 정통 공산주의자였습니다. 밤늦게까지 고민하더니 '극비자료'들을 폐기처분하더군요. 난 반대했습니다. 하지만 그분은 당 문서를 상업적으로 이용하려는 옐친 패들에게 이런 문서들이 들어가서 좋을 게 없다고 단언하더군요. 평소 존경해온 동지라 더 이상 만류할 수 없었어요. 다음날 아침 출근했을 때 그는 건물 잔디밭에서 투신자살한 시신으로 발견됐어요. 집무실의 책상 위 유서에는 '소련공산당 만세'라고 단 한 줄 써놓았더군요. 난 모스크바를 떠나야 할 때라고 생각했습니다. 마침 가족도 없어 결단이 쉬웠어요."

"소련이 해체될 때 정말 납득할 수 없었어요. 소련공산당의 그 많은 공산당원들은 다 어디로 갔을까? 아무리 생각해도 이해가 안 되더군요. 그런 분이 계셨다니 실례일지 모르겠습니다만 반갑기도 하네요. 죄송합니다."

"아니오. '그 많은 소련공산당원은 다 어디로 갔을까'라는 당신의 질문은 아주 중요합니다."

"왜 이곳으로 오시게 되었어요?"

"난 우리 세대가 겪은 이 엄청난 재앙에 공산당원으로서 그리고 작가로서 대답을 할 의무가 있어요. 눈감기 전에 소련이 왜 무너졌는지를 증언해야겠다는 게 내가 자살하지 않고 살아 있는 유일한 이유이지요. 소련공산당원의 명예를 지키는 길이기도 하고……."

흔히 러시아인들은 한국인들과 정서가 비슷하다고 말한다. 나라 안팎에서 기나긴 세월 억압을 당해온 역사적 체험이 공통점을 이루고 있다는 분석도 있다. 그날 블라디미르가 그랬다. 그는 나와 술잔을 주고받으며 부담을 느낄 만큼 솔직하게 모든 이야기를 술술 털어놓았다.

"위대한 소련이 바벨탑처럼 쓰러진 허구 같은 사실을 소설로 담아내려고 아예 하이게이트에 머물기로 했어요. 이글이글 타올랐던 혁명의 불길이 급작스럽게 꺼졌지만, 아니 급작스레 꺼졌기 때문이라고 말해야겠군요. 잿더미를 파헤쳐 보면 다시 마른 광야를 태울 불씨를 찾을 수 있지 않겠어요? 바로 우리 시대의 작가가 할 일이지요. 마지막 사명이랄까요"

거무거무한 그의 눈빛에 불길이 일렁였다.

"……."

분위기가 너무 진지하다고 생각한 걸까. 한 잔을 더 비운 그가 자신을 조롱했다.

"아세요? 하이게이트는 젊은 날의 레닌이 크루프스카야와 함께 찾아와 혁명을 결심했던 곳이지요. 난 혁명을 하겠다는 것도 아니고 그저 마르크스를 찾아 혁명의 역사를 어떻게 보아야 할 것인지 영감을 얻으려고 하는데……, 보시다시피 술에 찌들어 세월만 탕진하고 있어요"

"생활은……, 어떻게 꾸려가세요?"

"소련이 건재하던 시절 우리 인민들 대다수는 모두 많은 저금을 하고 있었어요. 나도 중앙당에 오래 있었기에 제법 통장이 두툼했지요. 다행히 소련의 모든 가치가 휴지조각처럼 떨어지기 전에 모스크바를 떠났고 달러로 환산할 수 있었어요"

그 대목에서 블라디미르는 쓴웃음을 지었다. 원고는 써지지 않고 가슴이 답답하던 마당에 마르크스 무덤 앞에서 나를 발견했다고 덧붙였다. 되도록 블라디미르의 마음에 들기 위해 단어 하나라도 흘려듣지 않겠다는 듯 경청하는 자세를 취했다. 술도 몇 차례 더 주고받았다. 그가 내민 원고에 담긴 내용이 궁금해 더 이상 견딜 수 없었다. 솔직하게 속내를 털어놓자 그는 충분히 이해할 수 있으니 들춰보라고 답하면서 하품을 했다.

바로 그때가 기회였다. 묵고 있는 호텔의 이름과 호실 그리고 전화번호를 적어 여권과 함께 그에게 내놓았다. 밤이 늦고 술에 젖어 피곤한 기색이 역력한 그는 다소 어리둥절한 표정을 지었다. 하이게이트역 옆에 있는 호텔에 그것을 들고 가서 자세히 읽어본 뒤 더 이야기를 나누고 싶다고 간절한 눈빛으로 제의했다.

다소 당황한 블라디미르가 내 눈을 한참 들여다보더니 흔쾌히 말했다.

"좋아요. 그렇다면 내일 밤에 다시 만납시다."

그는 멋진 토론을 기대하겠다며 자연스럽게 내 여권을 집어들었다.

블라디미르의 집에서 호텔로 가는 길에 누군가 발맘발맘 뒤쫓는 느낌이 들었다. 뒤돌아보았을 때 모골이 송연했다. 어디선가 밤안개가 모락모락 피어나 나를 삼켜버릴 듯이 음산하게 다가왔다. 식은땀을 흘리며 호텔로 돌아왔을 때는 어느새 새벽 1시. 시간에 쫓겨 곧바로 원고를 훑어내려갔다. 러시아인이 쓴 영문인 까닭인지 독해가 쉬웠다. 하지만 곧 부르르 몸을 떨었다. 소설이 아니라 소설의 형식을 빌려 진품인 문건을 소개한 것이라고 판단할 만한 근거들을 발견했기 때문이다.

무엇보다 대학 시절 『프로메테우스』에서 읽은 대목과 비슷한 진술들이 적잖게 나왔다. 소련과 동독의 정보기관들이 소장한 '비밀자료'들과 마르크스의 언행을 기록한 방대한 문건에 바탕을 둔 『프로메테우스』와 엇비슷한 대목들이 많이 발견될수록 문건이 진품일 가능성도 그만큼 높아진다.

문제는 세레브리아코바가 소설을 완간한 바로 그해에 동독에서 새로운 자료가 공개됐다는 데 있었다. 프리드리히 엥겔스의 개인 비서가 쓴 편지였다. 칼에게 '사생아'가 있다는 엥겔스의 증언이 적혀 있어 큰 파문을 일으켰다. 세레브리아코바는 동독이 소장하고 있던 문제의 편지는 물론이려니와 블라디미르가 발견한 문서까지 읽었을 가능성이 높다. 그럼에도 소설에서 데무트와 마르크스의 관계를 전혀 밝히지 않았다. 소련공산당의 지침이었을까, 아니면 작가 스스로 너무나 마르크스를 존경해서일까. 둘 다가 아니었을까.

실제로 마르크스를 따르는 사람이라면 처음 데무트의 이야기를 접했을 때 씁쓸할 수밖에 없을 터이다. 더구나 칼은 예니 그리고 렌헨과 어떻게 한집 한지붕 아래서 평생을 살 수 있었을까. 칼은 어떻게 그의 아들을 그처럼 무심하게 버렸을까. 한결같이 이해하기 어려운 대목들이었다.

　납득할 수 없었던 의혹들이 원고를 통해 얼기설기 엉킨 실타래가 풀리듯 술술 풀려갔다. 독자들께 블라디미르의 원작을 소개드리는 까닭이다.

2부 사랑

봄날처럼 보드랍게 다가오는 소년의 얼굴. 검은 머리,
굵고 짙은 눈썹. 무엇보다 불잉걸이 일렁이듯 번쩍이는
새까만 눈빛은 내 마음 깊은 곳까지 들어와 온몸을 불질렀다.
그날 일어난 불길은 내 가슴에 불에 덴 상처처럼
영원히 지워지지 않고 있다.
아니, 꺼지지 않는 불꽃으로 활활 타오르고 있다.

1 나의 사랑 나의 아들에게.1

인류의 새 시대를 열어갈 자랑스런 '노동자'2를 떠올리며 펜을 들었다.

나 이미 예순네 살. 나쎄로 견주어보거나 몸 건강상태로 보거나 언제 '죽음의 신'이 손짓할지 모른다. '제우스'3가 세상을 떠난 뒤 '장군'4은 친절하게도 그의 집에서 내가 여생을 보낼 수 있도록 배려해주었다. 평생을 짓누른 애옥살이에서 이제는 벗어나야 한다며 내 개인적 일도 '가정부'가 처리하도록 조처했다.

하지만 그럴 수는 없었다. 본디 하녀였던 내가 '하녀'의 시중을 받기란 민망스러울 뿐더러 무엇보다 내가 걸어온 삶을 스스로 부인하는 짓이다. 완곡하게 거절했다. 호의를 받아들이지 않아 장군의 마음이 불편해 보였다. 그래서였다. 대신 다른 부탁을 하나 드려도 되겠느냐

---

1 뒤에 밝히겠지만 영문으로 된 원문의 번역은 두 사람의 공동작업으로 이루어졌다. 서로 돌려보며 꼼꼼하게 대조해 최대한 원문을 살렸다.

2 원문에는 '프롤레타리아트'로 되어 있지만 '노동자'로 옮겼다. 마르크스는 프롤레타리아트를 '노동이 자본을 늘려주는 한에서만 일자리를 구할 수 있고, 일자리를 찾을 수 있을 때만 살아갈 수 있는 노동자계급'으로 정의했다. 이하 번역문에서 굳이 프롤레타리아트라는 말을 삼간 까닭은 그 말이 아직 우리 사회에서 낯설고 심지어 금기로 되어 있어서다. 그럼에도 문맥상 '자신의 시대적 사명을 의식한 노동자'라는 의미를 꼭 담아야 할 때는 프롤레타리아트로 옮겼다. 프롤레타리아트 개념의 유래는 이하의 '문서'에 서술되어 있다.

3 칼 마르크스를 뜻함.

4 프리드리히 엥겔스를 뜻함.

고 물었다. 장군은 기다렸다는 듯이 흔쾌히 답했다.

"당신의 청이라면 무엇이든 들어줘야 할 의무가 내겐 있소"

"제 작은 방을 서재로 꾸미고 싶습니다."

장군의 부드러운 눈매가 활처럼 휘둥그레졌다. 곧 모든 걸 이해하겠다는 듯이 고개를 끄덕였다. 장군은 애초에 내가 쓰려던 방보다 두 배가 넘는 공간에 서재를 마련해주었다. 책상도 새로 들여주겠다고 했지만 난 완강히 손사래쳤다. 장군에게 제우스가 쓰던 낡은 책상을 옮겨와서 쓰고 싶다고 말했다. 장군은 당혹과 감동이 섞인 표정으로 선뜻 허락해주었다.

'하녀의 서재'는 그렇게 마련되었다. 처음으로 모든 가사노동에서 벗어났다. 자유로운 시간이란 무엇인지를, 왜 사람에게 한가로운 여유가 필요한지를, 비로소 깨닫고 있다. 지나온 시간들을 잔잔하게 되돌아보며 넉넉하게 삶을 되새김질할 수 있었다. 하루도 빠짐없이 산책도 했다. 호젓한 산책길에 언제나 '반려'도 있었다. 생전의 제우스가 귀여워했던 개가 아즐아즐 앞서 걸으며 애잔한 추억에 잠기게 했다.

아들아.

네가 이미 몇 차례 보았듯이 주로 거닐던 곳은 제우스가 쓸쓸하게 걸음을 옮기던 바로 그 길이다. 산책의 끝은 늘 하이게이트 언덕에 잠들어 있는 '제우스의 신전'[5]이었다. 그 앞에 사부자기 앉으면 개마저 꼬리를 내리고 귀를 뒤로 젖힌 채 을씨년스레 빈 하늘을 바라보았다.

노동의 일상에 지친 네겐 한가하게 들릴지 모르겠다. 산책에서 돌아오면 구메구메마다 제우스의 손길이 느껴지는 서재에 틀어박혔다. 길에서 떠오른 추억의 순간들을 놓치지 않고 밤도와 글로 옮겨갔다. 살아오면서 가끔씩 삶의 여정을 기록해둔 게 회고에 큰 도움이 됐다.

5 하이게이트에 있는 마르크스의 무덤.

삶을 그때그때 정리하는 글쓰기는 제우스의 집안에선 누구나 하는 일이었고, 나 또한 영향을 받을 수밖에 없었다. 짧은 기록들을 바탕으로 한 장면 한 장면 잃어버린 시간들을 이어가며 재구성하는 시간은 참으로 즐거웠다.

예전에는 제우스의 부인이나 호기심이 왕성한 그의 딸들이 들춰볼까 두려워 마음놓고 글을 쓰지 못했다. 네가 잘 알 듯이 나만의 생활 공간을 확보하기 어려웠다. 다른 사람이 알아보기 어려운 방법으로 삶을 기록해나갔다. 그 '암호'들을 다시 해독할 때마다 마치 한 폭의 풍경화처럼 잊혀진 순간들이 눈앞에 펼쳐졌다.

제우스가 남긴 유고를 정리[6]하는 장군과 이따금 차를 마시며 더불어 그의 아름다운 모습들을 회고하는 순간은 더더욱 행복했다. 남은 기록과 삼삼한 기억을 밑절미 삼아 힘닿는 대로 나의 삶, 아니 나의 사랑을 너에게 들려주고 싶다.

그 길이 너에게 속죄하는 최선의 방법이 아닐까 싶어서다. 동시에 더 늦기 전에 네 삶의 뿌리인 진실을 들려주어야 한다고 판단했다.

곧바로 말하마. 이 지상에서 나 헬레네 데무트는 애오라지 한 남자를 사랑했다. 나 자신보다 더 그분을 사랑했단다. 내 모든 걸 다 주어도 늘 부족함을 느꼈다. 그분은 올바르게 살아가려는 모든 이들의 존경을 받을 만큼 훌륭하셨다. 내 마음속의 '신'인 그분을, 하지만 언제나 가슴에 묻어두어야 했다. 단 한 번도 네게 아버지가 누구인지를 답해줄 수 없었다. 언제부터인가 더 이상 묻지 않던 네가 얼마나 고마웠던지……

아들아.

너에게 오늘 아버지의 이야기를 들려주련다. 미리 당부하거니와 아

---

6 엥겔스는 마르크스의 사후 유고를 정리해서 1885년 『자본』 2권을 출간했다.

버지를 결단코 원망하지 말기 바란다. 그이는 모멸스러운 삶의 세계에서 내가 만난 가장 아름다운 사람이다. 너로서는 선뜻 받아들이기 어렵겠지만 누구보다 인정이 많았고 다정다감했다. 우리가 살아가는 사회가 빈익빈 부익부의 야만이 지배하지 않았더라면, 대대로 내려온 그분의 가문, 곧 너의 핏줄이 그러하듯이 평생을 성직자로서 살아갈 '현자'였다.

무엇이든 꿰뚫어볼 빛나는 눈동자, 언뜻 빈정거리는 듯 보이지만 실제로는 삶의 달관에서 빚어지는 엷은 미소, 불요불굴의 거인. 이쯤이면 너도 누구인지 미루어 짐작할 터이다. 그렇다. 아들아, 자랑스럽게 그리고 사랑스럽게 그분의 이름을 네게 들려주련다.

칼 하인리히 마르크스

놀라지 않았기를, 기쁨으로 네가 받아들이길 바란다. 이제 너의 이름을 하인리히 프레데릭 데무트로 지은 까닭을 짐작할 수 있겠니? 적어도 네 이름에서 그분의 아들이라는 사실만은 분명히 해두고 싶었다.

이 순간부터 널 프레디라는 귀익은 이름 대신에 하인리히라 부르겠다. 네 둘레의 모든 사람들이 너를 프레디라 불렀고 나 또한 그랬지만 그 이름을 부를 때는 물론이려니와 내 마음속에서 너는 언제나 하인리히였다.

나의 아들, 하인리히 데무트

난 그분을 사랑했다.

하지만 그분에 대한 이야기나 그이와 나눈 대화들을 온전히 기록할 수 없었다. 오히려 은폐해야 했다. 가령 그이를 'E'라고 적었다. 혹 누군가 내 기록을 들춰보더라도 그 사람의 추론이 장군의 이름 엥겔스에 이르게 했다. 아마도 너 또한 오늘까지 막연하게나마 장군이 너의 아버지라고 짐작하고 있지 않았을까 싶다.

　아들아.

　우리네 인생은 짧단다. 역사에 눈을 뜨면서 한 개인의 삶이란 얼마나 순간에 지나지 않는가를 절감했다. 사람이라면 누구나 짧은 인생을 살아가며 굳이 스스로 슬픔에 잠기거나 남에게 우울하게 대할 이유도, 그럴 만한 여유도 없다.

　밤을 밝히며 이 글을 써내려갈 때마다 떠올렸다. 천한 내게 자상하게 프롤레타리아 혁명의 진실을 깨우쳐주던 그분을. 그리고 밤을 지새우며 해방과 혁명의 사상을 집필하던 그이의 향기를. 그때 그분이 얼마나 힘든 삶을 살아갔던가를 다시 절절히 체험하면서.

　칼을 처음 만난 순간은 지금부터 반세기도 더 앞으로 거슬러 올라간다.

　1833년 봄.

　열세 살 소녀가 집을 떠났다. 고장7에서 명망 높은 폰 베스트팔렌 귀족 집안의 몸종으로 들어갔다.

　척박한 땅에서 평생 구슬땀을 쏟았음에도 아버지와 어머니는 동물적 생존조차 허덕일 만큼 가난했다. 아버지는 딸인 내게 단 한 번의 따뜻한 말도 건네지 않았다. 언제나 섬뜩하게 불거진 눈을 부라려 무서웠다. 게다가 술을 드시면 어머니와 나를 마구 두들겼다.

　당신이 그토록 매질했던 어머니가 시난고난 속병을 앓다가 결국 숨졌을 때다. 아버지는 짐승처럼 울부짖었다. 어린 나이였지만 아버지도 어머니를 미워만 한 게 아니라는 사실을 처음 깨달았다. 아버지가 가여운 생각이 들면서도 한편으로 더더욱 이해할 수 없었다. 다만 아버

---

7 마르크스와 예니가 태어난 독일의 트리어 지역.

지가 좀더 가까이 다가오는 느낌은 있었다. 어머니가 돌아가신 뒤 아버지는 더 이상 손찌검을 하지 않았다.

어머니가 돌아가신 뒤 1년쯤 지났을까. 이웃집에 홀로 살던 아주머니가 우리 집으로 짐을 옮겨왔다. 두 분 사이에 여동생 마리안느가 태어나면서 두 분은 나를 두고 자주 싸웠다. 누가 어떻게 결정했는지 모르지만 업시름당하던 어느 날 결국 어떤 아저씨를 따라 집을 떠나야 했다. 마을 어귀까지 따라와 나를 배웅하며 눈물이 그렁그렁했던 아버지의 눈빛을 50여 년이 흐른 오늘도 잊을 수 없다.

이 글을 쓰는 순간에도 무섭기만 했던 퉁방울 눈을 가득 채운 눈물이 마치 눈앞에 있듯이 생생하다. 그것이 너의 외할아버지를 본 마지막 눈빛이었기에 더욱 가슴이 미어진다. 그때가 만 열세 살. 하지만 새엄마가 가르쳐준 대로 나이를 묻는 모든 사람에게 열 살이라고 대답했다. 생일을 물을 때 내가 엉거주춤하자 나를 데리고 간 아저씨는 외우기 쉽게 1월 1일로 하자며 잊지 말라고 했다. 그렇게 해서 난 1823년 1월 1일생이 되었다. 대다수 귀족들이 될 수 있는 대로 언년이 때부터 집안의 몸종으로 부리려 한 까닭이다. 정확한 생일은 나도 모른다. 한 인간이 지상에 불려온 날을 모른다는 것도 어쩌면 '멋있는 일' 아닐까.

어린 나이에 몸종이 된 어미에 혹 네가 연민을 느낀다면 이렇게 답하련다. 아니라고. 아니, 더 정확하게 말하면, 꼭 그런 것만은 아니었다고.

어찌됐든 태어나서 처음으로 배고픔을 면할 수 있었던 그곳, 귀족의 집안은 그 시절 내겐 오히려 천국이었다. 그랬단다. 쫓겨나지 않으려고 손발이 부르트도록 일했다. 요리와 청소 그리고 육아나 병간호까지 눈에 불을 켜고 동동걸음으로 배웠다. 그것이 내가 생존할 수 있는, 빵을 평생 보장받을 수 있는 유일한 길이었다.

더구나 많은 돈은 결코 아니었지만, 어쨌든 내가 받은 임금으로 아버지를 도울 수 있다는 사실은 기쁨이었다. 새엄마가 달마다 꼬박꼬박 찾아와 내 노동의 대가인 임금을 챙겨갔다. 그리운 아버지는 오지 않았다. 1년 반쯤 지나서였을까. 새엄마까지 두 달째 찾아오지 않았다.

연락이 끊겨 사위스럽던 어느 날 숙부가 찾아왔다. 숙부는 대수롭지 않은 말투로 날벼락을 안겨주었다. 아버지와 새엄마가 콜레라로 세상을 떴다고 담담하게 통보했다. 숙부는 마리안느를 맡아 키우게 되었으니 내 급료는 이제 자신이 받아가겠다며 당연한 권리처럼 말했다.

아버지의 죽음이 현실감으로 다가온 것은 숙부가 엉금썰썰 떠난 직후였다. 아버지가, 그 무섭던 아버지가 미친 듯이 보고 싶었다. 으스레를 치게 했던 퉁방울 눈도 한없이 자애롭게 몰려왔다. 무릎이 허청허청거려 헛간까지 간신히 걸어갈 수 있었다. 짚더미를 본 순간 설움이 복받쳐 몰려왔다. 몸을 던지고 통곡했다. 왜였을까. 아버지에게 두들겨 맞을 때 서로 껴안으며 바로 눈앞에서 보았던 어머니의 젖은 눈빛과 아버지의 마지막 눈빛들이 연이어 떠올랐다. 그때서야 두 눈빛이 닮았음을 깨달았다. 그랬다. 그것은 서러움으로 빚은 눈빛이었다. 한이었다. 그리고 이제 두 분 모두 풍진 세상을 떠났다. 차가운 땅 밑에 팽개쳐지듯 묻혔다. 삶은, 두 분에게 무엇이었을까. 저주가 아니었을까.

헛간에서 나오며 다시는 울지 않겠다고 다짐했다. 비록 반쪽이지만 살아남은 유일한 핏줄, 여동생을 위해 숙부 집으로 돈을 보내려면 최선을 다해야 한다고 입술을 깨물었다.

아들아.

인생이란 무대에는 언제나 그렇듯이 슬픔만 있는 건 아니란다. 날벼락을 이겨갈 힘을 줄 두 사람이 여린 내 가슴속에 그 무렵 자리잡고 있었다.

베스트팔렌 가문에 처음 들어간 봄에 곧바로 어여쁜 아씨를 발견했다. 아씨는 갸름한 얼굴에 초록빛 눈으로 고장의 으뜸가는 미인이었음은 물론이려니와 귀족다운 기품이 온몸에 넘쳐흘렀다. 도시 안팎에 소문이 짜했다.

처음 만났던 장면이 떠오른다. 우아한 그분은 가련한 눈빛으로 나를 바라보더니 가까이 오라고 손짓했다. 쭈뼛쭈뼛 다가서자 선뜻 두 손으로 내 오른손을 잡았다. 그리고 천사처럼 속삭이듯 말했다.

"힘들겠지만 앞으로 언니처럼 생각해. 어려운 일에 부딪히면 언제든지 밤에 내 방으로 찾아와. 알았지?"

눈굽이 찌르르 저려와 하마터면 눈물을 쏟을 뻔했다.

아들아, 너도 갓난아기 때부터 남의 집에서 커왔기에 충분히 짐작할 수 있을 게다. 더구나 너와 달리 난 하녀였단다. 아씨의 말이 얼마나 고마웠는지 실감할 수 있겠니? 그분이 바로 예니란다.

내가 지금도 예니에게 미안함과 고마운 마음만 있지, 단 한 점의 원망도 없는 까닭이다. 그렇다. 난 예니를 도저히 미워할 수 없다. 꿈에라도 그런 생각을 한다면 아마도 천벌을 받을 터이다. 하녀로서 일하며 예니가 얼굴 못지않게 마음도 아름답다는 사실을 확인할 수 있었다.

그리고……

한

소년.

지금 이 순간 내 앞에 마치 그 봄날처럼 보드랍게 다가오는 소년의 얼굴. 검은 머리, 굵고 짙은 눈썹. 무엇보다 불잉걸이 일렁이듯 번쩍이는 새까만 눈빛은 내 마음 깊은 곳까지 들어와 온몸을 불질렀다. 실제로 그날 일어난 불길은 내 가슴에 불에 덴 상처처럼 영원히 지워지지 않고 있다. 아니, 꺼지지 않는 불꽃으로 활활 타오르고 있다.

소년을 처음 보았을 때 나와 비슷한 또래라고 생각했다. 하지만 소년이 두 살 위, 열다섯 살이었다. 빌헬름 고등학교에 다니는 에드가 도련님과 동갑이라는 사실을 곧 알 수 있었다. 하지만 하녀로 들어갈 때

세 살을 줄였던 만큼, 소년은 나와 다섯 살 차이가 나는 줄 알았음에 틀림없다. 아마 이 세상을 떠날 때까지 그렇게 알았을 터이다.

부끄러운 고백이지만, 첫눈에 소년은 내 마음을 온통 사로잡았다. 소년이 베스트팔렌 집안 사람이 아니라는 사실을 알았을 때 얼마나 실망했던가. 하지만 소년은 자주 들렀다. 남작은 아들보다 더 소년을 각별히 아끼는 듯했다. 내가 보기에도 짓궂은 에드가와 비교할 수 없을 만큼 한결 돋보였다. 어쩌다 마주친 소년의 검은 눈빛엔 나이에 걸맞지 않게 따뜻함이 담겨 있었다. 그 눈빛이 서럽던 시절 내겐 행복이었음을 그 누가 짐작이라도 했었을까.

내 가슴에 벅벅이 소년으로 살아 있는 그의 이름을 들었을 때 처음이었음에도 왜 그런지 오래 전부터 알고 있던 느낌이 들었다.

그렇다.

그 소년이 바로 나의 칼,

칼 하인리히 마르크스였다.

우연이었을까. 칼이 집에 올 때마다 눈길이 자주 맞닿았다. 그때마다 난 마음속에서 남모르게 귀히 여겨온 무엇인가를 드러낸 것만 같아 황급히 고개를 돌렸다. 봄날의 청신한 새싹처럼 그렇게 사랑은 피어올랐다.

그리고 소설 같은, 아니 동화 속의 운명처럼 칼을 만난 지 꼭 50해 되는 1883년 봄에 우리는 작별했다. 지상에서 옹근 반세기에 걸친 사랑의 열정은 그 봄날에 맹렬히 움트기 시작했다. 마치 저 아득한 영겁의 세월 전부터 맺어진 인연이라도 되는 듯이, 가녀린 새싹이 어둠 속에서 두꺼운 대지를 뚫고 마침내 빛을 보듯이.

칼 못지않게 예니도 상냥했다. 하지만 예니와 칼이 주는 정감은 성격이 전혀 달랐다. 예니의 보살핌에서 애틋함을 느낄 수는 없었다. 다만 예니에게 지금도 깊이 고마운 게 있다. 예니는 아무것도 지닌 게 없어 한없이 무력했던 내 손에 평생의 무기를 쥐어주었다. 아들아, 이 대목에서 그게 무엇일까 편지를 덮고 짐작해보기 바란다.

무기 중의 무기!

무엇이었을까.

글.

바로 글이란다!

그랬다. 하녀인 내게 예니는 틈틈이 글을 가르쳐주었다. 비로소 나는 인류가 남긴 지혜에 이르는 열쇠를 지니게 되었다. 쉬운 일 같지만 당시 사교계에서 '여왕'으로 회자하던 귀족 처녀가 자신의 하녀를 나지리 보지 않고 글을 가르쳐주기란 누구나 할 수 있는 수고는 결코 아니었다.

거듭 말하지만 바로 그 점에서도 예니는 내 삶의 은인이다. 예니에게 서운하거나 더 나아가 미운 감정이 밉살스레 일어날 때마다 내게 준 은총을 되새김질했다. 독일어만이 아니었다. 훗날 런던에서 예니는 다시 영어를 가르쳐주었다. 그때는 칼과 더불어.

칼을 향해 나 홀로 애태우던 연모는 칼이 본에 있는 대학에 진학하면서 더욱 짙어졌다. 보고 싶어도 이제는 볼 수 없다는 사실로 더욱 애틋했다. 칼이 경건한 얼굴로 남작과 대화를 나누던 의자를 닦거나 칼이 에드가와 거닐던 정원을 볼 때마다 그의 자태가 가없는 그리움으로 몰려왔다. 하던 일을 멈추고 가슴을 쓸어내려야 했다.

그러던 어느 여름날이다. 아마도 방학을 맞아서였을 게다. 마침내 그 소년, 아니 청년 칼이 다시 찾아왔다. 칼은, 그러나—어쩌면 당연한 일이기에 '그러나'가 적실한 접속어는 아니지만—나를 찾아온 게 결코 아니었다. 전혀 딴 사람으로 달라져 있었다. 나와 그토록 자주 마주쳤던 눈길은 단 한 번밖에 이어지지 않았다. 그 한 번의 눈길마저 단호히 거둘 때는 세상이 와르르 무너져내리는 듯했다.

칼은 줄곧 예니의 갸름한 얼굴만 응시했다. '폐허'가 된 가슴으로 쓰라리게 깨달았다. 칼이 귀족의 딸 예니를 사랑하고 있다는 사실을. 그리고 난 어김없이 그 여자의 하녀에 지나지 않음을!

견디기 어려웠지만 하릴없이 체념을 배웠다. 달리 내가 무엇을 할 수 있겠는가. 기실 '체념'이란 말조차 주제넘은 표현이다. 본디 무엇을 바랐던 게 아니었기에 체념이란 걸맞지 않다. 그저 조용히, 마치 아무런 일도 없었다는 듯이 삼켜야 했다.

예니는 신분이 나와 달랐다. 아니, 한 여성으로서도 내가 감히 넘볼 수 없을 만큼 아름답게 태어났다. 대학생 칼과 대화를 나눌 만한 지성은 더더욱 견줄 바 아니었다. 어머니와 아버지의 죽음 못지않게, 아니 그 이상으로 사랑의 아픔이 나의 내면을 한결 성숙케 했다.

칼이 다시 본으로 떠난 뒤 예니는 들떠 있었다. 홀로 콧노래를 부르다가 어느 순간에는 두 볼마저 자줏빛으로 상기될 때가 잦았다. 영문을 몰라 하는 내게 예니는 누구에게도 발설하지 않는다는 조건으로 귀띔해주었다.

"기뻐해주렴. 칼과 비밀리에 약혼했단다."

탁자에 내려놓던 찻잔을 엎질렀다.

"너무 놀랐어요. 죄송합니다."

예니는 조금은 놀란 눈으로 의아스럽게 바라보았지만, 달콤한 목소리로 들려준 그 속삭임이 내게 얼마나 큰 천둥소리였는지 아마 짐작조차 못했으리라.

힘든 계절이었다. 그해 가을 칼은 베를린대학으로 옮겼다. 곧이어 예니 앞으로 자신의 시를 묶은 시집 3권을 보내왔다. 시집 앞에 써진 헌사를 예니는 홀로 있을 때 언제나 소리내어 읽었다. 여기서 '홀로'라는 말은 하녀의 존재는 아예 고려하지 않는 귀족의 문법이란다. 귀족들은 하인과 단 둘이 있을 때도 '혼자'라고 표현해왔고, 예니도 그로부터 완전히 자유롭지는 못했다.

"나의 영원한 연인 예니 폰 베스트팔렌에게 바친다."

헌사만이 아니었다. 사랑을 뜨겁게 고백한 칼의 시를 낭독하고 또 낭독했다. 얼마나 많이 읽었는지 나까지 외우다시피 했다.

> 예니여! 만일 내가 뇌성벽력으로
> 저 천국의 말을 다룰 수 있다면
> 나 모든 우주를 향해
> 번개같은 글씨로
> 당신에 대한 사랑을 선언하고 싶다.
> 우주가 당신을 영원히 기억하도록!

다른 시의 한 대목도 떠오른다. 예니의 젖은 목소리와 더불어.

> 내게는 세상에서 당신만이
> 영감의 원천이고
> 희망의 빛이며 위안이고
> 혼을 뿌리까지 밝혀주는 수호신이라네.
> 그 이름을 말하면 당신의 옛 모습이 또렷이 떠오르네!
> 예니라는 이름은 그 하나하나의 글씨부터 멋지네!

칼의 시에서 예니라는 이름 대신에 데무트가 들어간다면 얼마나 좋을까, 망상에 잠기기도 했다. 아들아, 제발 네가 비웃지 말기 바란다. 그 시절 꿈에서 칼을 자주 보았다. 어느 날 칼은 손으로 번개를 치며 먹구름 가득한 시커먼 하늘에 휘갈겼다. '데/무/트'라고 한 철자 한 철자 힘차게 쓸 때마다 천둥소리가 진동했다.

약혼한 이듬해 다시 칼이 찾아왔을 때다. 운명의 장난일까. 문을 열었던 게 하필이면 나였다. 그 순간이 눈앞에 선명하게 펼쳐진다.

칼과 눈이 마주쳤다.

얼굴은 다소 어두웠지만 넓은 이마 아래 빛나는 검은 눈빛은 훨씬 깊어져 있었다. 심장이 철커덩 내려앉는 소리가 칼에게 들리지 않았을까 싶었다. 순간이었다. 약속이나 한 듯이 서로 눈길을 피했다. 나는 조금 눈을 내리고 아마도 칼은 조금 눈을 들어 하늘을 바라보았을 게다.

1841년. 칼은 예나대학에서 철학박사 학위를 받았다. 칼과 나의 '신분' 차이는 갈수록 커져 어느새 하늘과 땅처럼 벌어져 있었다. 나도, 공부를 하고 싶었다. 갈망이 커서일까. 칼과 마주 앉아 책을 읽는 꿈을 자주 꾸기도 했다. 깨어날 때면 그것이 이룰 수 없는 꿈이라는 사실에 더더욱 가슴이 저렸다.

박사가 되었지만 칼은 교수직을 얻지 못했다. 훗날 예니로부터 칼이 학문적 성향으로 말미암아 대학당국의 눈 밖에 났다는 사실을 들었다. 그러나 설령 대학당국과 사이가 좋았다고 하더라도 칼은 교수로 평생을 살아가진 않았을 터이다. 철학을 직업으로 가르치는 교수와 마르크스는 전혀 이어지지 않는다.

당시 독일 땅에서 자유주의가 선구적으로 꽃피어나던 땅은 퀼른이었다. 그 자유의 땅에서 자유주의자들은 신문을 싹틔우고 있었다. 〈라인신문〉이 그것이다. 칼은 그 신문사에 기자로 들어갔다. 탁월한 문장력과 왕성한 비판정신이 반짝이던 칼은 곧 편집장이 되었다. 스물다섯, 아직 젊은 나이였지만 철학박사이자 신문편집장은 독일의 지성계에서 시나브로 주목받기 시작했다. 정말이지, 나 같은 하녀는 언감생심 처다보기도 아름찬 나무였다. 소녀 시절 그를 심장으로 연모했다는 추억만 갈무리해두었다.

1843년 6월 19일.

결혼식이 열렸다, 칼과 예니의.

예니의 초록 눈과 칼의 검은 눈이 서로를 그윽하게 바라보던 그날의 정경이 눈앞에 그림을 그린다. 마땅히 축복을 기원해야 했음에도 그러지 못했다. 노력했으나 그럴 수 없었다. 정반대였다. 두 연인이 마주 보는 눈길에서 빛나던 불꽃으로 내 마음은 타들어가 까맣게 숯이 되었다. 숯불이 온 가슴을 지지는 듯 아팠다.

예니는 절세의 미인이란 말에 전혀 손색이 없었다. 붉은 갈색 머릿결을 곱게 빗어올린 예니가 초승달 눈썹 아래 매혹적인 눈을 반짝이며 멋진 칼의 팔에 안겨 춤출 때 난 손님들이 남긴 음식물 쓰레기와 접시들을 치웠다. 몸 속에 쌓이고 쌓이던 서러움이 봇물 터지듯 굵은 눈물로 하염없이 흘러내렸다. 어금니를 꽉 사리물고 입술을 꼭 감쳐물었다. 뒤돌아선 채 접시를 닦으며 쓰디쓴 속눈물로 흐느꼈다. 천장까지 쌓여가는 기름 범벅인 접시들을 닦고 또 닦았다. 결혼을 축하하며 돌고 도는 춤판의 음악에 맞춰.

과연 더 살아야 하나 싶었다. 언덕으로 달음박질해 푸른 강물로 뛰어들고픈 충동에 사로잡혔다. 그때마다 저주처럼 받은 삶에 최선을 다해 살아간 아버지와 어머니가 앞을 가로막았다. 두 분의 설움에 비교한다면 내 슬픔은 아무것도 아니다 싶었다.

결혼한 두 사람은 한동안 예니의 집에서 살았다. 신혼의 두 사람을 시중들기란 자연스레 내 몫이었다. 솔직히 고백하거니와 견뎌내기 힘들었다. 몸이 피로해서는 전혀 아니었다. 기실 다른 집안 일보다 두 사람 시중들기란 손쉬웠다. 문제는 두 신혼부부의 모든 걸 무엇이든 아주 가까이 보아야 했다는 데 있었다.

이를테면 어느 날 아침에 예니는 채 옷도 갖춰 입지 않은 상태에서 는실난실 칼을 예찬했다. 칼이 어젯밤 얼마나 자신을 사랑해주었는지 시시콜콜 늘어놓기도 했다. 끝없이 이어지는 두 사람의 사랑을 그 밀어와 유치한 정경들까지 고스란히 듣고 보아야 했다. 아마도 나를 어리게 생각하고 허물없이 하는 이야기였겠지만 나로서는 그렇지 않았다. 스물세 살의 처녀에게, 그것도 소녀 때부터 흠모하던 칼의 사랑 이야기를 그의 귀족 아내에게 듣기란, 차라리 고문이었다.

여기서 네 앞에 고해하마. 천벌을 받아 마땅한 망상이었지만 아직 철없던 그 시절, 예니에 살의를 느낄 때가 있었다. 귀족의 딸이자 미모와 지성에 고운 마음씨, 모든 걸 타고난 예니 앞에서 가난한 농민의 딸로 평범한 생김에 더해 사랑마저 잃은 내가 선택할 수 있는 '복수'는 오직 그것뿐이 아닐까 싶었다. 어느 순간 그런 의식에 사로잡혀 있는 자신을 화들짝 놀라 발견하고는 또 얼마나 죄책감에 사로잡혔던가. 아무도 모르게 한밤중에 교회를 찾아가 내 마음에 깃든 악마를 쫓아내달라며 주님께 용서를 빌기도 했다.

칼이 파리로 떠날 때까지 넉 달 가까이 지속된 예니의 분홍빛 나날은 내게 엄혹한 시련의 계절이자 수련의 마당이었다. 윗니로 아랫입술을 꽉 깨물고 본디 여리던 마음을 강인하게 담금질해갔다. 하루도 빠짐없이 깨끗하게 청소한 침실은 예니에게 축복과 행복의 향연장이었지만 내겐 삶의 쓰디쓴 본질을 이겨가는 교실이었다.

단 하나 그럼에도 체념할 수 없었던 것은, 아니 오히려 시간이 흐를수록 더더욱 마음이 뺏긴 것은, 침실과 붙어 있는 서재에서 연구와 집필에 몰두해 있는 칼의 숭고한 자태였다. 아직 예니가 잠에서 깨어나지 않은 상태임에도 칼은 새벽부터 일어나 책을 읽거나 글을 써갔다. 나중에서야 그때 쓴 글이 『헤겔 법철학 비판서설』임을 알았지만 그때는 뭐가 뭔지 전혀 몰랐다. 책상 위에 산더미처럼 두꺼운 책들을 쌓아두고 이것저것 들춰보며 무엇인가 써내려가다가 돌연 모든 걸 멈추고 창문 밖을 하염없이 바라보곤 했다. 거룩한 그 모습을 발견할 때면 가슴이 멎는 듯 싸하다가 이내 마구 방망이질했다.

더구나 침실을 정리하던 내 눈과 마주칠 때면 어쩐지 칼은 미안하다는 마음을 전하려는 듯 눈길을 조용히 숙이는 것이었다. 그때마다 괜스레 마음은 한결 더 붉게 물들어갔다.

그 시절 축복 받아 마땅할 신혼의 두 사람 앞날에는 어두운 먹구름이 달려오고 있었다. 칼이 편집해가던 〈라인신문〉은 이미 결혼식 직전에 정부의 미움을 받아 폐간당했다. 자유주의가 만발하기엔 쾰른조차 수구세력의 반동이 컸다. 미모의 신부와 단꿈에 젖어 있던 칼은 가을에 프랑스로 떠났다. 조금은 더 자유로운 파리에서 새로운 신문을 만들 꿈에 부풀어 있었다. 예니도 곧 파리로 떠났다.

칼을 더는 못 보는 게 아쉬웠다. 떠날 때 문밖까지 배웅했다. 칼은 끝내 눈길을 주지 않았다. 차라리 마음이 홀가분했다. 보이지 않으면 자연스레 잊을 수 있으리라고 믿었다. 전혀 그렇지 않다는 걸 깨닫기까지는 얼마 걸리지 않았지만.

칼의 새 신문 창간 작업은 수나롭지 않았다. 예니가 남작부인께 보내오는 편지는 칼의 일이 잘 풀리지 않고 있다든가, 생활의 어려움을 호소하는 게 대부분이었다.

그러던 어느 날 남작부인이 붉으락푸르락 읽고 있던 신문을 내동댕이쳤다. 신문에 칼 마르크스라는 활자가 눈에 박히듯 들어왔다. 찻잔을 치우며 던져진 신문을 자연스레 들고 나왔다. 부엌에서 읽었다. 너무 어처구니가 없어 생생히 기억나는 그 기사는 칼을, 나의 사랑 칼을, 섬뜩하게 비방했다.

"더부룩한 칼 마르크스의 머리칼은 석탄처럼 까맣다. 얼굴은 누렇게 찌들어 있다. '석탄'으로 숨겨진 이마는 혹들로 울퉁불퉁하다. 눈위까지 혹이 튀어나와 있다. 넓은 간격을 두고 달려 있는 귀 뒤에는 파괴기관이 있다. 이마는 눈귀코입과 마찬가지로 기품이 없고 숭고한 이상이라고는 조금도 찾아볼 수 없다. 혹으로 덮인, 작고 거무스름하고 근시인 눈은 나쁜 잔꾀가 발달한 것을 드러내주며 교활한 빛을 내뿜고 있다."

비록 배운 것은 전혀 없었지만 칼이 만든 신문과 달리 저들의 신문이, 그리고 신문기자들이, 얼마나 거짓말을 하는지 그 기사에서 단숨에 깨우쳤다.

2 칼이 떠오를 때마다 마음의 문을 빗장 지르며 평정을 되찾아갔다. 칼 옆에 언제나 귀족인 예니가 있다는 사실을 떠올리면 어떤 적개심 같은 게 일어나면서 환상을 잠재워가는 데 도움이 됐다. 은인인 예니에게 그런 마음을 품는 자신이 미웠지만 칼을 잊는 데 도움이 되었기에 굳이 억누르지 않았다.

그런 가운데 1845년 4월 1일이 왔다. 내 삶의 운명이 결정된 날이다. 처음으로 독일을 떠나게 되어서가 아니었다. 벨기에 브뤼셀로 가라는 남작부인의 '명령'을 하릴없이 따라야 하는 하녀의 숙명을 자각해서는 더더욱 아니었다.

그해 2월 신문창간을 준비하며 만든 잡지[8] 때문에 칼과 예니는 파리에서 추방당했다. 그 사실을 안 남작부인은 며칠 밤낮을 고민했다. 게다가 두 사람 사이에는 딸까지 생겼다. 굳이 보지 않더라도 '공주'처럼 자라온 예니가 얼마나 힘들어할지는 쉽사리 짐작할 수 있는 일이었다. 3월말께다. 남작부인이 엄엄히 나를 불러세웠다. 전혀 상상할 수 없었던 뜻밖의 제안이 빈방 가득 낭랑하게 울려퍼졌다.

---

[8] 〈독불연보〉를 이름.

"렌헨[9], 내 말을 오해없이 잘 들으렴. 먼저 미안하단 말을 하고 싶구나. 오랫동안 심사숙고한 결과란다. 거듭 말하거니와 이건 네가 일을 못해서거나 순종적이지 못해서가 절대 아니란다. 오히려 네가 너무 미더워서다. 음, 네가 여기 있는 것보다 아무래도 예니와 함께 있어줘야겠다. 예니가 걱정되어 내가 잠을 못 이룬단다. 그 아이가 도대체 무얼 먹고 어떻게 입고 살아가는지 도통 모르겠어. 갓난아기를 제대로 키우는지도 걱정이야. 만일 네가 예니 곁에 있다면 내가 마음을 놓고 여생을 보낼 수 있을 것 같다. 네 의견을 듣고 싶구나."

토씨 하나 틀림없이 그 제의를 기억하는 까닭은, 그 시절 남작부인의 말이라면 마치 신의 명령이라도 되는 듯 온 정성으로 순종해서만은 아니었다. 의견을 듣고 싶다고 했지만 기실 나는 '분부'를 거역할 만한 위치에 있지 않았다. 따라서 내 거취를 놓고 선택을 권하는 말이었기에 또렷이 기억하는 것은 분명 아니었다.

남작부인의 말을 지금도 귓전에서 되살릴 수 있는 이유는 단 하나다. 복음처럼 가슴 깊숙이 퍼져왔기 때문이다. 예니와 다시 만나서는 아니었다. 실제 예니에 대해선 걱정하지도 않았다. 예니보다는 남작부인을 모시며 살아가는 게 편하다면 더 편했다.

아, 하지만 그곳엔 다정한 눈빛의 칼이, 칼이 있지 않은가. 게다가 칼과 언제나 한지붕 아래 살아갈 수 있다는 사실, 그것만으로도 얼마나 큰 축복인가. 운명처럼 다가와 부르르 심장이 떨렸다.

남작부인은 마음을 정했으면 즉각 떠나라고 말했다. 기다리던 '주문'이었다. 주소를 지니고 남작부인이 적어준 대로 마차를 수 차례 바꿔 탔다. 제법 먼 길이었지만 흥겨움에 날아가는 것만 같았다.

브뤼셀에 이르러 가까스로 집을 찾았을 때다. 놀라웠다. 상상은 했

9 헬레네 데무트의 애칭.

었지만 그 이상으로 허름한 집이었다. 남작부인이 예니가 사는 곳을 직접 보았다면 큰 충격을 받았을 게다.

물론 난 아니었다. 집 앞에 섰던 순간을 떠올리면 지금도 설렌다. 심호흡을 되풀이하며 들뜬 감정을 추슬렀다. 마음을 가라앉혔다.

가까스로 진정을 찾기 시작했을 때 손을 들었다.

"똑 · 똑 · 똑."

현관문을 두들겼다. 두드릴 때만 하더라도 내 삶이 어떤 문으로 나 있는지를, 그리고 내가 그 문으로 들어가 영영 나오지 못하리란 것을, 정말이지 전혀 몰랐다. 도근도근 뜀박질하던 심장은 적어도 그때까지 는 그립던 칼을 만난다는 막연한 설렘에 지나지 않았다. 한낱―그걸 '한낱'이라고 표현하는 것이 과연 온당한지 잘 판단이 서지 않지만― 소녀 시절의 작은 가슴을 분홍빛으로 물들인 연정이었다. 그랬다. 적 어도 그때까지는.

하지만 그 문은 풋풋한 연모가 떠오르는 추억의 들머리는 아니었다. 칼에게로 열린 문만도 아니었다. 그 문은 하녀의 굴레에서 평생 살아 갔을 한 여자가 삶을 새롭게 발견하는 길로 열린 문이었다. 그 문은 무지의 어둠 속에서 일생을 마쳤을 한 여자가 세상을 있는 그대로 투 명하게 보는 길로 들어서는 문이었다.

초라했던 그 문은, 내게 구원의 문이었다.

두드려라, 그러면 열리리라 했던가.

문을 다시 두들겼다.

아무런 인기척이 없었다. 불안감이 스쳐갔으나 뭐라 꼬집어 말하기 어려운 믿음이 이미 든든하게 자리하고 있었다. 다시, 또다시, 침착하 게 문을 두들겼다. 이윽고 안쪽에서 서서히 문으로 걸어오는 발소리가 들렸다. 마침내 문이 열렸다.

문을 열어준 사람.

바로 칼이었다.

칼의 얼굴은 한결 더 품격이 높아져 지성이 넘쳐흘렀다. 새까만 머리카락이 넓은 이마를 파도처럼 감싸고 검은 눈은 웅숭깊었다. 다만 열정적으로 타오르던 눈에서 예전에 없었던 그늘이 읽혀졌다. '상전'을 모시고 있는 하녀들은 주인의 작은 표정 하나라도 놓치지 않게 마련이다. 칼의 저 표정은 무슨 사연일까. 의아스러워 칼의 눈을 들여다볼 때였다. 멋쩍어하는 칼의 등뒤로 예니가 불쑥 나타났다. 슬픈 기색이 역력했던 예니는 나를 보더니 환호성을 지르며 반겼다. 부러움 반 반가움 반이 미묘하게 겹쳤다.

문 안으로 들어섰다. 좁은 공간의 가장 아늑한 곳에 있는 요람이 들어왔다. 다가서자 그 안에 아직 돌이 채 안 된 아기가 쌔근쌔근 잠들어 있었다. 행복에 겨워 있어 마땅할 두 사람의 얼굴에서 묻어나던 슬픔의 정체가 무엇인지 헤아리던 마음은 예니헨10을 보는 순간 씻은 듯이 사라졌다.

지상에 새롭게 나타난 신비로운 생명, 더구나 칼의 핏줄을 들여다보고 있을 때다. 내가 전한 남작부인의 편지를 예니가 소리내어 읽기 시작했다.

"너에게 렌헨을 보낸다. 이것이 내가 네게 줄 수 있는 가장 큰 선물이다."

왜 그랬을까. 당연한 말임에도 '선물'이라는 표현에 일순 모멸감이 몰려왔다. 당혹스러웠다. 얼굴이 붉어지는 걸 칼이 눈치챘을까. 저 옛날 나와 눈이 마주쳤을 때 그러했듯이 따뜻한 눈길로 미안함을 담아 보냈다. 그 눈매에 속마음을 모두 들킬 것만 같아 얼른 고개를 돌렸다.

기실 엄연한 사실 아니던가. 그랬다. 남작부인의 말처럼, 그리고 예

---

10 마르크스와 예니 사이에 태어난 장녀. 예니헨은 애칭.

니의 흥분과 기쁨에서 드러나듯이 '선물'로 난 두 사람 앞에 보내졌다. 부엌 옆에 딸린 작은 구석방이 내 침실이었다.

집이 작아 '하녀'로서 할 일은 남작부인 댁에 있을 때와 비교할 수 없을 만큼 줄어들었다. 두 사람의 식사와 청소 그리고 아기를 돌보는 일은 너무나 쉬웠다. 처음 왔을 때 인상은 기우였을까. 예니와 칼도 행복해 보였다. 아기를 재운 뒤 시간이 남아 저녁에 서재 옆을 기웃거리던 어느 날 예니가 내게 두껍지 않은 원고를 건네주었다. 제목은 「직업 선택에 대한 한 젊은이의 사색」. 칼의 글씨였다.

예니는 칼이 고등학교 시절에 쓴 '쉬운 글'이라며 일독을 권했다. 이미 이 글에서 '삶을 바라보는 남편의 진지성'이 도드라진다고 자랑스레 덧붙였다.

직업을 선택할 때 주요한 기준은 인류의 행복과 자기완성이다. 두 가지는 서로 엇갈리거나 적대적이어서 한쪽이 다른 쪽을 배제한다는 식으로 생각해서는 안 된다. 사람은 자신과 같은 시대를 살아가는 사람들의 삶을 향상시키고 그들의 행복을 위해 일해야 비로소 자기완성을 이룰 수 있다. 그것이 사람의 본성이다.

만일 사람이 자신만을 위해 일한다면 설령 저명한 학자나 훌륭한 현자 혹은 뛰어난 시인이 될 수 있을지는 모른다. 하지만 결코 진정으로 완성된 위대한 인간이 될 수는 없을 터이다. 역사는 이 세상 전체를 위해 일하면서 동시에 자기 자신을 높여가는 사람을 위인으로 인정한다. 최대다수의 사람들에게 행복을 가져다준 사람을 가장 행복한 사람으로 기린다. 종교도 가르쳐준다. 모든 사람이 지향하는 이상적인 인물은 인류를 위해 자신을 희생했다. 이런 생각을 섬멸할 용기가 있는 사람이 있을까?

만일 우리가 인류를 위하여 자신이 최선을 다해 일할 수 있는 직업을 선택한다면 우리는 그 직업의 무게에 눌려버리는 일은 없을 터이다. 왜냐하면 그 무게란 모든 사람을 위해 자신을 희생하는 것뿐이기 때문이다. 이때 우리가 체험하는 것은 비열하고 보잘것없는 이기적 기쁨이 아니다. 이때 행복은 우리만의 것이 아니라 수많은 사람들의 행복이 된다. 이때 우리가 한 일은 조용히 그러나 영원히 지속되면서 살아 있으리라. 그리고 우리의 유해는 고결한 사람들의 뜨거운 눈물로 적셔지리라.

숭고한 이상이 담긴 글이었다. 나보다 훨씬 나이가 어렸을 때 칼이 그런 고결한 글을 썼다는 사실이 부끄러웠다. 무엇보다 글이 사람의 어두운 마음에 불을 밝혀줄 수 있다는 사실에 감탄했다. 아니, 감전됐다.

예니에게 서슴없이 말했다.

"이 글을 옮겨 써보고 싶어요. 틈날 때마다 읽고 싶어서요. 그래도 괜찮을까요?"

"오, 정말? 괜찮고 말고지. 가만, 내가 전에 원고 전부를 옮겨 써놓은 게 어딘가 있을 거야. 그걸 찾아줄게."

서재로 들어가 들고 나온 원고를 받았다. 하루 일을 마치고 식탁에 앉아 원고를 필사해나갔다. 전문에는 예니가 빠뜨린 대목이 있었다. '직업을 선택할 수 있다는 사실은 사람이 다른 동물보다 뛰어난 큰 차이점'이라면서 이렇게 적었다.

그러나 우리는 자신의 천직이라고 믿는 직업을 꼭 선택할 수 있다고 할 수 없다. 한 사회에서 우리가 직업을 결정할 수 있기 전에 이미 어느 정도 정해져 있다.

바로 하녀인 나를 위한 문장처럼 다가왔다. 직업으로 하녀를 선택한 것은 분명 아니었으니까. 어쩌면 그래서 예니는 일부러 그 대목을 보여주지 않았는지도 모른다. 직업을 선택하지 못한 동물적 삶, 바로 그게 내 운명일까. 세상에 하녀를 직업으로 선택할 사람이 있을까. 그러나 현실적으로 그 직업이야말로 나를 나이게 하고 있지 않은가. 헬레네 데무트라는 하녀를 두껍게 에워싸고 있던 틀이 녹아내리는 첫순간이었다.

밤늦도록 불을 밝히고 원고를 옮겨가고 있을 때 어느새 왔는지 예니가 옆에 서 있었다. 다 옮겨 쓰고 난 뒤 원고를 돌려주자 예니가 말했다.

"기특하게도 렌헨이 상당히 학구적이구나. 우리 집은 가난하지만 다행히 책은 풍요롭지. 언제든지 내게 말하면 칼의 서재에서 뽑아다 줄게. 칼이 책을 얼마나 사랑하는 줄 알지? 깨끗하게만 보면 돼. 칼은 언젠가 이야기했어. 책을 읽으면 읽을수록 자신이 얼마나 모르고 있는가를 더욱 절실히 느끼게 된다고. 학문에는 종착역이 없데. 사실 배움은 끝이 없는 길이야."

예니는 내가 무척 대견스럽다는 듯이 눈웃음을 지으며 어깨에 손을 올리고 덧붙였다.

"칼의 말처럼 우리 삶을 의미 있게 만드는 건 권력도 돈도 아니고 외면적인 화려함도 아니야. 바로 자기 자신을 완성하려는 노력이지. 자기완성을 위한 노력, 그것은 스스로 만족을 줄 뿐만 아니라 인류의 행복도 가꾸어준단다."

꿈을 꾸는 듯한 예니의 눈빛이 부러워서였을까. 다소 들그러웠다. 하지만 이내 그것이 질투가 아닐까 생각했고 곧 부끄러웠다. 어쩌자고 감히 예니에게 질투를 느낀단 말인가. 더구나 내 삶의 완성을 권하는 따뜻한 충고를 해주는 분께. 감히 하녀가! 안 될 일이었다.

그러나……, 그러나 아니었다. 앞으로 많은 인생살이를 겪어갈 네가 마음을 옹졸하게 지니지 않기를 바라는 마음에서 회개하며 솔직히 털어놓는다. 그 시절 아직 어려서일까. 예니의 우아한 기품마저 때로는 빼기는 듯한 표정처럼 느껴져 불쾌했단다.

아무튼 직업 선택에 대한 칼의 글은 처음으로 내가 스스로 삶을 성찰케 하는 계기를 마련해주었다.

칼과 더불어 작은 공간에 살게 되어서일까. 나를 새롭게 발견해가면서 동시에 칼을 속속들이 알게 되었다. 처음에는 칼이 자신의 서재조차 제대로 정리 못하는 걸 납득하기 어려웠다. 책상이든 책꽂이든 뭐 하나 가지런한 게 없었다. 심지어 칼의 원고조차 그랬다. 잉크로 군데군데 얼룩이 져 있는가 하면 글씨 또한 흐느적거리거나 비뚤비뚤했다. 그렇다고 실망했던 건 아니었다. 스쳐가듯 그런 생각도 들었지만 아니었다. 믿어지지 않겠지만 정반대였다. 헝클어진 서재를 볼 때마다 무슨 까닭인지 칼이 더 사랑스러웠다. 글자라고 보기 어려울 만큼 삐뚤삐뚤 그려진 글씨체마저 정겨웠다. 칼이 천진한 소년처럼 내 도움이 필요한 대목이 있다는 생각에 얼마나 행복했던가.

언젠가 예니는 말했다. 자신이 일찍이 칼에 매혹된 까닭은, 이 세상에 의문을 제기하고 쉼없이 해답을 찾으려는 그의 용기였다고. 그 말을 들을 때, 난 아니라고 생각했다. 정말 그래서 예니가 매혹된 것이라면 그것은 진정으로 칼을 사랑하는 게 아니라고 스스로 속삭였다. 이어 마음속으로 되뇌었다. 내가 칼에게 매혹된 까닭은, 소년 같은 열정 때문이라고.

그 시절 칼과 한지붕 아래 살아 행복했지만 잠자리에 들 때면 어김없이 비참해졌다. 방문 너머에서 젊은 신혼 부부가 사랑을 속살대는 밀어들이 소곤소곤 들려와서만은 아니었다. 칼과 예니는 흠잡을 데 없이 이상적인 부부였기에 내가 끼어들 틈이 아예 없다고 판단했었다. 실제로 두 사람은 가난하면서도 집으로 곰비임비 찾아드는 동지들과 노동자들에게 선뜻 돈이며 빵을 나누어주었다.

둘레의 대다수 사람들이 더 많은 돈을 벌어 저 한 몸 잘살겠다고 눈에 불을 밝히는 이기주의적 세태가 퍼져가던 시절, 찾아보기 드문

착한 덕목이었다. 다만 두 사람 모두 그럴 권리 못지않게 '의무'가 있었는데 그것은 소홀했다. 하릴없이 내가 나서야 했다. 두 분이 그런 식의 온정으로 일관한다면 곧 살림이 바닥난다며 몇 차례 자제를 당부했다. 그러나 칼과 예니는 개의치 않았다. 그랬다. 사심 없는 사람들이었다. 두 사람 두루 한 점의 때도 묻지 않았다.

예니로부터 영어를 배워 띄엄띄엄 신문을 읽을 수 있게 된 어느 날이었다. 칼은 내게 서재에 꽂혀 있는 셰익스피어의 작품들을 가리키며 틈틈이 읽어보라고 권했다. 옆에 있던 예니가 가장 재미가 쏠릴 만한 책부터 읽어야 한다며 그 가운데 하나를 뽑아주었다. 『로미오와 줄리엣』. 예니헨의 요람 옆에서 작품에 몰입하며 읽어가는 모습을 본 칼은 그 후 서재에 있는 책을 언제든지 볼 수 있는 '권리'를 주었다. 지금도 『로미오와 줄리엣』 가운데 한 구절이 가슴을 적시는 까닭도 다른 데 있지 않다.

"사랑이 용기를 줄 테니 두렵지 않습니다."

줄리엣의 그 한마디가 얼마나 심금을 울렸던가.

그렇게 나는 비로소 새로운 세상에 눈을 떠갔다. 책을 읽다가 이해하지 못하는 대목이 나오면 언제든지 물어보라고 말한 칼과 예니는 내가 던진 물음보다 더 많은 걸 자상하게 설명해주었다. 참으로 그런 분들과 평생을 함께 살 수 있다는 사실만으로도 모든 고통을 이겨갈 수 있었다. 아니, 행복했다.

그렇다고 해서 내가 한낱 하녀에 지나지 않는다는 사실마저 잊은 것은 아니었다. 칼과 더불어 살면서 사회를 비판적으로 바라보는 눈이 시나브로 열려갔다. 이를테면 브뤼셀 곳곳에 한창이던 도로 포장공사를 날마다 자연스레 보아왔던 내게, 어느 날 갑자기 공사장에서 비지땀 흘리는 노동자들의 풍경이 달리 다가왔다.

땅거미가 깔리고 있음에도 망치로 돌을 꽝꽝 두들기고 있던 늙은 노동자를 발견했을 때다. 돌을 나르고 아귀를 맞추는 중노동에 하루종일 시달렸을 법한 그의 굽은 등을 본 순간 뜨거운 눈물이 울컥 솟아올랐다. 두 어깨가 활처럼 굽은 아버지가 연상되어서만은 아니었다. 곧이어 나 또한 칼의 집안에서 저 나이까지 노동할 숙명에 처해 있다는 생각이 퍼뜩 들었다. 생존 자체가 위협받았던 농부의 딸로 태어나 부모로부터 귀여움을 받아야 할 어린 시절에 귀족 가문인 베스트팔렌 집안에 팔려오듯 들어왔다. 그리고 귀족 집안의 아씨가 결혼하자 그분을 따라 예까지 '선물'로 와 있지 않은가.

하지만 그렇게 내가 하녀임을 스스로 깨달은 것, 바로 그것이야말로 칼과 예니가 나를 거듭나게 했다는 증거였다. 기실 지금 이렇게 내 삶을 성찰하며 글을 써갈 수 있도록 한 것도 칼과 예니의 도움 아닌가. 만일 두 사람을 만나지 못했더라면 나 또한—오늘 이 순간도 자본가들이 지배하고 있는 사회에서 많은 노동자들이 아무런 문제제기조차 못하고 순응하며 살아가듯이—글이 '무기'인지조차 깨치지 못한 채 그저 '착한 하녀'로서 평생을 살아왔을 터이다.

칼과 예니를 만나면서 비로소 나 데무트의 길을 찾을 수 있었다. 내가 하녀인 것은 신분이 아니라 직업일 뿐이라는 자각이 싹텄다. 그래서가 아니었을까. 명백히 하녀임에도 칼과 예니 앞에서 하녀로서 '권리'를, '의무'와 동시에 벗어던진 순간이 별안간 찾아왔다.

3 칼의 매혹적인 눈길 때문일까, 아니면 예니의 따뜻한 배려 때문일까. 두 사람 앞에서 내가 하녀라는 엄연한 사실을 더넘스레 부인하고 말았다.

그러나 적어도 그것은 내겐—아마 칼과 예니에게도— 진실이었다. 칼과 예니는 더불어 살기 시작할 무렵, 이 세상에 불려온 인간은 누구나 동등한 권리를 지니고 있으며 결코 하녀와 주인이란 있을 수 없다는 사실을 귀에 못이 박히도록 강조했다. 예니는 곰살궂게 덧붙였다.

"더구나 칼의 집에선 있을 수 없는 일이지. 렌헨, 우리를 친구나 가족처럼 여겨주면 좋겠어."

처음 그 말을 들었을 때 그저 '좋은 주인'을 만났다는 정도로 여겼다. 고마운 제안이긴 했으나 '하녀'의 처지에서는 상상조차 쉽지 않은 일이었다.

그런데 실행에 옮기기 불가능해 보이던 '평등'한 관계가 아주 우연히, 그리고 자연스럽게 현실로 굳어졌다. 그 봄날의 아름다운 장면은, 거의 울상이 된 예니가 긴히 할 말이 있다며 손수 차를 끓여 내오면서 펼쳐졌다.

아연 긴장했다. 무슨 말을 하려다가 다물고 몇 차례나 여짓거리는 예니의 얼굴을 계속 바라보자니 뜨악했다. 마침내 예니의 입이 힘겹게 열렸다. 칼과 며칠 동안 밤을 지새우며 상의한 결과라고 전제했다. 이어 집안에 더 이상 돈이 없다는 말을 되풀이했다. 정말이지 나는 왜 예니가 새퉁스레 돈이 없다는 말을 하는지 영문을 몰라 어리벙벙했다. 내게 아무런 돈도 주지 않고 일을 시킬 수는 없으므로 프로이센의 친정으로 돌아가라는 뜻임을 안 것은 한참 뒤였다.

지금 돌이켜보면 예니의 제의는 자연스러운 일이었다. 그 무렵 몇 달째 받아야 할 돈을 한 푼도 받지 못했다. 급료는 기실 내겐 임금이었고, 그것은 마땅히 하녀로서 권리였다. 그럼에도 왜 그랬을까. 하녀로서 주제넘은 자존심이었을까, 예니의 다정한 처우에 시나브로 내 '신분'을 잊어간 탓일까. 아니면 그 시절 이미 칼과의 운명적인 사랑을 예감했던 것일까. 스스로 화들짝 놀랄 만큼 격하게 반발했다.

"제게 일을 시킨 만큼 돈을 줄 수 없다고요? 아, 어쩌면 그런 말씀을 쉽게 하실 수 있지요? 제가 언제 돈 달라고 한 번이라도 재촉하거나 했나요? 꿈에서라도 저는 그런 생각을 해본 적이 없어요! 제가 두 분께 여태껏 해드린 건……, 그건……, 대체 그걸 어떻게 돈으로 환산할 수 있다는 건가요?"

사실이었다. 왜 돈을 주지 않는지 불만스럽지 않았다. 내가 쏟은 정성이 돈으로 환산할 수 있다는 생각도 할 수 없었다. 설움이 복받쳐 왈칵 울음을 쏟아냈다. 하녀인 주제도 모르고 예니에게 불쑥 화를 낸 사실을 자각하면서 서러움은 더욱 걷잡을 수 없이 터져나왔다. 목소리도 한결 새되었다.

"렌헨, 그건 오해야."

당혹스레 예니가 말했다. 그 말에 용기를 얻은 걸까.

"오해요? 어떤 오해라는 건가요? 친구처럼, 가족처럼 여기라면서 그것은 그저 말뿐이었군요. 주인과 하녀 사이가 아니라고 늘 말했으면서 갑자기 하녀의 급료를 줄 수 없으니 이 집에서 나가달라고요? 그래요. 제가 두 분을 사랑하는 마음 따위는 정말 하찮게 여기시는 거지요? 제가 어린 두 따님의 곁에서 며칠씩 밤을 새운 대가도 그저 한낱 돈으로 해결할 수 있다는 거지요? 이건 정말이지 저를 모욕하는 거여요. 이 집에는 하녀도 주인도 없다는 말씀을 아예 처음부터 하지 마시던가요. 아, 어쩌자고 저를 이렇게 놀려대시나요."

부끄럼도 없이 눈물범벅인 채 부르댔다.

"아니야, 아니야! 그건 악의가 아냐. 우린 렌헨에게 정말 미안해서 그래!"

"제가 돈 벌려는 욕심 때문에 여기서 일하고 있는 줄 아시는군요?"

막힌 봇물이 터지듯 소리내어 울면서 절규했다.

"싫어요! 돌아가지 않겠어요. 전 여기를 제 집이라고 여기고 있어요 두 분은 제가 없으면 아무것도 못하세요 어디 한번 대답해보세요 온전히 살아갈 수나 있어요? 푸줏간이나 채소 가게만이 아니지요 모든 곳에서 두 분께 바가지를 씌울 게 뻔하지요 결국 얼마 가지 않아 쪽박 찰 운명에 처할 게 뻔해요 두 분은 어린아이들보다도 더 속아넘어가기 쉬운 분들이어요 게다가 건강이나 괜찮으신가요? 제가 없으면 아씨는 가사와 아이들 시중에 지쳐 곧 병들겠지요 그리고 칼 박사님은? 어련하시려고요 아무도 돌볼 사람 없어 건강을 해칠 게 불을 보듯 선해요.”

흐느낌으로 얼굴을 가린 내 두 손을 예니가 황망한 손길로 풀었다. 마주친 예니의 눈이 볼그레 물드는가 싶더니 와락 나를 껴안았다. 예니의 가슴에 얼굴을 파묻었다. 저 아득한 옛날부터 눌러온 설움까지 일시에 폭발해 눈물로 예니의 옷을 흠뻑 적셨다.

어느 결에 들어왔는지 누군가 어깨에 포근하게 손을 올렸다. 돌아보진 않았지만 칼의 손임을 직감할 수 있었다. 그 손은 흔들리는 내 어깨를 사부자기 쥐어주었다. 다섯 손가락 끝으로 전해온 따사로운 체온을 지금도 이 메마른 어깨에서 느낄 수 있다면, 내가 얼마나 칼을 연모했는지 네가 짐작할 수 있을까.

그 시절 내게 돈이 전혀 필요 없었던 것은 물론 아니었다. 여동생을 도와줘야 했다. 다만 부모님이 모두 돌아가신 뒤이어서 절박하진 않았다. 벌써 몇 달째 받아야 할 돈이 나오지 않았지만, 조금씩이나마 꾸준히 모아둔 돈—몇 푼 안 되었지만 남은 돈도 얼마 안 가 칼과 예니의 살림살이에 들어갔고 곧 바닥이 드러났다—을 쪼개 숙부께 그어줄 수 있었다. 그랬다. 전혀 서운하지 않았다. 딱히 돈을 쓸 데도 없었으려니와 온 정성을 다해 칼과 예니를 돕겠다는 결기가 마음속에 서 있었다.

칼의 집에서 내가 한 일 또한 돈으로 환산할 수 있는 성격은 아니었다. 세상에 어느 하녀가 나처럼 모든 집안 살림을 관리한단 말인가. 하녀였지만 내 노동은 더는 하녀의 일이 아니었다. 그랬다. 신분의 차원을 넘어 어엿한 직업이었다. 칼과 예니의 집에 살면서 내 노동의 성격은 서서히 바뀌어갔다.

하녀에서 가사노동으로!

더구나 칼 마르크스의 집에서!

칼은 바로 나처럼 천대받으며 일하는 사람들을 해방하려고 나선 분임을 어슴푸레하게나마 짐작할 수 있었다. 그 아름다운 진실을 확인한 순간, 그리고 애옥한 두 분이 굶주림 속에서도 자신들이 지닌 아주 작은 재산까지 남에게 나눠주는 감동적 풍경을 두 눈으로 확인한 순간, 나 또한 굳게 마음을 다잡았다. 칼과 예니, 그리고 두 사람이 해나가려는 그 위대한 사업에 내 작은 한 몸을 던지겠노라고.

지금 내 삶을 들여다보는 누군가가 그것은 칼의 집에서 평생을 구어박혀 산 하녀의 한낱 자기위안이 아니냐며 비웃을지도 모르겠다. 하지만 아들아, 내 평생의 체험에 바탕을 두고 감히 증언할 수 있다. 두 분은 내가 없었다면 아마 있는 재산, 없는 재산 모두 깝살리고 굶어죽었을 터이다. 아니, 단순히 굶어죽는 문제가 아니다. 무엇보다 심각한 문제는 칼이 그 많은 걸작들을 남기지 못했으리라는 점이다. 제대로 먹지 못해 건강이 빠른 속도로 악화되었거나 생활이 주는 엄혹한 압박으로 정신적 착란을 일으켰을지도 모른다.

내 삶을 일관해온 믿음에 그렇다고 아무런 갈등도 없었던 것은 아니다. 벅벅이 예니를 도와줄 자신은 있었다. 살림 꾸려가기는 소녀 시절부터 몸에 밴 까닭이다. 그러나 묻지 않을 수 없었다. 내가 과연 칼을 도울 수 있을까. 그를 어떻게 도울 수 있을까. 그럴 때면 하릴없이 절망에 잠겼다. 내가 할 수 있는 일이 아무것도 없었다.

그 절망은 무장 깊어만 갔다. 그만큼 슬픔에 잠긴 시간도

4 브뤼셀의 아주 작은 집에서 칼은 가장 '큰 집'을 지어가고 있었다.

유럽의 뜻 있는 사람들과 조금씩 연대를 모색해나갔다. 1846년 2월에 뜬 '공산주의 통신위원회'가 그 첫 삽이었다. 공산주의 통신위원회를 조직하면서 칼과 장군—아직 당시에는 엥겔스에게 장군이라는 별명이 붙지 않았지만11—의 우정도 깊어갔다. 노동자인 빌헬름 볼프와 사귐도 이때 시작되었다.

반면에 곧장 평등한 공산주의 사회를 이룰 수 있다고 주장하는 바이틀링이나 낭만적인 프루동과 벌인 논쟁은 더없이 격렬해져 갔다. 칼의 집으로 장군과 볼프가 찾아와 공산주의를 둘러싼 이야기를 거의 날마다 나누었다. 내게도 그 만남은 행운이었다. 집이 좁았기에 진지하게 오가는 대화를 쉽게 들을 수 있었다. 아기를 돌보고 청소를 할 때도 대화에 귀를 곤두세웠다.

그랬다. 더 알고 싶은 갈망이 갈수록 커졌다. 알려고 하면 할수록 모르는 게 너무 많다는 걸 실감했다. 정말이지 까닭을 알고 싶었다. 도대체 우리가 살아가는 세상에서 왜 누구는 하녀이고 누구는 귀족이어야 하는가. 칼의 마음속에서 꿈틀거리고 있는 구상이 무엇인지 궁금했다. 솔직히 말해서 처음에는 칼이 벗들과 나누는 대화를 도무지 따라갈 수 없었다. 비금비금한 말들이 되풀이 나오면서 조금씩 깨쳐갈 수 있었다.

그것은 축복이었다. 직업 선택에 대한 칼의 글을 계기로 자아의식에 눈뜬 데 이어 마음자리에서 정치사회의식이 아귀터갔다. 예니는 손님들이 돌아가고 난 뒤에 궁금한 것을 물어보는 내게 늘 친절하게 풀

---

11 엥겔스는 1870년 프랑스와 독일 전쟁의 결과를 정확하게 예측한 뒤 마르크스를 비롯한 주변 사람들로부터 장군이라는 애칭으로 불렸다.

이해주었다. 칼이 왜 바이틀링이나 프루동의 무모한 평등주의를 비판하는지 고개가 끄덕여졌다.

아들아.

간추리자면 농민의 딸로 참으로 보잘것없던 어린 하녀 데무트는 예니의 도움으로 글을 깨치고 칼의 집에서 일상적으로 벌어지던 정치토론을 보면서 거듭났다.

하여 이 대목에서 자신 있게 네게 말하련다. 나는 더 이상 하녀가 아니었다. 감히 네 앞에서 부끄럼없이 선언하고 싶다. 지금 생각하면 그 시절 난 한 사람의 사회주의자로 성장하고 있었다!

브뤼셀의 애옥한 칼의 집은 내게 가장 훌륭한 대학이었다. 당대 최고의 지성인들로부터 그리고 그들의 생생한 논쟁으로부터 나는 수업 받았다. 내가 꾸려가는 살림은 차라리 값싼 수업료였다.

칼의 집안 살림을 책임지던 내가 사상에 눈떠갈 무렵, 런던의 '의인동맹'이 이름을 '공산주의자 동맹'으로 바꾸었다. 칼의 저작활동도 더없이 왕성해져갔다. 『철학의 빈곤』을 한 글자 한 글자 써내려가는 칼의 모습은 깨끗하고 아름다웠다. 칼은 잠자는 시간과 식사하는 것마저 때로는 귀찮게 여기기도 했다. 샘처럼 솟아오르는 사색이 잠시나마 끊어지는 것을 견딜 수 없어서일까? 식탁에 앉아 음식을 먹다가도 갑작스레 벌떡 일어나곤 했다. 씨엉씨엉 서재로 걸어가 거미가 줄을 치듯 무엇인가를 바삐 적고 난 뒤 돌아왔다.

예니는 두 어깨를 들썩 올리며 한숨쉬듯 말했다.

"후~. 어쩔 수 없는 창조의 열병이지."

서재라는 '감옥'에 갇혀 칼의 얼굴이 누렇게 변해가는 모습을 볼 때면 가슴이 미어졌다. 하지만 어떻게 도와줘야 할지 먹먹했다. 내가 할 수 있는 것은 고작 더 좋은 음식뿐이라는 사실이 서글펐다. 난 그에게 지적으로 아무런 도움이 되지 못했다. 무엇인가 그를 위로할 수 있다면 어떤 힘든 일이든 마다하지 않을 터임에도 내겐 그럴 일이 전혀 없었다!

칼은 자신의 글에 더없이 엄격했다. 깊은 사색으로 벼려낸 글이었음에도 여러 번 고쳐 쓰고 또 고쳤다. 그런 과정을 통해 사색은 사상으로 익어가는 듯했다.

이따금 칼은 밤이 이슥할 때까지 여러 언어로 된 숱한 신문들을 샅샅이 훑기도 했다. 흥미로운 기사가 나올 때마다 어김없이 예니를 불러 읽어주었다. 칼의 옆에 앉아 그가 들려주는 기사를 들으며 꿈꾸듯이 행복에 잠기는 예니가 얼마나 부러웠던가. 종종 난 서재로 성큼성큼 들어가 두 사람을 갈라놓았다. 두 손을 팔짱끼고 이렇게 말하면서.

"밤이 깊었어요. 제발 건강도 생각하셔야지요"

아닌게아니라 집 안에서 책에 파묻혀 지내서인지 칼은 병치레가 잦았다. 그럼에도 쉬엄쉬엄 하라는 간청의 말에 칼은 아랑곳하지 않았다. 결국 칼의 고집과 예니의 '방관'에 지친 나는 두 사람에게 아무런 상의없이 전격적으로 의사를 불러왔다. 칼을 진단한 의사는 즉각 햇볕 좋은 해변에서 휴양하라고 '지시'했다.

의사의 강권이 있어서일까. 휴양할 형편은 못 되었지만 칼은 서재에서 나왔다. 그러나 휴식은 언감생심이었다. 칼이 나오길 기다렸다는 듯이 두 딸은 다정다감한 아빠 품에 달려가 안겼다. 그 시절 칼과 예니 사이에는 자녀가 셋이었다. 예니헨에 이어 라우라가 귀엽게 커갔고 1847년 1월에는 칼이 애타게 기다렸던 아들도 태어났다.

'질주'해오는 딸들 앞에 칼은 기꺼이 무릎을 꿇었다. 딸들은 주저없이 등에 올라탔다. 아들 에드가는 아직 요람에 있어 그나마 다행이랄까. 칼의 등에 오른 두 딸은 앙증맞은 발로 칼의 옆구리를 힘껏 걷어차며 아우성쳤다.

"이랴, 이랴! 어서 달려라!"

그것이 칼의 '휴식'이었다. 칼을 지나치게 믿어서일까. 예니는 그런 딸들을 말릴 줄 몰랐다. 그렇다고 중뿔나게 내가 나서기란? 주제넘은 짓이다. 두 딸이 이윽고 지칠 때면 칼도 가쁜 숨을 몰아쉬며 드러누웠다. 소설을 읽었다. 단 한순간도 쉴 틈 없는 그이가 언제부터인가 가여웠다.

1847년 12월. 런던의 공산주의자 동맹 대회에 참석했던 칼이 사뭇 패기에 넘쳐 돌아왔다. 어린아이처럼 의기양양한 표정으로 미루어 칼이 뭔가 중요한 일을 맡은 게 틀림없었다. 두 달 뒤에야 칼에게 주어진 '숙제'가 무엇인지 알 수 있었다.

자본주의 사회에서 노동자들이 구체적으로 무엇을 어떻게 해야 하는가.

칼은 이론적이면서도 실천적인 강령 작성을 위임받았다.

아들아.

그 숙제에 칼이 내놓은 답이 무엇일까.

바로 저 유명한 『공산당 선언』이란다. 나는 그 선언을 네가 노동을 하며 살아가는 한 언제나 네 길을 밝혀줄 등불로 삼기를 바란다.

칼의 집필 풍경은 늘 가슴을 아리게 했다. 아름다움을 너머 차라리 거룩했다. 글자 하나하나를 역사에 아로새기듯 온 정성을 다했다.

밤낮을 가림없이 몰두해 이듬해 1월 말 탈고했다. 1848년 2월 말 마침내 '선언'이 햇빛을 보았다. 스물세 쪽의 얇은 책자였지만 무식한 내가 보더라도 힘이 불끈 솟을 만큼 명문이었다. 마지막 문장의 강렬한 선동은 더욱 그랬다.

"지배계급으로 하여금 공산주의 혁명 앞에서 전율케 하라! 프롤레타리아트가 혁명에서 잃을 것은 쇠사슬뿐이요, 얻을 것은 전 세계다. 만국의 노동자여, 단결하라."

떨리는 심장으로 다시 처음으로 돌아가 읽게 되는 선언은 그때 비로소 첫 문장의 의미를 곱씹게 한다.

"하나의 유령이 유럽을 떠돌고 있다. 공산주의라는 유령이."

유령.

그 말은 바로 선언 마지막의 "전율케 하라!"와 이어지고 있었다. 잘 은 모르겠지만 칼이 단순히 전율의 뜻으로만 유령이라는 말을 쓴 것 같지는 않다. 칼이 세상을 떠난 뒤 그가 즐겨 읽던 책『햄릿』을 꺼내 읽을 때 우연히 흥미로운 사실을 발견했다.

칼은 유령이라는 단어가 나오는 대목마다 밑줄을 쳐놓았다! 생전에 칼이 자녀들에게 셰익스피어의 작품들을 들려주던 풍경이 아스라하 게 떠올랐다. 덴마크 왕의 유령이 나오는 곳에서 여느 때보다 진지했 다.『햄릿』을 읽으며 '유령'이라는 단어에 밑줄을 쳤을 때 칼은 무엇을 생각하고 있었을까. 곰곰 생각해본다.

아무튼 다시 아름다운 시절로 돌아가자. 칼이 불러낸 '유령'은 그 글을 쓴 칼도 놀랐을 만큼 우리 곁에 바투 다가와 있었다.『공산당 선 언』이 나온 그 순간에 혁명의 물살은 파리로 거세게 밀어닥쳤다. 당황 한 루이 필리프는 근위병들을 다그쳤다.

"발포하라!"

1830년 7월혁명으로 '국민의 왕'에 오른 루이 필리프가 기득권세력 의 왕이었음을 폭로한 순간이었다. 평화적으로 시위를 벌이던 민중에 게 총을 쏘면서 파리는 피로 물들었다. 붉은 핏물은 결코 허망하게 스 며들지 않았다. 흐르고 흘러 학살자가 살고 있는 왕궁까지 밀물로 다 가갔다. 마치 다이너마이트 뇌관이 타들어가듯이. 곳곳에서 함성이 터 져나왔다.

"왕을 몰아내자!"

"공화국 만세!"

그랬다. 붉은 핏물은 불꽃으로 살아났다. 불기둥으로 치솟았다. 민 중을 배신한 국왕을 몰아냈다.

공화국을 이룬 파리의 혁명물결이 벨기에로 넘어오면서 칼은 브뤼셀 공화주의자들과 노동자들을 접촉했다. 벨기에 당국이 돌연 칼에게 추방령을 내린 것도 이를 거니채서였다. 24시간 안에 떠나라는 통고를 받은 날짜까지 정확히 기억한다. 1848년 3월 3일이었다. 밤늦게까지 짐을 서둘러 꾸리고 새벽에 떠나려고 가족들이 눈을 붙였을 때다. 한밤중에 누군가 현관문을 쾅쾅쾅 두들겼다. 문을 열자 경찰이 들이닥쳤다. 칼을 악패듯 연행해 가는 경관에게 덤벼들어 나도 모르게 팔뚝을 꽉 물었다. 비명을 지른 경관의 덮개눈이 살천스레 커지는 것을 보는 순간 옆구리에 강한 충격을 받고 나동그라졌다. 나중에 알았지만 경찰의 폭행으로 넘어지면서 난 정신을 잃었다.

내가 혼절해 있을 동안 예니는 밤새 벨기에 당국자들을 찾아다녔다. 자칫 칼의 목숨이 위태로운 상황이었다. 귀족의 가문임을 십분 활용하며 거세게 항의했다. 여기저기 찾아다니던 과정에서 한때 예니도 감옥에 갇혔지만, 벨기에 당국은 결국 두 사람을 하루 만에 풀어주었다.

곧장 브뤼셀을 떠난 우리는 3월 5일 파리에 이르렀다. 2월혁명으로 왕정이 무너진 뒤 들어선 임시정부가 칼의 추방명령을 폐기했기에 가능했다.

처음 본 파리의 인상은 지금도 생생하다. 혁명의 열풍이 스쳐가서일까. 도시 곳곳에서 피 냄새가 코를 찔렀다. 파괴된 건물 벽이나 뿌리 뽑힌 나무들의 시들어가는 가지들, 허물어진 바리케이드, 심지어 길섶의 작은 돌멩이에도 붉은 핏물이 배어나왔다.

핏빛 혁명은 파리를 넘어 오스트리아와 프로이센으로 퍼져갔다. 빈에 이어 베를린에서도 민중이 궐기했다. 베를린 시위에 군이 발포하자 즉각 시가전이 벌어졌다. 민중의 완강한 저항 앞에서 프리드리히 빌헬름 4세는 '후퇴'할 수밖에 없었다. 이윽고 프로이센에도 자유의 물결이 넘실대기 시작했다.

칼은 신중했다. 가령 파리의 프로이센인 망명자들 사이에 서둘러 무장을 갖춘 다음 국경을 넘어 진격하자는 주장이 퍼져갔다. 뜻밖에도 칼은 단호히 반대했다.

"무모한 모험주의에 결말은 오직 하나요."

사람들의 궁금증을 자아낸 뒤 칼은 슬픔을 깔아 단언했다.

"대학살이오."

오히려 칼은 망명해 있던 노동자들에게 각각 개별적으로 고국으로 돌아가라고 호소했다.

무장한 망명자들의 진격에 강력히 반대하며 칼이 내세운 전략은 무엇이었을까.

신문.

신문이었다.

칼은 파리에 머물면서 프로이센 안에 새 신문을 창간할 준비를 치밀하게 세우고 있었다. 폐간당한 〈라인신문〉을 잇는다는 뜻에서 제호는 〈신라인신문〉으로 결정했다. 자금을 모아갔다. 예니와 세 자녀 그리고 나는 칼보다 먼저 파리를 떠나 고향 트리어로 들어갔다. 트리어의 분위기는 예전에 비해 달라진 게 거의 없었다. 예니는 칼의 앞날을 크게 우려했다. 칼은 4월에 '자유'의 중심지인 쾰른에 도착했다. 우리는 다시 합류했다.

1848년 5월 5일은 칼이 만 서른을 맞은 생일이었다. 고국에서 맞은 뜻깊은 날이었지만 칼은 그의 분신인 신문 '분만'에 여념이 없었다.

밤낮으로 이어진 '산고'가 마침내 새로운 생명을 창조했다. 6월 1일. 〈신라인신문〉은 힘차게 울며 고고한 탄생을 선언했다. 칼과 예니의 얼굴 두루 기쁨으로 가득했다. 제호 아래 선명하게 못박았다.

'민주주의의 기관지.'

사랑하는 아들아.

너의 아버지 칼은 온 열정을 신문에 바쳤다. 스물네 시간 거의 쉼없이 신문 편집에 몰두했다. 집에 들어오는 시간은 거의 없었다. 건강을 걱정하지 않을 수 없었다. 먹을 것을 싸들고 신문사로 찾아갔다. 담배 연기가 안개처럼 자욱한 편집국의 밤을 칼은 홀로 지키고 있었다. 얼마 전 노동자협회가 연 집회에서 〈신라인신문〉이 노동자에게 해악을 끼치고 있다는 비난이 제기되어서일까. 가없이 외로워 보였다.

아닌게아니라 지금은 신문을 만들 때가 아니라 내전을 일으킬 때라는 선동은, 하여 '노동자공화국'을 세우자는 주장은 내 엷은 귀에도 솔깃했다. 용기를 내어 칼에게 물었다.

"잘 몰라서 그런데요. 저 사람들의 주장이 적잖은 노동자들의 마음을 사로잡고 있어요."

물끄러미 내 눈을 들여다보던 칼의 거무스름한 얼굴에서 구름이 걷혀갔다. 칼은 상냥한 목소리로 하지만 단호하게 답했다.

"나도 알고 있습니다. 그래요 당장 혁명을 일으키자는 말은 듣기에 얼마나 속시원하겠어요. 미사여구이지요. 혁명을 하자는데, 노동자들의 공화국을 만들자는데 그걸 싫다할 노동자가 누가 있나요. 하지만 그들은 현실을 전혀 몰라요. 우리는 지금 연약한 민주주의 혁명을 방어하는 데도 허덕이고 있어요. 그런데도 노동자들을 선동해 당장 노동자공화국을 세우자는 저들을 난 도저히 용서할 수 없어요. 무책임한 작태이지요. 비단 거기에 머물지 않지요. 아마 저들은 막상 상황이 다급해지면 가장 먼저 줄행랑을 놓을 거예요. 결과는 참혹한 거지요. 파리 못지않게, 아니 그 이상으로 쾰른이 민중의 피로 넘쳐날 거예요. 누군가 막아야 합니다. 그것이 진정한 용기입니다."

칼은 격정을 가라앉히려는 듯 잠시 말을 중단한 채 내 눈을 다정스레 응시했다. 이어 신문을 하나 집어들며 낮은 목소리로 말했다.

"렌헨! 내가 왜 여기 편집국에서 밤을 새는지 알아요? 이 신문으로 반동세력과 싸우면서 민중 스스로 역사적 과제를 깨닫게 해야 합니다. 민중의 의식이 높아지지 않고서는 아무것도 이룰 수 없어요 부르주아 민주주의 혁명을 공글리고 나서야 그 다음 단계인 프롤레타리아 혁명을 위한 투쟁으로 가는 넓은 길이 비로소 열립니다. 그래요. 그 점에서 신문은 우리의 무기입니다. 신문은 민중에게 민주주의의 요새입니다. 우리의 기사 하나하나가 저 반동세력들에 던지는 포탄이지요"

칼의 열정적인 눈을 보고 있자니 공연히 눈물이 솟아났다. 고개를 끄덕이며 황급히 되돌아나왔다. 허름한 신문사 건물 들머리에서 밤하늘을 바라보았다. 여느 때보다 찬란한 별빛들이 눈부시게 쏟아지고 있었다.

상황은 급박하게 돌아갔다. 칼의 우려가 현실로 나타났다. 6월 25일 '혁명의 도시' 파리가 저들의 군화 아래 짓밟혔다. 파리가 불타고 있다는 소식을 들은 칼은 더더욱 편집국을 떠나지 않았다. 신문을 제작한 뒤 곧이어 「6월혁명」을 집필했다. 무더위조차 칼의 뜨거운 열정 앞에서는 기세를 잃고 굴복했다.

모기와 나방이 날아다니고 한여름의 열기로 찜통이 된 편집국에서 칼은 정좌를 하고 밤을 패며 글을 써내려 갔다. 신문의 최후가 임박했음을 알아서가 아니었을까.

민주주의의 요새.

칼은 그 요새에서 어마어마한 '포탄'을 쏘았다. 1848년 6월 29일치 〈신라인신문〉에 실린 칼의 논설이 그것이다. 오려서 보관해둔 논설 가운데 내 마음을 울린 감동적인 문구를 네게도 들려주고 싶다.

우애. 서로 대립하고 있는 계급, 한쪽이 다른 한쪽을 착취하는 두 계급 사이의 우애. 2월에 선언되어 파리의 이마에, 모든 감옥과 모든 병영 위에, 대문짝만하게 써진 '우애'—그 진실의 순수한 표현, 산문적 표현은 바로 '내란'이다. 가장 참혹한 풍경으로 나타난 내란, 노동과 자본 사이의 전쟁이다. '우애'는 6월 25일 밤 파리의 모든 창가에서 불타올랐다. 그때 부르주아지의 파리는 휘황찬란하게 빛났다. 그러나 프롤레타리아트의 파리는 불타고 피를 흘리며 죽음의 비명소리를 질렀다.

그 기사를 읽으며 비로소 뼈저리게 깨달을 수 있었다. 왜 칼이 '모든 사람은 형제'라는 말을 줄기차게 비판해왔는지를. 왜 노동자들에게 단결을 촉구했는지를.

언젠가 칼이 가난에 허덕여 울던 예니를 달래며 들려준 말도 새삼 실감했다.

"참으로 세상을 바꾸겠다는 사람은 구질구질한 감상주의나 눈물 어린 호소 따위와 결연히 결별해야 하오"

칼이 쓴 기사를 읽을 때 장군도 감탄을 자아냈다. 한숨을 토하듯 말했다.

"펜을 핏물에 찍어 쓴 글이군!"

장군도 불타는 파리에 부치는 기사를 썼다.

노동자들이 보여준 불굴의 용기는 참으로 경이롭다. 3만에서 4만여 명 정도의 노동자들이 옹근 사흘 동안 18만여 명의 정규군이 쏘아대는 포탄과 불화살에 맞서 싸웠다! 노동자들은 진압되고 대부분 학살당했다. 그러나 역사는 노동자들이 치른 최초의 전쟁에서 쓰러진 투사들에게 전혀 다른 지위를 부여할 터이다.

파리의 상황을 이틀 동안 면밀히 분석한 뒤 장군은 개탄했다.

민중은 학살당하면서도 착하디착했다. 만일 민중이 불화살과 포탄에 방화로 맞섰다면, 해거름에는 승리자가 되었을 게 분명하다.

현실은 어떠했는가. 민중은 방화작전을 펴지 않았다. 왜였을까. 그랬다. 장군이 신문에 기록으로 남겼듯이 한없이 착했기 때문이다. 그 착함의 대가는 전원 학살이었다.

파리를 피로 물들인 수구세력의 광기는 전염병처럼 국경을 넘어와 쾰른의 하늘을 세균으로 뒤덮었다. 7월 20일 신문사 편집국에 경찰이 들이닥쳤다. 수사 서슬이 시퍼랬다. 우리는 기꺼이 추방을 각오했다. 집안 정리로 어수선한 가운데 신문사와 경찰서를 오락가락하던 칼이 어느 날 저녁 모처럼 집에 들렀다. 아이들이 환호성을 질렀다. 예니는 다가가 칼의 품에 안겼다. 아름다운 포옹이다.

내가 할 수 있는 것은 단 하나. 칼이 좋아하는 음식을 조금이라도 서둘러 만들어주는 일이다.

매운 양념을 얹은 구운 고기

크림 케이크

그리고 진한 커피.

때로는 모멸감마저 느낄 만큼 단순한 노동이다. 그러나 행복했다.

칼이 떠날 때 예니도 함께 걸어나갔다. 하릴없이 칼의 뒷모습을 바라보며 눈시울을 물들였다. 가을에 접어들면서 쾰른에는 계엄령이 선포됐다. 〈신라인신문〉의 숨은 끊어졌다.

하지만 칼은 결코 포기하지 않았다. 계엄령이 곧 해제되면 즉각 신문을 복간하겠다며 준비작업에 들어갔다. 문제는 다시 자금이었다. 칼은 생계에 필요한 최소한의 유산까지 모두 신문에 털어넣어야 한다고 예니에게 '고백'했다.

예니는 선뜻 동의했다.

"물론이지요. 혁명은 우리 일생의 사업이잖아요. 돈은 바르게 써야 보람이 있다더군요. 신문을 복간하는 데보다 더 바르게 돈 쓸 곳은 없어요."

칼이, 그리고 예니가 새삼 존경스러웠다.

신문을 복간하면서 칼은 다시 집에 돌아오지 않았다. 밤이 깊도록 편집국에 앉아 다음 호에 실릴 기사들을 훑어보거나 들어온 정보를 분석했다. 파리의 정세는 갈수록 가관이었다. 겨울의 문턱에서 루이 나폴레옹 보나파르트가 프랑스 공화국의 대통령으로 선출됐다.

신문을 만드는 일에 온 열정을 불태워서일까. 젊은 칼의 검은머리에 백발이 섞이기 시작했다. 얼굴이 야위면서 이마와 볼에 깊은 상처처럼 주름살이 새겨졌다. 다만 검은 눈은 모진 세파를 이겨내 한결 더 예리하게 빛났다.

칼에게 신문은 곧장 혁명으로 이어졌다. 신문은 혁명운동의 대변자로서 날마다 혁명운동에 관여해야 한다고 강조했다. 그날그날의 역사를 남김없이 기록해 민중과 끊임없이 교류해야 한다는 것이다. 기실 칼만 신문이 무기임을 인식하고 있진 않았다. 다름 아닌 지배세력이 칼 못지않게 신문의 힘을 정확히 인식하고 있었다.

1849년 5월 19일. 운명의 날은 왔다. 칼은 추방명령을 받았다. 신문은 폐간당했다. 칼은 폐간호에 고별사를 대신해 프라일그라트의 시를 실었다.

이제 안녕, 너 투쟁의 세계여, 이제 안녕
이제 안녕, 그대들 싸우는 투사들이여!
이제 안녕, 너 포연으로 그을린 전쟁터여
이제 안녕, 그대들 칼과 창이여!
이제 작별을 고한다. 하지만 결코 영원한 이별은 아니리!
넋까지 죽지는 않으리니, 형제들이여!

곧 갑옷을 떨치고 일어나
예전보다 더 튼실한 무장을 갖추고 나 다시 돌아오리라!

저 투쟁의 폭풍과 불꽃 속에서
최후의 왕관이 유리처럼 깨질 때
민중이 마지막 '죄인 놈!'을 심판할 때
그때 우리 다시 다함께 일어나리라!"

칼은 폐간호의 모든 글자를 붉은색으로 인쇄했다. 파격이었다. 마치 신문활자가 활활 타오르는 횃불처럼 보였다. '신라인신문 편집국' 이름으로 노동자들에게 보내는 호소문도 게재했다.

작별을 맞아 우리는 쾰른에서 어떤 무장항쟁도 일으키지 말라고 독자들에 간곡히 당부한다. 쾰른의 군사정세로 보건대 무장항쟁은 돌이킬 수 없는 패배를 부를 터이다. ……독자들이 평정을 유지하면 실망할 쪽은 정부다. 작별을 고하며 신라인신문 편집국은 우리에게 보여준 독자들의 사랑에 감사드린다. 우리의 마지막 말은 언제나 어디서나 이렇다. 노동자계급의 해방!

칼은 추방당하고 가족들은 무일푼이었다. 예니는 그때까지 한 번도 쓰지 않은 채 지니고 있던 마지막 귀중품을 꺼냈다. 베스트팔렌 가문의 문장이 찍힌 은식기. 전당포에 맡기라며 은식기를 내게 건넬 때 예니의 눈빛은 흐려졌다. 은식기의 '도움'을 받아 가까스로 우리는 쾰른을 떠나 트리어로 갈 수 있었다.

칼은 쾰른을 떠나 파리로 가는 길에 위험을 맞기도 했다. 무장봉기 지역을 지나면서 봉기에 가담한 혐의로 체포되었다. 목숨이 위태로운 상황이었지만 진상이 밝혀져 겨우 풀려났다. 힘겹게 파리에 도착한 칼을 보나파르트 정권은 결코 용납하지 않았다. 시내에 머물 수 없다며 칼을 늦지대로 추방했다. 사실상 프랑스를 떠나라는 최후통첩을 교활하게 보낸 셈이다.

5 노동자들의 피로 물든 유럽 대륙 전역에 반동의 시커먼 먹구름이 몰려왔다. 엄청난 두께에 끝이 보이지 않았다. 칼은 도버해협을 건넜다. 보름쯤 지나 다시 온 가족이 런던에서 합류했다. 1849년 9월이었다. 나는 물론이려니와 칼과 예니도 런던을 일시적 망명지 정도로 생각했었다. 런던에서 평생을 살게 되리라고는, 더구나 자신들의 무덤까지 런던에 자리하리라고는, 상상조차 못했을 게다.

런던은 오늘도 그렇지만 이미 그때 유럽에서, 아니 세계에서 가장 발달한 도시였다. 파리가 '피의 도시'였다면, 처음 본 런던은 '안개의 도시'였다. 하녀라는 신분을 언제나 은폐하고 싶어서였을까. 처음 보았을 때 안개가 사뭇 포근하게 다가왔다. 하지만 하얀 안개는 런던의 외곽지역으로 갈수록 가난과 질병의 빛깔로 변해갔다. 노란 안개나 검은 안개가 그랬다. 두통이나 구역질을 일으킬 만큼 악취가 진동했다.

싯누런 안개는 특히 빈민가를 감돌았다. 런던 남서부 첼시 지역에 칼이 빌려놓은 작은 벽돌집도 검은 안개에 휘감길 때가 많았다. 창문을 꼭 닫고 있으면 마치 세상과 절연된 곳에 유폐된 느낌마저 들었다.

런던으로 이사했을 때 칼과 예니의 호주머니에는 아무것도 없었다. 칼은 아버지로부터 받은 유산을 모두 수구세력과 싸우는 '무기'에 쏟아부었다. 파리에서 프로이센으로 들어가는 노동자들 손에는 총이나 단검을, 그리고 프로이센의 민중들 손에는 신문을 쥐어주었다.

빈털터리임에도 칼은 동요하지 않았다. 내일을 낙관해서일까. 굽힘이 없었다. 비록 일간지는 아니었지만 폐간당한 〈신라인신문〉을 이어가겠다며 〈신라인신문 정치경제평론〉 발행을 준비했다.

칼은 바쁜 가운데도 아이들과 어울려 장난치면서 즐겁게 시간을 보낼 줄 알았다. 순진하고 소박했다. 더러 나와 체스를 두며 이겼을 때 칼의 얼굴에 나타나는 기쁨을 볼 때는 아기 같다는 생각마저 들었다. 기뻐하는 표정이 너무 사랑스러워 일부러 져주기도 했다.

곤궁 속에서도 칼과 예니는 분홍빛 사랑을 나누었다. 1849년 11월 5일 예니는 네 번째 아기—사내아이인 그의 이름은 하인리히였다—를 낳았다.

궁핍이 갉아먹어갔음에도 예니는 변함없이 우아했다. 칼이 베를린 대학 시절 트리어로 보낸 시들을 이따금 낭송하기도 했다. 예니가 특히 즐겨 읽은 시는 '마지막 소네트' 마지막 연이었다.

나 확고한 걸음걸이로 넓은 세계로 들어가
그대 눈앞에서 슬픔을 내던지고
그 순간 꿈은 생명의 나무처럼 꽃을 피운다.

예니는 마지막 문장을 암송하며 갈등과 곤경을 이겨가고 있었다. 귀족의 딸에게 생활의 궁핍은 기실 감당하기 어려운 일이었다.

진실과 사랑으로 넘실대던 칼의 집을 에두르며 감돌던 검은 안개가 어느새 문을 열고 깊숙이 스며들어왔다. 가난의 밑바닥, 아니 삶의 밑절미가 서서히 드러났다.

그럼에도 칼과 예니는 프로이센에서 건너온 망명자들에게 무엇이든 나눠주었다. '소년과 소녀'의 착한 심성으로 고통받는 것은 나의 몫이었다. 기저귀나 속옷을 만들고 시장을 보고 식사를 준비하는 것은 차라리 편했다. 가장 힘들게 한 것은 집안 살림을 책임지고 있기에 어쩔 수 없이 손님들 앞에서 '악역'을 맡아야 한 일이다. 하지만 그 고통을 이겨낼 수 있었던 힘의 원천 또한 칼이었다.

칼은 궁핍을 '식량' 삼아 집필에 몰두했다. 어느 날 저녁식사 시간에 몇 차례 독촉을 받고서야 비로소 서재에서 나온 칼은 자랑스레 선언했다.

"지금 막 최근 2년 동안 프랑스에서 일어난 계급 투쟁을 말끔히 정리했소."

사랑하는 나의 아들아.

너도 그 논문[12]을 이미 읽었겠지만 칼은 프랑스 2월혁명의 패배를 패배라 하지 않았다. 칼은 날카롭게 지적했다.

패배한 것은 혁명이 아니다. 패배한 것은, 2월혁명까지 혁명세력이 버리지 못했던 인물이나 환상, 관념, 계획이었다. 그것은 아직 치열한 계급투쟁을 벌일 만큼 첨예화하지 못한 사회관계의 결과로 혁명 이전의 전통적 유물이었다. 혁명세력은 2월혁명의 승리에 의해서가 아니라 패배에 의해서만 그것에서 해방될 수 있었다. ……혁명은 직접적이고 비극적인 결과로 전진하는 것이 아니라, 강력하게 결속된 반혁명세력을 낳음으로써, 즉 투쟁대상인 하나의 적을 만들어냄으로써 자기가 나아갈 길을 개척한 셈이다. 이 적에 맞서 힘을 모아 싸움으로써 비로소 진정한 혁명 주체로 성장할 수 있는 것이다.

칼은 모든 사람이 패배의 포로가 되어 있을 때, 패배에서 승리로 가는 올바른 길을 제시하는 탁월한 지혜와 지도력을 보여주었다. 누가

12 「프랑스에서의 계급투쟁 1848년부터 1850년까지」

누구와 왜 싸워야 하는지를 명쾌하게 풀이했다. 칼은 그 글을 막 창간한 〈신라인신문 정치경제평론〉에 실었다. 칼은 이 잡지를 주간지 더 나아가 일간지로 만들 꿈에 부풀어 있었다.

그러나 모두 박수만 친 것은 아니었다. 런던으로 칼을 찾아온 사람들 가운데 칼과 돌이킬 수 없을 만큼 격렬한 언쟁을 벌인 사람들도 적잖았다. 가령 파리 6월봉기의 투사 엠마누엘 바르텔미가 대표적이다. 지금 당장 혁명을 일으켜야 한다며 언성을 높이던 그는 면전에서 칼을 비아냥거렸다.

"당신의 꽁무니만 우리가 따라다닌다면 대체 언제나 가능하겠소, 혁명은?"

아들아, 잘 들으렴.

아버지 칼은 기품을 전혀 잃지 않고 침착하게, 그러나 날카롭게 답했단다.

"자본가들의 체제, 이것은 천의 머리를 가진 괴물 뱀이오. 하나의 머리를 잘라낼 때마다 새 머리가 불쑥불쑥 솟아나옵니다. 바르텔미! 우리가 발을 딛고 있는 현실을 움직이는 법칙이 있어요. 그 법칙을 부정할 때, 바보나 미치광이가 될 수밖에 없소. 그래요. 당신은 잘못 생각하고 있어요. 더구나 그 잘못된 생각으로 혁명에 해악을 끼치고 있습니다. 중세의 연금술사처럼 과학을 부정하자는 건가요? 그것은 무의미한 파멸의 구렁텅이로 자신을 몰아넣는 거요. 당신의 음모, 시한폭탄, 권총, 그것은 천박함의 본보기에 지나지 않아요. 역사는 당신들을 무자비하게 내동댕이치고 짓밟아버릴 거요"

칼의 주장은 명료했다. 그때그때의 형편에 따라 임기응변으로 혁명적 모험을 추구하는 사람들의 자발없는 행위를 칼은 늘 경멸했다.

칼의 일관된 신념은 혁명적 의식을 지닌 노동자들을 조직해야 한다는 것이었다. 칼이 당시 선풍을 일으키던 카알라일의 『영웅숭배론』을 철저히 비판한 이유도 여기에 있다. 〈신라인신문 정치경제평론〉에 기고한 글이었다. 영웅숭배라는 낭만적 개념을 내세워 자본가들의 갖은 추행을 변호하고 노동자를 이성이 없는 숫보기로 여긴다고 분노했다. 영웅을 찬미하는 과장된 미사여구로 역사의 주체로서 민중을 근본부터 부인하고 억압을 정당화했다는 게 칼의 준엄한 논고였다.

기실 어수룩한 우리에게 삶은, 칼의 '논고'보다 더 준엄했고 더 냉혹했다. 1850년 5월의 어느 날, 우리는 살고 있던 집에서 갑작스레 쫓겨나야 했다. 세를 주고는 가시세게 이래라저래라 간섭이 심했던 아주머니가 우리가 낸 집세를 꼬박꼬박 챙긴 뒤 돌연 사라졌다. 문제는 그 직후에 일어났다. 강밭은 아주머니가 본디 집주인이 아니었고 정작 주인에게는 전혀 돈을 내지 않은 사실이 밝혀졌다. 결국 어디 하소연할 곳도 없이 우리는 당장 길거리로 내몰릴 수밖에 없었다.

칼이 여기저기 뛰어다녔지만 어린아이가 넷이고 게다가 가장이 직업도 없다는 말에 아무도 집을 빌려주지 않았다. 반면에 우리가 집에서 쫓겨날 상황이란 사실이 알려지자 빵집, 우유가게, 푸줏간, 약국 등에서 외상값을 받으려고 한꺼번에 들꾀었다. 그들에게 돈을 갚으러 그나마 집안에 있는 가구들, 심지어 침대까지 팔아야 했다. 누가 신고를 했는지 경찰까지 들이닥쳤다. 예니는 부끄러움과 모욕감으로 망연자실했다.

겨우 우리는 허름한 여관방을 구해 밤을 보냈다. 여관에서 며칠을 지낸 뒤였다. 칼은 방값 싼 소호지구의 좁고 음침한 거리에 가까스로 작은 집을 구했다. 소호에는 독일인은 물론이고 프랑스·아일랜드·이탈리아인 등 외국인 빈민들이 고샅고샅 살고 있었다.

납작하게 널브러져 있는 집들 그리고 더러운 먼지가 더께를 이룬 창문만이 나무 한 그루 없는 거리를 을씨년스레 응시하고 있었다. 아침마다 싯누런 안개가 고이듯 감도는 낮은 지대여서일까. 런던의 검은 매연이 햇살을 가로막아 대낮에도 어두웠다. 페스트가 런던을 휩쓸었을 때 넘쳐나던 시체들을 매장한 곳도 소호일대였다. 그래서일까, 얼마 전에는 콜레라가 퍼지기도 했다. 그 '덕택'으로 집 값이 싼 이곳에 칼은 '기꺼이' 정착했다. 그 결과다. 1856년 9월까지 살며 칼과 예니는 비극적인 대가를 톡톡히 치러야 했다.

그럼에도 칼이 소호의 집을 좋아한 까닭이 있다. 대영제국 박물관이 가까웠다. 100여 년 전에 문을 연 박물관 안에는 런던에서, 아니 세계에서 책이 가장 많은 도서관이 있었다. 이사한 뒤에 곧바로 칼은 도서관 열람 허가증을 받았다. 모든 게 열악했지만 칼은 만족할 수 있었다. 나 또한 비바람을 피할 집을 구했다는 사실에, 그리고 그 지붕 아래서 칼과 더불어 살아간다는 사실에 행복했다.

그러나 예니는 달랐다. 지쳐서일까. 두 딸과 두 아들의 어머니로 서른여섯 중년이 된 예니는 끝없이 이어진 가난 앞에서 시나브로 자신을 잃어갔다. 빚쟁이들에게 몰리고 게다가 경찰이 출동했던 일이나 소호의 음침한 방 두 칸 집에서 평생을 살아갈지도 모른다는 불길한 예감, 그 모든 게 귀족의 딸로서는 참기 어려운 고통이었을 법하다.

예니의 고운 입술에서 칼을 원망하는 말이 조금씩 흘러나오기 시작했다. 당연히 젊은 칼의 반응도 날이 서갔다. 예니는 "더 이상 이렇게 살 수 없다"고 선언한 뒤 돈을 구해오겠다고 바다 건너 친지 집을 찾아 나섰다. 1850년 8월 말이었다.

막상 예니가 떠나자 칼은 한결 시름에 잠겼다. 생활의 궁핍 때문만은 아니었다. 칼은 예니와 빚어진 갈등으로 큰 상처를 받았음이 분명했다. 식탁 앞에서 어느 날 칼은 쓸쓸하게 말했다.

"사랑은 결코 절대적일 수 없는가 보오"

뿐만이 아니다. 공산주의자 동맹에 이어 런던의 망명노동자협회까지 쪼개지면서 밤늦도록 서재에서 혼자 술을 마시곤 했다. 차를 타 서재에 들를 때마다 심장이 아팠다. 유럽의 모든 곳에서 혁명이 실패한 가운데 사랑마저 흔들리는 좌절감에 일그러질 대로 일그러진 칼의 얼굴을 볼 때면 내 품에 꼭 껴안고 싶은 충동이 잔잔하게 일어났다.

그런 마음이 나도 모르게 켜켜이 쌓여서일까. 1850년 9월 9일 밤. 칼의 지친 얼굴을 감히 내 가슴에 끌어안았다.

6 그 밤은 아름다웠다. 후회 한 점 없다. 아니, 더 솔직하게 고백하련다. 이 세상에서 처음으로 내가 스스로 자랑스럽던 밤이었다. 칼의 서재에서 우리는 사랑을 나누었다.

나의 아들아.

너의 기억에는 넓은 집만 자리하고 있겠지만, 소호 시절에 칼·예니와 네 자녀 그리고 나까지 일곱 명이 살던 곳은 겨우 방 두 칸뿐인 작은 집이었다. 그나마 칼이 유대인 상인으로부터 임시로 빌린 집이기에 곧 옮겨가야 했다. 하릴없이 칼의 서재는 나의 '침실'이기도 했다. 납득하기 어렵겠지만 들어보렴.

큰 방은 칼과 예니 그리고 아이들의 침실 겸 생활공간이었다. 작은 방은 책과 자료가 엉기정기 뒤섞인 서재였다. 내가 잠들 공간은 없었다. 연구나 집필을 마친 칼이 예니의 방으로 잠자러 간 뒤 서재 한가운데에 놓인 침대—침대라기보다는 휴식용인 긴 안락의자라고 해야 정확할지 모르지만—를 활용해야 했다. 처음에는 칼이 서재에서 나올 때까지 식탁에 앉아 기다렸다. 칼은 밤늦게는 물론이고 새벽 3시가 넘을 때까지 서재에 앉아 있기 일쑤였다. 언젠가 가사일에 지쳐 식탁 위에 엎드린 채 어리마리 잠들었을 때다. 무슨 까닭이었는지 잠에서 깨

서재로 가던 예니가 피로에 지쳐 잠든 내 모습에 충격을 받았다.

예니는 곧장 칼의 서재로 들어갔다. 호된 나무람이 들려왔다.

"칼, 식탁의자에서 잠든 렌헨을 보세요. 렌헨을 생각해서라도 밤이 깊으면 서재에서 나오세요."

어설프게 잠이 깨 분별력을 다소 잃은 나는 곧장 서재로 따라갔다. 예니의 말을 완강히 부정했다.

"아니어요! 그러지 마세요! 저처럼 미천한 여자 때문에 노동자 해방의 길을 제시하려는 연구가 늦어지는 거야말로 견디기 어려운 일이어요."

예기치 못한 상황에 칼과 예니는 어리둥절 마주 보았다. 그제야 제정신을 차렸지만 엎질러진 물이었다. 목소리를 낮췄다.

"죄송합니다. 그런데 저는 식탁에 엎드려 자는 게 훨씬 마음이 편하답니다."

결국 칼의 의자 뒤쪽 문가로 '침대'를 옮겼다. 집필 중인 칼을 방해하지 않고도 언제든지 사부자기 잠자리에 들 수 있게 되었다.

아들아.

당시 내가 젊은 처녀였음을 기억하기 바란다. 연구나 집필로 칼이 피로할 때면 이따금 눕기도 해, 침대에는 그의 체취가 깊이 배어 있었다. 더구나 칼은 소녀 시절부터 남 몰래 연정을 품었던 분 아니던가. 침대에 조심스레 누우면 무엇인가에 몰두하는 칼의 뒷모습이 눈부시게 들어왔다.

아무렇게나 빗겨내린 삼손의 머리칼, 거우듬한 자세로 무엇인가 고뇌에 잠겨 옆 머리칼을 움켜쥐는 칼의 작은 손, 어쩐지 기대고 싶을 만큼 믿음직스러운 어깨와 등줄기를 바라보며 잠들기란 행복이었다.

아니, 더 정직하마. 칼이 서재를 떠날 때까지 잠든 적은 사실 거의 없었다. 행복에 잠겨 바라보다가 칼이 일어날 때면 얼른 눈을 감았다.

칼이 서재로 나가기 전에 이따금 내 몸에 담요를 끌어 올려주거나 얼굴을 가만히 들여다보는 느낌이 들 때는 가슴이 파도처럼 일렁였다. 눈꺼풀도 화끈거려 혹 자는 체하는 게 들키지 않을까 걱정스럽기도 했다. 피로감이 몰려 잠들 때도 혹시라도 코를 골지 않을까 사로자기 일쑤였다.

1850년 이른 가을.

칼은 바닥 모를 슬픔에 사로잡혀 있었다. 차려주는 저녁도 잘 먹지 않고 서재에서 나올 생각도 아예 하지 않았다. 책 속에 칩거하며 담배만 하염없이 피워댔다. 서재 문틈에서 담배 연기가 슬금슬금 새어나와 마치 안개처럼 어두컴컴한 집안 구석구석을 감돌았다.

2년 전 칼이 불러낸 '유럽을 떠도는 유령'은 잠깐 현실의 무대에 나타나는 듯싶더니 홀연히 사라졌다. 오히려 그 유령은 학살당한 수만여 '유령'들을 낳고 말았다. 혁명은 연쇄적으로 무너졌다. 시커먼 먹구름은 유럽의 하늘을 영원히 지배할 것처럼 흔들림 없었다.

어질러놓은 칼의 책상을 정리할 때, 칼이 '실연'이란 글자를 휘갈긴 낙서를 발견했다. 때로는 넋 잃은 표정이거나 더러는 마치 온 세상의 고민을 다 걸머진 듯 지친 얼굴이었다. 괴로움을 못 이겨 혹 자살이라도 하지 않을까. 방정맞은 생각마저 들었다. '이렇게 살 수 없다'며 칼과 다툰 예니가 돈을 구하러 영국을 떠나 있었기에 더욱 그랬다.

사위스런 상상은 근거없이 부풀어져 숱한 나날 잠을 이루지 못했다. 그 시절 칼의 슬픔을 이겨내는 데 내가 도움이 될 수 있다면, 칼의 절망을 보듬어줄 수 있다면 지옥의 불길 속으로도 기꺼이 뛰어들어갔을 터이다.

그 운명의 날 저녁에 칼의 얼굴은 유난히 슬퍼 보였다. 서재로 찻잔을 들고 갔을 때 고개를 든 칼의 얼굴은 슬픔으로 옹그러져 있었다. 겨우 참고 있는 듯 눈빛엔 물기가 어렸다. 꽉 다문 입술도 꺼풀로 꺼실

꺼실했다. 칼이 가련한 소년처럼 내 앞에 다가온 것도 그때였다. 가슴이 울컥해 찻잔을 얼른 내려놓은 뒤 곧장 되돌아나왔다.

하지만 서재 문 앞에서 더 갈 수 없었다. 돌아서서 칼을 바라보았다. 책상 위에 올린 오른손으로 금방이라도 쓰러질 듯 기운 머리를 짚고 있었다. 아무런 망설임 없이 칼의 등뒤로 한 걸음 한 걸음 다가갔다. 어디서 그런 용기가 나왔을까. 칼이 뒤돌아보는 순간 까칠까칠한 아늠살을 두 손으로 감쌌다. 눈시울까지 슬픔의 눈물이 그렁그렁 고여 포화상태를 이루고 있었다. 그 얼굴을 살며시 가슴으로 안았다. 칼이 내 품에 안겨 슬픔을, 절망을, 단 한순간만이라도 잊길 바랐다. 지금 돌이켜보아도 내가 어떻게 그런 행동을 자연스레 했는지 스스로 놀랍기만 하다.

그날 밤 칼은 속삭였다. 선뜻 노동자와 결혼한 엥겔스 앞에 부끄러웠다고 칼의 마음 씀씀이가 고마웠다. 하지만 굳이 하지 않아도 될 말이었다. 나를 바라보는 칼의 얼굴에 연민이 가득해 보였다. 난 그런 표정이 싫다고 말했다. 기실 칼이 내게 미안한 마음을 품을 아무런 이유도 없다. 나 스스로 원한 사랑이었거니와 내가 칼의 절망을 위로해줄 수 있다는 사실만으로도 행복했다. 그 순간이 내 평생에서 사랑의 전부라 하더라도 감사히 여기겠다고 다짐했다.

칼과 나눈 초가을의 분홍빛 사랑—얼마나 오랜 세월 그 사랑을 선망하고 갈망해왔던가!—은 내 삶에 가장 아름다운 추억을 아로새겼다.

그래서다. 자신 있게 말할 수 있다. 나 헬레네 데무트는 몸과 마음 모두 거듭났다. 칼이 내 품에 안겨 잠든 모습을 보며 얼마나 결의를 다졌던가. 내게 주어진 삶의 모든 순간순간을 애오라지 칼에게 바치겠노라고 더 이상 어떤 욕심도 부리지 않겠노라고.

그러나 파국이 전혀 예기치 못한 데서 몰아쳐왔다.

'에덴의 과실'을 먹은 죄에 벌이었을까.

태어날 때부터 병약해 시름시름 앓던 아기—둘째아들 하인리히—가 갑작스레 숨을 거뒀다. 경기가 닥쳐와 미처 손쓸 틈도 없었다. 의사가 달려 왔을 때는 이미 숨이 멎었다. 나는 물론이려니와 칼도 그리고 가을 노을처럼 붉게 익어가던 우리의 사랑도 바닷가의 깎아지른 낭떠러지에서 떨어져 깊이깊이 죄의식 속으로 가라앉았다.

비보를 듣고 예니가 서둘러 돌아왔다. 예니의 오열 앞에서 난 두려웠다. 만일 예니가 나와 칼 사이에 꽃핀 사랑을 안다면 얼마나 내게 배신감을 느낄 터인가. 어쩌면 그것은 예니에게 평생 아물 수 없는 상처가 될지 모른다. 도리없이 비밀로 할 수밖에 없었다.

예니는 아기의 죽음이 가난 탓이라며 고통스러워했다. 예니와 칼 두루 앓아누웠다. 견디기 힘든 계절이었지만 나는 쉴 수 없었다. 더구나 예니는 임신 중반기를 넘어섰기에 몸을 조심해야 했고 그만큼 내 도움이 절실했다.

눈 내린 데 서리 온 격으로 그해 겨울 가난은 어김없이 우리 모두를 짓눌렀다. 예니는 네덜란드 여행에서 친지의 도움을 전혀 받아오지 못했다. 칼이 일간신문으로 전환을 꿈꾸던 〈신라인신문 정치경제평론〉도 결국 6호로 종간하는 운명을 피할 수 없었다.

집안 전체가 절망의 바다에 천천히 가라앉던 그 시절 내게 기적이 찾아왔다.

그렇다. 기적이라고밖에 달리 말할 수 없다.

내 몸 속에서 새로운 사람이 살고 있다니!

그 사실을 알았을 때의 기쁨이란!

직감이었을까. 별다른 근거도 없었지만 아들이라고 확신했다. 그랬다. 칼이, 또 다른 칼이 내 몸 속에서 자라고 있었다!

문제는 다시 예니였다. 더 이상 비밀로 하기란 불가능했다. 그렇다고 진실을 털어놓기는 더욱 그랬다. 입덧을 하면서 이윽고 배가 부풀어오르자 당시 만삭이던 예니는 내게 아기의 아버지가 누구인지 추궁하고 나섰다.

처음에는 전혀 상상조차 할 수 없었겠지만, 예니는 끝끝내 내가 입을 다물자 칼을 의심하기 시작했다. 아니, 의심 이상일 터이다. 예니는 직감으로 칼이 아버지임을 꿰뚫어본 게 틀림없다. 어차피 임시로 빌린 집이기에 이사가야 했지만 예니가 서둘러 이삿짐을 싼 것도 그래서가 아니었을까. 우리는 살던 집에서 100여 미터 떨어진 4층짜리 집의 꼭대기 층으로 이사했다. 방은 여전히 두 개였다. 하지만 큰 방을 서재로 삼아 그곳에 예니와 칼의 침대가 놓여졌다. 나는 아이들과 작은 방에서 함께 잤다.

이듬해 봄 예니는 딸 프란치스카를 낳았다. 내 출산일이 가까워 올수록 예니의 절망은 깊어졌다. 아마도 예니에게는 인생 최대의 시련이 아니었을까 싶다. 내가 예니라 하더라도 감당하기 힘든 시간이었을 게다. 넋이 나간 표정으로 방안에 우두커니 앉아 있다가 내 얼굴을 뚫어져라 쳐다보기도 했다. 때로는 섬뜩해서였지만 슬픈 눈길을 감당할 수 없어 대부분 외면했다. 예니의 무거운 침묵이 한결 더 나를 괴롭혔다. 그랬다. 내가 생각하더라도 그것은 배신이었다. 언니처럼 자상했던 예니의 가슴에 영원히 빼낼 수 없는 못을 박았다는 죄책감이 걷잡을 수 없이 엄습해왔다.

그러나 어쩌겠는가. 자학은 임신부에게 금물 아닌가. 몸 속의 아이를 위해서라도 슬픔과 죄의식에 마냥 사로잡혀 있을 수 없었다. 더구나 칼의 아들 아닌가. 그렇다. 예니의 삶과 사랑이 있듯이, 나 또한 내 삶과 내 사랑이 있지 않은가. 내게도 인생에서 무엇인가를 내 것으로 만들 권리는 있지 않은가. 애써 마음의 평온을 찾으려 했다. 아니, 애써 마음을 다잡았다. 더 모질게! 더 독하게!

초여름.

건강하고 잘생긴 아들을 낳았다.

아무도 이름 지어줄 사람이 없었다. 아니, 설령 있다고 하더라도 내가 지었을 터이다.

하인리히 프레데릭 데무트

칼이 아기의 아버지임을 이름에 아로새겼다. 아울러 우리의 사랑을 잿빛으로 만든 죽은 아기를 향한 칼의 슬픔도 위로하고자 했다.

아들아.

너는 내 삶에 기쁨이요 축복이었다.

온 세상을 얻은 희열이 몰려왔다.

빛이 밝을수록 그림자도 짙듯이 곧이어 고통스러운 선택의 순간에 부닥쳤다. 깊은 상처로 남아 있는 그 이야기까지 예서 늘어놓고 싶지는 않다. 다만 아마도 네가 가장 궁금했을 대목만은 피해가지 않고 설명하마.

거듭 너의 용서를 구한다. 나는 몹쓸 어미였다. 지금 이 순간도 그때의 나날을 떠올리면 서러움의 바다에 허우적거리게 된다. 너도 이제 서른을 넘어섰기에 충분히 짐작할 수 있을 성싶다. 막상 너를 낳자 예니의 신경은 더더욱 날카로워졌다. 내가 아기의 아버지를 칼이라고 말한 바 없고, 칼의 동지들에게는 아버지가 장군으로 알려졌지만, 예니는 진실을 알고 있다는 것을 나 또한 직감으로 알 수 있었다. 무엇보다 아기의 검은머리와 검은 눈동자는 아버지가 누구인가를 예니에게 또렷하게 증언하고 있었다.

그 시점에서 하녀인 내가 선택할 수 있는 길은 무엇이었을까. 마치 동서남북으로 갈라진 사거리에 놓이듯 내 앞에 네 갈래 길이 놓여 있었다.

동 : 예니가 너를 칼의 아들로 받아줘 함께 집에서 키우는 길

서 : 내가 너와 함께 칼의 집을 나와 독립해 살아가는 길

남 : 너를 예니에게 맡기고 나 혼자 칼의 집을 나오는 길

북 : 너 홀로 칼의 집에서 내보내는 길

네 거리의 한복판에서 어디로 가야 할지 깜깜했다. 청맹과니가 된 느낌이었다.

아들아, 너라면 어떤 길을 선택했을까.

아마도 너는 왜 다른 길을 상상조차 못했느냐고 힐난할지도 모르겠다. 이를테면 칼이 예니와 이혼하고 나와 재혼하는 길이 그럴 터이다. 고백하마. 전혀 그런 생각이 들지 않았다면 거짓말일 터이다. 하지만 아니었다. 그 길은 말 그대로 천벌을 받을 길이었다. 더구나 나의 의지로 선택할 수 있는 길이 아니었다. 전적으로 칼의 의지에 달렸거니와 언감생심 내가 바랄 일도 아니었다. 그런 길은 생각할 수도, 생각해서도 안 되었다.

걸을 수 있는 길 가운데 가장 이상적 방향은 물론 동쪽이었다. 그러나 예니의 정서에 미루어 그 길은 불가능했다. 예니는 다른 여성이 낳은 칼의 아들이 존재한다는 사실조차 인정할 수 없었을 게다. 본디 사랑이란 깊은 만큼 질투도 커지게 마련이다. 나 또한 그 '천의 머리를 지닌 괴물'과 평생 피투성이로 싸워야 했다.

아무리 예니가 열린 사람이라 해도 그는 귀족이었다. 자신의 사랑을 뺏아간 여성이 하녀라는 사실은 더욱 자극적이었을 터이다. 무엇보다 결정적 이유는 예니가 끔찍이 귀여워하던 막내아들을 막 잃었을 때였다는 점이다.

정반대인 서쪽으로 고개를 돌려보자. '사생아'를 낳아 쫓겨난 하녀가 들어갈 집을 찾기란 하늘의 별따기였다. 그래도 지금은 조금 나아

졌지만 당시 런던에서 아이 딸린 무지렁이 여성의 삶은 둘 모두에게 생존 자체가 불확실했단다. 내가 떠난 뒤 칼과 예니의 삶도 불을 보듯 명료해 그 길을 선택할 수 없었다.

무엇보다 칼의 운명이 눈에 선했다. 만일 칼이 이기주의적 사내였다면 주저없이 난 그 집을 나왔을 게다. 널 데리고 무슨 일이든 했을 터이다. 하지만 칼은 자신은 물론이고 가족도 돌보지 않은 채 오직 프롤레타리아트에만 책임을 지려는 지사이고 투사였다.

남행 길을 생각해보았다. 너를 아버지인 칼에게 맡기고 내가 집을 나온다면 마음 여린 예니가 널 잘 돌볼 것이라는 믿음은 있었다. 그러나 자신이 없었다. 나의 사랑, 너를 영원히 보지 못하는 것은 상상만 해도 몸서리치는 일이었다. 채 크지도 못하고 숨져 가는 아이들이 부지기수였기에 더욱 그랬다. 실제로 예니의 자녀들이 그 시절에 죽어갔다. 정말이지 너를 잃을 수는 없었다.

아들아. 너로서는 가장 냉혹한 길이라고 생각할지 모르지만 결국 된바람 불어오는 북행을 선택할 수밖에 없었다. 그 길을 걷기까지 얼마나 긴긴 밤을 눈물로 지새웠는지 모를 게다. 나 자신 어머니 없이 살아가야 하는 서러움을 받을 만큼 받았다. 소녀 시절부터 남의 집에서 살았기에 너를 내맡기기가 더욱 고통스러웠다.

냉철하게 못난 어미의 처지를 되돌아보기 바란다. 너를 길러준 루이스 부부는 숙부님으로부터 소개받았다. 난 숙부께 런던에 사는, 그것도 될 수 있는 대로 칼의 집 근처에 사는 노동자로서 아이를 튼튼하게 키울 수 있는 살뜰한 부인이 있어야 한다는 조건을 내세웠다. 숙부로부터 주소를 전해 받은 뒤 일부러 예고없이 루이스 집을 찾아갔다. 초라했지만 따뜻함이 녹아든 집안 분위기에 마음이 끌렸다. 루이스의 실팍한 아내도 깔끔하면서 다소곳했다. 두 분의 건강한 자녀들을 보면서 그때까지 남아 있던 한 가닥 불안감도 씻은 듯이 사라졌다. 모든 게 섭리처럼 느껴지기도 했다.

튼실한 민중의 집에서 네가 커나간다면, 아울러 그 길이 칼과 예니의 위기를 넘어서게 할 수 있다면, 내 가슴 하나 찢어지더라도 옳은 길이라고 판단했다.

변명이라고 생각할지 모르지만 눈물로 고백한다. 하녀 헬레네 데무트로서 그 길은 최선이었다. 처절한 결정을 내리기까지 갈등도 깊었다. 숨김없이 말하마. 아무런 대책도 없이 너를 부둥켜안고 칼의 집을 뛰쳐나간 적도 있었단다.

그러나 갈 곳이, 정말이지 갈 곳이 없었다. 속절없이 너를 안고 소호의 골목길에서 어둠 속에 웅크리고 앉아 있는 나를 예니가 발견했다. 예니가 나를 찾으러 얼마나 헤매었는가를 그 얼굴에서 단숨에 깨달았을 때 기어이 울음을 쏟고 말았다. 그 직전까지도 예니에게 가없이 타오르던 적개심은 씻은 듯 사라졌다. 예니는 말없이 나를 안아주었다. 얼마나 그 품에서 흐느꼈을까. 집으로 가자는 설득에 완강히 도리질하며 버티다가 결국 따르게 된 것은 예니가 등을 토닥이며 들려준 단 한 마디 때문이었다.

"렌헨, 이해할 수 있어. 다, 모두, 용서할게."

입발림 말로 들릴까 두려워 입술을 오므렸지만 그때 난 속으로 결심했단다.

'예니, 제 평생을 두고 당신께 속죄할게요.'

예니를 볼 때마다 천국에서 지옥으로 시계추처럼 오락가락해온 내 마음에 "안녕"을 고한 것도 그때였다. 아니, 너에게 한 점 남김없이 고백해야 한다면 그 마음과 작별은 더 오랜 세월이 필요했다. "안녕"을 다짐했다고 말해야 옳을 게다.

예니의 사려깊은 배려로 혼란스럽던 집안을 겨우 수습할 수 있었다. 그러나 예니도 사람이었다. 간간이 질투의 적개심으로 불타는 눈길을 의식해야 했다. 차라리 내놓고 그랬다면 아마도 조금은 더 편했을 터이다. 예니는 스스로 강샘을 이겨내려고 안간힘을 썼다. 바로 그만큼 내 가슴은 피멍으로 은결들었다. 행여라도 오해를 살까 두려워 칼 옆에 다가갈 수 없었다. 예니의 상처받은 마음을 이해하려고 얼마나 노력했던가. 더러 나도 모르게 치밀어오르는 미운 마음은 죄의식으로 다잡았다.

아무리 줄여 잡아도 5년 동안—어쩌면 평생일지도 모르지만—우울하거나 넋이 나간 표정으로 깊은 생각에 잠겨 있는 예니를 자주 발견했다. 때로는 절망 속에 공공연하게 말했다.

"자살하고 싶어!"

예니의 낮은 비명은 비수처럼 칼과 나의 가슴을 파고들어 견디기 어려운 고통을 주었다. 나 또한 집을 나가거나 자살하고 싶은 충동이 일어나지 않은 것은 아니었다.

다만 난 자살을 오래 고민할 수 없었다. 그럴 만한 충분한 이유가 있었다. 바로 나의 아들, 나의 사랑, 너와 칼이 지상에 숨쉬고 있지 않은가. 그 생각만 떠올리면 잿빛으로 물들었던 세상이 금세 초록빛으로 반짝였다. 다만 나와 칼 두루 철저히 하인리히, 너의 존재를 모르쇠해야 했다. 1852년 봄에 돌이 막 지난 다섯째 딸 프란치스카가 숨을 거둬 더욱 그랬다. 예니는 울부짖었다.

"내 귀여운 아기들이 잇따라 이 저주스러운 소호에서 죽어가도 나는 그저 지켜만 보고 있어. 두 아기 모두 단 한 번도 배불리 먹이지 못했지. 해꽃조차 듬뿍 받지 못한 채 싯누런 안개 속에서 서서히 죽어가고 있었음에도!"

예니의 절규는 칼의 절망을 더해주었다. 기실 그것은 엄연한 사실이었다. 태어난 지 1년 만에 두 아이가 숨진 데에는 런던의 공장들이 내뿜는 매연과 쓰레기로 시커멓게 물든 소호의 공기 못지않게 가난이 불러온 영양결핍이 자리하고 있었다.

호사스런 수정궁을 지어 만국박람회를 열었던 런던, 하여 온 나라에서 수백만 명이 경탄하며 다녀간 런던에서 가난한 민중의 숱한 어린 별들이 자신이 지닌 빛을 채 반짝이지도 못하고 허망하게 스러져 갔다.

예니는 눈물 속에 살았다. 그 슬픔과 통곡에 내 책임도 크다는 생각이 들었다. 하지만 나 또한 나의 사랑, 아들을 남의 손에 키우며 슬픔과 한숨 속에 살아가고 있었다. 예니의 여린 감성 탓에 아예 입 밖으로 내지도 못한 채.

칼은 모든 고통을 삼킨 굳은 표정으로 서재에 틀어박혔다. 집안에 샐닢 한 푼 남아 있지 않았다. 입을 옷은 물론이고 신발도 마땅치 않아 외출조차 못했다. 그나마 칼이 미국에서 발행되는 신문 〈뉴욕 데일리 트리뷴〉의 런던 통신원으로 일하게 된 것이 구원이라면 '구원'이었다. 칼은 일주일에 한두 번 씩 기사를 보냈다. 더러 칼이 저술에 쫓길 때면 장군이 기사를 쓰기도 했다. 그 신문기사들이 칼의 가족들 입에 풀칠을 해주었다. 하지만 어림도 없었다. 두 아이가 죽었지만 두 딸과 큰아들은 소녀·소년으로 성숙해가고 있었다. 한창 먹고 싶은 게 많은 나이였다. 칼은 아버지로서 그리고 지아비로서 자신의 '무능'에 괴로워했다. 어쩌면 나의 존재도 그 고통의 무게를 더했을지 모른다.

그럼에도 칼은 꿋꿋이 절망을 딛고 나아갔다. 비단 경제적 고통만 이겨낸 것은 아니었다. 프랑스 대통령 나폴레옹이 쿠데타로 황제에 오르면서 뭇 사람들이 절망에 사로잡혀 있을 때도 칼은 서재에서 역사적 의미를 파헤치는 작업에 들어갔다. 절망 속에 희망을 찾으려는 불굴의 노력이었다. 그 결실이 「루이 보나파르트의 브뤼메르 18일」이다.

그러나 가난은 마치 이래도 견뎌낼 것이냐고 내기라도 걸듯이 칼의 집안을 압박해왔다. 1852년 가을 시름시름하던 예니와 예니헨이 앓아누웠다. 나 또한 열병에 시달렸다. 의사를 찾을 진료비커녕 약값조차 없다며 칼은 자책했다. 열흘 동안 칼에게 빵과 감자만 먹였다.

칼은 내 손이 '마법의 손'이라 했지만 기실 내 손에는 아무것도 없었다. 결국 난 먹은 체하며 끼니를 걸러야 했다. 굶주림으로 온몸에 열이 나 쓰러지기 직전이었지만 삶을, 살림을 꾸려가야 했다. 내가 지은 죄를 속죄하는 고행이라고 생각했다. 칼은 나도 환자임을 조금도 눈치채지 못했다. 일부러 명랑하게 수선을 피웠다. 칼이 나 같은 여자에게 귀한 시간을 조금이라도 뺏기는 것은 안 될 일이었다.

새장속 새처럼 집이 먹장구름에 갇혀서일까. 칼은 부쩍 집 근처 공원으로 산책을 나갔다. 초록빛 풀과 풀 사이로 난 샛길을 걸어 공원에 들어서면 마치 런던이 아닌 시골에 온 듯한 상쾌함이 전해왔다. 비록 감자뿐이지만 저녁상을 차려놓고 칼을 찾아 공원으로 나가면 어김없이 떡갈나무 고목에 기대어 사색에 잠겨 있는 칼을 발견할 수 있었다. 방해하고 싶지 않아 한동안 지켜보기도 했다. 골똘히 생각하던 칼은 언제나 산책길에 지니는 수첩을 꺼내 무엇인가를 적어갔다. 언젠가 예니는 그것이 칼의 머릿속에서 번득이는 사상이 햇빛을 보는 순간이라고 말했다.

집에 오면 다시 엄혹한 현실이 칼을 기다리고 있었다. 예니는 자주 흐느꼈다. 산책에서 평온한 얼굴로 집에 들어선 칼은 이내 얼굴이 일그러질 때가 잦았다. 그 시절 술에 젖어 내게 한 말에서 당시 칼의 심경을 읽을 수 있다.

"가족이 없는 사람은 행복하여라."

칼을 다시 품에 안고 싶은 뜨거운 열정을 주체할 수 없어 모질음을 써야 했다.

7 세월이 흐르면서 다행히—그렇다! 다행히! 다행히!?— 예니와 칼의 사랑은 서서히 살아났다. 두 사람 사이에서 난 철저히 자신을 숨겨야 했다. 때로는 칼을 가까이 하고픈 그리움으로 온몸을 불살랐다. 예니와 칼이 사랑을 속삭이는 소리가 들릴 때마다 인두로 지지듯 동가슴이 타들어갔다. 그때마다 어금니를 사리물고 다른 얼굴을 떠올렸다. 칼을 닮은 아들이 도담도담 커나가는 모습이 눈앞에 그려지면 붉게 타오르던 사랑의 불길도, 새까맣게 타들어가던 고통의 불길도, 시나브로 사그라졌다.

살림을 살뜰하게 꾸려가기, 그것만이 예니보다 내가 더 잘할 수 있는 일이었다. 그 일만이 내가 칼에게 인정받을 길이었다. 그 길만이 내 마음에 고여오는 따뜻한 사랑을 건네줄 차디찬 수단이었다.

칼과 예니의 사랑이 되살아나면서 둘 사이에 또 결실이 맺어졌다. 1855년 1월 예니는 딸[13]을 분만했다. 칼은 아들을 바랐다. 실망하는 표정이 또렷했다. 아들에 집념이 강한 칼을 보며 서운함을 느끼기도 했지만 애써 잊으려 했다.

아들을 하나 더 얻길 바랐던 칼에게 운명의 여신은 정말이지, 잔인하게 응수했다. 칼이 자녀들 가운데 가장 사랑을 쏟았던 아들 에드가의 몸이 시나브로 이울어갔다. 에드가는 여느 누이들보다 총명해 칼의 희망이었다.

에드가의 심장이 1855년 4월, 끝내 멎었다. 지상에 존재한다는 사실만으로도 절망에 사로잡힌 칼에게 힘을 주었던 아들이었다. 칼이 에드가에게 『돈키호테』를 즐겨 읽어주던 정경이 떠오르면 어느새 나도 몰래 울컥 눈물이 치솟았다. 하물며 칼은 어땠을까.

---

13 막내딸 엘레노어, 애칭은 투시. 비극적인 삶을 살았다.

칼은 절망했다. 사람의 삶을 저주하는 이야기를 서슴없이 늘어놓았다. 예니는 울부짖다 실신하고 깨어나서는 곧 흐느꼈다. 칼의 절망이 너무나 커보여 심지어 나는 하인리히를 집으로 들이자는 제안을 해볼까 망설이기조차 했다. 망설인 게 얼마나 다행이었던가. 어차피 칼은 하인리히의 존재를 알고 있지 않은가. 괜스레 예니의 슬픔을 더할 이유가, 칼의 상처를 덧낼 이유가 전혀 없었다.

사랑하는 아들아.

그 시절 우리가 살던 소호의 풍경은 지금과 달리 끔찍했단다. 런던이 본디 비가 자주 내려서일까. 더러운 하수도 물이 넘쳐 소호의 골목마다 쓰레기들이 둥실둥실 떠다닐 때가 잦았다. 때로는 어디선가 큼직한 시궁쥐들이 떼지어 나타나 당당하게 돌아다녔다. 그럴 때면 빈민가 집집마다 페스트 공포가 번져갔다.

세 자녀를, 더구나 생때같은 큰아들을 오염된 공기와 영양 결핍으로 잃은 예니에게 소호에서 더 살아가기란 아마도 지옥이었을 법하다. 의사는 오래 전부터 소호가 위생이 좋지 않다며, 되도록 서둘러 이사할 것을 권해왔다. 예니의 인내심이 한계에 이르렀을 무렵 소호를 탈출할 수 있는 기회가 찾아왔다.

1856년 6월. 베스트팔렌 남작부인이 위독하다는 전갈이 왔다. 예니는 세 딸을 모두 데리고 갔다. 나도 동행했다. 예니가 없는 집안에서 칼과 단 둘이 지내는 것을 견뎌낼 자신이 없었다. 예니는 남아서 칼을 돌보라고 권했지만, 정작 내가 동행하겠다는 말에 안도하는 표정이 역력했다. '시험대'였을까? 내가 칼과 둘이 남는 걸 원하지 않았음은 두말할 나위 없다.

남작부인은 몰라볼 만큼 고비늙었다. 완연한 버커리였다. 여윈 얼굴에 굵은 주름, 잔주름이 종횡으로 조글조글했다. 새삼 인생이란 게 얼마나 허망한가를 깨우쳤다. 나도 언젠가 늙고 죽음을 맞을 것이라는 불안감이 엄습했다. 그때는 상상으로만 여겨진 죽음이, 그리고 곧 잊었던 죽음이, 지금 이 순간 어느새 현실이 되어 내 곁을 떠돌고 있다. 아들아, 말이 나온 참에 새삼 네게 열심히 그리고 성실하게 살아갈 것을 당부하는 까닭이다.

소호의 좁은 집에서 더불어 살던 칼의 곁을 10여 년 만에 떠나서일까. 칼이 사무치게 그리웠다. 이 지상에서 칼과 나의 사랑은 그해 가을의 추억들로 영원히 닫힌 것일까. 의문이 슬그니 고개를 들었다. 심장에 어리던 사랑의 기대는 그러나 산산조각 났다.

예니의 방을 청소하다가 낯익은 글씨가 눈에 띄었다. 칼이 예니에게 보내온 편지였다. 처음에는 무시하려고 했다. 하지만 그게 불가능하다는 사실을 곧 받아들였다. 가슴이 쿵쾅거렸지만 발걸음소리에 귀를 세우며 편지를 황급히 읽었다.

진심으로 사랑하는 사람, 다시 당신에게 편지를 쓰는 것은 내가 고독하기 때문이오. ……저 검은 옷의 성모 그림 가운데 어느 것도 당신의 사진만큼 입맞춤을 받지 못했고, 숱한 눈인사와 경배를 받지 못했을 터이오. ……당신은 지금 내 앞에 육체를 갖고 서 있소. 나는 당신을 끌어안고, 머리부터 발끝까지 입술을 맞추고 있다오. 그리고 무릎을 꿇고서 고백하오. '당신을 사랑합니다'라고.

부러웠다. 아니, 정직하게 말하자. 질투의 불길이 타올라 순식간에 머리끝까지 불덩이가 되었다. 아, 그리고 다음 대목에 이르러선 참았던 서러움을 이기지 못하고 뛰쳐나갔다. 창고 문을 열고 들어가 몸을 던지며 흐느꼈다. 저 어린 시절 아버지의 죽음을 통보 받았을 때처럼.

이 세상에는 숱한 여성이 있소. 더러는 아름답소. 하지만 눈귀코입 하나 하나의 선, 주름살까지도 더없이 강렬하고 감미로운 내 인생의 추억을 생각나게 하는 얼굴을 어디서 또 찾아낼 수가 있겠소? ……나는 당신의 팔에 안겨 묻히고 당신의 입술로 부활하오.

잔인한 사람.

칼에게, 과연 나는 무엇이었을까.

심장이 터지는 오열을 가까스로 참아낼 수 있었던 것은 문득 한 생각이 스치면서였다. 잔인한 사람은, 칼이 아니라, 어쩌면 예니가 아닐까. 예니는 언제나 그 시각이면 방 청소를 하러 들어오는 내가 엿보도록 일부러 편지를 책상 위에 펴놓고 방을 비운 게 아니었을까. 예니야말로 우아한 가면을 쓰고 늘 내게 비수를 들이밀어 오지 않았던가! 못된 생각마저 들었다. 하지만 그 몹쓸 생각이 평정을 찾는 데 도움이 되었다.

그랬다. 흔쾌히 잊기로 했다. 칼의 편지로 아물던 은결에 다시 피멍이 들었지만 새삼스런 일이 아니잖은가. 아니, 또 내가 잊지 않겠다면 어쩌겠는가. 칼의 처지에선 그렇게 생각할 수도, 아니 그렇게 예니에게 편지를 보낼 수도 있지 않은가. 거듭 마음을 다잡았다. 이미 그랬듯이 칼을 잊어가야 했다. 더불어 살면서! 처절한 고행으로!

남작부인은 운명하면서 예니에게 제법 큰 유산을 물려주었다. 장례를 치른 예니는 런던에 오자마자 집을 보러 다녔다. 그리고 가을이 시작될 무렵 마침내 우리는 소호를 떠날 수 있었다.

예니와 아이들은 우리가 살던 소호를 아무런 미련 없이 '버림받은 땅'이라 했다. 하지만 나에게 소호는 내 삶의 모든 게, 내 젊음이, 내 사랑이 담긴 곳이었다. 더구나 우리는 소호를 떠난다지만 저 수많은 노동자들은 영원히 이곳에서 삶을 살아갈 수밖에 없지 않은가.

소호를 떠날 때였다. 아무래도 내 표정이 어두웠는지 칼이 무심코 물었다.

"렌헨은 이 집에 정이 들었나 보오"

"예, 그래요. 정도, 덧정도 다 들었지요. 하지만 꼭 그래서만은 아니어요. 우리는 소호로부터 해방되었지요. 그런데 저 수많은 사람들은 언제 어떻게 해방될까요? 아니, 꿈이라도 있을까요. 누구로부터도 유산을 받거나 사랑은 물론이고 심지어 관심조차 끌 수 없는 사람들의 운명이 여전히 이곳 '버림받은 땅'에 갇혀 있지 않은가요"

칼은, 그리고 칼 옆에서 내 말을 들은 예니와 예니헨은 잠시 어리벙벙한 듯했다. 아마 그때가 처음 아니었을까. 예니의 눈빛에서 나를 존중하는 마음이 비쳐진 것은.

소호를 떠나면서 타고난 예니의 귀족성이 드러나기 시작했다. 특별한 수입이 없는 칼의 형편에는 버거울 게 틀림없을 큰 집을 선택했다. 집세로 유산의 대부분을 탕진하는 게 아닐까 우려됐다. 반대했지만 내게 예니의 판단을 저지할 힘은 없었다.

새 집은 정원이 있는 2층짜리 단독주택이었다. 방만 일곱 개. 일손이 달리자 예니는 들무새가 필요하다며 집안일 할 사람을 더 알아보라고 했다. 넘나는 일이었지만 궁리 끝에 동생 마리안느를 불러왔다. 마침 숙부가 돌아가셔서 내가 그늘러야 했다. 예니가 칼의 작업을 돕는 데 전적으로 몰두할 수 있게 해주고 싶었다. 그렇다고 분수에 넘치게 큰 집을 구한 것까지 이해했던 것은 아니다. 귀족의 피가 흘러서일까. 예니는 곧이어 닥칠 궁핍을 준비할 줄 몰랐다.

생활 형편이 다소 나아지면서 칼의 집안에 모처럼 활력이 감돌았다. 살림이 다시 궁할 게 뻔했지만 칼과 예니 두루 낙천적이었다. 더러는 한심해 보이기도 했다. 연구와 저술에 지친 칼이 조금이라도 마음 편하게 쉴 수 있다면, 예니의 그런 생활자세가 유익할 수 있다고 애써 생각했다. 그래서였다. 휴일에 칼의 가족들이 소풍을 나갈 때면 정성스레 음식을 준비했다.

가족 소풍의 목적지는 언제나 하이게이트와 햄프스테드 사이의 아름다운 구릉지대였다. 집에서 제법 걸어야 하는 거리였지만 그 길 위에서 칼은 아이들과 노래를 부르거나 즐겁게 이야기를 나누었다. 햄프스테드 언덕에 서면 런던의 두 풍경이 또렷하게 들어왔다. 구불구불 흐르는 템즈 강을 배경으로 웨스트민스터와 성바울 사원이 장엄하게 펼쳐진 풍경과 굴뚝조차 없어 시커먼 '안개'에 잠긴 빈민굴의 살풍경이 그것이다. 천국과 지옥이었다.

맞은편 하이게이트 묘지는 고즈넉했다. 그 사이로 민틋한 초록빛 언덕이 지평선까지 넉넉한 풀밭을 이루었다. 이곳을 찾을 때마다 우리 모두는 지옥의 굴레에서 벗어나 천국의 문을 들어섰기라도 한 듯이 펼쳐지는 정경에 매혹되어 천진스레 뛰어달렸다.

내겐 그럴 여유가 많지는 않았다. 작은 떡갈나무 아래 바둑판 무늬의 식탁보를 깔고 바구니에 담아온 음식들을 꺼내 부지런히 차려야 했다. 귀찮기도 했으나 그런 일에서 행복을 느껴야 했다.

차린 음식을 깨끗이 비우는 칼을 풀빛 들녘에서 바라보기란 내겐 정말이지 흐뭇한 기쁨이었다. 칼은 아이들과 공을 주고받으며 풀밭 위를 달리기도 했다. 그럴 때마다 속절없이 하인리히가 눈에 밟혔다. 내가 너무 욕심이 많다는 자책으로 지우려 했지만 뛰노는 예니의 아이들을 보노라면 저절로 나오는 한숨마저 거둘 수는 없었다.

땅거미가 깔릴 무렵 돌아오는 길에서 바라본 하늘에는 별들이 반짝반짝 자신의 존재를 알리며 무대로 나왔다. 지금쯤 하인리히는 혹 엄마를 그리며 저 별을 바라보고 있진 않을까. 칼이 한없이 야속하기도 했다.

얼낌덜낌에 칼이 그 서운함을 말끔히 씻어준 한 장면이 떠오른다. 예니가 몸이 아파 소풍에 따라나서지 않은 어느 날이었다. 소풍이 끝나고 집으로 가는 길에 칼이 속삭였다.

"데무트, 우리만 즐겁게 놀아 미안하오 당신 생각을 전혀 못했구려."

슬쩍 내 표정을 살피던 칼은 젖어 있는 내 눈을 보고 내심 놀란 듯했다. 한동안 말없이 걷다가 고백하듯 말했다.

"어둠이 깊어지면 별은 한결 더 빛을 발한다오. 데무트, 갈수록 난 프롤레타리아트에 확신을 갖게 되오 그 확신은 당신을 보며 더 깊어지고 있소"

그러고는 씨영씨영 아이들 쪽으로 걸어갔다. 내 평생에 몇 순간을 꼽으라면 마땅히 뽑힐 추억을 남기고.

나 홀로 애태우던 우려가 어김없이 현실로 닥쳐왔다. 큰 집으로 거처를 옮긴 이듬해 봄 '가난의 신'이 예의 그림자를 드리우기 시작했다. 예니는 되처 앓아누웠다. 마흔세 살을 맞은 예니는 사산의 비극마저 겪었다. 정신적 불안정에 육체적 쇠약이 겹친 탓이다.

예전과 달리 칼은 집안에 머물지 않았다. 아침 일찍 집을 나섰다. 검은 우산을 들고 대영박물관의 도서관으로 갔다. 더러 예니헨과 라우라가 칼을 배웅하며 손을 흔드는 모습은 부러움과 어떤 쓰라림을 느끼게 했다.

아들아, 그럼에도 난 슬픔에 잠길 여유가 없었다. 살림에 몰두해야 했다. 손맵시가 서툰 마리안느는 큰 도움이 되지 못했다. 일을 마치면 없는 살림일망정 지혜를 짜내어 계획을 세워가야 했다.

칼은 저녁 7시 30분께 도서관에서 지친 표정으로 들어왔다. 귀가 시각에 맞춰 칼이 좋아하는 음식을 살손붙여 준비하는 시간들은 기쁨이었다. 내게는 그 일이 칼을, 그리고 칼이 추구하는 해방을, 돕는 '혁명의 길'이었다.

잦은 술로 혈색이 좋지 않아 자극성 강한 음식들을 피해야 함에도 칼은 소금에 절이거나 진한 양념을 친 생선 요리를 즐겼다. 커피조차 짙게 마셨다. 난 하릴없이 '방황'했다. 건강이 우선이라면 마땅히 그런 음식은 피해야 했다. 하지만 좋아하는 식단이 아닐 때 칼이 먹는 둥 마는 둥 하는 걸 보기란 더욱 견디기 어려웠다. 맵고 짠 식사와 진한 커피가 연이은 다음에는 어김없이 병이 도졌다. 식탁을 차리는 나의 고통은 한결 깊어갔다.

칼은 몰랐으리라. 늘 식탁에서 가족들과 신문을 놓고 대화를 즐기며 식사할 때마다 내가 음식조리에 얼마나 고심했는지 그리고 과연 그가 잘 먹을지 얼마나 조마조마했는지.

박물관에 자리하고 있던 도서관이 새 건물로 이사하자 칼은 가족을 모두 인솔해 안내해주었다. 대영제국의 신축도서관답게 우람한 원기둥이 즐비하게 위용을 자랑했다. 칼은 예니에게 자신이 늘 앉는 자리를 가리켰다.

며칠 뒤, 루이스 집에 들렀다가 오는 길에 도서관으로 칼을 찾아가 보았다. 칼은 결코 잘생긴 얼굴은 아니다. 그러나 백발이 섞인 커다랗고 검은머리, 큼직한 코에 번쩍번쩍 빛나는 눈, 진지한 사색과 창조적 열정이 묻어나는 거룩한 자태는 조각품을 방불케 했다. 온 세계의 도서관 가운데 가장 호화로운 제국의 도서관 안에서 제국과 세계의 근저를 뿌리째 뒤흔들 사상이 한 사람의 머릿속에서 무르익어가고 있었다.

한참을 지켜본 뒤 되돌아나왔다. 칼에게 타오르는 열정도 한숨에 묻어야 했다. 내가 칼을 사랑할 수 있는 길, 유일한 방법이 있지 않은가. 저녁에 집에 돌아올 칼이 맛있게 먹을 식탁을 마련하는 것―그러나 그것마저 형편이 못되어 얼마나 가슴을 태웠던가.

1858년 여름에 들어서면서 빈곤은 더 세게 우리를 죄어왔다. 신문

판매소, 고깃간, 채소가게, 전당포에서 나를 바라보는 눈길이 시나브로 험악해져갔다. 외상으로 생필품을 구입하는 데에도 한계는 있게 마련이다. 그럼에도 동지들이 집으로 찾아오면 칼과 예니는 더 대접하지 못해 안달이었다.

그해 겨울은 최악이었다. 크리스마스에도 칠면조는커녕 칼이 좋아하는 햄 한 조각조차 구할 수 없었다. 숱한 나날을 빵과 감자로 겨우겨우 이어갔다. 굶주림으로 몸이 이우는 상황에서도 칼은 새벽 4시까지 일하기 일쑤였다. 간이 좋지 않아 수 차례 앓아누웠지만 지칠 줄 몰랐다. 안쓰러움에 휴식을 권할 때마다 칼은 성그레 웃으며 하던 일에 열중했다. 어느 날 내가 작심을 하고 의자에서 일어나라고 강권하자 칼은 집게손가락을 들더니 일자로 입술에 붙였다.

"쉿! 데무트 가만히, 가만히 있어봐요 얼마나 고요한 밤이오 이럴 때는 창조의 실마리가 끊임없이 이어져 나오게 되오 머릿속에서 멋지고 신비로운 일이 씨줄날줄로 엮어지지요 보이지 않는 실이랄까, 결코 끊어지지 않는 사색의 실로 사상이라는 옷을 짠다오 누에의 실로 저 동양의 고운 비단이 만들어지듯이."

사랑하는 아들아.

칼이 '짜고 있던 비단'은 물론 곱지 않았다. 그 비단의 씨줄과 날줄은 '멋지고 신비로운 일'이 아니라 격렬한 사회비판과 역사의식이었다. 비단의 이름은 『정치경제학 비판』. 초고가 완성된 게 1859년 1월이었다. 57년부터 불어닥친 경제공황이 책 전편에 배경으로 깔려 있다. 늘 그랬듯이 칼은 초고를 예니와 딸들에게 읽어주며 설명해주었다. 천체의 운동법칙이 있듯이 자본주의 세계의 여러 현상을 지배하는 불변의 힘을 파헤쳤다고 자부하던 칼의 늠름한 표정이 지금도 눈앞에 선하다.

너의 아버지 칼은 지난 15년[14] 동안 그 책을 쓰느라 수십 차례나 앓아누웠지만 적어도 그 순간만은 더없이 젊어 보였다.

칼은 우리가 살고 있는 자본주의를 사회적 생산과정의 마지막 적대적 형태로 파악했다. 자본주의 사회 안에서 성장해가는 생산력이 마침내 적대관계를 해소할 물질적 조건을 마련하기 때문이란다. 이로써 인류 사회의 긴 역사에 한 매듭이 지어진다고 칼은 역설했다.

탈고를 했지만 칼은 다시 문장 하나하나를 다듬어갔다. 그 책을 통해 프롤레타리아트가 생각이나 행동에서 튼튼한 갑옷으로 무장하길 바랐기에 더욱 그랬으리라.

『정치경제학 비판』은 그해 6월 베를린에서 출간됐다. 1000부. 이번에도 유럽의 모든 신문들은 한 줄도 보도하지 않았다. 침묵은 독자의 호기심을 불러일으킬 비방이나 중상모략보다 더 파괴적 위력을 발휘한다는 사실을 그들은 본능적으로 터득하고 있었다.

비단 책의 세계서만 그랬던 게 아니었다. 현실 생활에서도 칼은 빚쟁이들에게 시달렸다. 그들은 끊임없이 칼과 예니에게 굴욕감을 심어주었다. 심혈을 기울인 저작이 아무런 반향도 일으키지도 못한데다 궁핍에 쫓겨서인지 그 시절 무너져내리는 칼을 옆에서 지켜보기란 아슬아슬했다. 더러는 칼 스스로 슬픔을 떨쳐버리며 불굴의 의지를 보이기도 했다. 불면증에 시달리는 그의 건강을 우려했을 때 칼은 웃으며 말했다.

"괜찮아요. 지금 나는 다행스럽게도 내가 꼭 알아야 할 프롤레타리아트의 생활을 뒤늦게 체험하고 있어요. 물론 데무트 당신에 비해선 턱도 없지만."

그러나 칼도 사람이었다. 엄혹한 현실의 늪은 칼의 발을 이내 어둠의 수렁으로 끌어내렸다. 나날이 커가는 세 딸의 슬기로움이 그나마

14 칼 마르크스는 1844년 파리에서 경제학에 관한 체계적 연구를 시작했다.

칼에게 위로를 주었다. 그랬다. 너는 어쩔 수 없이 불행이라는 운명의 화살을 피할 도리가 없었지만, 아버지로서 칼은 딸들의 지적 성숙에 세심한 눈길을 돌렸다.

칼은 아이들이 아주 어렸을 적부터 셰익스피어의 작품을 틈틈이 읽어주었다. 『로미오와 줄리엣』이나 『햄릿』을 읽어줄 때 신비와 전설의 세계로 젖어들던 예니헨과 라우라의 눈망울은 얼마나 초롱초롱했던가. 궁핍으로 먹을 게 바닥났을 때 칼이 두 딸을 불러 들려준 이야기는 내게도 감동의 물살로 살아 있다.

"어떤 이미지나 소리에 둘러싸여 있으면서도 그것을 눈으로 보고 귀로 듣는 형태로 표현하지 못하는 예술가의 고통을 너희들이 생각해보렴."

아버지를 닮아 감수성이 풍부한 아이들의 눈이 별처럼 깜박이자 칼은 뿌듯한 눈길로 덧붙였다.

"그 고통은 어떤 굶주림도 비할 바가 못되지. 자, 그럼 이번에는 땅속에 묻힌 작은 씨앗이 껍질을 벗은 뒤 이윽고 처음 싹 틔울 때를 상상해보렴. 어떻게 될까. 두꺼운 흙이 뒤덮고 있는 캄캄한 세상에서 여린 새싹은 저 홀로 빛을 찾아 기어이 밝은 세상으로 나오지 않던?"

외면과 빈곤의 어두운 고통을 뚫고 칼이 프롤레타리아트 해방이라는 새싹을 피우는 현장을 지켜본—더구나 언제나 '밑'에 있었기에 예니보다 더 속속들이 칼을 알 수 있었던— 나는 지상에서 가장 행복한 여자가 아니었을까.

칼은 아픔을 이겨냄으로써 한결 더 위엄 있는 얼굴로 변해갔다. 어느새 마흔이 넘은 칼의 머리카락은 백발이 희끗희끗했다. 불타는 검은 눈은 날카롭되 잔잔한 부드러움이 배어나왔다. 입술 양쪽의 빈정거리는 듯한 주름살은 깊어지면서 성숙한 미소를 그려냈다. 감히 넘볼 수 없는 당당한 아름다움이 얼굴 곳곳에 흘러넘쳤다. 마주치면 누구나 압

도당할 거인의 풍모가 자리잡아 갔다. 샘솟는 사색이 밝혀낸 진실을 쉼없이 적어가는 풍경은 아름답다는 형용사 외에 적절한 단어가 떠오르지 않는다.

바로 그럴수록 칼을 질시하거나 음해하는 사람들이 곰비임비 나타났다. 제법 이름이 알려진 과학자[15]가 '돈을 위조하고 협박을 일삼는 두목'으로 칼을 묘사한 유인물이 대량으로 유포되기도 했다. 칼이 지난날 혁명에 참여한 수백여 사람들에게 편지를 보내 자신에게 돈을 부치지 않으면 혁명투쟁에 연루된 과거를 폭로하겠다고 협박했다는 게 유인물의 줄기였다.

숱한 비방을 참아냈지만 이번만은 그냥 넘길 수 없는 중상모략이었다. 칼을 따르는 동지들이 조사한 결과, 유인물을 돌린 과학자는 프랑스 경찰에 매수된 인물로 밝혀졌다. 칼은 아예 무시하라는 벗들의 충고를 따르지 않았다. 그 과학자가 얼마나 허튼 인간인가를 파헤친 책[16]을 간행했다. 칼의 벗들은 프롤레타리아 운동의 적 앞에서 확고한 당파성과 비타협적 전투정신이란 어떤 것인가를 여실히 보여주었다고 찬사를 보냈다. 하지만 내가 보기엔 논박할 가치가 없는 자를 상대로 공연한 소모전을 벌인 게 아닌가 싶다.

칼에게 무엇보다 큰 괴로움은 예니로부터 왔다. 사산까지 포함하면 네 아이의 주검을 묻고서도 십여 년 넘도록 가난에 짓눌려서일까. 예니는 시나브로 무너지고 있었다. 용기를 내어 예니에게 말했다. 애오라지 칼을 위하여.

"제 짧은 생각엔 사람은 큰 고통을 겪을수록 더 큰 사람이 되는 것 같아요. 불행이 없으면 행복이 무엇인지 잘 모르지요. 아씨는 지금보다 훨씬 더 고통스러운 생활도 잘 견디어내셨어요. 소호에 살던 때를

15 칼 포그트
16 『포그트 군』

떠올려보세요"

멍하게 앉아 내 말을 듣는 둥 마는 둥 하기에 조심스레 덧붙였다.

"아씨답지 않아요. 어째서 그렇게 하찮은 일로 세상을 포기하려고 하세요? 지금쯤은 세상사에 익숙해져서 무슨 일이 일어나도 끄떡하지 않을 때가 됐잖아요. 마르크스 박사님은 착하고 올곧은 분이라⋯⋯."

아, 그 순간 예니의 차가운 금속성 목소리가 울렸다.

"헬레네 데무트!"

"⋯⋯."

"네가 어떻게 감히 내게 그런 말을 할 수 있니!"

말이 채 끝나기도 전에 난 온몸이 얼어붙었다.

곧 정신을 차리고 울음을 쏟으며 방을 뛰쳐나왔다.

눈물에 젖어 있던 예니는 기어이 병석에 눕고 말았다. 처음에 난 초겨울의 런던에서 흔히 유행하는 감기라고 판단했다. 민간요법을 썼다. '하녀수업' 시절에 배운 대로 술을 뜨겁게 달궈 설탕을 타먹였다. 예니의 가슴과 배를 따뜻한 올리브유로 마사지해주었다. 심지어 털 양말 속에 겨자가루를 뿌려 신기기도 했다.

그러나 예니는 낫지 않았다. 아니, 정반대였다. 병세는 더 심각해졌다. 얼굴이 퉁퉁 부어오르고 저절로 눈물이 스며나왔다. 마침내 살갗까지 검붉게 변해갔다. 얼음 위에 누워 있는 것 같다고 고통을 호소했다. 의사가 왔다.

세상에! 천연두였다!

칼은 흑색천연두라는 진단에 거의 이성을 잃었다. 의사의 두 손을 맞잡으며 얼굴이 흉해도, 눈이 멀어도 좋으니 제발 살려만 달라고 간청했다. 칼과 난 종두를 맞았다. 의사는 칼만 남고 모든 사람들은 다른 집으로 옮겨야 한다고 단호히 명령했다. 그러나 의사 못지않게 나도 결연했다.

"선생님은 모르세요. 저에게 예니 아씨는 언니보다 더 가까워요. 아니, 제 목숨보다 소중하답니다. 더구나 저는 아씨께 큰 죄를 저질렀어요. 지금 아씨께는 제 도움이 절실해요. 마르크스 박사님도 마찬가지입니다. 두 분만 이 집에 남겨두고 가면 너무 걱정이 돼서 당장 미쳐버릴 거예요. 마르크스 박사님은 무엇을 먹고 무엇을 마셔야 하는지도 곧 잊으실 거예요. 선생님 제발 부탁입니다. 저를 불행하게 만들지 말아주세요. 두 분이 없으면 저도 이 세상에 살아 있을 의미가 더 이상 없어요."

가까스로 의사의 허락을 받은 뒤 병상 옆에 앉았을 때다. 감고 있는 예니의 눈에서 소리 없이 흘러내리는 굵은 물줄기를 발견했다.

아들아, 여기서 다시 내 몸 속에 깃들었던 죄악을 고백하련다.

앞서 말했듯이 젊은 시절 예니에게 살의를 느꼈을 때 난 스스로 놀라 교회를 찾아갔었다. 그럼에도 마음 한구석 어딘가에서 몸이 허약한 예니가 일찍 죽기를 바라는 어두운 헬레네를 발견할 때마다 진저리를 쳤다. 안 된다고 도리질하면 음침한 악령은 속삭였다.

'예니가 죽으면 하인리히를 집으로 데리고 들어와! 칼과 더불어 행복하게 살 수 있어.'

눈을 부라리며 '몹쓸 년!'이라고 입술을 깨물자 악령은 차갑게 웃었다.

'헬레네! 너에게 정직하렴. 넌 천사가 아니야! 인간이지. 너는 칼의 딸들도 예니보다 더 자상하게 돌볼 수 있잖니?'

그때마다 '마녀' 헬레네는 가차없이 쫓겨났지만 어느새 내 몸 속으로 들어와 깊이 뿌리 틀고 있는 게 아닐까 하는 불안감에 늘 짓눌렸다.

그런데 막상 예니가 천연두에 걸렸을 때 난 진심으로 완쾌를 바라는 자신에게 다시 놀랐다. 악령이 더 이상 내 몸에, 아니 내 마음에 거처를 두고 있지 않다는 사실에 감사의 눈물까지 흘렸다.

네게 이런 말을 하는 뜻은 다른 데 있지 않다. 사람이라면 누구나 몸 어딘가에 악령이 숨어 있게 마련이다. 그러므로 누군가 네게 죄를 저지르더라도 용서하는 법을 배우렴. 어쩌면 그것이 그 사람의 진심이 아닐 수 있기 때문이다.

예니를 받내며 간호에 최선을 다했지만 병세는 무장 악화했다. 얼굴은 창백하다 못해 싯푸르게 변해갔다. 몸 곳곳에 검붉은 발진이 작은 반점으로 돋아났다. 오래된 반점은 진홍빛 물집이 되어 고통을 더해주었다. 숨을 헐떡이고 목소리조차 거의 들리지 않았다. 입안으로는 하얗게 궤양이 번져갔다. 짙은 갈색의 고름이 온몸을 비늘처럼 뒤덮었다.

지켜보던 칼도 좌절의 구렁텅이로 떨어지고 있었다. 나 혼자라도 침착해야 했다. 칼을 설득해서 우선 괴로움에 못 이겨 상처를 긁어대는 예니의 두 팔부터 꼭 잡았다. 천연두가 예니의 몸에서 최고조에 이르렀을 때다. 예니는 칼에게 눈물을 흘리며 유언했다.

"칼, 내가 죽으면 묻을 때 당신과 렌헨이 함께 묻힐 곳으로 마련해줘요. 우리 세 사람은 언제나 더불어 살아왔으니까 죽은 뒤에도 땅속에서 나란히 누워 있고 싶어요."

고마웠다. 예니가 죽음 앞에서 나를 받아준 사실이 가슴을 뭉클케 했다. 하지만 뜨거운 눈물을 흘리며 단호히 부정했다.

"무슨 말씀이세요 아씨는 결코 이 정도로 쓰러질 분이 아니셔요"

예니의 짓무른 얼굴로도 눈물이 흘러내렸다. 솜으로 닦아주던 얼굴 위로 내 눈물이 떨어지는 것을 막느라 어금니를 꽉 깨물었다. 마음을 조금 가라앉힌 뒤 다짐받듯 덧붙였다.

"꼭! 꼭, 일어나실 거예요!"

하늘은 우리를 버리지 않았다. 그 밤을 고비로 예니의 병세는 고자룩해지기 시작했다. 마침내 죽음의 신으로부터 벗어났다. 천연두를 말끔히 이겨냈을 때 예니는 거울을 본 뒤 울음을 터뜨렸다. 기품 있고 고운 얼굴에 천연두가 자신의 발자국을 솜솜하게 새기고 갔기 때문이다. 칼은 생명을 구한 것이 얼마나 기적인지를 생각하라면서 예니의 얼굴이 얽벅얽벅하더라도 자신의 사랑은 변함없다고 달랬다.

예니가 추서자 이번에는 칼이 과로로 쓰러졌다. 나 또한 어지럽고 온 뼈마디가 쑤셨다. 하지만 머리동이를 매고 누워 있는 칼을 두고 쉴 수 없었다. 휴식은 늘 그랬듯이 내겐 사치였다. 칼이 예니의 몹쓸 병에서 전염된 게 아닐까 바잡았다. 천만다행으로 감기였다. 런던 특유의 습기 찬 공기에 칼은 연신 쇠기침을 해댔다. 담배 피우는 걸 금했다. 레몬수를 만들어주었다.

1861년이 밝아오면서 집안의 병치레는 모두 끝났다. 그러나 병마보다 무서운 가난은 조금도 고개 숙일 줄 몰랐다. 몸이 겅더리되어서일까. 천연두를 앓고 난 예니의 성격은 날카롭게 변해갔다. 엎친 데 덮친 격으로 남북전쟁이 일어나면서 〈뉴욕 데일리 트리뷴〉이 칼의 기사 게재를 중지한다고 알려왔다.17

기실 칼이 신문에 꼭 글을 쓰고 싶어했던 것은 아니다. 젊은 시절부터 칼은 신문에 열정이 높았지만, '무기'가 아닌 '생계 수단'으로 기사 쓰기를 역겨워했다. 오래 전부터 기사를 쓸 때마다 짜증을 냈다. 장군이 집에 왔을 때다. 칼은 지긋지긋하다며 푸념했다.

"부르주아지의 신문에 기사를 쓰는 건 정말이지 이젠 진저리가 나. 시간만 잔뜩 잡아먹고 정신을 산란시키고 아무 소득도 없지 않은가. 이보게, 장군. 우린 둘 다 해서는 안 될 일에 쫓기고 있어. 자네가 회사

17 마르크스의 기고는 그해 가을 재개됐지만 곧 종언을 고한다. 1862년 2월 15일자에 실린 '멕시코 분쟁'을 마지막 기사로 '신문기자'로서 마르크스의 생활은 영원히 끝난다.

나 증권거래소에서 하고 있는 건 또 어떤 일이지? 어쩌다 길을 잃고 이리떼에 섞여 들어가 함께 으르렁거리는 꼴이 아닌가."

신문기사 게재가 중단됨으로써 물질적 충격은 컸다. 하지만 난 그 암담함을 칼이 되찾은 행복으로 이겨갔다. 칼에겐 얼마나 후련한 순간 이겠는가. 그에게 부족한 것은 돈이 아니다. 시간이다.

극한의 절망에서 '구원'은 예의 장군의 몫이었다. 긴급히 보내온 돈으로 애면글면 삶을 이어갔다.

가난한 칼에게 유혹의 손길이 뻗쳐왔다. 프로이센의 빌헬름 1세가 대관식을 기념해 정치적 망명자들에 사면을 선포했다. 이어 라살레가 칼에게 초청 편지를 보내왔다. 〈신라인신문〉의 연장선에서 새 신문을 만들어달라는 파격적 제안을 담고 있었다. 칼은 제안의 현실성은 없지만 그렇다고 무시할 수만은 없다며 초청에 응했다. 한달 넘게 베를린의 라살레 집에 머물며 지배세력들과 접촉했지만 결국 시민권도 얻지 못하고 되돌아왔다. 칼은 한 가닥 기대를 걸었는데 환멸만 느꼈다고 쓸쓸하게 웃었다.

그러나 베를린 여행은 칼의 내면에 조용한 전환점을 마련해주었다. 적어도 내가 보기에 칼의 일상생활은 베를린 여행을 계기로 조금씩 바뀌어갔다. 베를린에서 불교와 만난 까닭이다.

칼에게 불교를 소개해준 사람은 대학 시절의 친구 프리드리히 쾨펜이었다. 쾨펜은 자신이 쓴 책 『불교와 그 기원』을 칼에게 선물하며 읽어보라고 권했다. 칼은 집에 돌아와 저녁 식탁자리에서 쾨펜과 나눈 이야기를 유쾌하게 들려주었다.

"대학 다닐 때 아주 빼어난 친구였어요. 서로 관심이 다른데 고맙게도 그 친구는 내가 쓴 책을 거의 모두 읽은 것 같더군. 그러면서 이상한 소릴 하지 않겠소? 인류를 진실로 사랑하고 행복을 바라던 붓다의 길을 내가 걷고 있다나?"

부드럽게 웃으며 칼은 덧붙였다.

"내가 혁명의 길을 걸어가는 걸 잘 알고 있음에도 붓다의 길이라고 말한 뜻이 무엇인지 궁금해요. 진지한 친구이기에 허튼 소리를 할 리는 없고……. 내가 알고 있는 붓다의 길은 아무래도 내 길과 다른 것 같아 더욱 그래요. 모든 욕심을 버림으로써 얻는 정신적 해탈은 지상에서 행복하고 즐겁게 살려는 의지를 아무래도 약하게 만들지 않겠어요? 음, 하지만 그 친구가 너무 진지해 한 번쯤은 정독해볼까 싶소"

아들아.

불교를 바라보는 칼의 시선은 쾨펜의 책을 읽어가면서 깊어갔다. 안팎으로 갈등이 불거지던 그 무렵에 칼이 대학 시절의 벗을 징검다리로 불교를 알게 된 걸 네게 여기서 일러두는 까닭이 있다.

사람에 관한 것이라면 어떤 일에도 열정적으로 관심을 기울이던 칼은 서재에서 쾨펜의 책을 탐독한 데 이어 인도에 대한 서적들을 들춰보았다. 일상생활에서 고통스런 일이 벌어질 때 불교 책을 펴드는 모습이 자주 눈에 띄었다. 집 안팎에서 때때로 격정적인 노여움을 드러내던 칼은 실제로 마음의 여유를 찾아가기 시작했다.

어느덧 40대 중반. 칼이 삶을 바라보는 눈길도 그만큼 넉넉해져 갔다. 칼은 쾨펜의 책을 다 읽은 뒤 진지한 표정으로 내게 정독을 권했다. 결국 난 칼을 '징검다리'로 불교와 만났다. 조금은 더 훗날의 이야기이지만 시나브로 붓다의 가르침을 깨우쳐가면서 가슴속 깊이 응어리져 있던 슬픔의 피멍도, 도저히 아물지 않을 것 같은 은결도, 말끔히 가실 수 있었다. 내가 선택한 '고행'의 의미도 깊어갔다. 언젠가 네가 불교를 들여다보길 이참에 권유하고 싶다.

그렇다고 칼이 마음의 평화를 온전히 찾은 것은 아니었다. 아니, 오히려 지금까지 받은 모든 고통보다 더 큰 상처를 줄 마지막 시련이 남아 있었다. 칼의 인내력을 한번 시험해보겠다며 벼르기라도 했다는 듯이.

발단은 예의 가난이었다. 집안이 나날이 궁핍해지자 맏딸인 예니헨은 부모와 상의없이 배우로 무대에 올라 돈을 벌려고 했다. 사전에 알려져 성사되지 않았지만 그 일로 귀족 가문인 예니의 신경은 더더욱 예민해졌다. 귀족의 딸로서 이십 년 가까이 가난과 모욕에 찌들어왔던 서러움이 폭발점을 찾고 있었는지도 모른다. 1862년 한여름 밤에 일어난 소동을 아직도 생생하게 기억하는 까닭이다.

내가 칼에게 차를 타주고 서재를 나올 때였다. 두 달 가까이 샐닢 한 푼 없이 지내 들찌든 예니가 서재로 들어서면서 칼에게 목소리를 높였다.

"가스회사가 마지막 경고장을 보내왔어요. 내일까지 1파운드 10실링을 내지 않으면 가스를 당장 끊겠대요. 아, 칼! 그렇게 되면 당신은 밤에 일을 할 수 없게 돼요. 우리 집에는 양초 한 자루도 없고, 양초를 살 돈도 없어요."

예니를 달래러 칼이 책상에서 일어났다. 수그러들지 않았다. 아이들의 음악 수업료가 밀려 학원에서 쫓겨날 판이라고 새된 소리로 말했다. 이어 집세도 못내 이제 재판소로 끌려갈 위기에 있다고 날 선 목소리로 불만을 터뜨렸다.

"예니! 나보고 어쩌란 말이오?"

그 말이 도화선이었다. 예니는 해서는 안 될 말을 쏟아부었다.

"전 이제 안 돼요! 더 이상 못살겠어요! 이렇게 사느니 차라리 죽는 편이 나아요."

당황한 칼이 예니를 위로했다.

"미안하오. 모진 현실을 헤쳐온 당신을 보면 너무나 가엾소. 하지만 예니, 나 또한 당신만큼 고통 속에서 내 작업을 해나가고 있어요. 우리 더불어 이겨갑시다."

"아니어요! 이제 더는 아니어요! 아이들과 당신이 굶주리는 모습을 더 이상 눈뜨고 볼 수 없어요. 저 아이들과 함께 무덤 속으로나 들어가고 싶어요."

거기서 멈추었다면 아직은 괜찮았는지 모른다. 너무 흥분해서일까. 아니면 예니가 어느새 초로의 나이에 접어들어서 잠시 판단력을 잃은 것일까. 다음 말은 나도 믿어지지 않았다.

"당신 장서들을 팝시다."

순간 칼은 자기도 모르게 책상 두 모서리를 움켜잡았다. 칼의 얼굴은 처음에는 분노를 참느라고 일그러졌지만 곧이어 고통을 억누르느라고 되우 찌그러졌다. 칼이 책을 얼마나 사랑하는가를 잘 알기에 나까지 예니의 제안에 분노가 치밀었다. 하물며 칼은 더 말해 무엇하겠는가. 더구나 그 말을 한 사람이 바로 예니라는 사실이 칼을 한없이 절망케 했을 터이다.

책은 칼에게 빵이나 물, 아니 그 이상이었다.

다행히 책을 살 사람이 나서지 않아 칼은 한숨 돌렸다. 하지만 그 일은 칼에게 큰 시련이었다. 칼의 성격으로 미루어 예니에게 배신감을 느꼈을 성싶다. 얼굴에 깃들은 절망의 그림자는 며칠이 지나도록 가실 줄 몰랐다. 망설임 속에 위로의 말을 건넸을 때다. 떼꾼한 눈이 물기로 흠뻑 젖은 채 칼은 신음을 토했다.

"사람에게 절대란 사치인 것 같소. 기껏해야 신기루이거나⋯⋯. 심지어 가장 이상적인 사랑조차도 어느 순간 바닥을 드러낸다오. 하지만 이겨가고 있어요. 오죽하면 예니가 그런 말까지 했을까라고."

칼은 곧 짐을 챙겼다. 트리어의 어머니 집을 찾아가 돈을 마련해오겠다고 둘러댔지만 아무도 믿지 않았다. 집안에 있기가 귀살쩍어 마음을 가라앉히고 싶은 게 분명했다. 칼은 짐을 싸면서 가방 안에 쾨펜의 책을 집어넣었다. 불교적 명상이 필요할 만큼 그의 번뇌가 극심했었을까.

예상과 다르지 않았다. 칼은 빈손으로 돌아왔다. 다만 네덜란드에서 변호사를 하는 외사촌 아우가 영국 철도사무소에 칼을 '서기'로 추천하는 소개서를 지니고 왔다. 그날 저녁에 칼은 감자뿐인 식탁에 둘러앉은 가족들에게 내일 철도사무소에 면접을 보러 가겠다고 알렸다. 썰렁한 식탁위로 찬바람이 불어왔다. 무거운 침묵이 뒤따랐다.

강쇠바람이 불어오던 아침, 칼은 프록코트에 모자를 쓰고 박쥐우산을 든 전형적인 신사차림으로 집을 나섰다. 철도회사로 배슬배슬 걸어가는 칼의 처진 어깨가 가년스러워 나도 모르게 눈물을 흘렸다. 예니도 당혹감에 휩싸였다.

칼이 돌아왔을 때 표정이 묘했다. 가족에 둘러싸인 칼은 오직 예니만 바라보며 침통하게 말했다.

"지배인이 추천서를 본 뒤 내게 서류 작성을 시험해보았소. 예니, 내 글씨가 얼마나 괴발개발인지 당신이 잘 알지 않소? 내 딴에는 최선을 다해 글자를 옮겨갔지만 지배인은 단호하게 말하더군. 당신은 서기를 할 만한 재능이 없다고. 예니, 정말 미안하오"

마지막 말이 끝나자마자 예니가 울음을 터뜨렸다.

"아, 아니어요 칼, 제가 잘못했어요. 저는 당신이 면접에서 거부되기를 기도했어요"

위기는 가까스로 봉합되었다.

그러나 불행은 꼬리를 물고 이어졌다.

내게 유일한 혈육인 마리안느가 심장병으로 갑작스레 숨졌다. 장군의 아내인 메어리 번스도 세상을 떠났다. 우리 모두에게 죽음이 가까이 오고 있음을 실감케 했다.

칼이 메어리의 죽음을 애도하는 편지를 장군에게 보냈을 때 갈등이 불거졌다. 칼이 위로하는 한마디에 이어 곧바로 집안의 궁핍을 장황히 호소하며 송금을 기대했기 때문이다. 장군의 가시 돋친 답장에 칼은 충격을 받았다. 칼은 자신이 보낸 편지 사본을 보여주며 내 의견을 물었다. 내가 읽더라도 애도는 형식적인 조사쯤으로 비치었다. 본의는 아니었겠지만 칼에게 사과하라고 권했다. 칼이 정중하게 다시 편지를 쓰면서 벌어지던 틈을 겨우 메울 수 있었다.

장군은 선뜻 사과를 받아들였다. 문제는 칼이었다. 칼의 '자학'은 멈추지 않았다. 줄담배와 폭음으로 연일 곤드러졌다. 결국 칼의 몸 곳곳에 부스럼이 돋아나기 시작했다. 특히 눈에 생긴 종기가 심각했다. 눈이 아물 즈음 종기는 다시 온몸으로 번져갔다. 그해 겨울 내내 칼은 화농균이 옮긴 옹으로 고통받았다.

싯누런 고름을 끊임없이 짜내야 했다. 고름이 신경까지 파고들어가면 생명이 위험하다고 의사가 경고했기 때문이다. 고름을 짜내는 일 또한 나의 몫이었다. 참을성 강한 칼이 견디고 있을 고통을 조금이라도 줄여주고 싶어 때때로 입으로 짜냈다. 예니는 자신으로서는 상상도 할 수 없는 일이라며 가여운 눈길을 보냈다. 그러나 아니었다. 칼의 지친 몸을 파들어가는 고름을 내 입술과 혀로 뿌리째 짜내는 일, 차라리 그 순간이야말로 내겐 행복이었다.

가여운 사람은 나의 사랑 칼이었다. 그 즈음 칼은 삶의 모든 전선에서 벽을 느끼고 있었다. 삶의 조건이라는 엄정한 현실 앞에서 영원하리라고 믿었던 사랑도 우정도 버울었다. 칼의 번민을 지켜보는 내 가슴도 새까맣게 타들어갔다. 칼의 절망은 나의 절망이기도 했다. 장군은 물론이고 예니와 사이에 불거진 갈등으로 은결든 칼이 어쩌면 이번에는 주저앉을지도 모른다는 생각이 펀뜻 들었다. 빗지 않아 뒤엉킨 머리칼이며 웃옷 단추조차 잘못 끼운 사실도 모른 채 흔들의자가 달팽이집이라도 되는 듯 온종일 잠겨 있는 칼을 볼 때면 심장이 철렁 내려앉았다.

그러나 역시 기우였다. 칼은 이겨냈다.

8 불굴의 힘, 칼이 지닌 그 힘의

원천은 어디일까.

아들아.

나는 확신한다.

사람에 대한 사랑, 프롤레타리아트에 대한 사랑이었다고.

혹 너에게 훗날 기회가 있다면 생전의 칼 마르크스를 모를 사람들에게 내 말을 증언해주기 바란다.

칼로 하여금 절망의 바다를 건너게 한 힘은 애오라지 프롤레타리아트로부터 왔다. 집채만한 파도가 몰아쳐 칼이 난파되지 않을까 우려하던 그 무렵, 그때까지 칼이 평생을 바쳐온 프롤레타리아트가 붉은 사랑에 응답의 신호를 보내왔다. 노동자들이 프롤레타리아트의 사명을 자신의 삶에 새기는 징후가 도드라지게 나타났다.

만일 그때 유럽의 노동자들이 하나로 거듭나려는 움직임이 없었다면, 어쩌면 칼은 저 시커먼 절망의 심해 속으로 깊이깊이 가라앉았을 터이다. 만일 그랬다면 심해의 밑바닥에 누운 채 칼은 영원히 삶의 수면 위로 떠오르지 못했으리라. 다행스럽게도 1860년대에 들어서면서 노동자들의 연대운동이 저 두터운 무지의 지각을 뚫고 맹렬하게 아귀텄다.

1864년 9월 28일.

마침내 노동자들은 인류사에 기념비를 세웠다. 런던의 세인트마틴 홀에 수천 여 명의 노동자가 모였다. 국경을 넘어 모든 노동자가 단결하자는 투지가 뜨거운 열기를 자아냈다. '만국의 노동자'들이 힘을 모아 창립을 결의했다.

국제노동자협회.[18]

프롤레타리아트가 최초로 일궈낸 국제적 혁명조직이다.

칼의 고즈넉한 집에서 선언문과 임시규약을 만들 소위원회가 열렸다. 방 안팎으로 들락거리며 손님들—아니, 칼과 나의 동지들!— 시중을 들던 나는 칼이 집필한 선언문을 읽을 때 그 자리에 있었다. 얼굴이 상기된 채 읽어가던 칼은 특히 마지막 문장을 힘주어 읽었다.

"만국의 노동자여, 단결하라!"

우연이었을까. 16년 전 그때도 난 칼을 지켜보고 있었다. 칼이 서른 살 때 발표한 『공산당 선언』의 끝 구절. 이제 그 구절은 그저 문자로만 남겨진 선동이 아니었다. 선언으로 그친 유령만도 아니었다. 선언은 슬금슬금 현실로 바뀌고 있었다. 유령에 생명의 피가 감돌기 시작했다. 두꺼운 관속에 갇힌 유령이 16년 만에 일어나 가쁜 숨을 쉬는 소리에 가슴이 쿵쾅거렸다. 하물며 칼의 감회야 더 이를 필요가 있을까.

프롤레타리아트가 절망으로부터 칼을 구원해주던 시기에, 나 또한 벼랑 끝에서 희망과 보람을 체험했다. 단순한 수사학이 아니다. 칼의 절망이 나의 절망이었기에, 칼의 희망은 또한 나의 희망이기도 했다. 하지만 그 이상이었다. 칼이 보듬은 그것보다 또렷하고 육감적인 희망이 쑥쑥 커나가고 있었다. 게다가 칼과 달리 나는 희망을 두 눈으로 확인하고 손으로 쓰다듬을 수 있었다. 무엇보다 그 희망은 '유령'—비록 그것이 살아 숨쉬기 시작했다고 하더라도—이 아니라 생생하게 살아 있는 '사람'이었다.

무엇일까. 그 희망은.

아들아,

바로 너였다.

칼이 사랑하던 노동계급이 국제노동자협회를 내오던 그 즈음이다. 저 옛날 트리어 시절에 아무도 눈치채지 못하게 마음 깊숙이 갈무리

---

18 훗날 제1인터내셔널로 불리게 된다.

해둔 한 소년이 가슴 밖으로 걸어나오는 환희를 느꼈다. 이 글의 들머리에서 내가 트리어의 남작부인 집에 들어갔을 때 한 소년과 마주친 감동을 고백했던 걸 떠올려주기 바란다.

봄날처럼 보드랍게 다가오는 소년의 얼굴. 검은 머리, 굵고 짙은 눈썹. 무엇보다 불잉걸이 일렁이듯 번쩍이는 새까만 눈빛은 내 마음 깊은 곳까지 들어와 온몸을 불질렀다. 실제로 그날 일어난 불길은 내 가슴에 불에 덴 상처처럼 영원히 지워지지 않고 있다. 아니, 꺼지지 않는 불꽃으로 활활 타오르고 있다.

그 소년이 30여 년의 세월을 훌쩍 뛰어넘어 눈앞에 부활했다면 믿을 수 있을까. 아들아, 색바람 불어오던 어느 날, 맑은 햇살이 부서지는 뜰을 걸어 뒷문으로 다가오는 네 얼굴을 보았을 때 칼이 아닌가 착각에 사로잡혔다. 너를 꼭 품에 안으며 앞으로 네가 무럭무럭 커나가는 순간순간을 더 성실하게 기록해두겠다고 다짐했다. 언젠가 칼에게 너를 인사시키겠다고 결심한 것도 그 순간이었다.

하인리히. 루이스 집에서 네가 커갔지만 틈날 때마다 달려가 네게 젖을 물렸단다. 내 젖을 아릿하게 빨아대던 너의 귀여운 입술을, 그리고 다른 젖꼭지를 꼼지락거리며 만져대던 네 앙증맞은 손가락까지 내 생애의 축복으로 지금도 촉각을 느낄 만큼 기억하고 있다. 너를 다시 떼어놓고 루이스 집을 나올 때는 젖이 빈 두 무덤 깊숙이 한 줄기 썰렁한 바람이 을씨년스레 스쳐갔다.

아들아.

눈물에 젖은 나날을 넘어 햇살처럼 걸어오던 네 모습에서 삶의 아름다움을 만끽할 수 있었다. 그것은 참으로 아름찬 행복이자 축복이었다. 삶 앞에서, 그리고 언젠가 맞이할 죽음 앞에서, 떳떳하게 살고 싶었다.

인생의 역설일까. 아니면 그저 우연의 행운일까. 내가 너의 존재를 새롭게 발견했을 때, 칼이 프롤레타리아트에서 희망을 찾을 무렵에, 칼과 우리의 평생을 지배하던 궁핍도 시나브로 물러가고 있었다. 끈질 긴 가난의 악령은 이후에도 몇 차례 칼의 가족을 덮쳤지만 지난날의 암담했던 굶주림은 결코 되풀이되지 않았다.

칼은 어머니를 여의면서 유산을 받았다. 칼과 예니는 숲이 우거진 공원 옆으로 다시 거처를 옮겼다. 잘못을 되풀이하지 않으려고 큰 집으로 옮기는 데 적극 반대했지만 예니의 집착을 이겨낼 수 없었다.

칼은 2층을 썼다. 넓은 창문으로 짙은 숲 향기가 무시로 스며들었다. 방 한가운데에 책상이 놓였고 책꽂이로 둘러싼 네 벽은 책의 숲으로 울창했다. 책꽂이와 천장 사이에는 신문과 공책들이 쌓였다. 서재다운 서재가 비로소 갖춰진 셈이다. 어쩌면 예니는 사랑하는 칼에게 오래 전부터 그런 연구실을 꾸며주고 싶었는지도 모르겠다. 유난히 칼의 서재에 세심한 주의를 기울이는 모습은 얼추 그런 짐작에 무게를 실어주었다. 되돌아보면 굳이 무리를 하면서까지 집을 옮겨간 것도 그래서가 아닐까 싶다. 책을 팔자고 제의했던 예니로서는 칼에 속죄하고 픈 마음이 있었는지도 모르겠다.

넓고 밝은 칼의 서재에는 초록빛 융단이 깔렸다. 칼로서는 처음 누리는 호사였다. 책의 숲에 걸맞은 초록 융단 위로 출입문에서 책상 앞을 지나 창문까지 오솔길처럼 길이 생겼다. 칼이 거닐며 사색에 잠긴 흔적이다.

그 시절 칼이 경제적 굴레에서 벗어날 수 있었던 또 다른 계기가 있었다. 오랜 친구 빌헬름 볼프가 뇌일혈로 숨을 거두면서 평생 노동으로 모은 재산을 죄다 칼에게 물려주었다. 전혀 예상도 못했거니와 땀과 노동이 밴 유산에 칼은 진정으로 감동했다.

그랬다. 아들아.

프롤레타리아트의 피땀이 맺힌 유산을 밑절미로 너의 아버지 칼은 『자본』 연구에 전념할 수 있었다. 칼이 『자본』을 기꺼이 빌헬름 볼프에게 바친 까닭이다. 빌헬름은 그에게 단순히 빌헬름이 아니었다. 프롤레타리아트의 다른 이름이었다.

칼은 꼼꼼했다. 하나의 이론적 명제를 써나가는 데 수십 권, 때로는 수백 권의 책과 보고서를 섭렵했다. 나열된 통계 숫자를 넘어 그 숫자에 담겨 있는 민중의 생활모습을 읽으려고 했다. 열정적으로 집필해나가는 칼의 손끝에서 프롤레타리아트는 시나브로 구체적 형상을 얻어가고 있었다.

연구와 집필에 열정을 모두 쏟은 탓일까. 무더위가 물쿠는 한여름이었음에도 칼은 감기로 콧물을 흘렸다. 앓아누워 집필을 못할 때 미뤄둔 책을 읽는 칼의 습관은 여전했다. 칼은 심지어 생리학과 해부학 서적을 탐독해갔다. 지칠 줄 모르는 탐구열이었다. 건강이 다소라도 회복될라치면 어김없이 밤을 지새웠다. 『자본』 집필에 전념했다. 어떻게 되었을까. 다시 앓아누울 수밖에 없었다. 피로가 겹친 까닭이다. 그럴 때면 종기가 잼처 불쑥불쑥 돋아났다. 붕대를 몸에 칭칭 감기도 했다.

종기로 손목이 퉁퉁 부어올라 아무것도 쓰지 못할 때 칼은 괴로워했다. 조금이라도 상황이 좋아지면 곧장 서재로 들어갔다. 가족들이 일을 중지하라고 강요해 눕히면 소설을 펴들었다. 예의 셰익스피어와 세르반테스의 작품이었다.

연구와 집필 그리고 주기적으로 되풀이된 병세 탓일까. 나이보다 일찍 검은머리가 새하얘졌다. 반면에 콧수염은 새까맣게 남아 선명한 대조를 이뤘다. 기묘한 조합을 이룬 칼의 얼굴은 누구도 무시할 수 없는 강렬한 마력을 내뿜었다. 날카로운 지성이 번득이는 검은 눈은 연륜이 더해갈수록 깊어졌다. 염증이 자주 일어나는 눈꺼풀 아래서도 눈빛만은 내면의 힘을 은은히 발산했다. 그러면서도 칼의 얼굴엔 소년에

나 볼 수 있는 순진성과 장난기가 흘렀다.

국제노동자협회 창립을 계기로 칼의 명성은 유럽 전역에 퍼져갔다. 자유와 평등 그리고 박애가 넘치는 사회를 꿈꾸는 노동자들과 청년들이 줄을 이어 칼을 찾아왔다. 그 가운데 라파라그라는 젊은이가 있었다. 검은 머리칼과, 검은 눈에 친근감을 느껴서일까. 칼은 기꺼이 저녁식사에 초대했다.

청년은 솔직했다. 자신에게 흑인의 피가 섞여 있다는 사실을 자랑스레 말했다. 손톱에 하얀 반달이 없다며 흑인의 핏줄임을 '입증'했다. 보기 드물게 열정적인 젊은이였다. 그 정열은 막 '숙녀의 문'에 들어선 둘째딸 라우라의 마음을 흔들어놓았다.

저녁식사를 마친 뒤 칼은 차를 마시며 학문을 바라보는 자신의 생각을 청년에게 들려주었다.

"독서나 학문이 한낱 자기를 위한 즐거움이어서는 안 되오. 여건이 좋아 독서와 학문에 몰입할 수 있는 사람은 자신이 살고 있는 사회에 빚을 진 셈이지요. 자기가 깨달은 지식으로 인류에 이바지해야 할 의무가 있습니다. 서재에 갇혀 있거나 실험실에만 틀어박혀 있어서는 결코 참된 학자가 될 수 없어요. 생활 속으로, 동시대인들의 투쟁 속으로 들어가야지요. 그것은 인류를 위해 최선을 다하는 뜻이기도 합니다."

칼은 누구에게도 쉽사리 하지 않은 속마음까지 진지하고 엄숙하게 털어놓았다.

"감히 자부하지만 나는, 이 세상을 위하여 최선을 다하고 있습니다."

이어 칼이 한 말은 지금도 그날의 부드러운 음성 그대로 떠오른다. 가슴에 계율처럼 새겼기 때문이다. 아마 청년도 그러지 않았을까.

"사람에게 가장 중요한 것이 있어요. 사사로운 이해관계에 흔들리지 않는 것입니다. 쉽지 않아요. 단호한 결심이 필요하지요. 모든 편견이나 집착을 떠나 공정하게 사물을 바라보는 눈을 지니도록 노력하세요. 그러면 누구나 똑같은 결론에 이르리라고 나는 확신합니다. 혹 그게 무엇일지 짐작이 가나요?"

웅숭깊은 눈으로 청년을 바라보았다.

"선생님, 혹시 사회주의를 말씀하시는 겁니까?"

칼의 눈빛 가득 물기가 번져갔다.

"그래요. 바로 그겁니다."

칼과 예니의 삶에 비교적 순탄한 세월이 흘러갔다. 어머니를 빼어 닮은 맏딸 예니헨이 성년의 생일을 맞았다. 1865년 5월 1일. 칼은 아침부터 선뜻 집필을 중단하고 잔치준비를 도왔다. 저녁에는 예니헨과 춤을 춘 데 이어 초대 손님들의 권유로 예니의 손을 잡았다. 예니를 안은채 춤추는 칼의 수줍은 표정이 마음을 착잡하게 했다. 부러웠다.

이어 놀이를 시작했다. 칼이 술래를 자처했다. 눈가리개를 쓴 채 촛불을 끄는 놀이였다. 내가 그의 눈을 손수건으로 묶었다. 칼의 손을 잡고 몇 차례나 빙글빙글 돌렸다. 이윽고 촛불을 끄라고 하자 칼은 뒤뚱뒤뚱 반대방향으로 걸어갔다. 모두가 웃었다. 그는 내가 서 있던 촛불자리의 정반대 쪽에서 헤매었다. 하기야 칼은 자신을 따뜻하게 해줄 '촛불'의 존재를 눈을 뜨고도 보지 못하는 '바보'가 아니던가.

다른 놀이로 넘어갔다. 그날의 주인공 예니헨이 선물로 받은 공책을 펴들었다. 표지에 큼직하게 '고백장'이라고 썼다. 예니헨은 존경심이 넘치는 눈빛으로 칼에게 다가가 공책을 내밀었다. 마치 자신에게 오늘만은 아버지를 심문할 권리라도 있다는 듯이 사뭇 위엄을 갖추며 묻겠노라고 '선포'했다. 온갖 변명을 늘어놓으며 피해가려던 칼은 결국 '항복'했다. 순진한 사람!

외알 안경을 쓰고 딸의 '심문'에 받아쓰기하는 소년처럼 진지하게 답을 적어갔다. 깨끗한 정경에 새삼 참석자들 두루 엄숙해졌다. 그때까지 시끄럽던 온 세상이 숨막히듯 고요했다. 질문에 칼이 하나하나 써내려갈 때마다 예니헨은 답을 또박또박 읽어 모두에 알렸다.

첫 질문. 당신이 가장 중시하는 사람의 미덕은?

칼은 뜻밖에도 '소박함'이라고 답했다.

무엇보다 예민한 질문이 있었다.

"당신이 가장 좋아하는 여자주인공 이름은?"

칼은 별 생각 없이 써내려갔다.

"그레트헨."

예니가 고개를 들어 내 얼굴을 바라보는 것을 직감했다. 모르는 체 시치미를 뗐다. 모든 게 순간이었지만 예니의 불안한 눈길을 충분히 이해할 수 있었다. 칼도 분위기가 미묘하다는 걸 곧 눈치챈 듯했다.

하인리히.

너도 알겠지만 그레트헨은 괴테가 『파우스트』에 그린 여성이다. 칼이 즐겨 보던 작품이라 나도 읽었다. 파우스트 박사와 사랑을 나누고 아들까지 낳았지만 버림받아 비극적 최후를 맞았다. 악마와 손잡은 파우스트가 죽은 뒤 천국으로 그의 영혼을 구원하는 데 그레트헨은 결정적인 도움을 준다.

다소 들떠서였을까. 그 이후는 기억이 흐릿하다. 다만 '당신이 좋아하는 이름은?'이란 질문이 나온 순간은 또렷이 떠오른다. 망설이는 칼이 답을 써갈 때 난 자연스레 거들었다.

"그건 물으나 마나한 질문 아닐까요? 당연히 예니일걸요?"

예니헨이 고백장에 쓴 이름을 보며 웃었다.

"반쪽만 정답입니다. '라우라와 예니'입니다."

예니의 표정은 밝아졌지만 막내딸 투시의 입이 뾰로통했다.

그해의 추억이 아름다웠던 것만은 아니었다. 여름에 차가운 빗줄기가 며칠째 쏟아졌다. 칼은 창문을 열고 비에 흠뻑 젖어가는 숲을 우두커니 바라보는 걸 즐겨했다. 아예 책상을 창문 쪽으로 당기고 서늘한 비안개를 호흡하며 글을 쓰기도 했다. 필생의 작업, 『자본』이었다. 습기찬 바람을 맞으면 다시 건강을 해칠까 우려되어 창문을 닫고 싶었지만, 비를 응시하며 책을 써가는 정경이 너무도 숭고해서 그럴 수 없었다. 아니나다를까. 마르크스는 기어이 앓아누웠다.

아, 어린아이 같은 사람. 병석에 누워서는 이번에는 천문학을 공부했다. 실로 우러를 만한 탐구심이었다. 칼은 사람으로서 최대한을 인식하려고 최선을 다했다. 우주의 무한한 넓이와 별들의 세계에 강렬한 호기심을 쏟았다. 삶의 세계에 불려온 인간으로서 모든 걸 남김없이 들여다보려는 의지에 더해 지상에 '천국'을 이루려는 칼의 열정은 그 자체로서 충분히 아름다웠다.

그런 가운데서도 빚은 물론 길미도 늘어갔다. 칼이 '별'을 헤아리며 삶을 걸어가는 동안 '우물'에 빠지지 않도록 하는 것, 바로 그게 지상에서 나의 '사명'이었다. 하지만 앞서도 말했듯이 내게 마법의 손은 없었다. 궁핍의 신이 우리를 조여오기 시작했다.

집안의 속사정을 꿰뚫고 있다는 듯이 프로이센의 정부 기관지가 칼에게 추파를 던졌다. 파격적인 원고료를 약속하며 정기적으로 기사를 보내달라고 제안했다. 깊은 한숨을 쉬며 멋쩍게 웃던 칼의 얼굴이 떠오른다.

"데무트, 나 참 웃기지요? 아무래도 내가 약해진 것 같아요. 프로이센 정부가 날 매수하려는 의도가 명백한 제안 앞에서 내가 조금이라도 흔들리고 있다면 이해할 수 있겠소?"

칼이 내게 그런 말을 던지는 것 자체가 고마웠다. 다만 그 말에서 칼이 무너지고 있다는 느낌은 전혀 들지 않았다. 칼이 결국 응하지 않을 것임을 나는 확신하고 있었다. 칼이 자신의 마음 한 자락에서 바람

불듯 스쳐가는 감정까지 나직하게 털어놓았다는 사실이 감격스러웠다. 예상대로 칼은 단호한 거절의 답장을 프로이센 정부에 보냈다. 편지에 딱 한 단어만 썼다.

"싫소!"

1866년 새 봄이 오면서 『자본』 집필도 마무리에 들어갔다. 저녁 식탁에서 피로에 지친 눈빛으로 칼은 슬픈 농담을 했다.

"돈을 연구만 하고 실제로는 돈이 전혀 없는 내 삶은 내 실천의 철학과 정면으로 충돌하는 게 아니오?"

예니가 모처럼 유쾌하게 웃었다. 물론 진실은 정반대였다. 모두가 돈에 미쳐갈 때 냉철하게 돈을 분석해 인류를 구원한 책이 바로 『자본』이다. 그래서일까. 초고를 다듬고 또 다듬었다.

밤낮으로 퇴고에 온 영혼을 몰입하면서 몸 속에 숨어 있던 악성종기가 불끈불끈 자신의 존재를 알려왔다. 의사는 휴양을 권했으나 칼은 돈을 아끼려고 들은 체도 하지 않았다. 그런 현실을 자세히 설명한 내 편지를 받은 장군은 칼이 요양을 뿌리치기 어렵게 '휴양 조건'을 달아 덤으로 돈을 보내왔다. 결국 칼은 3월과 4월 두 달 동안 도버해협의 바닷가에 머물렀다.

4월의 어느 봄날. 칼이 해변에서 보내온 편지를 딸 라우라가 읽고 있었다. 난 모두가 듣게 소리내어 읽으면 어떨지 조심스레 제안했다. 칼이 그리웠고 그보다는 걱정이 되어서다. 라우라가 '좋은 제안'이라며 낭독해갔다.

"민박을 해서 정말 다행이란다. 여관이나 호텔에 묵었다면 정치토론이나 사람들의 험담, 그리고 뒷공론에 시달렸을 게야."

참으로 현명한 선택이었다. 모처럼 휴양을 간 칼에게 절실한 것은 조용한 사색이다. 무엇보다 마음을 안도케 한 것은 칼의 편지 가운데 마지막 대목이다.

"요즈음 나는 걸어다니는 지팡이가 되어버렸단다. 거의 하루종일 뛰어다니고 산책하고 10시에 일찌감치 잠자리에 드는 생활을 지속하고 있다. 아무것도 읽지 않고, 아무것도 쓰지 않고 있다. 요컨대 내 마음을 완전히 비우고 있다. 불교에서 행복의 근본으로 간주하고 있는 무의 경지에 도달해 있다고나 할까."

칼이 돌아왔을 때 얼굴색이 도드라지게 좋아 보였다. 편지에서 밝힌 '무의 경지'가 무엇이냐고 물었다. 칼은 싱그레 웃었다. 농담으로 툭 던지듯, 하지만 아주 진지하게 말했다.

"그런 철학적 질문에는 그저 이렇게 웃는 게 답이라오"

왼쪽 눈을 싱긋 감으며 미소지었다.

칼의 넉넉한 마음가짐이 내게 '넉넉한' 자신감을 준 걸까. 기어이 일을 저질렀다. 그날은 1866년 6월 23일. 하인리히, 네가 만 열다섯 살 생일을 맞은 날이다. 사실 오래 전부터 그날에 맞춰 너의 성숙한 자태를 칼에게 보여주겠다고 다짐은 했었다. 칼이 갈수록 자신을 닮아가는 아들의 얼굴을 본다면 더 용기를 내리라고 확신했다. 그런데 막상 그날이 밝았을 때까지도 어떻게 두 부자를 자연스럽게 만나게 할 수 있을지 판단이 서지 않았다. 칼이 화를 내면 어쩌나 싶어 마음이 바잡았다.

생일이면 늘 네가 살고 있는 집으로 찾아갔던 것을 기억할 터이다. 그해 그날은 루이스에게 너를 보내달라고 당부했다. 그리고 소중히 간직해온 개인 비상금을 털어 정성스레 케이크를 만들고 포도주를 한 병 샀다. 네가 기억하고 있는지 모르겠다. 너와 더불어 케이크를 자른 뒤 내가 무엇을 했는지 잘 되돌아보렴.

그랬다. 케이크를 은접시에 담아 붉은 포도주를 곁들여 칼의 서재로 찾아갔다. 특별한 간식을 마련해줄 때면 고마움을 전하려고 어김없이 부엌까지 빈 그릇을 갖고 오는 칼의 습관을 알고 있었기 때문이다.

하인리히.

아마도 그날 처음으로 칼이라는 분에 대해 네게 이야기를 들려주었을 게다. 아니나다를까. 마침내 칼이 저벅저벅 걸어오는 소리가 저 멀리 서재에서부터 들려왔다. 가슴속에서 심장이 발길질이라도 하는 듯 쾅쾅거렸다.

칼은 들어오면서 다정하지만 의례적인 인사를 했다. 이어 하인리히와 눈이 마주쳤다! 그 순간 네가 누구인지 칼이 직감했음을 미묘하게 흔들리는 눈빛에서 읽었다. 그 '흔들림'에 힘입어 당당하게 너를 소개했다.

"하인리히 프레디! 이분이 칼 마르크스 선생님이시다. 인사드려라."

"안녕하세요, 칼 선생님."

칼의 얼굴에 당혹감이 스쳐가고 있었지만 그 못지않게 너의 존재를 대견스러워하는 기색이 또렷했다. 소년 시절부터 칼을 살펴온 나는 얼굴에 나타나는 작은 변화까지 정확하게 간파할 수 있단다. 칼은 다감하게 말을 건넸다.

"반갑구나. 언제 이렇게 컸니?"

기억나니? 내가 칼에게 오늘이 하인리히가 열다섯 살 되는 생일이라고 밝혔었지? 이어 칼에게 용서를 구하는 말을 했었다. 그때 넌 그 뜻을 몰랐거나 지나쳤을 게다. 칼은 아무런 말이 없었지만 기분은 상한 것 같지 않았다. 자글거리던 가슴이 겨우 가라앉았다. 꼬집어 뭐라 할 수 없지만 어떤 기쁨이 포근하게 온몸을 감싸왔다. 아, 그리고 그분은 네 머리를 쓰다듬으며 이렇게 말했었지.

"훌륭한 프롤레타리아트가 되거라."

너도 그 순간만은 선명하게 떠올리리라고 믿는다. 하지만 그 말이 자신의 유일한 아들에게 진정을 다한 사랑의 '밀어'였음을 너는 그때 짐작도 못했을 게다. 칼이 프롤레타리아트라는 말에 담은 무게를 잘 아는 나로서는 하염없이 감동에 젖어들었다.

사랑하는 아들아.

만일 내게 그럴 만한 힘이 있다면, 칼이 열다섯 살 맞은 네게 당부한 말을 인류의 모든 청소년들에게 들려주고 싶다.

훌륭한 프롤레타리아가 되는 길, 그것은 실로 새로운 사람으로 거듭나는 길이다. 칼은 피를 준 아들이자 철학적 아들이기도 한 프롤레타리아트에게 무기를 쥐어주기 위해 『자본』 마무리에 한결 몰두했다.

9 1867년 8월 16일 새벽 2시. 고통으로 이어진 4반세기의 노력 끝에 한 위대한 천재—그 천재는 내가 이 지상에서 사랑한 단 한 사람이자 너의 아버지였다. 아니, 그 이상이었다. 프롤레타리아트의 아버지가 아닐까—의 걸작이 마침표를 찍었다.

언젠가 라파라그는 감동에 젖은 채 서재에서 나오며 우리 모두에게 말했다.

"갈수록 선생님이 제가 감히 헤아릴 수 없는 거인처럼 느껴져요. 현대의 위대한 작가조차 마르크스 선생님의 일에 비하면 어린아이의 장난에 지나지 않습니다. 선생님은 다양하게 변화하는 지상의 모든 진실을 파악해 재현해냈어요. 현실을 그만큼 깊이 인식하려면 초인적인 사고력이 필요합니다. 더구나 밝혀낸 것을 전달하는 데도 선생님은 명쾌한 글 솜씨를 지니고 있어요"

라파라그는 그러나 칼을 잘 몰랐다. 몰라도 너무 몰랐다. 가령 그는 칼이 본디 천재이기에 쉽게 글을 쓰는 사람으로 알고 있다. 칼이 얼마나 자신의 원고를 쉼없이 손질했는지 젊은 청년은 상상도 못했으리라. 밤을 지새며 끝없이 첨삭하면서도 칼은 슬픔에 잠긴 목소리로 한탄했다.

"아직도 내 머릿속에 있는 세계가 온전히 표현되지 않았소. 내 사상이 충분히 전달되지 않고 있소."

『자본』이 책으로 탄생한 날은 9월 14일. 함부르크의 오토마이스너 출판사에서 발간했다. 1000부. 시작은 그렇게 미미했다. 예상은 했지만 칼은 시무룩했다.

"저들은『정치경제학 비판』이 나왔을 때처럼 이번에도 교활한 공격을 하고 있소."

그랬다. 저들의 신문은 철저하게 외면했다. 청·장년기를 송두리째 바친 책에 아무런 반응이 없자 차분했던 칼도 흔들리기 시작했다.

"세상의 침묵 때문에 마음이 편안하질 않아요. 내 눈에도 내 귀에도 들려오는 게 아무것도 없소."

술잔을 비우며 한숨을 쏟기도 했다. 하지만 다음날이면 어김없이 평정을 되찾았다.

"데무트 저들이 내 책을 무시하는 것은 어쩌면 당연하겠지요? 참으며 기다리는 데무트[19]의 미덕을 갖춰야 할 것 같소."

그러나 고통을 이겨온 천재에게 '데무트'까지 요구하는 것은 공평하지 못한 요구이다. 실제로 칼은 어느 순간 깊은 낙담에 잠겨 쓸쓸하게 말했다.

"언젠가 이 책이 자기 소임을 다하리라는 믿음에는 한치의 변함도 없소. 다만 아무리 길어야 80년밖에 삶을 누릴 수 없는 인간으로서는 참으로 답답한 일이 아닐 수 없소."

19 독일어로 겸손이라는 뜻임.

장군은 칼을 위로했다.

"칼! 저들은 『자본』이 프롤레타리아트에게 얼마나 강력한 무기인지 이미 간파하고 있어요. 당신의 목적은 이미 달성되고 있는 겁니다."

그렇다. 유럽의 수구세력들은 1848년 유럽을 뒤흔들었던 유령이 되살아난 듯한 전율을 느꼈을 터이다. 언제나 새삼 '감탄'할 만큼 저들은 자신의 이해관계에 민감하다. 칼의 모든 저작에 대한 묵살이야말로 그대로 총칼이 되어 저자의 여린 가슴을 마구 찔러대리라는 걸 누구보다 더 잘 알고 있었다.

칼이 모든 것을 바쳐 세상에 내놓은 저작과 독자들 사이를 신문이 장벽처럼 가로막은 까닭은 간단했다. 유력한 신문들 거의 모두가 자본가의 손아귀에 놓여 있었기 때문이다.

참다못해 칼을 사랑하는 노동자들이 신문에 『자본』을 광고하려고 모금에 나섰다. 신문기자들이 칼의 역작을 묵살하고 있는 상황에서 돈을 걷어 광고라도 내야 많은 사람들이 알 수 있지 않겠느냐는 발상이었다. 시도해볼 만한 일이었음에도 칼은 가로막았다.

"옳은 방법이 아니오. 내 책을 그런 식으로 알려서는 안 될 것 같아요. 그러고 싶지도 않고요."

칼의 조마로운 얼굴이 보기 안쓰러웠다. 진실로 칼을 위로하고 싶어서였다. 마음을 굳게 먹고 서재로 들어갔다.

"조급하게 생각하지 마세요. 제게 늘 역사를 긴 눈으로 보라고 말씀하셨잖아요."

"고맙소, 데무트"

"저…… 오래 생각해본 건데요. 이런 말씀 드려도 될지……."

"말해보세요. 당신과 나 사이에 못할 말이 뭐가 있단 말이오?"

"우리 아들에게 『자본』을 선물하고 싶어요."

다소 놀란 표정이었다. 하지만 선뜻 책 한 권을 꺼냈다. 힘차게 서명하는 칼의 손끝이 미세하게 떨렸다.

지상의 프로메테우스,
젊은 노동자를 위하여.
칼 하인리히 마르크스.

서명하는 칼의 안색이 밝았다. 잔잔한 행복에 잠겼다. 언론의 침묵
으로부터 칼을 구해준 또 다른 '사건'이 있었다. 그해 성탄절이었다.
칼을 따르는 의사 쿠겔만이 커다란 조각품을 선물로 보내왔다. 제우스
흉상이었다!

칼과 예니는 어린아이처럼 즐거워했다. 젊은 시절 프로메테우스를 즐
겨 인용했던 칼은 어느새 뭇 사람들로부터 제우스에 비유되고 있었다.
누구보다 예니가 몹시 만족스러워했기에, 칼도, 나도, 한결 즐거웠다.

그러나 내가 도저히 어쩔 수 없는 일이, 그렇지 않아도 쓸쓸한 칼을
짓눌러왔다. 50대를 넘어섰기에 이제는 어느 정도 초월할 만도 하건만
예니는 궁핍 앞에선 속절없이 연약한 여성이었다. 스스로 빚에 압박받
는 생활을 깜냥껏 참아낸다고 하지만, 그리고 그 또한 진실이지만, 적
어도 내가 보기엔 귀족의 테두리를 근본적으로 벗어나진 못했다. 1868
년 4월. 라우라가 라파라그와 결혼했을 때도 그랬다. 제대로 결혼식을
치르지 못했다며 예니는 한탄했다. 여린 예니의 등을 토닥이며 칼은
부드럽게 위로했다.

"아무리 돈이 많은 부자라도 딱 한푼이 모자란다고 불만스러워한답
디다."

나와 마주친 칼의 눈빛에서 서글픔이 배어나왔다.

쉰 살의 생일을 칼은 외롭게 맞았다. 1868년 5월 5일. 생활에 지친
예니는 자신의 방에서 며칠째 은둔하다시피 해왔다. 서재에서 사색에

잠긴 칼을 발견했다. 칼에게 축하인사를 전하자 스산하게 웃었다.

"축하요? 그래요. 데무트 옹근 반세기이군요. 참 오래 살았지요? 25년 전 젊은 시절엔 내가 쉰을 맞으리라고 상상도 하지 못했소. 젊음이 가시기 전에 단두대에서 목이 날아가리라고 각오했었소. 나름대로 지난 25년 동안 최선을 다해 살아왔어요. 내게 주어진 역사적 과제도 조금은 이루지 않았을까 싶어요. 데무트! 저 창문에서 스며오는 오월의 향기를 보시오. 난 요즘 때때로 감상에 젖는다오. 그럭저럭 살아왔지만 인생은 아름답다는 생각이 드오. 수많은 고통의 길을 걸어왔지만, 다시 태어나더라도 나는 똑같은 길을 걸어갈 수밖에 없을 것 같소"

서재에서 나와 조금 전 나눈 대화를 수첩에 적어갔다. 자신에게 주어진 운명 앞에 경건한 칼에게 경의와 더불어 사랑을 느꼈다.

기나긴 가난의 굴레로부터 칼이, 아니 더 절실하게는 예니가 최종적으로 벗어난 것은 그로부터 다시 1년이 지난 뒤였다. 내 기록에 날짜까지 선명하게 남아 있다. 1869년 6월 30일. 그날 칼의 집에 들어서면서 춤추는 듯한 장군의 몸짓이 눈앞에 펼쳐진다. 눈귀코입이 모두 웃는 얼굴로 장군은 부르짖었다.

"칼! 칼! 축하해주게. 드디어 진절머리나는 상업의 신에서 해방되었다네. 20년의 멍에로부터 벗어났단 말일세. 자, 칼, 나의 자유를 축하해주게!"

장군은 유산으로 물려받은 기업을 동업하던 공동경영자에게 완전히 팔아넘겼다. 모든 일에서 손을 뗐다. 그리고 오랜 숙원인 자유를 얻었다.

장군의 우정은 그 순간에도 빛났다. '상업의 신'으로부터 해방된 장군은 칼에게 '가난의 신'으로부터 해방을 주었다. 장군은 사업을 정리하며 거머쥔 거금으로 해마다 칼 가족이 살기에 충분한 연금을 지급하겠다고 약속했다.

그렇게, 칼의 삶에 도돌이표로 되풀이해 밀려온 가난은 꺾자를 쳤다. 칼의 집 살림도 손끝에 물이 오르기 시작했다. 이제 남은 것은 장군처럼 자본가의 아들이 아니기에 상업의 신으로부터 해방될 수 없는, 칼처럼 자산가인 벗이 없기에 가난의 신으로부터 결코 벗어날 수 없는, 저 수많은 민중을 해방하는 일이리라.

새로운 착상이 필요해서였을까. 칼은 여행을 할 여유가 생기자 파리를 둘러볼 채비를 했다. '윌리엄'이라는 가명을 만들어 파리로 떠났다. 사위인 라파라그 집에 머물기로 했다. 그렇지 않아도 칼은 연초에 태어난 첫손자를 몹시 보고 싶어했다. 남달리 아이들과 더불어 삶을 즐기던 그가 자신이 그토록 사랑하던 딸의 몸에서 나온 손자를 어떻게 만날지는 보지 않더라도 눈에 선하다. 틀림없이 칼은 아기를 말없이 바라볼 터이다. 잔잔한 미소 그리고 물기 젖은 저 깊은 눈빛으로

언젠가 칼에게 물었던 순간이 떠오른다.

"아이들이 그렇게 좋으신가요?"

칼은 이렇게 답했다.

"나는 아이들 속에 있는 우리의 미래를 존중하고 있어요 요람에 있는 아이들에게도 늘 길을 양보하는 이유이지요"

칼은 그와 나 사이에 태어난 아들에겐 완전히 무심한 듯, 아니 아예 잊어버린 듯 말했다. 칼에게 서운함을 느꼈지만 곧 도리질했다. 내 마음속에 밉살스럽게 싹트는 그런 생각은 아예 처음부터 잘라버려야 했다.

그해 가을. 예니헨이 내게 고백장을 들고 왔다.

당신이 생각하는 행복은? 그 질문에 칼이 특유의 뾰족뾰족한 글씨로 '투쟁'이라고 썼던 모습이 아른거렸다. 잠깐 향수에 젖던 나는 칼이 그러했던 것처럼 힘차게 펜을 옮겼다. 어차피 가슴속의 진실은 털어놓을 수 없다고 생각하니 마음이 그렇게 편할 수 없었다.

"내가 만들지 않은 음식 먹기."

다음 질문은 이랬다.

당신이 좋아하는 일은?

그때 칼은 책벌레가 되는 것이라고 했지? 다소 망설이다가 써내려 갔다.

"공중누각 짓기."

왜 그랬을까. 혹 언젠가 칼이 이 고백장을 보길 염두에 둔 것은 아니었을까. 부질없게도 얼굴이 달아올랐다.

그래서였다. 내 마음 한 곳에 자리한 교활함이 싫어 다음 질문부터는 아예 농담으로 답했다.

칼이 '스파르타쿠스와 케플러'라고 답한 질문은 '당신이 좋아하는 영웅은?'이었다.

난 답했다.

"커피포트."

당신이 좋아하는 여주인공은?

"제일 큰 프라이팬."

칼은 그레트헨이라고 답해 예니는 물론 나를 긴장케 했지.

당신의 좌우명은?

그 질문만은 농담으로 쓸 수 없었다.

평소 소신을 그대로 옮겼다.

"나와 남이 더불어 잘 사는 삶."

『자본』을 둘러싼 침묵의 음모가 깨진 것은 1869년 10월이었다. 프로이센의 한 신문이 기사를 썼다. 오랜 묵살 끝에 나온 논평이었지만 내용은 차라리 외면보다 못했다.

트리어 출신의 정치범, 도망친 반란자, 붉은 강도 칼 마르크스는 런던에 숨어서 자기가 쓴 책으로 모든 하층계급을 부들부들 떨게 했다.

기사를 읽고 모두 허허 웃었다. 부르주아지들이 만든 신문사의 기자들은 정작 써야 할 현실은 없는 현실로 만들면서도 전혀 현실과 다른 걸 현실처럼 보도한다는 사실을 알고 있었음에도 참으로 기가 막혔다. 칼이 모든 '하층계급'을 떨게 했다는 생게망게한 '상상력'엔 실로 감탄할 따름이다.

하지만 더 심각한 문제는 저들의 엉뚱함이 한낱 상상의 세계에만 머물지 않는다는 데 있다. 사람이 사람을, 민중이 민중을 서로 대량 학살하는 전쟁을 보라.

1870년 7월, 프랑스 나폴레옹 3세는 느닷없이 프로이센에 선전포고했다. 프로이센이 남부까지 통합한 강국으로 떠오르는 현실을 앉아서만 볼 수 없다는 명분이었다. 그러나 황제가 전쟁을 벌인 진정한 의도는 다른 데 있었다. 프랑스 노동자들이 패배의식에 잠긴 긴 어둠의 세월을 벗어나 꿈틀꿈틀 일어났기 때문이다. 나폴레옹 3세는 갈수록 날카로워지는 노동자들의 칼끝을 밖으로 돌리는 것만이 제국의 위기를 벗어날 길이라고 판단했다. 하지만 과연 '황제의 뜻'대로 모든 게 술술 풀려갔을까.

아니었다. 칼과 장군의 예상이 적중했다. 오히려 프로이센이 치밀하게 파놓은 올가미에 나폴레옹 3세가 걸려든 격이었다. 프랑스군은 곳곳에서 패퇴했다. 프로이센은 9월 2일 프랑스 동부 스당에서 나폴레옹 3세를 비롯해 8만의 대병력을 포로로 잡았다.

역사라는 꽃은 민중의 피를 수분으로 피어나는 걸까. 큰소리 치며 파리의 노동자들을 전장의 살륙장으로 내몰았던 황제가 항복한 지 이틀 만이다. 프로이센군이 물밀듯이 쳐들어오는 가운데 파리에서 혁명이 일어났다. 황제를 거부한 민중은 자신의 힘으로 공화정을 되살렸다. 그 무렵 장군은 맨체스터에서 런던으로 옮겨와 우리 집 이웃에 살고 있었다. 늘 칼을 찾아와 프랑스에서 전해오는 소식을 종합하고 상황을 분석했다.

노동자들의 봉기로 공화정이 선포됐지만 프랑스 임시정부의 부라퀴들은 '본색'을 결코 잊지 않았다. 무장한 파리 노동자들의 혁명성이 두려워 가살피웠다. 당시 프로이센은 프랑스를 제압한 여세를 몰아 독일제국을 선포하고 빌헬름 1세가 황제에 올랐다. 독일제국 선포식과 황제 즉위식을 프랑스 왕가의 상징인 베르사이유 궁전에서 열었다. 그런 수모를 당했음에도 프랑스의 기득권세력들은 베르사이유의 독일군대와 '흥정'을 시작했다. 독일군의 힘을 빌려서라도 기득권 체제를 지키려는 속셈이었다.

파리의 노동자들로서는 참으로 어려운 국면이었다.

아들아.

칼은, 혁명봉기에 반대했다. 언제나 그랬듯이 냉철한 칼은 프로이센과 평화협정도 없고 노동자들 사이에 사상적 일치도 없는 혼란스러운 상황에선 비극적 결말만이 올 뿐이라고 우려했다. 칼은 집으로 찾아온 동지들과 기꺼이 토론을 벌였다. 프롤레타리아트를 조직하여 당을 창설하는 것이 더 서둘러야 할 임무라고 힘주어 말했다.

하지만 혁명적 상황은 예기치 않게 폭발적으로 흘러갔다. 1871년 3월 18일 파리의 지배세력이 기어이 노동자들의 무장을 해제하겠다고 나섰기 때문이다. 이에 맞서 노동자들은 즉각 봉기했다. 자신들을 무장해제하려는 지배자들을 거꾸로 무장해제했다. 파리 시청 앞에 모인 20여만 명은 소리 높여 외쳤다.

"코뮌 만세!"

"사회주의 만세!"

파리에 노동자들의 자치권력 코뮌이 선포되었다. 칼의 '귀여운 글씨'에서만 보았던 프롤레타리아 혁명이 엄연한 현실로 나타난 것이다. 그것도 화산이 폭발하듯.

칼은 봉기가 일어나서는 안 된다고 생각했지만 이미 일어난 민중봉기를 외면하거나 비난하지 않았다. 돌이킬 수 없는 사태가 벌어진 것이 분명했기에 최선을 다해 싸우는 게 남은 과제라고 판단했다.

런던에서 칼은 밤잠을 이루지 못했다. 파리의 민중이 투쟁으로 열어가는 새로운 역사적 현실 앞에 겸허했고 경건했다. 코뮌은 파리를 놀라운 속도로 바꿔나갔다. 파리의 모든 구에서 보통선거로 시의원을 선출했다. 민중은 그들을 언제든 소환할 수 있었다. 코뮌은 단순한 의회기구가 아니었다. 행정부이기도 했다. 아울러 모든 공직의 임금은 노동자 수준을 넘어서지 않았다. 그 결과였다. 파리에 살인, 절도, 폭력이 말끔히 사라졌다.

반면에 코뮌의 문밖에선 살인마들이 하이에나 떼처럼 기웃거리고 있었다. 칼과 장군은 뜬눈으로 코뮌의 상황을 분석해나갔다. 칼은 코뮌 내부에 프롤레타리아트의 사상으로 강력하게 조직된 혁명의 지도부가 없는 사실을 가장 안타까워했다.

칼의 우울한 우려는 곧 차가운 현실로 나타났다. 착하기만 한 민중이 냉혹한 현실 파악에 소홀한 빈틈으로 배신과 반역의 음모가 파고들었다. 파리에서 쫓겨나 베르사이유로 도망친 프랑스의 기득권세력은 독일 수상 비스마르크와 손잡고 보름 만에 반격을 시작했다. 포로가 되었던 나폴레옹 3세의 군대도 속속 합류했다. 학살의 준비를 치밀하게 끝낸 저들은 5월 21일 파리로 들이닥쳤다.

피의 일주일.

처절한 시가전이 벌어졌다. 파리의 민중은 600여 개의 바리케이드를 만들어 싸웠다. 27일 토요일. 하늘도 무심할 수 없었던지 이틀째 비가 쏟아졌다. 비안개가 깔린 페르라쉐즈 묘지에서 마지막 방어선을 구축한 200여 명의 코뮌 전사들이 하나둘 산화해갔다. 다음날인 28일 최후의 투사들이 벨빌 산록에서 마지막 총격전을 벌였다. 얼마나 지났을까. 총성이 멎었다. 파리코뮌은 그렇게 무너졌다.

3만여 명의 민중이 전사하거나 처형당했다. 인두겁을 쓴 부르주아지는 자신의 정체를 유감없이 발휘했다. 노동자들은 혁명의 지도부도, 독자적 정당도 없었지만 영웅적으로 싸웠다. '자유의 도시' 파리의 공기는 피 냄새로 진동했다. 5만여 명이 체포당했다. 서슬 푸른 검거 선풍을 피해 노동자들은 하나둘 프랑스를 벗어났다.

심장이 갈기갈기 찢기는 괴로움과 슬픔의 한가운데서도 칼은 코뮌을 결산하는 원고를 써내려 갔다. 30일 국제노동자협회 총평의회에서 밤을 지새며 쓴 「프랑스 내전」을 발표했다.

아들아.

노동자인 너에게 그 피눈물로 쓴 원고의 마지막을 새삼 읽어주고 싶다. 부디 아버지의 육성을 떠올려주렴.

노동자들의 파리는 코뮌과 더불어 새로운 사회의 빛나는 선구자로서 영원히 찬양될 것이다. 순교자들은 프롤레타리아트의 위대한 마음에 고이 간직될 터이다. 코뮌을 절멸시킨 자들에 대해서 이미 역사는 그들의 목에 영원의 못으로 박은 형틀을 씌웠다. 성직자들이 어떤 기도를 하더라도 그들을 구원하기란 불가능하다.

6월에 접어들면서 파리로부터 망명해온 코뮌전사들이 칼의 집으로 찾아들었다. 험악한 꼴을 숱하게 보아서일까. 눈은 온통 핏빛으로 충혈됐다. 그러나 붉은 눈빛에선 어김없이 착한 심성이 배어나왔다. 저 맑고 여린 사람들이 정규군과 맞서 영웅적으로 싸웠다는 사실이 믿어지지 않기도 했다.

예니헨과 투시도 전사들에게 방을 내주고 내 방으로 왔다. 칼의 딸들과 한방에서 잠들며 엉뚱한 상상을 하기도 했다. 두 딸에게 칼의 몸이 각각 반씩 존재한다면 두 아이와 더불어 있으니 칼과 더불어 잠드는 것이 아닌가. 코뮌의 전사들이 사랑하는 가족과 동지를 잃은 슬픔으로 몸을 뒤척이는 공간에서 고작 청승궂은 망상을 펼치는 자신을 경멸하면서.

코뮌전사들에 최선을 다했지만 사랑만으로 결코 줄 수 없는 것이 있었다. 투사들을 먹일 음식이 시나브로 바닥났다. 궁상을 떨며 동네 여기저기서 외상으로 식료품을 간신히 얻어오더라도 거짓말처럼 금세 없어졌다. 부상당한 전사들을 치료해줄 약을 구할 돈마저 없는 것은 정말이지 견디기 어려웠다. 겨우 레몬과 꿀을 섞어 신음하는 전사들에게 떠먹였지만 가슴은 미어질 수밖에 없었다. 그럴수록 밤낮을 가림없이 코뮌전사들을 보살폈다.

어느 때보다 보람찬 나날이었지만 눈꺼풀이 무겁고 머리가 쑤셔와 자리에 누울 때면 뼈마디까지 욱신거려 잠을 이룰 수 없었다. 코뮌의 젊은 투사가 전사한 연인을 떠올리며 핏빛 눈길로 노래하던 네크라소프의 시를 되뇌면서 고통을 이겨냈다. 코뮌전사에게 바치는 그 시 가운데 한 대목이 가슴을 울렸다. 사랑하는 이를 잃은 젊은 전사의 슬픔에 잠긴 목소리가 지금도 서늘하게 귓전에 맴돈다.

오 새벽이 오지 않는 밤이여
그대가 쏟아놓은 칠흑 같은 어둠 속에서
들려오는 것은 오직
적들이 의기양양하게 서로를 부르는 소리
살해당한 거인의 시체 위에
피에 굶주린 새들이 떼지어 모여드는 소리

독을 품은 파충류가 기어오는 소리!

　그랬다. 착한 사람들만이 용기 있게 싸울 수 있었다. 용감한 투사들은 무너지는 코뮌에 기꺼이 삶을 바쳤다.
　그러나 '적들이 의기양양하게 서로를 부르는 소리'만 들려오진 않았다. '살해당한 거인의 시체' 위에서 살아남은 투사의 핏빛 분노가 시로 승화되었다. 그해 7월 칼의 서재에서 울먹이는 목소리로 누군가 시를 낭독했다. 세 번이나 되풀이 들려온 그 시를 적어두었다. 그날 들은 그대로 네게 들려주마. 외젠느 포티에가 쓴 그 시는 갈수록 많은 동지들에게 사랑받고 있다.

　　들어라, 우리의 우렁찬 외침소리
　　하늘과 땅에 울려퍼지네
　　시체 너머에서 펄럭이는 우리의 깃발
　　앞길을 지킨다
　　압제의 벽을 깨뜨려라, 단단한 우리의 팔
　　이제 높이 쳐들어라, 우리 승리의 깃발을
　　자아, 싸우자. 떨쳐 일어나라
　　아아, 인터내셔널, 우리의 사랑
　　자아, 싸우자. 떨쳐 일어나라
　　아아, 인터내셔널, 우리의 사랑

　서재로 들어섰을 때 동지들에게 둘러싸인 칼은 눈시울을 슴벅이고 있었다. 긴 침묵이 흐른 뒤 칼이 입을 열었다. 가늘게 떨리는 음성이었다.
　"여러분! 피로 물든 코뮌의 폐허에서, 스러진 코뮌의 추깃물에서, 최후의 승리를 확신하는 노래가 힘차게 태어났소. 우리 모두 투사들의 죽음과 믿음을 헛되게 하지 맙시다."

모인 사람들이 모두 숙연했다. 더러는 조용히 손수건을 꺼내 흐르는 눈물을 닦았다.

파리코뮌은 유럽의 부르주아지들에게 큰 충격이었다. 그들은 코뮌을 학살하는 과정에서 프롤레타리아트의 힘에 경악했다. 그래서였다. 부르주아지가 장악한 신문은 대대적으로 국제노동자협회를 음해하며 여론 왜곡에 나섰다. 자연스레 봉기한 노동자들이 투쟁으로 일군 파리 코뮌을 국제노동자협회의 '음모'로 몰아세우는 음모가 신문을 통해 돌림병처럼 번져갔다.

사랑하는 나의 아들아.

노동으로 튼실한 네 심장에 속삭이기 바란다. 부르주아지들은 노동자들의 봉기로 정치적 지배권을 얻자 배신에 나섰다. 노동자들의 뒤통수를 때렸다. 이에 항의하자 가슴에 총을 쏘았다. 언죽번죽 자신들만 잘먹고 잘살겠다는 욕심, 그리고 그 충족을 위해서는 사실을 날조하는 것은 물론이려니와 사람을 대량으로 죽이는 피의 학살도 서슴지 않는 자본가들을 보며 난 깨우쳤다. 인생에 가장 무서운 것은 환상임을.

가을에 파리의 한 신문이 뜬금없이 칼의 사망기사를 보도했을 때는 정말이지 참을 수 없었다. 자본가들과 그들의 앞잡이일 뿐인 신문기자들에게 불벼락을 내리고 싶었다.

문제는 '인터내셔널'의 핏빛 절규나 부르주아 신문들의 비난 보도와 달리 실제 국제노동자협회의 내부가 견고하지 못하다는 데 있었다. 칼은 국제노동자협회 안에서 끊임없이 바쿠닌 일파와 소모전을 벌여야 했다. 바쿠닌은 칼을 집요하게 괴롭혔다. 그렇지 않아도 여러 고통에 시달리던 칼은 무엇인가 비장한 모색을 하는 듯했다. 칼은 몇몇 동지들과 이마를 맞대고 진지하게 대화를 나누었다. 국제노동자협회를 언제까지 내부 갈등 속에 소모전을 벌이는 형태로 방치할 수는 없다고 되뇌었다.

결국 1871년 9월에 노동자협회의 비공개 협의회가 열렸다. 칼은 노동계급 운동의 새로운 틀을 구상하고 있었다. 비공개협의회에서 채택한 결의문을 보고서야 난 그것이 비로소 무엇인가를 어렴풋이 짐작할 수 있었다. 그 '새로운 틀'은 무엇일까.

"프롤레타리아트가 계급으로 행동할 수 있는 것은 자기 자신을 정당으로 조직했을 때뿐이다. 사회혁명의 승리를 확보하고 궁극적 목표인 계급의 폐지를 실현하기 위해서는 정당이 필수 불가결하다."

그렇다. 당! 바로 당이었다! 칼은 그것이 수만여 명의 피로 붉게 물든 파리코뮌의 쓰라린 교훈이라고 말했다. 그리고 파리 노동자들의 엄청난 희생으로 당분간 독일의 프롤레타리아 운동이 유럽을 이끌어가리라고 전망했다.

프롤레타리아트의 혁명적 조직으로 강력한 당을 제안하던 그 시절 칼은 자주 산책을 했다. 칼은 햄프스테드의 가파른 비탈길을 좋아했다. 초원을 구불구불 질러 둔덕으로 난 그 길은 얼추 보더라도 마음을 가라앉게 해주는 아늑함이 배어났다. 그가 거닌 오솔길은 파리 대학살의 슬픔을 달래는 길이자 새로운 혁명의 길을 사색하는 길이었다.

10월 초순의 어느 날이었다. 칼이 장군과 더불어 산책에 나섰다. 언제나 그러했듯이 만일을 대비해 우산을 챙겨 두 사람보다 한 발치 뒤에서 걸어갔다. 장군이 기르는 털북숭이 개는 저만치 앞서가며 가풀막을 깡충깡충 뛰어다니다 제풀에 지쳐 할근거렸다.

풀빛은 가을을 타듯 반짝이는 윤기를 잃어가며 스산한 향수를 자아냈다. 초원 속으로 어치렁거리며 나아가던 두 사람이 '인터내셔널' 시를 읊었다. 나도 모르게 따라 두 사람의 목소리에 맞춰 흥얼거렸다. 걸음을 주춤주춤하던 칼이 뒤돌아보았다. 엷은 미소를 지으며 손짓하는 칼의 눈빛은 젖어 있었다. 물기 머금은 칼의 눈과 마주칠 때마다 난 거역할 수 없는 힘에 빨려 들어가는 현기증이 났다. 칼은 나란히 걷자며 기다렸다.

망설이던 내게 칼은 한사코 함께 시를 노래하자고 했다. 셋이 시작한 낭독은 언덕 마루에서 장군이 슬쩍 빠져 둘만의 노래[20]가 되었다. 얼굴이 불타는 듯 달아올랐다. 그것을 의식하자 더욱 걷잡을 수 없이 화끈거렸다. 장군이나 칼 모두 고마웠다. 칼과 내가 함께 '인터내셔널'을 읊으며 갈서 있는 강파른 언덕에 황혼이 핏빛으로 내려앉았다.

10 인류의 최전선에서 겪은 온갖 시련으로 칼의 눈빛은 바닥 모를 심연처럼 깊어졌다. 세월은 칼만 원숙하게 다듬지 않았다. 하나뿐인 그의 아들도 성숙해갔다.

어느새 성년. 1872년 6월 23일, 스물한 살을 맞은 아들의 생일을 뜻깊게 축복해주고 싶었다. 마치 동화책에서 막 걸어나온 것처럼 어느 날 갑자기 건장하고 늠름한 노동자로 내 앞에 서 있는 아들을 발견했다. 아들을 굳이 대학에 보내고 싶지 않았거니와 실제로 아들의 선택도 분명했다. 칼의 깊은 사색이 여실히 밝혀냈듯이 프롤레타리아트야말로 내일의 계급, 미래의 인류 아니던가.

사려 깊은 장군이 집으로 하인리히를 초청했다고 알려왔다. 어디서 그런 용기가 나왔을까. 칼이 나를 바라보는 눈길이 갈수록 포근해져서일까. 아무튼 마음을 다잡았다. 작심을 하고 어스름에 칼의 서재로 들

---

20 여기서 노래는 시어를 낭독했다는 의미만 지닌다. '인터내셔널'이 노래로 작곡된 것은 1888년에 이르러서이다. 노랫말이 되기 전에도 당시 많은 민중이 시를 애송했다.

어갔다. 장군 집에서 저녁식사를 함께 하자는 기별이 왔다고 둘러댔다.

칼은 예상대로 의자에서 머무적머무적 뭉그댔다. 본디 무엇엔가 골몰할 때는 며칠 동안 서재에 들어앉아 아예 외출을 삼가기 일쑤였다. 밤을 패기도 예사다. 어금니를 사리문 뒤 장군이 꼭 모시라고 했다며 되처 독촉했다. 미안한 마음이 들었지만 다른 길이 없었다. 거짓말은 때때로 진실보다 참된 법이다. 오늘은 그의 유일한 아들이자 나의 전부인 아들이 성년을 맞는 날 아닌가. 예니헨의 성년식처럼 화려한 축하는 못 해주더라도 아들이 평생 잊지 못할 추억을 만들어주고 싶었다.

장군의 집에 들어서자마자 운명처럼 칼은 아들과 맞닥뜨렸다. 칼은 놀라지 않았다. 아니, 여느 때보다 눈빛이 부드레했다. 식탁에 앉았을 때는 더없이 한포국한 눈매로 나와 아들을 번갈아 보았다. 행복했다. 아들을 바라보는 칼의 눈가에 고인 이슬은 긴 세월 메말라 쩍쩍 갈라졌던 내 가슴을 단비처럼 촉촉이 적셨다.

예사롭지 않은 칼의 눈길에 아들은 서름서름했다. 아마 하인리히에게도 나 못지않게 잊혀지지 않는 생일이 아니었을까. 그 아름다운 순간으로부터 불과 10여 년 뒤에 칼이 이 세상을 떠나리라고 누가 상상이라도 했겠는가.

아들이 성년의 프롤레타리아트가 된 그해 9월 6일에 국제노동자협회는 사실상 해소됐다. 칼의 뜻을 정확히는 모르겠지만 당시로선 최선이 아니었을까 싶다. 장군이 칼을 찾아온 어느 날 차를 준비해 서재로 들어갔다. 장군과 으밀아밀 대화를 나누던 칼은 내가 들어서자 열쩍게 웃으며 말을 끊었다. 적막한 기운이 감돌았다. 분위기도 바꾸고 지금 어떤 이야기가 오가고 있는지 나도 다 알고 있다는 사실을 전할 겸 슬쩍 물어보았다.

"협회를 해소한 것은 어떤 뜻인가요?"

조금 전까지 감정이 없던 칼의 눈빛에 체온이 감돌았다. 입술은 애써 얇은 미소를 짓느라 차라리 슬픔이 배어났다. 그 입술이 내 눈을 응시하며 신음하듯 움직였다.

"내 손으로 내 아들을 버린 아픔을 느낀다오. 그렇지 않아도 조금 전 그 이야기를 하고 있었소."

흠칫 놀라는 나를 그윽하게 바라보던 칼의 눈동자에 눈물이 가랑가랑 괴었다. 다시 무거운 침묵이 흐른 뒤였다.

"데무트!"

칼이 아직 마르지 않은 눈길을 던졌다.

"아픔 없이 성숙은 없어요. 노동자협회 해소도 딱히 안타깝게만 생각할 일은 아니오. 어떤 존재든 성숙하기 위해선 자기성찰이 필요하오. 국제노동운동도 마찬가지입니다. 여러 나라들에서 사회주의 프롤레타리아 당이 곰비임비 싹트고 있소. 프롤레타리아 운동에 새로운 시대가 움트고 있는 것이오. 인터내셔널로 만국의 노동자들이 처음 단결을 이루어냈고 또 눈에 번쩍 뜨일 만한 성과를 거두었지만 이제는 그 성과를 밑절미로 틀을 새롭게 바꿀 때가 되었어요. 파리코뮌이 핏빛으로 남긴 교훈도 그것이오. 노동자계급이 그만큼 성숙했다는 증거이기도 하오. 양적 변화는 언젠가 질적 변화를 이루게 마련이지요. 두고보시오. 당장은 내분으로 해소되는 것처럼 보일지 모르지만 인터내셔널은 앞으로 전혀 다른 형태로, 강력하고 성숙한 자태로 반드시 되살아나타날 것이오."

뜨거운 눈길은 물기로 한결 반짝였다.

"데무트, 내 손으로 버린 내 아들은 언젠가 눈부실 만큼 자랑스러운 풍모로 우리 앞에 나타날 거요."

칼의 말 한마디 한마디에 온몸이 얼어붙어갔다.

옆자리에 잠자코 앉아 칼과 나를 흘금흘금 번갈아 바라보던 장군이 덧붙였다.

"그래요, 데무트 걱정하지 마세요. 칼이 자기 아들, 그러니까 국제
노동자협회를, 결코 싫어하거나 잊으려고 버린 게 아닙니다. 칼이 피
와 눈물로 쓴 노작들을 더 많은 노동자들이 읽고 그 결과 유럽 각국의
프롤레타리아트들이 사상적으로 더 무르익은 뒤에, 인터내셔널은 새
로운 모습으로 자신의 존재를 알리러 올 것입니다. 그의 아버지에게."

무슨 말을 하고 싶었지만 아무 말도 할 수 없었다.

감동이 몰아쳐 그저 서둘러 서재 밖으로 나왔다. 거실로 걸어나와
얼굴이 붉게 상기된 채 창 밖을 바라보던 날 발견하고 예니가 물었다.

"렌헨, 무슨 일이 있어?"

"아니어요. 협회가 사라진다고 해서 걱정이 되어서요."

"그래? 렌헨이 이제 혁명가가 다 되었네? 하지만 걱정할 필요없어."

예니가 자신의 방으로 따라오라고 하더니 오려둔 신문기사를 내밀
었다.

"한번 읽어봐. 얼마 전 암스테르담의 대중집회서 칼이 한 연설이 실
려 있어. 모처럼 칼의 이야기가 왜곡없이 보도돼 오려두었거든."

기사는 칼 마르크스가 노동자들 스스로 사회주의 정권을 세워야 한
다고 강조했다면서 연설 내용을 간추려 보도했다.

우리의 목표에 이르는 길이 어느 곳에서나 같은 것은 아닙니다. 각 나라
의 전통과 제도 그리고 풍습까지 고려해 주체적으로 운동을 벌여 나가야 합
니다. 미국이나 영국, 그리고 제가 이 나라를 좀더 잘 알고 있다면 아마도
네덜란드까지 포함할 수 있을지 모르겠습니다만, 노동자들이 평화적으로 사
회주의에 이를 수 있는 나라들이 있습니다. 하지만 유럽 대륙의 대다수 국가
에서는 강력한 힘이 우리 혁명의 지렛대가 될 수밖에 없는 현실도 명확하게
인식하고 있어야 합니다. 노동자들이 정치권력을 싸워서 얻어내려면 일시적

으로 힘에 호소할 수밖에 없습니다.

칼과 장군이 국제노동자협회에 왜 새로운 틀이 필요하다고 했는지, 왜 각 나라에 정당이 절실하다고 제기했는지 어렴풋하게나마 짐작이 갔다.

칼의 일상생활은 협회를 해소한 그 가을에 더 가벼워졌다. 1872년 10월 10일 맏딸 예니헨이 프랑스 지식인 샤를 롱게와 결혼했다. 둘째 딸 라우라에 이어 예니헨까지 사회주의자와 결혼하는 현실 앞에서 칼은 내심 괴로워했다. 예니의 운명과 어금지금한 상황에 딸들이 처할까 두려워했다. 그럼에도 그 사실을 내놓고 반대하기 어렵고 또 그래서도 안 된다는 걸 누구보다 잘 알고 있었기에 칼의 슬픔은 한결 컸다.

라우라가 시집갔을 때보다 예니헨이 떠난 빈자리는 더 컸다. 집안이 텅 비어 스산했다. 칼은 더욱 서재에 틀어박혔다. 칼의 생애에선 드물게 평화로운 시간들이 이어졌다. 칼을 끈질기게 따라다니며 괴롭힌 가난도 이미 사라졌다. 칼의 사랑을 놓고 다투던 두 딸도 없었다. 막내 딸과 예니 그리고 내가 전부였다.

봄·여름·가을·겨울 내내 칼은 무엇인가를 읽거나 써갔다. 식탁에서도 깊은 생각에 잠겨 있을 때가 많았다. 그래서일까. 잔주름이 부쩍 늘어난 칼의 눈시울 아래에 어느새 검푸른 그늘이 드리워지고 있었다. 칼의 나이 쉰여섯. 건강이 악화하고 있다는 뚜렷한 늦이었다. 의사의 충고를 받아 정성 들여 요리를 내놓아도 예전처럼 맛있게 들지 못했다. 그 시절 칼은 『자본』 2권을 집필하고 있었다. 예니의 '지원'을 받아 작심을 하고 서재로 들어섰다.

"도대체 언제 분별력을 지니실 건가요 몸가축을 하셔야죠 책이 몸을 망가뜨리고 있어요 모든 일에는 한도라는 것이 있어요 더 늦기 전에 제발 쉬엄쉬엄 일하세요"

칼이 모처럼 호쾌하게 웃었다. 이어 다정하게 덧붙였다.

"잘 알겠어요, 독재자 나리. 앞으로는 게으름을 피우며 살겠습니다."

멋쩍어서 서재를 나오며 다짐을 받았다.

"이제 주무실 거지요?"

"아무 걱정말고 좋은 꿈꾸십시오"

성큼도 없이 칼은 서재에서 나오려는 기미가 없었다. 여전히 책들을 뒤적이는 소리가 들려왔다. 서재를 되찾았다.

그런데 문이 열리지 않았다. 안에서 잠갔다!

순간 두 발에서 힘이 빠져나가 기어이 서재 층계에서 주저앉았다. 괜스레 나처럼 한낱 무식한 인숭무레기가 위대한 사상가의 작업을 방해한 것은 아니었을까, 예니처럼 그의 천재성이 구현되는 것을 격려해주어야 했을까. 조용히 계단을 내려오며 현기증을 느꼈다. 갑작스레 자신에 대한 연민이 몰려왔다. 내가 사랑하는 방법은 천박한 게 아닐까. 잠을 이루지 못했다. 잠을 자야 하는데……, 내일 아침 칼을 위해 더 맛있게 요리해야 하는데……. 저 옛날 소호 시절 칼의 서재에서 잠들던 시절이 아련한 추억이 되어 몰려왔다. 그때가 내 생애에 가장 행복했던 순간들이었을까.

1875년 봄. 다시 집을 옮겼다. 아무래도 집안이 썰렁해서 다소 줄였다. 아담한 반원형의 공원 옆에 자리한 연립주택. 예니와 칼 모두 이집에서 여생을 보내고 숨을 거뒀다.

칼의 서재는 그곳에서도 사상의 산실이었다. 쉰일곱의 나쎄에도 칼은 정말이지 지칠 줄 모르며 읽고 생각하고 써나갔다. 칼의 건강을 위해 이사간 날 밤에 서재로 들어갔다. 칼의 부드러운 눈을 똑바로 바라보며 다부지게 말했다.

"부탁이 하나 있어요. 꼭 들어주셔야 해요"

그런 말투가 처음이어서일까. 엄숙한 칼의 얼굴에 좀처럼 나타나지 않던 긴장감이 감돌았다.

"처음 하는 부탁이니 꼭 들어주시리라 믿어요. 새 집으로 옮기고 서재도 새로 꾸미셨지요. 새 환경에 걸맞게 새 기분으로 살아가셔요. 이제 곧 예순이세요. 머릿속에 맴도는 사상을 모두 지상에 내놓고 떠나셔야 하지 않겠어요. 그러려면 생활습관을 바꾸세요. 무엇보다 이제 그만 술집을 다니세요. 폭음하는 버릇을 깨끗이 고쳐야 해요. 그렇지 않으면 더 이상 체스를 함께 두지 않겠어요. 인류에게 남겨야 할 이야기를 채 들려주지 못하고 세상을 떠난다고 생각해보세요. 대체 그걸 어떻게 감당하려고 그러세요?"

뜻밖에도 칼은 진지하게 내 말을 경청했다. 고마웠다. 그때만 하더라도 솔직히 술을 마시는 칼의 습관이 나아지리라고는 크게 기대하지 않았다. 다만 내 말에 귀기울여준 것만으로도 기뻤다. 기실 칼에게 술은 그가 삶에서 누린 유일한 즐거움일지도 모른다. 어쩌면 술은 칼에게 이 풍진 세상을 잠시라도 잊게 해준 휴식처가 아니었을까.

그런데 칼은 그날 이후 폭음하는 버릇을 딱 고쳤다. 술을 마시더라도 조금만 마셨다. 체스로 밤을 새우지도 않았다. 시간을 정해놓고 두자는 내 의견에 묵묵히 따랐다. 해거름에는 1시간 정도 산책을 나갔다. 검은 망토에 중절모를 쓴 칼의 풍모는 위엄이 뚝뚝 묻어났다. 술을 덜 마시면서 칼과 자연스레 이야기를 나눌 시간도 더 많았다. 대부분 예니와 함께 한 자리였지만, 그 시절 원숙할 대로 원숙해진 칼과의 대화는 가난한 내 영혼을 살찌웠다.

"새로운 사상이 무르익으면 어느 때인가 그것이 말로 구현되오. 그 순간의 신비로움을 상상해보세요. 땅 밑 어둠 속에서 새싹이 돋아나오는 순간을 포착하기보다 더 어렵다오."

인류가 걸어갈 미래의 길을 찾아내는, 위대한 창조의 신비스러운 문을 열어가는 천재의 삶을 한평생 곁에서 지켜본 것은 내 삶의 축복

가운데 축복이었다.

"그리스 신화에 프로메테우스가 나오지요 앞서 생각하는 사람, 선구자라는 뜻이오 세상에 잘 알려지지 않았지만 그에게 아우가 있소 에피메테우스라고 하지요 뒤를 생각하는 사람이란 뜻이라오. 에피메테우스처럼 지나온 길을 파악하고 프로메테우스처럼 걸어가야 할 곳을 내다보는 사람이 늘 필요하오. 같은 시대를 살아가는 사람들에게 그들의 자손이 살아갈 세상은 어떻게 될 것인가를 명확히 설명하는 것, 바로 그것이 사상가에 주어진 임무라오"

당시 칼은 독일사회민주당의 강령초안에 비판적 논평[21]을 쓰고 있었다. 칼은 사회주의를 거쳐 공산주의로 나아가는 인류의 길을 제시했다.

칼이 그 글을 쓴 이유도 현실의 변화에 바탕을 둔 것이었다. 파리코뮌 이후 칼이 기대를 걸고 있던 독일의 프롤레타리아트는 마침내 1875년 5월 고타대회에서 하나의 당으로 거듭났다. 문제는 통합에 급급한 나머지 라살레의 국가사회주의 색채가 새 당의 강령을 물들였다는 데 있었다. 칼은 독일의 노동계급이 거듭나는 역사적 순간에 정작 강령이 뒷걸음질치는 현실을 도저히 참을 수 없었다. 5월 5일 생일이었음에도 칼은 서재에서 하루종일 고타강령이 얼마나 잘못되었는가를 조목조목 짚은 편지를 썼다. 이어 편지를 독일의 주요 동지들에게 보냈다.

그 무렵에는 칼이 쓴 어떤 글도 쉽게 이해할 수 있을 만큼 내 머리도 조금은 깨어 있었다. 논평에서 칼은 "노동자계급의 해방은 노동자들 스스로 이루어야 한다"는 국제노동자협회 규약의 들머리 말을 거듭 강조했다.

여기서 고타강령의 문제점을 새삼 거론하진 않겠다. 이미 당 안팎에서 고타강령은 권위를 잃고 있다. 다만 네게 전하고 싶은 말이 있다.

21 『고타강령 비판』

고타강령을 비판한 내용 못지않게 감동을 주고 곰곰이 자신을 성찰케 한 것은 칼이 원고 마지막에 덧붙인 격언이었다.

"나는 이야기했고 내 영혼을 구해냈다."

몸을 아끼지 않아 칼은 다시 요양해야 했다. 1876년 가을께 칼스바트에서 머물다 온 뒤 다행히 칼의 건강은 놀라울 만큼 회복되었다. 식욕도 좋아져 참 잘먹었다. 식탁을 차리면서 그 시절처럼 내 '노동'에 보람을 찾을 수 있었던 때는 없었다. '궁핍의 신'으로부터 벗어난 뒤 가장 평온을 찾은 것은 기실 나였다. 다만 우리 집만 가난으로부터 벗어난 것이 마음 깊숙한 곳에서 걸렸다.

1877년 12월 31일 밤이었다. 그날 장군 부부까지 새해를 함께 맞으며 축하하려고 집으로 찾아왔다. 평소보다 더 신경을 써서 저녁상을 차리느라 힘들었다. 나이 값을 하려는지 몸이 예전 같지 않았다. 현기증이 났다. 입술을 깨물고 천천히 설거지를 해나갔다. 부엌 밖에서는 러시아 상황을 둘러싸고 활기찬 논쟁이 벌어지고 있었다. 느닷없이 투시의 다급한 목소리가 구슬 구르듯 퍼졌다.

"어머! 벽시계가 12시를 치려고 해요 빨리 잔을 채우고 준비하세요"

부엌에서 혼자 쉬고 있던 내게 칼이 다가왔다. 밖으로 나와 함께 어울리자는 칼의 요청에 마지못해 거실로 따라나갔다. 칼이 빈 잔을 내밀고 포도주를 채워주었다. 고마웠다. 자정을 알리는 종소리에 모두 일어났다. 잔을 마주치고 막 들이키려 할 때였다. 돌연 예니가 축배를 저지하고 나섰다. 누구도 거역할 수 없는 엄정함이 묻어나왔다.

"여러분, 잠깐만! 아직 잔을 비울 때가 아닙니다. 이 뜻깊은 순간에 우리 집안의 오랜 비밀을 여러분께 공개하고 싶어요"

철커덩 가슴이 내려앉는 듯했다. 대체 예니가 무슨 말을 털어놓으려는 걸까. 이어 나온 말은 참으로 뜻밖이었다.

"조금 전 우리 모두는 슬기와 사랑이 넘치는 분의 생일을 맞았어요. 누구일까요?"

빙 둘러 사람들을 바라보았다. 그때까지도 난 그 말이 나를 염두에 둔 것인지 전혀 몰랐다. 뭇 눈길이 내게 몰려 어리벙벙했을 때였다. 예니의 목소리가 다시 울렸다.

"우리 집에 안녕과 평화를 주어온 수호천사! 바로 헬레네 데무트입니다. 쉰 그리고 다섯 살을 맞았습니다."

박수와 환호성이 터졌다. 예니가 내게 다가와 포옹했다. 그 순간 거실이 어두워지면서 여기저기서 탄성이 터져나왔다. 뒤돌아보자 투시가 커다란 케이크를 들고 나타났다. 55개의 촛불이 어둠을 밝히며 타올랐다. 콧잔등이 시큰했다. 칼이 넉넉한 미소로 건너보았다.

쉰다섯 해—실제로는 쉰여덟 해이지만—를 살아오며 처음 받아보는 생일케이크였다. 하릴없이 눈물이 그렁그렁 고여왔다.

칼이 다가왔다.

"데무트! 나와 예니가 당신께 드리는 선물이오"

푸른빛이 감도는 작은 상자. 얼굴이 뜨겁게 달아올랐다. 떨리는 손으로 끌러보았다.

금빛 시계였다.

울컥했지만 얼결에 칼을 나무랐다.

"아, 누가 이런 낭비를 하라고 했어요! 정신나가셨어요? 저는 차라리 돈으로 받는 것이 좋아요 아직 남아 있는 우리 집의 빚을 모두 갚을 수 있게요"

칼이 두 손 드는 시늉을 했다. 이어 장군 부부가 선물을 건넸다. 주홍빛 장갑이었다. 투시가 두 손을 등뒤로 돌린 채 몸을 꼬더니 손수건을 내밀었다. 최근 들어 집에 자주 찾아오던 러시아 지식인은 안주머니에서 뭔가를 꺼내 의젓하게 읽어내렸다.

"위대한 칼 마르크스의 집을 지키는 상냥한 우리의 수호신이여. 건강하게 오래오래 사소서!"

기어이 굵은 눈물을 펑펑 쏟고야 말았다. 칼이 말없이 다가와 한 손으로 어깨를 감쌌다. 잔을 비우게 한 뒤 붉은 포도주를 한 잔 더 따라주며 속삭이듯 작은 소리로 말했다.

"데무트! 울지 말아요. 내 가슴이 아파요."

행복한 나날이 계속되었지만 우리 모두에게 사람이라면 누구도 피해갈 수 없는 운명이 시나브로 찾아오고 있었다. 숙명의 철칙, 죽음이다.

저 세상으로 처음 초대받은 사람은 장군의 '연인' 리지[22]였다. 1878년 9월 12일. 더 이상 가망이 없다는 의사의 진단이 떨어졌다. 장군은 리지의 평생 소원이었던 결혼식을 서둘렀다. 칼, 예니와 더불어 입회인으로 참석했다. 장군과의 결혼 예식이 막 오르자 백지장처럼 창백한 리지의 볼에 홍조가 퍼졌다. 마치 하얀 종이 위에 붉은 잉크 한 방울이 떨어진 것처럼.

예식을 마친 순간 홍조는 신기루처럼 사라졌다. 곧이어 리지는 영원히 이 세상을 떠났다. 삶 자체가 본디 이 창백한 세상에 스쳐가는 홍조에 지나지 않는다는 듯이, 신기루라는 듯이.

그 비극 앞에서 부끄럽게도 언젠가는 내게도 저런 행복한 순간이 오지 않을까 망상에 사로잡혔다. 결혼식 내내 칼은 말이 없었다. 다만 자신 있게 말할 수 있다. 칼도 마음 한 자락이 미세하게 흔들리고 있었음을. 그래서다. 미망을 애써 지웠다. 그렇지 않아도 어두운 칼의 얼굴에 스치는 그늘이 마음 아팠기에.

---

22 사별한 엥겔스 부인의 여동생. 언니가 죽은 뒤 엥겔스와 사실상 결혼생활을 했다.

칼은 삶을 달관해나가고 있었다. 예전과 달리 시기나 중상에 우둘 먹우둘먹하지 않았다. 차라리 초연해 보였다. 연륜이 쌓여서도 그러했 겠지만 불교의 세계에 조금씩 발을 디뎌놓으면서 세상을 바라보는 눈 이 더 넓고 깊어진 게 아닐까 싶다.

아들아.

노년의 칼은 프롤레타리아 혁명을 더는 조급해하지 않았다. 1879년 어느 날 자유당 소속의 한 의원과 점심을 함께 한 뒤 돌아왔을 때 칼 이 들려준 말에서 그것을 확신할 수 있었다. 집에 돌아온 칼은 예니와 나를 불러 차를 마시면서 영국의 정치인들이라면 이제 신물이 난다고 진저리를 쳤다.

"그 친구는 혁명에 내가 환상을 지니고 있다는 듯이 거들먹거리지 않겠소? 유럽의 지배세력들이 노동자들의 고통을 줄여나감으로써 얼 마든지 혁명을 막을 수 있다는 거지요. 내가 무엇이라고 답했겠소?"

칼은 어이없는 일을 당했을 때 늘 하듯이 눈을 살며시 절반쯤 감으 면서 조소를 그렸다. 예니와 나를 번갈아 바라보며 말을 이었다.

"모든 위대한 운동은 속도가 더디다고 말해주었소. 실제로 그래요. 오늘 영국의 지배체제를 보시오. 1688년 혁명 이후 긴 세월 동안 우여 곡절을 겪지 않았소? 프롤레타리아트혁명도 마찬가지라오. 새로운 세 상을 향한 첫 걸음을 이제 막 딛기 시작한 것이오"

'새로운 세상을 향한 첫 걸음.'

그 말을 하는 칼의 얼굴에 낙관과 더불어 어떤 체념의 빛이 조용하 게 스쳐갔다. 그럼에도 내가 아는 한 칼은 낙관에 더 무게를 두고 있었 다. 그 판단이 옳았다는 게 곧 현실로 입증됐다. 1881년 3월 1일 러시 아 페테르부르크에서 황제 알렉산드르 2세가 민중의 손에 암살됐다. 칼은 저녁 식탁에서 감개무량해서 흥분했다.

"파리코뮌이 잔인하게 살육당했을 때 그 누가 10년도 채 지나기 전에 머나먼 러시아에서 이런 일이 일어나리라고 상상했겠소"

이어 불타는 듯한 눈길로 우리를 둘러보며 단언했다.

"바로 이것이 민중의 위대성이오. 긴 싸움이 필요하겠지만 이 투쟁이 언젠가 러시아에서 코뮌 수립으로 이어지리라고 난 확신하오."

소년의 순수한 열정이 넘실대는 칼을 바라보며 예니는 환하게 웃었다. 밝은 미소 뒤편에서는 저 죽음의 신이 이번에는 예니를 찾아와 어슬렁거리고 있었다. 오랜 세월 병을 앓아온 예순일곱 예니의 몸은 봄이 지나면서 눈에 띄게 급격히 이울고 있었다.

초여름께 병든 예니가 잠든 침대 옆에 앉아 뜨개질을 할 때였다. 칼 손자들에게 줄 양말을 뜨고 있었다. 양말을 칼에게 건네주면 그이가 얼마나 좋아할까. 그런 생각에 잠겨 있었다. 예니가 어느새 눈을 떴는지 슬며시 내 손을 잡았다.

"렌헨, 내가 지금 무슨 생각을 하고 있는지 알아?"

무심코 답했다.

"그럼요. 알 수 있지요. 빨리 건강을 되찾아 선생님과 오래오래 사실 생각을 하시겠지요."

예니가 희미하게 웃으며 설레설레 고개 저었다.

맑은 초록 눈에 샘솟듯 물기가 퍼져가는 것을 보자 가슴이 저려왔다.

"난, 다 알고 있어. 렌헨!"

저리던 가슴에 싸한 바람이 부는 듯했다.

"난 이제 틀렸어! 쓸데없이 눈물이 많은 나와는 달리 렌헨은 정말 강인한 사람이야. 진심이야. 렌헨이 아니었다면 아마 난 진작에 죽었을걸? 그런데 렌헨."

예니가 눈동자에 힘을 주며 말했다. 그러더니 아무 말이 없다. 재촉하는 내 눈빛을 보더니 여짓거리며 다시 불렀다.

"그런데 렌헨!"

"예, 말씀하세요."

"날 용서해줄 수 있겠니?"

뜬금없는 질문에 당혹스러웠다.

"무슨 말씀이세요. 저를 다시 괴롭히시려고 하는군요."

예니는 도리머리를 힘껏 흔들었다.

"무슨 소리를! 난 렌헨의 행복을 방해한 사람이야. 그리고 겉으론 아닌 척했지만 한때는 렌헨이 얼마나 미웠는데?"

"아니어요, 아씨! 그건 당연하신 거예요. 제가 죄송해요."

"무슨 말을…… 그런데 프레디라 했나? 아들은 잘 있어?"

"예……."

"좋은 일이구나. 벌써 서른이 넘었지? 칼도 좋아하겠네……."

"……."

"날 용서해준 거지?"

"아, 제가 용서할 게 뭐가 있어요."

"좋아, 그럼 부탁할게 약속해줘."

"예, 뭐든지요."

"렌헨이 지금보다 더 강해졌으면 해. 내가 죽었을 때 칼을 지켜주어야지. 실생활에서도 칼은 큰아기나 마찬가지야. 지켜준다고 내게 약속할 수 있지?"

예니의 눈길이 천사처럼 따사롭게 다가왔다. 울컥 눈물이 솟구쳤다. 왜 예니가 그런 말을 하는지 짐작할 수 있었기에 무장 슬픔이 몰려왔다. 아랫입술을 꼭 깨물어 터지려는 울음을 간신히 참아내며 고개를 끄덕였다. 예니가 한없이 고마웠다.

"이런! 렌헨도 나처럼 눈물이 많구나."

처음 보았을 때처럼, 언니처럼, 살갑게 느껴졌다. 육친의 정감으로 다가온 바로 그 순간, 예니를 바라보기가 더욱 바끄러웠다. 예니의 품에 얼굴을 파묻고 소리 없이 울었다. 예니의 가녀린 손가락이 내 머릿결을 부드럽게 쓰다듬어주었다.

예니가 세상을 떠나면 칼과 둘이 남게 된다는 사실이 새삼스레 부담스러웠다. 그때 나와 칼은 어떻게 되는 걸까. 칼을 지켜주어야 한다는 예니의 말을 곰곰이 생각해보았다. 기실 칼의 옆에 머무는 것은 전혀 어려운 일이 아니다. 예니보다 더 칼의 일상을 속속들이 알고 있다. 그를 어떻게 돌보아야 하는지도 심지어 그렇게 말한 예니조차 내겐 큰아기가 아니었던가. 하지만 '지켜주라'는 뜻은 무엇일까. 예니의 진정을 알 듯 모를 듯했다.

예니는 이어 파리에 사는 딸을 만나보고 싶다고 했다. 예니의 말을 전하자 칼은 곧바로 파리행을 서둘렀다. 7월 말이었다. 칼과 예니 그리고 예니의 고집으로 나까지 파리에 갔다. 아르장튀유에 살고 있는 큰딸 예니헨을 만났다. 보름 넘게 그곳에 머무는 동안 예니는 딸이나 손자들과 있을 때는 전혀 아픈 기색을 내지 않았다. 그러나 자리에 누울 때는 한없이 고통을 호소했다. 칼이 살뜰하게 예니를 돌보는 정경은 아름다웠다. 어느 날 밤 내가 예니의 옷을 갈아입히고 양말을 벗겨줄 때였다.

"렌헨, 내가 왜 파리에 왔는지 알아? 38년 전이지. 칼과 더불어 신혼의 꿈에 젖어 있던 파리 시절을 떠올리고 싶었어. 38년이라면 참 긴 시간이었지? 그런데 왜 이다지도 짧고 허망하게만 느껴지는 걸까. 이제는 모두에게 안녕을 고할 때 같아."

언제나 맑았던 눈빛이 거시시했다.

"아니어요. 힘을 내세요."

"아니야. 힘내라는 말은 고맙지만 내 상태는 내가 제일 잘 알고 있어. 지금 내가 얼마나 고통스러운지, 실제로 얼마나 괴로운지 아마 렌헨도 잘 모를 거야."

말없이 고개를 끄덕여주었다. 칼이 걱정할까 두려워 그 앞에서 아픔을 삭이는 예니의 사랑을 잘 알고 있었다. 예니가 고통을 이기며 잠들 때까지 손을 잡고 다독거려주었다. 단말마로 치달으면서도 칼과 딸들 앞에서 의연하게 처신하는 예니의 참을성에 경의를 표했다. 이런 게 귀족성이 아닐까 싶었다.

물론, 꼭 귀족의 핏줄과 연결할 이유는 없을 터이다. 감히 너에게 털어놓지만 내가 칼과 예니 곁에서 묵묵히 살아온 30여 년의 고행도 예니의 그것 못지않게 인내를 필요로 하지 않았던가.

8월 중순에 파리를 떠나며 예니는 혼잣말처럼 말했다.

"이제 다시는 파리를 보지 못할 테지. 저 아름다운 거리의 수많은 사람들도……. 모두 천년, 만년은 살듯이 생각하겠지만 겨우 100년을 지나기 전에 단 한 사람도 남김없이 소멸해버린다는 사실이 가슴 아파. 아, 우리들 인생이란 얼마나 덧없는지……. 대체 삶이라는 수수께끼의 정답은 무엇일까?"

가을 내내 칼과 번갈아 가며 예니의 병석을 지켰다. 예니와 칼이 지난날을 회고하는 대화를 들으며 나 또한 행복한 추억에 잠길 수 있었다. 독일의 사회민주당이 선거에서 괄목할 만한 성과를 거둔 소식이 병상의 예니에게, 그리고 지친 칼에게 희망을 주기도 했다.

겨울이 다가오던 12월 2일 예니는 숨을 거뒀다. 눈을 감은 예니의 얼굴에는 고귀한 미소가 그려 있었다.

칼은 너무나 상심해 몸이 망가졌다. 결국 예니를 하이게이트 묘지에 묻을 때 참석할 수 없었다. 차라리 그 편이 나았는지 모른다. 예니의 몸 위로 흙이 덮이는 순간을 칼이 보았다면 절망으로 더욱 건강을 해쳤을 터이다.

엥겔스는 애도하며 예니를 기렸다. 정확하게 핵심을 찌르는 추도사였다.

"남을 행복하게 하는 것을 나의 가장 큰 행복으로 여긴 여성이 일찍이 있었다고 한다면 그분이 바로 여기에 잠든 예니 마르크스입니다."

예고된 죽음이었지만 칼은 큰 충격을 받았다. 시난고난 쇠약해져갔다. 칼이 얼마나 예니를 사랑했는지 아프게 깨우칠 수 있었다. 그랬다. 칼과 예니는 백조처럼 우아한 한 쌍이었다. 한 마리가 죽으면 남은 백조도 곧 죽는다 하지 않았던가.

아, 그렇다면, 그렇다면 나는 무엇인가. 새퉁스레 슬픔이 파도처럼 밀려왔다.

1882년이 밝아오면서 다행히 칼은 기운을 차리기 시작했다. 마침 『공산당 선언』의 러시아어 제2판에 서문을 보내야 했다. 서문을 둘러싸고 칼은 장군과 자주 만나 토론을 벌였다. 점심식사 후 서재에 둘이 들어가 저녁 무렵까지 논쟁하는 목소리가 들려오기도 했다. 며칠 새 그런 일이 반복되어 칼의 건강이 우려되었다. 만류하려고 서재에 들어갔을 때다. 칼이 일어서며 반갑게 맞았다.

"축복해주구려. 지금 막 이 친구와 결론을 냈어요."

칼은 갈겨쓴 원고를 들어올려 읽어갔다.

"만약 러시아혁명이 서구의 프롤레타리아트혁명에 대한 신호가 되고, 러시아혁명과 서구혁명이 서로를 보완하게 된다면, 러시아의 토지 공유제는 공산주의로 발전하는 출발점이 될 수 있다."

순간 난 어느새 예니의 자리에 내가 서 있다는 사실을 깨달았다. 당혹스럽지만 행복했다.

내 표정을 물끄러미 보던 장군이 입술을 다문 채 초승달처럼 오므려 웃었다.

얼른 화제를 돌렸다.

"잘 알았어요. 이제 저녁식사 하셔야죠. 내려오세요"

그 말밖에 할 수 없는 자신이 부끄러웠다.

예니가 있어 오히려 편안했던 걸까. 투시가 외출하면 칼과 단 둘이 남아 괜스레 거북스럽거나 어색했다.

아마 칼도 그랬을 터이다. 어느 날 서재로 음료수를 들고 갔을 때 칼은 조심스레 말했다.

"혼자 여행을 해볼 생각이오. 내 삶을 정리하고 싶어요. 아마도 긴 여행이 될 것 같소."

칼은 내게 동의를 구한다는 듯이 간절한 표정으로 말했다.

"유럽을 떠나고 싶소."

건강이 더 악화하지 않을까 우려됐지만 내가 말릴 처지는 아니었다. 사흘 뒤 칼은 여행에 올랐다. 문밖으로 나서자 칼은 만류했다.

"데무트, 그냥 여기서 인사합시다."

그러면서 칼은 망설였다. 어제 밤부터 꼭 무엇인가 할 말이 있어 보였다.

"말씀하세요. 칼!"

다정하게 권했다.

칼이 내 눈을 깊이 들여다보았다. 짙은 숱으로 무겁게 드리워진 긴 눈썹. 그 아래 외로이 자리한 검은 눈동자에 밀려오는 슬픔이 읽혀져 마음이 아팠다. 그 순간 칼은 두 손으로 내 오른손을 잡았다. 고백하듯 속삭였다.

"이 세상에 태어난 수많은 사람들이 자신 속에 담겨 있는 보물을 인류에게 남겨주지 않은 채 이 세상을 떠나지요. 그렇지 않아도 서러운 삶에서 그건 더욱 큰 슬픔입니다. 데무트, 나는 그런 비극을 해소하려고 평생 싸워왔소. 그러나 나와 가장 가까이 살고 있던 당신의 가능성을 모두 짓밟았구려. 다름 아닌 나 칼이……."

채 말을 잇지 못하는 칼의 표정이 너무나 슬퍼 보였다. 왼손으로 칼의 여윈 손등을 가볍게 쓰다듬으며 말했다.

"아니어요, 칼. 당신과 나눈 사랑보다 더 큰 보물은 제 안에 없어요. 전 위대한 혁명가의 물적 토대를 만들어주기 위해 왔어요."

칼이 희미하게 웃었다. 서로 눈길을 마주한 채 한동안 시간이 흘렀다. 어느 때보다 마음이 편했다. 작별의 말조차 감미롭게 들렸다.

"잘 있어요."

"잘 다녀오세요."

칼이 떠난 뒤 텅 빈집에 홀로 앉아 칼이 남긴 말을 날이면 날마다 되새김질했다. 아무리 생각해보아도 그건 아니었다.

그렇다. 나는 분명 내 안에 보물을 찾았다! 내가 이 지상에서 칼을 만나지 않았다면 내 속에 잠자고 있던 '보물'— 사회주의자 헬레네 데무트를 어떻게 발견할 수 있었겠는가. 어디 그뿐인가. 내 몸 속에 인류에 새 길을 열어준 한 남성을 받아 그의 아들을 지상에 내놓지 않았던가.

더구나 그 아들은 칼이 평생을 거쳐 내일의 인류로 형상화한 노동자이지 않은가. 이 지상에, 아니 이 우주에 그 이상의 '보물'이 있는가. 참으로 나 데무트는 내 안에 있는 보물을 모두 찾았다. 그리고 자족한다. 그것이 잘 모르겠지만 붓다가 가르친 길이 아닐까 싶다.

칼이 떠나며 남긴 눈빛은 짧은 순간이었지만 영원처럼 내 영혼에 새겨졌다. 그 눈빛은 칼의 모든 것을 말해주었다. 눈 속으로 칼이 지닌 사랑의 깊이가 신비로운 밤처럼 끝없이 펼쳐지고 있었다. 그이가 언제나 곁에 있는 듯했다. 새삼 칼의 영혼과 내 영혼은 언제부터인가 하나로 이어져 있었음을 깨달았다. 비록 칼이 지상과 작별할 여행을 떠나며 내게도 그 준비를 하라는 암시를 주었지만 오히려 나는 칼과 여느 때보다 긴밀히 이어져 있다는 걸 확인했다.

그해 내내 칼은 여행을 했다.

칼이 비영비영 집에 돌아와 가까스로 몸을 추스를 때 운명이 다시 잔인하게 덮쳐왔다. 몇 해 전부터 배리배리 여위어가던 맏딸 예니헨이 어린 자녀 다섯을 남긴 채 숨을 거뒀다. 칼은 헤어나기 어려운 비통에 잠겼다. 그로부터 두 달 뒤 죽음의 신이 기어이 칼을 찾아왔다. 비겁하게, 전혀 예기치 않은 순간에, 칼을 기습했다.

1883년 3월 14일.

나의 사랑, 나의 칼이 내 곁을 떠났다. 칼을 만난 게 옹근 50년 전 봄. 꼭 반세기 동안 칼을 곁에서 지켜본 셈이다. 사흘 뒤 칼을 예니가 잠든 하이게이트에 묻었다. 칼을 존경해온 사회주의자들이 모였다. 칼의 맏사위 샤를 롱게는 유럽 곳곳에서 보내온 조전을 낭독했다. 무엇보다 장군의 추도가 사람들을 뭉클케 했다. 장군은 토막토막 끊어지는 슬픈 목소리로 칼이 해온 일을 열거한 다음 '결론'을 내렸다.

"당신은 혁명가였습니다. 자본주의 사회와 그것이 만들어낸 국가제도를 타파하는 일에 어떤 형태로든 나서는 것, 그리고 당신에 의해 비로소 자신들의 상황과 갈망을 인식한 노동계급이 해방에 나서는 것, 이것이 당신의 참다운 사명이었습니다. 그 삶의 본령은 바로 투쟁이었습니다."

장군은 '투쟁'이라는 말을 힘주어 강조했다. 칼의 몸 둘레로 붉은 장미들이 하나둘 떨어졌다. 붉은 꽃 사태 위로 토요일의 봄바람이 훈훈하게 불어왔다. 검은 외투 위로 수북이 쌓인 붉은 장미들 사이로 칼의 잠든 얼굴이 더없이 온화해 보였다. 장군은 칼이 살아 있을 때 부탁했었다며 하인리히 마르크스[23]의 사진이 든 액자를 관 속 칼의 옷안에 넣어주었다.

삽으로 흙을 퍼던지며 슬픔을 주체할 수 없어 고개를 든 순간이었

23 칼 마르크스의 아버지.

다. 조문객들 맨 뒷줄에 있는 하인리히의 눈길과 마주쳤다. 뭐라 딱히 설명하기 어려운 아들의 시선이 가슴에 꽂혔다.

마주친 아들의 눈에서 비애를 읽었다. 하물며 칼이 아버지임을 안다면 얼마나 슬퍼할까를 생각하니 더는 끓어오르는 오열을 참기 어려웠다. 한 번도 자신의 아버지를 아버지라 부르지 못한 아들이 눈에 밟혔다. 아들은 아버지의 장례인 줄도 모른 채 단지 존경하는 인물의 장례 정도로 생각하고 왔을 게 아닌가. 억장이 무너져내렸다.

아들아.

이제 칼이 마지막으로 내게 남긴 말과 글을 전할 차례가 왔다. 1883년 3월 14일. 따뜻한 차를 서재로 들고 가자 흔들의자에 앉아 있던 칼이 반갑게 맞았다. 그 무렵 칼은 입술 움직임이 다소 둔해졌지만 위독한 상황은 아니었다. 그날 그분이 다정하게 내게 들려준 말을 나는 지금 이 순간까지 단 한마디도 잊지 않고 기억하고 있다. 여기 그분의 말을 옮길 터이니 정감이 듬뿍 담긴 칼의 목소리로 읽기 바란다.

"데무트, 이제 조금씩 작별인사를 시작해야 할 때 같소. 더 늦기 전에…… 꼭 하고 싶은 말이 있었소 데무트……. 무엇보다…… 정말 고마웠소"

난 손사래 쳤다. 진심이었다.

"아니어요. 제가 무엇을 도와주었나요? 실은 어떻게 도와줘야 할지도 몰랐어요 무지가 인간에게 도움이 된 적은 한 번도 없다는 당신의 말은 제게 언제나 사무쳤어요 제가 할 수 있는 것은 고작 더 좋은 음식뿐이라는 사실이 늘 서글펐어요. 저는 지적으로 아무런 도움이 되지 못했잖아요. 그리고…… 죽음을 준비하시기엔 너무 일러요."

바보처럼 눈물을 쏟았다.

지그시 바라보던 칼이 두 손으로 내 얼굴을 감싼 뒤 손가락으로 눈물을 닦아주었다. 그리고 고개를 천천히 하지만 크게 저었다.

"무슨 소리요, 데무트 또 겸손이 시작됐군요 진실은 변할 수 없다오. 프롤레타리아트에 대한 믿음이 희미해져갈 때마다, 내 삶이 지쳤을 때마다, 당신은 내게 새로운 힘을 주었소 그 이상의 지적 도움을 준 사람은 아무도 없소. 그리고 참으로……"

칼은 그 대목에서 잠깐 침묵을 지켰다. 검은 눈이 어디론가 가라앉 듯 흐려지고 있었다. 목이 잠긴 나직한 목소리가 이어졌다.

"참으로 미안하오. 날 용서해주구려. 나의 아들, 아니 나와 당신의 아들에게 차마 못할 짓을 했소 지금부터 내 말을 잘 들어주오 데무트, 이건 처음 하는 고백이거니와 나의 진심이오 내가 종종 걷잡을 수 없이 술을 마셔댄 이유를, 그리고 언제나 종기나 편두통에 시달린 가장 큰 원인도 어쩌면 가슴속에 담아둔 그 아이 때문인지도 모르겠소 아들이 미친 듯이 그리울 때마다 술을 마셨소 책을 쓰다가도 소파에 드러누워 한없이 아들을 생각했소 아무에게도 말을 못했지만 데무트, 이제야 당신에게 고백하리다. 언제나 마음 한곳에 그 아이와 당신을 담고 있었소 그 아이가 부엌에서 당신을 만나는 날이면 서재에서 뒷문이 바라보이는 창가에 하염없이 서 있었소 아들이 오고 나갈 때라도 보고 싶었소"

"아, 칼! 정말 그러셨어요?"

"그랬소 저 절망의 밑바닥에 주저앉고 싶을 때마다 내 아들이 이 지상에 살아 숨쉬고 있다는 사실을 생각했소 내가 그 아이를 버렸다는 사실을 가슴에 칼로 새겼소 바로 그것이 내가 다시 투쟁에 나선 큰 원동력이었소 그 아이가 존재한다는 것만으로 내 지친 몸과 마음에 힘을 주었다고, 데무트, 당신이 기회 있을 때 전해주기 바라오. 데무트! 난 그 아이, 아니 우리 아들에게 줄 선물을 준비하고 있소 그것이 내가 이 지상을 떠나기 전에 해야 할 마지막 일이오 거의 완성이 되어가오. 그때면 그 아이를 불러주시오 난 지금까지 모든 인간을 위하여 살아왔고 진리를 밝혀왔소. 삶을 마무리해야 할 지금 내게 남은 것은 한 인간, 한 노동자를 위한 일이오 당신의 아들이자 나의 아들."

말없이 그분을, 아니 사랑하는 아들아, 너의 아버지를 바라보며 눈물로 흠뻑 젖은 채 미소를 지었다. 아, 삶이란 정녕 아름다운 축복이던가. 더 이상 바랄 게 없을 만큼 행복감이 밀려왔다.

"칼! 고마워요! 고마워요!"

복받쳐 쏟아지는 눈물을 주체할 수 없어 일어나 아래층으로 내려왔다. 계단 난간에 두 손을 모으고 머리를 기댄 다음 눈을 감았다. 칼과 사랑을 나누던 그해 가을에 나를 사로잡았던 환희와 감동이 모세혈관까지 퍼져가 전율했다. 칼이 들을까 싶어 눈물을 꾹꾹 삼켰다. 펑펑 쏟아지던 환희의 눈물이 속눈물로 녹아내렸다. 눈 속으로 스며든 눈물은 한 방울 한 방울 가슴 안쪽으로 흘러내려 내 마음 어두운 곳에 켜켜이 쌓였던 서러운 더께들을 말끔하게 씻어주었다.

그때 장군이 찾아왔다. 얼른 눈물을 훔치며 칼은 서재 흔들의자에 앉아 있다고 말했다. 장군이 서재로 올라간 뒤였다. 갑자기 2층 바닥이 뚫릴 듯한 탄식소리가 들렸다. 장군이 황급히 불렀다.

서재로 다시 올라가 칼을 보았을 때까지 무슨 일이 벌어지고 있는지 몰랐다. 칼은 아름다운 미소를 지으며 눈감고 있었다.

의아스럽다는 듯 두 사람을 번갈아 바라보자 장군이 가라앉은 목소리로 말했다.

"렌헨! 칼이 운명했소!"

칼은 그렇게 이 지상을 떠났다. 살며시 감은 눈시울은 아직 불그스름하게 젖어 있었다. 그가 남긴 유산은 아무것도 없었다. 단 하나. 프롤레타리아트를 남겼다. 정말이지, 단 하나 아들처럼.

서재를 정리하면서 칼이 남긴 기록을 발견했다. 확신하거니와 사실상 '유서'인 그 기록이 아들인 네게 주려고 칼이 준비한 선물이었다. 그 글을 직접 칼에게 받고 아버지의 마지막 고백을 들었다면 얼마나 아름다웠을까. 가슴이 조각조각 갈라지는 듯 아팠다. 아버지의 진실을 알게 된 너의 충격을 줄여주려면, 게다가 주인과 하녀의 빗나간 애정―기실 빗나간 사랑이란 애초부터 없지 않을까. 무릇 이 세상의 모든 사랑은 축복이 아닐까―으로 네가 오해할지도 모르기에, 지상에서 여느 사랑 못지않은 참사랑을 있는 그대로 너에게 증언해야겠다고 다짐했다.

아들아.

거듭 말하지만 나 헬레네 데무트는 칼을 사랑했다. 칼은 프롤레타리아 해방의 아버지이자 기수인 동시에, 아니 그 이전에 지상에서 내가 만난 누구보다 착하고 따뜻한 남성이었다. 한 아름다운 사람을 아무것도 지니지 않았던 열다섯 소년 시절부터 세계사에 기념비를 세우고 예순다섯 숨질 때까지 반세기 동안 사랑한 것은 행복이자 축복이었다. 나를 바라보는 칼의 애틋한 눈길은 아무리 어려운 상황에서도 늘 포근함을 주었다.

아들아, 혹 네가 나를 지금도 연민의 눈길로 바라본다면 그건 내 기록에 대한, 아니 내 삶에 대한 오독이다. 난 지상의 누구 못지않게 행복한 삶을 살았다. 만일 내가 칼과 아내로서 늘 침실을 함께 쓰며 살았다면 과연 지금보다 더 칼을 사랑하게 되었을지 자신이 없다. 누군가의 사랑을 받는 것보다 누군가를 사랑하는 것이 행복임을 난 삶으로 확신하게 되었다.

그래서다. 감히 말하고 싶다. 나 스스로 살고 싶은 삶을 이루었다고 한 사람의 여성으로서! 그리고 한 사람의 사회주의자로서!

아들아.

아버지와 어머니의 사랑이 얼마나 순결했는가를 네가 온전히 이해할 수 있게 해주려면, 나 또한 사랑의 기록을 물려주어야 한다고 생각했다. 그래서였다. 지금 이 순간, 칼의 1주기를 하루 앞둔 이 순간, 지난 반세기 동안 추억을 떠올리며 정리해온 이 기록에 마침표를 찍는다.

내일 그이가 잠든 곳을 찾아 속삭여주고 싶다.

그리고 칼의 아들이자 나의 아들에게도

"나는 이야기했고 내 영혼을 구해냈다."

11 1884년 5월 5일. 새벽에 하이게이트를 찾았습니다. 아버지의 생신을 축하드리고 싶었습니다. 살아 계셨을 때 단 한 번도 축하드리지 못했기에, 아버지를 아버지로 부르지도 못했기에, 가슴을 에는 슬픔이 몰려왔습니다.

서른세 살을 앞두고 아버지의 생신을 기리고 있습니다. 당신이 이 지상에 오신 날은 만국의 노동자들에게 축복이었습니다. 제게는 더 말할 나위 없습니다. 아버지께서 태어난 오늘이 있었기에 저 오늘 지상에 살아 숨쉬고 있습니다.

그리고 지금 책상 앞에, 사진 속의 아버지가 저를 바라보는 자리에서, 저 자신과 마주 앉아 있습니다. 오늘부터 6월 23일, 만 서른셋 생일을 맞을 때까지 자서전을 써내려 가겠습니다. 제 삶의 긴 방황에 꺾자를 칠 때가 되었습니다. 하여 마침내 '부활'하고 싶습니다.

1851~1884년.

좌절과 분노로 얼룩진 33년의 삶이 전환점을 맞았습니다. 서른세 해 내내 절망과 희망 사이를 시계추처럼 오락가락했습니다. 그러나 흔들렸던 과거는 앞으로 살아갈 제 삶에 무엇보다 더 튼튼한 반석일 터입니다.

"글 쓰기는 삶을 정리하는 가장 바람직한 길이다."

어머니께서 원고를 건네주시며 전한 아버지의 충고입니다. 어머니는 그 말씀을 염두에 두고 회고록을 써내려갔다고 밝히셨습니다. 그래서였습니다. 어머니의 회고록 마지막 구절, 그리고 아버지가 쓴 책의 마지막 구절이기도 했던 문장이 가슴을 울리며 적시는 것은.

"나는 이야기했고 내 영혼을 구해냈다."

아버지와 어머니 두 분이 모두 쓴 그 맺음말을 지금부터 써가는 짧은 자서전 맨 앞에 적어두렵니다. 제 영혼을 구하기 위하여.

자, 이제 저 어둑어둑한 심연으로 한 계단 한 계단 걸어내려갈 때입니다.

옹근 33년 전 6월 23일. 저 하인리히 프레데릭 데무트가 대영제국의 수도 런던에서 태어났지요. 낳자마자 부모의 슬하를 떠나 다른 집에서 산 탓일까요. 어린 시절은 온통 슬픈 보랏빛으로 채색되어 있습니다. 기억은 가물가물하지만 저를 찾아오시던 어머니와 떨어지는 게 싫어 막무가내로 울어젖히던 순간들이 아련하게 떠오릅니다.

저를 키워준 분은 노동자인 루이스 아저씨와 아주머니였습니다. 조금 나아졌다고 하지만 요즘도 노동자 가족들 대다수 처지가 그렇듯이 하루 세 끼 먹기가 어려울 만큼 가난했습니다.

언제나 배고픔에 시달려야 했습니다. 루이스 아저씨·아주머니는 지금 돌아보면 참 좋은 분들이셨습니다. 그럼에도 민감한 소년기이어서일까요. 루이스 집안의 친자녀들, 특히 저와 동갑인 토니에 견주어 늘 억울하게 차별 받는다고 생각했었습니다. 생각컨대 그건 차별이라기보다 지극히 자연스러운 사랑의 흐름이었습니다. 먹을 것이 턱없이 부족한 집안에서 친아들이 더 귀할 것은 인지상정이기 때문입니다. 실제로 모든 일에서 토니보다 뒷전일 수밖에 없었습니다.

저에게 유일한 희망은 어머니를 만나는 순간이었습니다. 적어도 그 짧은 순간만은 제가 주인공이었습니다. 어머니는 이따금 저를 보러왔습니다. 만나거나 떠날 때마다 제 몸을 꼭 부둥켜안았습니다. 지금도 눈을 감으면 그 시절 따뜻했던 포옹이 온몸을 포근하게 감싸는 듯 살아납니다.

열 살이 되었을 때 비로소 제가 왜 어머니와 떨어져 살아야 하는가를 어렴풋이 이해하기 시작했습니다. 어머니는 어느 귀족의 하녀로 일하고 계셨습니다. 그리고 그 집에서는 제가 어머니와 함께 사는 것을 용납하지 않았습니다.

조금씩 나이가 들어가면서 제 아버지는 누구일까, 왜 없는 걸까 궁금했습니다. 토니가 아버지와 더불어 몸장난을 칠 때면, 아니 심지어 녀석이 루이스 아저씨에게 뺨을 맞아 울먹이는 순간까지도, 저는 볼을 어루만지며 제게도 '관심'을 기울여주는 우람한 아버지가 있었으면 하는 마음에 사로잡혔습니다. 토니를 안고 있는 루이스를 볼 때마다 제 가슴속에서는 진눈깨비가 내렸습니다. 얼마나 숱한 나날을 어두운 천장 방 아래에서 흐느끼며 보냈는지 모릅니다.

그래도 어머니가 계신다는 사실이 상처받은 영혼에 한 가닥, 아니 모든 위안이었습니다. 그래서였습니다. 어머니가 일하시는 곳을 혼자 찾아갈 수 있는 나이가 되자마자, 자주 어머니를 만났습니다. 어머니가 '하녀'로 일하는 집은 2층으로 정원도 있었습니다. 부엌 뒤쪽으로 나 있는 작은 나들문으로 들어가면 어김없이 어머니를 만날 수 있었습니다. 어머니는 현관으로 들어와서는 '절대로'—어머니가 그 단어를 쓴 것은 그때가 처음이었습니다— 안 된다고 강조했습니다.

글자를 깨친 뒤로는 이따금 편지를 준비해서 어머니와 헤어지기 전에 살그니 식탁 위에 놓고 왔습니다. 다음에 만날 때면 어머니는 헤어지는 순간에 제 손을 잡고 앞치마 주머니에서 답장을 꺼내 꼭 쥐어주셨습니다. 짧은 편지들이었지만 어머니께 편지를 드리고 답장을 받으며 난 비로소 행복이 무엇인가를 깨달아갔습니다. 어머니는 만나서나 편지에서나 제게 사랑과 용기를 주셨습니다. 더러는 셰익스피어의 작품을 재미있게 간추려서 들려주시기도 하셨습니다. 제게 가장 흥미로웠던 것은 『햄릿』이었습니다.

그러던 어느 날이었습니다. 어머니와 이야기를 나누고 있을 때 느닷없이 '여주인'이 식당으로 들어왔습니다. 귀족이라는 어머니 말씀에 걸맞게 과연 기품이 넘치고 우아해 보였습니다. 그런데 저와 마주친 순간, 고매하고 아름다운 얼굴이 순식간에 굳어지는 걸 거니챘습니다. 갓난아기 때부터 눈치만 보며 살아온 제게 귀족 여주인의 마음속에서 일어나는 변화를 읽는 것은 너무나 쉬운 일이었습니다.

더구나 귀족 여주인이 들어왔을 때 본 어머니의 허둥대는 모습은 어린 제게 큰 상처를 주었습니다. 어머니는 본능적으로 벌떡 일어나 식탁에 앉아 있던 저를 가렸습니다. 거의 몸을 제대로 가누지 못할 만큼 비틀거렸습니다.

"죄송합니다. 본 지 너무 오래되어서요"

어머니의 등에 가려 잘 보이지 않았지만 여주인은 차갑게 돌아나갔습니다. 이윽고 돌아선 어머니의 얼굴은 백지장처럼 하얗게 질려 있었습니다. 어머니의 초라한 몰골이 슬펐습니다. 아니, 비참했습니다. 한 지붕 아래서 하녀와 귀족의 일상생활 차이가 얼마나 끔찍하게 벌어져 있는지 처음 알았습니다. 주저없이 어머니께 말했습니다.

"저 여자가 싫어요!"

어머니는 무릎을 꿇고 눈높이를 맞춰 한동안 제 눈을 들여다보더니 젖은 목소리로 말했습니다.

"아니란다. 그렇게 생각하면 안 된다. 저분은 상냥하시고 마음씨 고운 분이시다. 그리고 유명한 칼 마르크스 선생님의 부인이시기도 하고. 알았지? 착하고 자상하신 분이다."

어머니가 좋은 단어들을 총망라해 저 아닌 다른 사람을 칭찬하는 걸 본 게 그때가 처음입니다. 때문에 더더욱 이해하기 어려웠습니다.

"그런데 왜 엄마를 그렇게 못살게 굴어요? 저를 엄마와 같이 살지 못하게 하는 것도 저 여자이지요? 맞죠?"

바라보던 어머니 눈빛에 물이 고여 올랐습니다. 하지만 참을성이 몸에 배어서일까요 물빛이 사라지면서 어머니는 애써 목소리를 가라 앉히고 재삼 당부하는 것이었습니다.

"못살게 하긴! 내게 은인이셔. 그리고 네가 잘 알겠지만 엄마는 하녀가 아니란다. 이 집안에서 일을 하는 노동자야. 난 이 일이 부끄럽지 않단다. 그리고 이 세상 누구보다 너를 가장 사랑한다."

마지막 말을 할 때 어머니도 더 이상은 참지 못했습니다. 저를 와락 껴안았습니다. 어머니의 체온 담긴 뜨거운 눈물이 샘솟듯 흘러 제 아늠을 적셨습니다. 소리 없이 흐느끼는 어머니 등을 껴안고 저도 울음을 늘켰습니다.

되돌아보면 아직 어린 나이였지만 그 사건으로 저의 소년기는 전환점을 맞았습니다. 그날 이후 어머니를 만나러 가기가 무거웠습니다. 한동안은 먼발치에서 창문으로 바라보기만 했습니다. 발걸음이 쉬 떨어지지 않았습니다. 조금이라도 더 빨리 돈을 벌어 귀족 여주인에 치여 살아가는 어머니를 저 처절한 굴레에서 구해와야겠다고 결심했습니다. 학교에서 공부하는 게 제겐 더 이상 의미가 없었습니다.

어머니가 비참한 생활을 하고 있다는 서러움이 어느 정도 숙지근해진 계기는 제가 열다섯 번째 맞은 생일날이었습니다. 생일이 오면 어머니는 어김없이 날 찾아왔지만 그날은 아니었습니다. 루이스 아주머니가 부르더니 제 볼에 입맞춤을 하며 오늘은 어머니가 일하시는 집으로 가보라고 말씀하셨습니다.

오랜만이어서일까요. 고운 옷차림새며 가르마 사이로 함초롬히 빗어넘긴 금발이며 여느 때보다 멋졌습니다. 어머니께서 손수 만드신 케이크를 내놓았습니다. 열다섯 개 촛불과 저를 번갈아 보는 어머니의 표정은 천사였습니다. 긴장한 듯 붉게 감도는 얼굴도 나이보다 훨씬 젊어 보였습니다.

케이크를 정성껏 자른 뒤 어머니는 살강에서 은빛으로 번쩍이는 접시를 꺼냈습니다. 맵시 있게 한 조각 담고 붉은 포도주 한 잔을 곁들였습니다. 어머니의 표정은 어떤 기대감으로 더없이 행복해 보였습니다. 어머니는 서재에서 집필하고 있는 칼 선생님께 드리고 올 테니 꼭 기다리라고 일렀습니다. 곧 돌아오신 어머니가 칼 선생님이 저술하고 있는 책을 주제로 이야기를 들려주실 때였습니다. 식당문 밖에서 다감하게 어머니를 부르는 소리가 들렸습니다. 곧이어 수염이 덥수룩한 분이 빈 쟁반을 든 채 들어왔습니다.

"렌헨! 고마워요. 아주 맛있게 먹었어요."

그 텁석부리가 언제나 어머니가 말씀하신, 그리고 조금 전까지도 더없는 존경심으로 말씀하신 칼 선생님임을 깨달았습니다.

칼 선생님은 저와 눈이 마주치자 어리둥절한 표정이었습니다. 조마로운 눈길로 어머니를 바라보았습니다. 나쁜 사람들에게는 누구보다 투쟁적이지만 민중 앞에서는 누구보다 수줍음을 타는 섬세한 분이라는 어머니 말씀이 떠올랐습니다.

그래서일까요. 귀족 여주인과 마주쳤을 때와는 정반대였습니다. 차분하고 당당하게 칼 선생님을 바라보던 어머니는 고개를 천천히 돌리며 말씀하셨습니다.

"하인리히 데무트! 이분이 칼 마르크스 선생님이시다. 인사드리거라."

"안녕하세요, 칼 선생님."

난 사뭇 똑똑한 체 또박또박 말하며 고개 숙였습니다. 머리를 들었을 때 그분의 얼굴은 고통으로 일그러져 있었습니다. 늘 책상 앞에서 연구에 몰두해 속병이 있다는 어머니 말씀이 떠올랐습니다. 곧이어 칼 선생님은 제 얼굴을 자세히 살펴보았습니다. 사람의 눈빛이 얼마나 깊을 수 있는지 처음 깨달았습니다.

"반갑구나. 언제 이렇게 컸니?"

정감 어린 말이었습니다.

"오늘이 열다섯 살 되는 생일입니다. 그래서 불렀으니 용서하세요."

어머니가 답했습니다. 칼 선생님은 눈을 지그시 감았습니다. 세상이 다 멈춘 듯 정적이 흘렀습니다. 마주 선 그분은 큰 바위처럼 저를 압도했습니다. 가볍게 한숨을 쉬며 눈을 다시 떴습니다. 제 어깨에 사부자기 손을 얹으며 마치 신탁을 내리듯 말했습니다.

"훌륭한 프롤레타리아트가 되거라."

그리고 돌아섰습니다. 일순간 비틀했습니다. 칼 선생님이 나가자마자 어머니는 기쁨에 넘쳐 속삭였습니다.

"어때? 참 좋은 분이시지?"

고개를 끄덕였습니다. 다만 어머니가 들떠 계시는 게 의아스러웠습니다. 여주인 앞에서 참담할 만큼 수그러들던 어머니가 정작 텁석부리 주인 앞에선 당당한 모습도 쉬 이해되지 않았습니다.

하지만 그런 의문을 오래 되새김질할 수 없을 만큼 칼 선생님의 첫인상이 가슴 가득 들어와 있었습니다. 사람의 얼굴이 거대한 산으로 느껴진 것은 처음이었습니다. 게다가 그 산 곳곳에서 더없이 따뜻한 훈풍이 불어왔습니다. 아무튼 그때 첫만남에서 칼 선생님은 제 넋을 온새미로 빼앗아갔습니다. 거룩한 음성처럼 들려온 마지막 말의 뜻을 정확하게 알고 싶었던 것도 그 때문이었습니다.

"그런데 어머니! 프롤레타리아트가 무슨 뜻이어요?"

어머니의 눈이 햇살처럼 반짝였습니다.

"음, 그래. 좋은 질문이구나. 프롤레타리아트는, 일터에서 일하는 노동자들 알지? 그 땀흘리며 일하는 노동자들 가운데서도 참노동자이지. 모든 사람이 자유롭고 고루 행복하게 살아가는 아름다운 세상을 만들어갈 주인공들이란다. 앞으로 올 세상의 주인이지. 칼 선생님이 네게 한 말을 잊지 말거라. 그리고…… 훌륭한 프롤레타리아트가 되려면 어떻게 해야 하는지……, 그것은 이제부터 너 스스로 알아보렴."

세상의 모든 것에 분노가 치밀어오르던 시절, 하여 루이스 아저씨와 아주머니에게 늘 태깔스러웠던 그 시절, 칼 선생님과 만남은 제 인생을 토대부터 바꾸어놓았습니다. 더 이상 이 세상이 덧없어 보이지 않았습니다.

어머니와 저처럼 가난하고 억울한 이들도 자유롭고 행복하게 살아갈 수 있고, 또 그런 세상을 만들기 위해 밤낮을 가림없이 연구에 몰두하는 분이 살아 있다는 사실을 알았기 때문입니다. 제가 좌절할 때마다 그분의 마지막 말이 귓전을 우렁차게 울렸습니다.

"훌륭한 프롤레타리아트가 되거라."

그로부터 몇 달 뒤였습니다. 칼 선생님 댁의 부엌에서 어머니가 차려주신 저녁을 들고 있을 때였습니다. 젊은 손님이 어머니를 찾아왔습니다. 그는 저를 가리키며 누구인지 물었지만 어머니는 그저 빙긋이 웃기만 했습니다. 그리고 더 이상의 질문을 막겠다는 듯이 되물었습니다.

"무슨 일로 이곳까지 절 찾아왔나요?"

손님은 둘째딸 라우라와 자신이 결혼할 수 있게 어머니가 도와달라고 하소연했습니다. 청년24은 칼 선생님으로부터 결혼관이 담긴 편지를 받아 더욱 고민스럽다고 털어놓았습니다.

청년이 말을 듣는 둥 마는 둥 저만 바라보던 어머니의 눈동자가 갑자기 진지해졌습니다. 제가 그날의 대화를 경청해 여태 또렷이 기억하고 있는 까닭입니다. 청년은 외투 안주머니에서 칼 선생님으로부터 받은 편지라며 꺼내 읽었습니다.

"나는 혁명과 투쟁에 모든 걸 바치며 몸 던져왔습니다. 그러나 결코 후회하지 않습니다. 만일 내가 새로운 인생을 다시 시작한다고 하더라도 같은 길을 걸어갈 터입니다. 다만 결혼만은 하지 않겠습니다."

청년이 끝 문장을 읽을 때 어머니의 얼굴에 응달이 졌습니다. 입을 꼭 다물며 참았지만 어머니는 끝내 굵은 눈물을 한 방울 뚝 떨어뜨렸습니다. 아직 어린 나이였음에도 칼 선생님이 혹시 아버지가 아닐까 하는 직감이 처음 스친 것은 바로 그 순간이었습니다. 그러나 곧 스스로에 손사래를 쳤습니다. 도저히 있을 수 없는 허튼 상상에 지나지 않았기 때문입니다.

칼 선생님의 편지 가운데 결혼만은 하지 않겠다는 대목이 엄숙하게 들려왔습니다. 딱히 무슨 뜻인지는 몰랐지만 칼 선생님이 비장하고 위대해 보였습니다. 제가 결코 결혼하지 않겠다고 한 결심도 거슬러 올라가면 그날에 이르지 않을까 싶습니다.

지금 돌이켜보면 칼 선생님을 처음 만났을 때 그분이 집필하고 있었던 저작은 『자본』이었습니다. 몇 달 후 『자본』이 출간됐을 때가 떠오릅니다. 저를 급히 찾는다는 전갈을 받고 갔을 때, 어머니는 신기한 듯 두꺼운 책을 여기저기 들춰보고 있었습니다. 제가 들어서자 얼굴 가득 행복한 미소를 지으며 책을 내밀었습니다.

"이게 바로 칼 선생님이 수십 년 걸쳐 쓰신 『자본』이란다. 표지를 넘겨보렴."

---

24 미루어 살피건대 청년의 이름은 폴 라파라그가 틀림없다. 사회주의자였으며 라우라와 결혼했다. 마르크스가 1866년 8월 13일 이 청년에게 보낸 충고의 편지가 남아 있다.

책표지를 넘기자 칼 선생님의 구불구불한 서명이 한눈에 들어왔습니다.

　지상의 프로메테우스,
　젊은 프롤레타리아트를 위하여.
　칼 하인리히 마르크스.

감격스러웠습니다. 선생님이 저를 인정해주시는 것 같아 더없이 벅찼습니다. 기꺼이 노동자의 길을 걷겠다고, 하여 진정한 프롤레타리아트가 되겠다고 다짐했습니다.

　왜 어머니가 마르크스 선생의 집에서 나오지 않는지도 이해할 수 있다고 딴에는 생각했습니다. 여주인은 마음에 들지 않았지만 어머니가 그곳에서 노동하시는 게 자랑스럽기도 했습니다. 어머니 스스로 하녀가 아니라 노동자임을 밝힌 뜻도 곰곰 되새기게 되었습니다.

　당신의 뜻을 더 확연히 깨달은 것은 스무 살을 맞았던 제 생일 때였습니다. 철들고 나서 처음으로 어머니는 제게 생일을 축하해주지 못했습니다. 그러나 여느 생일 때보다 더 뜻깊게, 그것도 온몸으로 '축하'해주셨습니다.

　스무 살 생일을 맞은 그날, 칼 선생님의 집은 망명해온 파리코뮌의 전사들로 어수선했습니다. 실내는 물론이려니와 정원 그늘에까지 누워 있던 코뮌전사들의 모습은 자닝스러웠습니다. 어머니께서 한 사람 한 사람을 살손으로 간호하며 음식을 떠먹이는 풍경과 마주쳤습니다. 그날 저는 지상의 여느 여성보다 어머니가 아름답다고 확신했습니다. 아니, 차라리 성스러워 보였습니다. 두 팔을 죄다 붕대로 감고 있는 전사에게 죽을 떠먹이는 어머니 곁으로 다가가 그릇을 뺏았습니다.

　"어머니 너무 피곤해 보이세요. 잠깐이라도 눈을 붙이세요. 이분은 제가 마저 먹여드릴게요."

얼굴이 창백한 어머니는 희미한 목소리로 고맙다고 말했습니다. 하지만 가지 않으셨습니다. 눈시울을 붉히며 미더운 눈길로 저를 바라만 보셨습니다. 전 어서 가서 쉬시라고 거듭 권했습니다. 부상당한 전사들이 여기저기서 한 목소리로 어머니께 휴식을 권했을 때서야 마지못해 자리를 떴습니다.

무릇 인생이란 본디 굴곡이 있게 마련일까요. 열다섯 살 때 칼 선생님을 처음 만난 뒤 프롤레타리아트의 길을 걷겠노라고 굳힌 인생관이 무너져내린 사건이 일어났습니다.

1872년 6월 23일. 저는 그날을 결코 잊을 수 없습니다. 스물한 살, 성년을 맞은 생일이었습니다. 장군의 집으로 어머니가 절 찾아왔습니다. 뜻밖에도 칼 선생님이 함께 오셨습니다. 먼발치에서 이따금 선생님을 보며 숭배해왔지만 가까이서 마주 보기는 옹근 6년 만이었습니다. 게다가 제 성년을 친히 축하해주기 위해서라니! 천국에 이른 느낌이었습니다.

그런데 저와 눈길이 이어졌을 때 그분의 눈빛이 흔들리는 걸 보았습니다. 더구나 출렁이던 눈은 제게서 어머니로 곧 옮겨갔습니다. 어머니 눈도 어느새 물기로 흐려져 있었습니다! 이상한 예감이 들었겠지요. 칼 선생님은 식탁에서도 당연히 어머니 몫이어야 할 제 맞은편 자리에 앉으셨습니다. 어머니는 제 옆에 앉았습니다.

하얀 머리카락과 이어진 하얀 수염이 칼 선생님의 온 얼굴을 감싸고 있었습니다. 멋있었고 거룩해 보였습니다. 무엇보다 바라보는 눈길에 정이 듬뿍 전해왔습니다. 그런데 그 눈빛이 줄곧 젖어 있었습니다! 그랬습니다. 그날 전 아무런 물증도 없었지만 그분이 바로 제가 그토록 그리워하던 아버지임을 확신했습니다. 어머니가 전해준 아버지의

'유서'를 읽을 때 그분도 그날을 회고하면서 "인생의 뜻깊은 전환점에서 네게 결코 삶이 외롭지 않다는 것을, 너는 절대 혼자가 아니라는 사실을 눈빛으로라도 알려주고 싶었다"고 기록한 것을 발견했습니다.

설령 그분의 의도가 아니었다고 하더라도 그것은 직감이자 본능이었습니다.

얽힌 매듭을 단칼에 자르듯 모든 의혹들이 하나둘 해소되기 시작했습니다. 왜 어머니가 예니 부인 앞에서는 안절부절못했으면서 선생님 앞에서는 당당했는지, 왜 어머니가 저와 더불어 살아갈 수 없었는지, 그리고 오랜 세월 궁금했던 제 까만 머리와 눈빛의 수수께끼도 죄다 풀렸습니다.

아아, 정말이지 제게 영원히 잊을 수 없는 날이었습니다. 어머니는 당신의 회고록에서 그날을 이렇게 기록했습니다.

칼은 놀라지 않았다. 아니, 여느 때보다 눈빛이 부드레했다. 식탁에 앉았을 때는 더없이 한포국한 눈매로 나와 아들을 번갈아 보았다. 행복했다. 아들을 바라보는 칼의 눈가에 고인 이슬은 긴 세월 메말라 쩍쩍 갈라졌던 내 가슴을 단비처럼 촉촉이 적셨다.

칼의 예사롭지 않은 눈길에 아들은 서름서름했다. 아마 하인리히에게도 나 못지않게 잊혀지지 않는 생일이 아니었을까.

어머니의 예감은 적중했습니다. 틀림없었습니다. 그날은 제게 '잊혀지지 않는 생일'이었습니다. 그러나 어머니의 기대와는 정반대로 그랬습니다.

그랬습니다. 잔인한 날이었습니다. 성년이 된 바로 그날 성년의 모든 '비밀'을 단박에 깨우쳤습니다. 첫만남부터 6년 동안 제가 온 마음으로 존경하던 그분, 프롤레타리아트들이 살아갈 '아름다운 집'을 지으려고 삶을 불태우고 있는 그분, 유럽의 모든 지배세력이 경계하고 있는 그분, 바로 그분이 저의 아버지라는 사실이 자랑보다 혐오로 다가왔습니다.

'왜? 왜 지금까지 나를 전혀 무관한 타인인 듯 대해왔다는 말인가. 아니, 아예 나라는 존재를 부인하고 있지 않은가. 내가 하녀의 아들이기에? 그래서 차라리 나의 존재 자체를 부정하겠다는 뜻인가? 나는 한낱 어느 가을날의 욕정이 빚은 산물이란 말인가?'

저를 버린 아버지, 그 아버지가 바로 칼 선생님이란 사실 앞에서 몸서리쳤습니다. 도저히 감당하기 어려웠습니다. 허탈감과 역겨움이 치밀어올랐습니다. 서리서리 분노가 맺혔습니다.

술에 취해 하이게이트의 황량한 언덕으로 달리면서 소리소리 질러대기도 했습니다.

"아버지! 아버지! 왜 저를 버리셨어요! 아버지!"

아니, 아우성이 어찌 만취의 벌판에서 그쳤겠습니까. 저만의 밀폐된 공간에서 절규는 더더욱 커져갔습니다. 아버지가 저를 버렸다는 사실에 분노가 커지면 커질수록 그만큼 아픔도 깊어갔습니다.

그럼에도 누구에게도 아버지의 문제를 털어놓을 수 없었습니다. 남몰래 제가 감당해야 할 고통이었습니다. 혹 제가 잘못 판단할 수도 있지 않은가 싶기도 했습니다. 기실 얼마나 그것을 바라기도 했던가요.

하지만, 하지만, 아니었습니다. 그것은 본능이 명하는 확신이었습니다. 어머니께 진실을 확인하고 싶었지만 그래서는 안 될 일이었고 또 그럴 수도 없었습니다. 애오라지 어머니가 한없이 가여웠습니다. 그리고 그만큼 더 칼 선생이 원망스러웠습니다. 칼 선생이 자리한 제 마음의 자리는 천국에서 지옥으로 완전히 바뀌었습니다.

술독에 빠졌습니다. 인생이란, 인간이란, 한낱 욕정의 산물로서 아무런 의미도 없다고 결론을 내렸습니다. 술잔을 끼고 앉아 정신을 잃을 때까지 마셔댔습니다. 밤늦게 아무도 없는 벌판에서 혼자 질주하다가 쓰러져 잠들기 일쑤였습니다. 그렇게 나날을 보냈습니다. 그러나 아무것도 달라지지 않았습니다. 괴로움만 더했습니다. 무엇보다 칼 선생이 온전한 사람으로 다가오지 않았습니다.

차라리 칼 선생님보다 저를 키워준 루이스가 더 성실하고 더 인생을 올바르게 산 분으로 다가왔습니다. 그것은 새로운 '발견'이었습니다.

그러던 어느 날 하이게이트 들머리에서 산책길로 접어들던 칼 선생과 맞닥뜨렸습니다. 그분은 몹시 반가운 표정을 지었지만 난 싸늘하게 외면했습니다. 증오가 쌓여가고 있었기에 당연한 일이었습니다. 아무 말도 못한 채, 그분의 면전에서 왜 저를 버렸는지 신랄히 추궁도 못한 채, 황망히 지나친 저 자신이 밉광스러웠습니다.

아, 그러나 아니었습니다. 몇 발자국 못 가서 몸 어디선가부터 눈물이 마구 솟아올랐습니다. 다른 사람들이 지나가는 길목이어서 칼 선생을 추궁하지 못한 저 자신에 대한 연민이 결코 아니었습니다. 오랜만에 본 당신의 얼굴에 외꽃이 피어 있었기 때문이었습니다. 누런 얼굴빛과 부어오른 눈꺼풀 아래 자리한 검푸른 그늘 그리고 떼꾼한 눈 둘레로 촘촘히 가선진 주름살들이 안타까웠습니다. 건강이 매우 좋지 않다는 신호였습니다. 가슴이 미어지면서 강한 의문이 들었습니다.

'내가 저분을 예전보다 더 깊이 사랑하고 있는 게 아닐까?'

곧장 부정했습니다. 저 자신에 불신을 느꼈습니다.

더 독하게 마음을 다잡자고 결심했습니다. 여리디여린 제가 그렇게 못나 보일 수 없었습니다. 칼 선생 못지않게, 아니 그 이상으로 저 또한 모질어야 한다며 눈을 곧추뜨고 입을 감쳐 물었습니다. 모든 신경을 팽팽하게 곧추세웠습니다. 세상이 온통 부조리와 모순 그리고 위선으로 넘실대고 있었습니다. 훌륭한 프롤레타리아트? 그것은 현실에는 없는 꿈 이야기에 지나지 않았습니다.

'어떻게 그것이 내 인생의 목표가 될 수 있단 말인가. 그 말을 주창한 분에 대한 믿음이 산산조각 났는데 프롤레타리아트라는 말에 어떤 확신이 가능한가.'

스스로 다그쳤습니다. 실제로 제 눈에 보이는 것도 그랬습니다. 새 역사와 새 사회를 만들어나갈 의지에 불타는 노동자들은 찾아볼 수 없었습니다. 노동자들의 본성은 자본가들이 늘 조소하듯이 오히려 게으름·이기주의·비굴함이었습니다. 노동자들 또한 자본가들과 같이 저주스러운 인간이지 그 이상은 아니었습니다.

그러나, 참으로 모를 일이었습니다. 칼 선생에 대한 미움으로 모든 걸 채색했음에도 마음 한 자락에서는, 아니 마음 저 깊은 곳에서는 언젠가 그분의 아들임이 밝혀질 때 부끄럽지 않아야겠다는 '음험'한 생각이 고개를 들고 치밀어올랐습니다.

술에 취해 방황하는 한편으로 그분의 글들을 꼼꼼히 정독하기 시작한 것도 그 때문이었습니다. 헛된 자부심이었는지도 모르겠습니다. 하지만 최소한 제가 아들로서 할 일은 해야 하지 않을까 싶었습니다. 병색이 완연한 칼 선생, 아니 아버지의 얼굴이 떠올라 가슴이 아프기도 했습니다. 다른 한편으로는 그럴수록 '반동'도 그만큼 다시 컸습니다. 죄다 위선처럼 다가와 읽던 책을 내동댕이친 것도 한두 번이 아니었습니다.

어머니가 가여워—지금은 그런 제 생각이 얼마나 큰 오만이었는지 깨닫고 있지만— 별다른 내색없이 공장은 계속 다녔습니다. 자기모순의 고통스런 세월이 10여 년 넘게 흘러갔습니다. 꿈을 잃어버린 채 철저하게 자폐아의 생활이었습니다. 사람들 모두에게, 그 각각에게 구토를 느꼈습니다.

그러면서도 어느 순간이면 어느새 아버지를 향한 그리움이 슬금슬금 고개를 쳐들었습니다. 아버지에 대한 사랑과 미움으로 점점이 모자이크한 세월이었습니다.

그 끝은 결국 파국이었습니다.

외꽃 핀 얼굴이 준 우려가 현실이 되는 데는 얼마 걸리지 않았습니다. 꼼짝없이 앉은벼락을 맞았습니다. 아버지 칼 마르크스의 부음! 처음 들었을 때 도저히 실감나지 않았습니다. 믿을 수 없었습니다. 충분히 예견할 만한 일이었건만 동시에 전혀 예견하지 못했던 일이었습니다. 아버지가 설마 그렇게 떠날 리는 없다고, 그럴 수 없다고 누구든 붙잡고 여든대고 싶었습니다.

현실은 냉엄했습니다. 사흘 뒤인 3월 17일 어김없이 아버지의 장례식이 열렸습니다. 먼발치에서 당신이 묻히는 순간을 지켜보았습니다. '거인'의 장례식이 모두 끝난 뒤 햄프스테드 높은 언덕에 있는 찻집에 앉아 하이게이트를 벙벙하게 바라보았습니다.

어머니는 날이 저물 때까지 자리를 지키고 계셨습니다. 어머니까지 돌아간 뒤 한 걸음 한 걸음 천천히 아버지의 묘소 앞으로 다가갔습니다. 결국 생전에 아버지를 아버지라 불러보지 못했습니다. 모든 사람이 프롤레타리아트의 아버지라 부르는 그분을 단 한 번도 인간적으로, 아니 제게 살과 피를 주신 육친으로, 만나지 못했습니다.

허망했습니다. 언젠가 아버지를 아버지로 만날 때 제가 얼마나 당신의 책을 섭렵했는지 자랑스레 '보고'하고 싶었는데…… 얼마나 아버지를 사랑했는지 토로하고 싶었는데…….

모든 게 막을 내렸습니다.

제게 단 한 번의 기회도 주지 않은 채 그분은 영원히 눈을 감았습니다. 서러움에 복받쳐 그날 밤새도록 흐느꼈습니다. 목놓아 아버지를 불렀습니다. 아무런 대답도 들려오지 않았습니다. 단 한순간이라도 아들로서 안기고 싶던 그분의 가슴이 이 아래 누워 있다는 게 그나마 아늑한 위안이었을까요. 손톱으로 흙을 파헤치고 싶은 충동을 겨우 잠재 웠습니다.

봄이 가고 겨울이 올 때까지 내내 실의에 젖어 방황했습니다. 거의 어머니를 찾아뵙지도 못했습니다. 하이게이트에 봄이 다시 찾아오는 어느 날 어머니가 편지를 보냈습니다. "칼 선생님이 돌아가신 날 함께 묘소를 찾자"는 제안이 담겨 있었습니다. "네게 털어놓을 진실이 있으니 오후 3시까지 하이게이트 무덤으로 꼭 오라"는 간절한 당부였습니다.

능히 짐작할 수 있었지만 막상 어머니가 털어놓겠다는 말을 듣자 잠을 이룰 수 없었습니다.

마침내 그날이 왔습니다.

오후 2시께 하이게이트로 갔습니다. 한 시간 정도 일찍 가서 마음을 정리하려고 했는데 뜻밖에 어머니가 먼저 와 계셨습니다. 옆으로 다가섰지만 돌아보지 않았습니다. 말없이 무덤 앞에 앉으신 어머니의 눈빛이 젖어 있었습니다. 아무런 말씀도 없었습니다. 옆모습이 하도 슬프고 진지해 보여 제가 먼저 말을 꺼내기도 어려웠습니다. 뉘엿뉘엿 해거름에서야 어머니는 고개를 돌리셨습니다. 황혼으로 붉게 물든 어머니 얼굴에 애잔한 미소가 번져갔습니다. 봉인된 봉투를 손에 쥐어주시며 꼭 집에 돌아가서 뜯어보라고 했습니다. 저 옛날 어린 시절에 편지를 주실 때와 하나도 변함이 없었습니다.

그랬습니다. 어머니께서 건넨 봉투는 처음 칼 선생님을 뵈었을 때와, 그분이 저를 버린 아버지임을 확신했을 때의 충격에 이어 제 인생에 세 번째 전환점을 이루었습니다.

봉투를 뜯자 원고뭉치 두 개가 나왔습니다. 첨부된 작은 쪽지에 적힌 대로 어머니 글을 먼저 읽었습니다. 칼 선생님이 아버지라는 사실을 오래 전부터 확신하고 있었지만 어머니께서 직접 확인해주신 글을 읽어갈 때 감회가 새로웠습니다.

그러나 어머니의 회고록이 준 격정은 아버지의 이름을 밝혀서가 아니었습니다. 글을 읽어가자 곧이어 미처 제가 모르던 진실들이 쏟아져 나오기 시작했습니다. 어머니의 삶이 고스란히 담긴 나날의 기록들을 읽을 때 갈피 갈피마다 솟아오르던 눈물을 가까스로 삼켰습니다.

몇 차례나 꾹꾹 삼킨 울음을 봇물 트듯 쏟은 것은 아버지의 유고를 읽으면서였습니다. 그분이 남긴 글 한 자 한 자마다 저에 대한 사랑이 넘쳐났습니다. 그분이, 아니 아버지께서 저를 그렇게 사랑했다는 진실이 쉽게 믿어지지 않았습니다. 수십 번을 되풀이해 읽어서야 비로소 실감할 수 있었습니다. 감격에 겨워 아버지께서 남긴 한 글자 한 글자마다 울음을 토하며 부르댔습니다.

"아버지!"

그랬습니다. 밤을 지새며 반복해 읽었습니다. 창 밖이 푸르게 밝아올 때 불현듯 문을 박차고 나갔습니다. 긴 새벽 거리를 단숨에 달음박질해 하이게이트에 이르렀습니다. 무덤 앞에 쓰러져 하염없이 눈물을 쏟았습니다. 감출 수밖에 없었던 그분의 은결든 피멍이 마치 저의 상처처럼 전해왔습니다. 비로소 제가 그분을 얼마나 사랑하고 있는 지 깨달았습니다. 그러자 무덤 어디선가 따뜻한 음성이 들려왔습니다.

"훌륭한 프롤레타리아트가 되거라."

프롤레타리아트. 기실 얼마나 오랜 세월 그 말을 그저 흘려보냈던가요. 그 말에 배어 있는 피눈물을 이제야 조금은 이해할 것 같았습니다. 열다섯 살 때 들려준 어머니의 맑은 음성이 서른세 살을 맞는 오늘 부활의 푸른 종소리로 들려옵니다.

"훌륭한 프롤레타리아트가 되려면 어떻게 해야 하는지……, 그것은 이제부터 너 스스로 알아보렴."

12 칼의 '유서'를 읽을 나의 아들에게.

여기 네게 보내는 칼의 유서는 유품을 정리하면서 발견한 기록이다. 곳곳에 퇴고 흔적이 있고 지운 뒤에 여백으로 남겨둔 대목도 눈에 띄었다. 칼의 몸처럼 귀한 글을 한 글자 한 글자 온 정성을 기울여 천천히 옮겨썼다. 칼의 필체는 아무나 쉬 알아보기 어렵기에 그랬지만 그보다는 칼이 남긴 글을 옮겨가며 행복에 잠길 수 있어서였다.

칼은 원고를 완성한 뒤에 너에게 직접 건네주려고 했다. 글을 공개하기 전에 몇 번이고 고쳐 쓴 칼은 이번에는 퇴고를 마치기 전 예기치 못한 순간에 숨을 거뒀다. 어쩌면 그이는 흔들의자에 앉아 잠들면서도 원고를 생각하고 있지 않았을까. 하지만 내 가슴을 온통 적신 아름다운 순간을 마지막으로 칼은 영원히 깨어나지 못했다.

칼이 네게 직접 원고를 전했다면 두 부자 사이에 얼마나 감동적이었을까. 안타까움과 아쉬움 금할 길 없다. 칼의 유서와 다름없는 이 '미완성 유고'를 네게 언제 건네줄까 망설였다. 아버지의 유언과 더불어 나의 글도 전해주고 싶어 일단 유보했다. 너에게 줄 엄청난 선물을 내가 지니고 있는 것은 그 사실만으로도 아름찬 일이었단다.

아들아. 예서 한 가지 꼭 당부할 말이 있다. 반드시 지켜주리라 믿는다. 이 유서를 결코 누구에게도 보여주지 말기 바란다. 너의 아버지는 사소한 문제로 자본가계급의 입방아에 오르기에는 위대한, 너무나 위대한—아니다. 아름다운, 너무나 아름다운— 분이다. 더구나 이 유서는 오직 너를 위한 글이란다.

예니와 난 거친 세론의 탁류로부터 칼을 구하려고 힘겨운 삶을 살았다. 예니는 나를 집에서 내쫓지 않았고, 나도 너를 키우겠다고 여든대지 않았다. 두 여인의 어려운 결단으로 지켜온 칼의 위엄이 손상된다면 예니나 나의 피눈물나는 희생은 정말이지 물거품이 되지 않겠니?

더구나 유서는 우리 가족의 사생활이요, 우리 셋만의 진실을 담고 있다. 그것으로 충분히 아름답지 않겠니? 그 아름다운 진실을 어두운 우주 깊은 곳에 갈무리해두어 별처럼 반짝이게 하자. 하이게이트에 잠든 너의 아버지 이름으로 아들에게 이 기록을 전한다.

1884년 3월 14일. 헬레네 데무트

*   *   *

깊고 푸른 밤.

밤보다 더 깊고 어두운 바다 위에서 편지를 쓰고 있다. 검은 하늘 가득 별들이 총총히 빛나고 있지만 그 어느 것도 이 순간 내 가슴 깊은 곳에서 반짝이는 별만큼 찬란하지 못하다. 맑지 못하다.

그 별의 이름은

'프롤레타리아트'

이 편지의 수신인이다.

나의 아들아.

어디서부터 이야기를 시작할까. 그 문제로 긴 시간을 보냈다. 일찍이 써야 할 이야기 앞에서 이렇게 펜을 들기 망설이던 경험은 없었다. 긴 숙고 끝에 그저 펜 가는 대로 진솔하게 써내려가기로 했다. 훗날 네게 전해주기 전에 다시 퇴고하겠지만 지금 이 순간만은 너와 얼굴을 맞대고 이야기를 들려주듯이 기록해가련다.

너로서는 어쩌면 이 편지가 황당할지 모르겠다. 그러나 나의 아들아. 언제나 너에게 편지를 쓰고 싶었다는 것을 믿어다오. 1866년 열다섯 살 된 너를 '우연'으로 만난 뒤 지금까지 얼마나 네게 편지를 쓰고 싶었는지, 그리고 얼마나 많은 이야기를 들려주고 싶었는지 아마 너로서는 짐작하기 어려울 게다. 아니, 그렇게 생각하는 것이 자연스럽다.

기실 내가 너에게 오늘 이 순간까지 아버지로서 해준 게 아무것도 없다는 사실을 누구보다 나 자신이 뼈에 사무치게 뉘우치고 있다.

다시, 바다로 돌아가자꾸나. 언젠가 너도 경험하겠지만—꼭 체험하기 바란다— 배를 타게 되면 깊은 밤에 갑판 위로 올라가거라. 새로운 세상이 열리는 감동에 휩싸일 터이다. 검은 하늘과 바다가 잇닿아 별과 달이 빛나는 그곳에 서면, 내가 그때 프롤레타리아트의 미래를 확신하며 편지를 쓰기 시작했다는 사실을 기억해주기 바란다.

달은 검은 바다 위에 은은한 달빛으로 길을 아로새긴다. 달빛이 바다와 만나 빚은 그 길로 산책을 나서고 싶은 강렬한 충동을 느꼈다. 실제로 어느 순간 갑판에서 바다로 내려서려는 자신을 발견하고 깜짝 놀라기도 했다.

내가 바다 위에 몸을 실은 것은 1882년 2월 18일 새벽.

항구에 짙은 해미가 깔렸었다. 어느덧 예순하고도 네 살. 내 정신이 거쳐해온 몸이 이제 더 이상은 세파를 견뎌낼 수 없다며 고통을 호소하고 있다. 마침내 지상을 벗어나 영원의 안식을 누릴 때가 되었는가. 얼마나 남았을까. 내가 숨쉴 시간은.

유럽에서 태어나 사그라지는 오늘에 이르기까지 내 몸은 유럽의 울타리를 단 한순간도 벗어나지 못했다. 도서관이나 서재에 앉아 세계를 들여다보았다. 신문과 소설 그리고 수많은 보고서들이 내 삶과 저작의 원천이었다. 우주의 진실을 남김없이 파악하기엔 사람의 일생은 참으로 짧다는 걸 하릴없이 깨닫게 된다. 인류의 유장한 역사도 우주 속에서는 한 점 순간에 지나지 않던가.

삶을 닫기 전에 유럽을 떠나 여행을 해야겠다고 생각했다. 내 정신을 형성해온 유럽, 그 밖에서 나의 사상과 삶을 성찰하고자 했다. 알제리로 가는 배에 홀로 올랐다.

아들아.

더 정직하게 말하마. 유럽을 떠난 진정한 이유는 너에게 편지를 쓸 시간과 공간을 확보하고 싶어서였는지도 모르겠다. 삶을 마감하기 전에, 내 삶으로 인해 이 지상에서 삶을 걸어가는 사람과 화해하고 싶었다. 참으로 화해하려면 용서를 구해야 하는 것도 잘 알고 있다. 다만 그 전에 진실을 밝히는 게 순서일 터이다.

무엇보다 네가 궁금할 것은 네 어머니와 나와의 사랑일 성싶다. 내 가슴 깊은 곳에서 혼자 알고 있어야 할 진실이어야 함에도 네게 모든 것을 고백하련다. 행여 네가 삶 자체를 잘못된 별자리 아래에서 태어났다고 지레짐작하거나 그럼으로써 자포자기한 인생을 살아갈까 두려워서다.

누구보다 너 자신이 잘 알고 있기에, 그리고 이미 너도 서른 살이 넘었기에 먼저 밝혀둔다. 세상에 알려져 있듯이 나는 예니를 몹시 사랑했다. 예니와 나의 만남은 운명이었다. 예니는 저 어린 시절 내가 지성에 눈을 뜨게 해준 여성이었다. 예니보다 더 많이, 더 깊이 알고 싶어 책에 몰입했다. 예니 앞에 나의 지성을 과시하고 동시에 예니에게 그 지성을 온전히 바치고 싶었다.

무릇 사람의 사색이나 사랑에 영원이란 어울리지 않는 걸까. 예니와 나의 사랑이 막 싹트는 공간으로 어느 날 아주 낯설게—동시에 아주 가깝게— 한 소녀가 다가왔다.

헬레네 데무트

바로 너의 어머니다.

먼 훗날에서야 나는 진실을 깨닫듯이 응시할 수 있었다. 내가 처음으로 연정을 느낀 이성은, 예니가 아니라 데무트였음을.

처음 내 눈에 들어왔을 때 데무트는 메부수수한 열 살 소녀였다. 열다섯 살, 아직 소녀의 치기를 채 벗어나지 못한 계절이었다. 그럼에도 데무트를 만난 첫순간이 반세기 가까운 오늘도 생생하게 내 앞에 그려진다.

열 살의 소녀라기엔 믿을 수 없을 만큼 얼굴에 짙은 그늘이 드리워 있었다. 가슬가슬 핀 마른버짐은 세상이 얼마나 서러운가를 고발하는 듯했다. 며칠 뒤 다시 보았을 때 어둠은 다소 가셔 있었다. 어딘가 겁에 질린 눈빛도 시나브로 바뀌어갔다. 이 세상과 혼자 부딪치기에는 너무나 여린 소녀였음에도 눈빛만은 달랐다. 수줍은 얼굴 깊숙이 떼꾼 했던 눈은 어느새 당당하게 반짝이기 시작했다.

하늘 빛 푸른 눈이 호수처럼 맑아서일까. 마음이 쏠렸다. 열 살에 하녀로 들어온 소녀의 앞날이 암담해 보여 더욱 그랬다. 어쩌면 그것은 어린 나이에 부모를 떠나 귀족 가문의 하녀로 들어온 소녀에 대한 연민이었는지도 모른다. 그런 것이었을 수도 있다. 하지만 결단코 아니었다.

그랬다. 어느 날 소녀를 가까이서 마주쳤을 때다. 푸른 눈 저 깊이 잠기고 싶을 만큼 신비감을 느꼈다. 하얀 볼로 수줍음이 번지며 복숭아 빛으로 물든 표정은 내 머릿속을 깨끗하게 했다. 네 살 많은 예니를 보며 지성이 깃든 아름다움에 외경과 정복 욕망을 느꼈다면, 아리잠직한 데무트에겐 싱그러운 들꽃을 바라볼 때의 향기가 풍겨왔다. 아무튼 언제부터인가 예니의 집에 갈 때마다 데무트를 찾아 눈을 두리번거리게 되었다. 어쩌다 소녀를 발견하지 못할 때는 헛헛했다. 괜스레 빙빙 돌며 눌러 있기도 했다.

소녀의 이름도 신비롭게만 다가왔다. 너도 알다시피 헬레네는 저 유명한 트로이 전쟁을 불러온 스파르타의 왕비가 아니던가. 괴테의 『파우스트』에 인류가 빚은 가장 아름다운 여성으로 등장한다. 그리고 '데무트'는 독일어로 '겸손'이 아닌가.

데무트와 만남이 뜻깊은 또 다른 이유가 있다. 가여운 소녀의 실존이 사회 부조리에 장님이던 소년의 눈을 번쩍 뜨게 해주었기 때문이다. 왜 저 '버짐 소녀'—얼굴에 마른버짐 못지않게 머리에 쇠버짐이 많았다—는 열 살의 나이에 하녀가 되어 있을까. 귀여운 소녀가 인생의 초꼬슴부터 어긋난 까닭은 무엇인가. 자신의 뜻이나 행동과 전혀 무관하지 않은가. 저 어린 영혼에 드리워진 깊은 그늘은, 그 서러움의 정체는 무엇일까. 바로 그 고민이 결국 나를 사상의 길, 혁명의 길로 인도했다.

역사와 사회를 더 깊이 들여다보고 싶은 지적 갈망이 거세게 일어난 이유도 기실 거기에 있었다. 하지만 나 또한 시대적 한계를 벗어나지 못했을까. 본으로 유학을 가 대학을 다니면서 데무트의 존재는 시나브로 멀어져갔다. 빈자리에는 예니가 확고하게 들어섰다. 지적으로 나보다 뛰어났던 예니와 편지를 주고받으며 급속도로 몰입해갔다.

이따금 청순한 데무트가 오련하게 떠오를 때면 술을 마셨다. 잊어야 한다고 다짐했다. 데무트는 예니의 하녀가 아니던가. 예니에게 편지를 보내 사랑을 다짐하며 그의 하녀에 연정을 느끼는 자신의 인간성에, 그리고 사람의 사랑이 지니는 무서운 심연에, 몸서리치기도 했다.

그러나 학위논문을 받고 신문기자가 된 뒤에도 데무트의 존재는 내 의식의 바닥에서 꿈틀거리고 있었다. 〈라인신문〉에 트리어 둘레의 농촌과 농민 참상을 기사화한 가장 근본적인 동인은 가난에 짓눌린 농부의 딸 데무트였다. 프로이센 관료들로부터 착취당하는 처참한 민중의 삶을 목격하고 기사화해 나가면서 나는 서서히 그리고 화고하게 사회주의자[25]의 문을 열어갔다.

가까스로 잊혀가던, 아니 잠들었던 갈망이 표면으로 떠오른 순간이

---

25 원문에는 'communist'로 되어 있지만 앞서 데무트의 회고록과 마찬가지로 '사회주의'로 번역했다. 마르크스는 자신을 공산주의자로 생각했지만 그 말이 곧 스탈린주의로 상용화되고 있는 오늘의 상황에서는 사회주의라는 번역이 더 적절한 것으로 보인다. 마르크스가 말한 공산주의 첫 단계를 사회주의로 개념화한 사람은 레닌이었다.

찾아왔다. 덮여 있던 '무서운 심연'에서 사랑이 샘물처럼 솟아나왔다. 파리에서 브뤼셀로 망명한 직후였다. 우연이었을까. 예니와 심각하게 다툰 날이었다. 예니는 망명생활의 불편한 환경에 익숙하지 않았다. 게다가 갓 태어난 예니헨이 끝없이 울어대도 어떻게 할 줄을 몰랐다. 살림을 꾸려나가는 데도 여간 힘들어하지 않았다.

어쩔 수 없이 내가 예니헨을 돌보아야 할 때가 잦았다. 그래서였다. 머릿속에서 맴도는 사상의 실마리들을 놓치지 않으려고 온 신경을 곤두세워야 했다. 반면에 예니는 자신이 나를 위해 희생하고 있다고 생각했다. 나도 예니를 위해 희생한다고 여겼기에, 시간의 문제였을 뿐 충돌은 예고되어 있었다.

그 갈등은 우리 두 사람이 서로 사랑이 부족하거나 메말라서 빚어진 게 아니었다. 예니는 귀족의 딸이었고 나 또한 자유로운 삶을 살아왔다. 두 사람 두루 실생활에서는 '백치'나 마찬가지였다. 예니는 요리도 서툴렀다. 시나브로 야위어갔다. 그만큼 삶의 피로감도 겹칠 수밖에 없었다. '생활의 백치'는 시간이 흐르면서 사랑의 빈곤으로 이어졌다. 고귀하고 심지어 전율마저 느끼게 하는 시련도 그것이 한낱 관념의 세계에 머무는 것이라면 현실의 바닥에서 밀려오는 사소한 시련보다 이겨내기가 훨씬 쉬운 법이다.

파리의 신혼생활 단꿈이 걷힐 때, 망명생활의 어수선함이 중첩되었다. 서로 '희생'하고 있다는 '오해'가 안에서 들끓다가 이윽고 불거져 나왔다. 마주하기 싫지만 거역할 수 없는 운명이 서서히 엄습해오고 있다는 사위스런 예감에 난 사로잡혀 있었다. 그날 예니헨은 유난히 잠들지 않고 보챘다. 예니는 안절부절 둥개다가 서재에서 집필 중이던 내게 들이닥쳤다. 집도 없고 고정수입도 없는 상태에서 이대로는 앞으로 살아가기 어렵다며 불평을 쏟아냈다. 감정을 더 주체할 수 없어 기어이 역정을 냈다.

"예니! 도대체 내가 더 이상 뭘 어쩌란 말이오?"

소리가 너무 높았을까. 예니의 눈이 휘둥그레졌다. 싸늘한 공기가 우리 두 사람을 말없이 조롱하며 흘러갔다. 예니의 두 눈에 물기가 어리더니 기어코 굵은 눈물이 주르르 흘러내렸다. 아랫입술을 지그시 깨물던 예니는 획 돌아서서 서재 문을 꽝 닫고 나갔다.

소란에 놀래서일까. 예니헨이 더욱 목청을 높여 울었다. 한번 터져 나온 절망감은 기다렸다는 듯이 부풀어올라 내 삶을 송두리째 집어삼킬 기세로 몰아쳤다. 예니에게 화를 냈다는 사실을 인정하기 어려워 분노가 더욱 치솟았다. 스스로 걷잡을 수 없이 무너지면서 앞으로 닥쳐올 수많은 시간들 앞에 아득한 절망을 느꼈다. 울어대던 예니헨은 가엾게도 제풀에 지쳐 잠들었다. 일상의 삶이라는 굴레에 꽁꽁 묶인 포로가 되었다는 한탄과 이 상황을 벗어날 문이 보이지 않아 절망감에 사로잡히던 바로 그 순간이었다.

똑 똑 똑.

누군가 닫힌 문을 두들겼다.

예니도, 나도 서로 미루며 문을 열지 않았다. 시간이 오래 흘렀다. 그럼에도 두드리는 소리는 조금도 커지지 않았다. 소리가 더 들리지 않아 이제 갔으려니 싶을 때 다시 침착하게 두들기는 소리가 들려왔다. 계속되는 문소리가 화를 돋우기는커녕 오히려 격정을 차분하게 가라앉혀 주었다. 예니의 '자존심'을 미루어 짐작할 수 있기에 서재를 나왔다. 누구일까 생각하며 천천히 걸어가 무심코 문을 열었다.

짙은 금발에 수줍음이 얼굴 가득 감도는 한 처녀가 환하게 웃고 있었다. 나를 잘 안다는 듯이 살짝 고개를 숙였다. 발그스레한 뺨과 붉은 입술 그리고 무엇보다 푸른 눈이 더없이 맑았다. 파리에서 보아온 귀족 여성들과는 뿌리부터 다른 풋풋한 향기가 물씬 풍겼다.

어디선가 본 듯한 얼굴, 그러나 누구일까. 내 눈을 말똥말똥 바라보다가 자신을 몰라보는 표정을 읽은 듯 갑작스레 처녀의 눈빛이 슬픔으로 반짝였다. 그 순간 퍼뜩 데무트임을 알아챘다.

"헬레네…… 데무트……?"

울먹이던 얼굴이 단숨에 밝아지며 고개를 크게 끄덕였다.

"예! 맞아요. 안녕하셨어요!"

"어서 오세요"

진심으로 반가웠다.

1년 반 사이에 데무트는 성숙한 여성으로 달라져 있었다. 가녀린 소녀의 티를 완전히 벗어나 육감적이면서도 눈매는 더없이 부드러웠다. 그랬다. 마치 천사처럼 그렇게 데무트는 왔다. 누군가 나를 비난하더라도 좋다. 데무트는 당시 내게 축복이었다. 예니와 나의 낭만적 사랑이 현실이라는 거센 파도에 부닥쳐 난파되기 직전의 절망감에 빠져 있을 때였다. 구원의 천사로 나타났다. 내 삶의 새로운 문이 열리는 순간이었다. 천사 데무트는 그저 한순간 방문한 게 아니었다. 평생을 우리 곁에 머물기 위해 내려왔다!

데무트는 예니에게 폰 베스트팔렌 남작부인의 편지를 전해주었다. 친정 어머니의 편지를 뜯은 예니는 기쁨에 겨워 빠르게 읽어 내려갔다. 정확하지는 않지만 기억나는 대로 옮겨본다.

사랑하는 예니. 너에게 가장 좋은 선물을 보낸다. 앞으로 헬레네가 너의 집에 살며 가사를 돌볼 것이다. 헬레네는 아주 부지런해서 삶에 지친 네가 하찮은 일에 젊음을 낭비하지 않도록 도와줄 게다.

예니가 그 글을 읽을 때 얼마나 민망스러웠던가. 생명력이 넘쳐흐르던 데무트의 표정도 조금은 끄느름하게 변했다. 예니는 민감한 상황임을 전혀 모르는 듯했다. "아주 부지런해서 삶에 지친 네가 하찮은 일에 젊음을 낭비하지 않도록 도와줄" 것이란 말 속에는 귀족이 하녀를 바라보는 마음성이 그대로 드러나 있었다. 무엇보다 나를 당혹스럽게 한 대목은 '선물'이란 말이었다.

아니다. 역설이지만 기실 그 말은 가장 정확했다. 참으로 너의 어머니 데무트는 예니 못지않게 내 삶에 '가장 좋은 선물'이었다. 남작부인이 보낸 게 아니라 운명이 내게 보낸 축복의 선물이었다.

데무트를 일러 예니는 '우리 집의 수호신'이고 '가정의 신'이라 불렀다. 덧붙이자면 데무트의 손은 겸손의 손이자 마법의 손이었다. 식사 준비와 아기를 돌보는 일 그리고 바느질은 물론이고 돈이 떨어진 위기상황에서도 기적처럼 살림을 꾸려나갔다. 과연 그것을 귀족 가문에서 자란 예니가 할 수 있었을까.

뿐만 아니다. 데무트는 내가 과로를 할라치면 어김없이 그만 서재에서 나오라고 지시했다. 처음에는 당돌해 보였지만 엄숙한, 그러면서도 서그러움이 듬뿍 담긴, 푸른 눈의 '신성한 명령'을 거역할 수 없었다. 그래서였다. 엥겔스에게 처음 데무트를 소개하며 진심으로 말했다.

"우리 집의 독재자라네."

참으로 너의 어머니가 없었다면 과연 오늘의 나 칼 마르크스가 있었을까. 회의적이다. 삶이라는 냉엄한 파도 앞에 예니와 나는 기실 어린아이였다. 일상생활이라는 저 거대한 검은 파도가 송두리째 우리를 삼켰을 게다.

데무트는 이름 그대로 겸손과 헌신이라는 인류의 미덕을 내게 깨우쳐 준 여성이었다. 나의 어머니에게도 그런 사랑을 받지 못했다. 어쩌면 예니의 사랑도 나의 천재성에서 비롯된 게 아니었을까. 더러 자문할 때가 있었다. 모든 것이 불완전한 인간 칼 마르크스를 있는 그대로 사랑한 것은 애오라지 데무트라는 생각이 들 만큼 그의 존재는 내 삶의 깊은 곳으로 스며들어왔다. 그랬다. 데무트가 온 뒤 집안에 영이 돌았다.

게다가 데무트는 무엇이든 배우려는 호기심이 왕성했다. 자질구레한 살림살이에 온갖 머즌일을 도맡아해 피로할 터임에도 밤이 되면 어김없이 예니나 내가 권한 책을 펴들었다. 쉬운 책부터 읽어야 할 것 같아 처음에는 소설이나 희곡을 권했다. 데무트의 지성은 놀라운 속도로 성숙해갔다. 메마른 휴지가 물을 빨아들이듯이 읽는 모든 것, 듣는 모든 것을 소화해냈다. 『햄릿』『로미오와 줄리엣』『돈키호테』『신곡』을 되풀이 읽는 모습은 사랑스러웠다.

계절이 쌓이고 해가 바뀌면서 내가 쓴 논문들까지 읽겠다고 나섰다. 모르는 게 있으면 물어보라고 말했을 때도 으레 지나가는 말이었다. 하지만 아니었다. 데무트는 내가 빈둥대고 있을 때면 어김없이 질문을 들이댔다. 질문의 수준도 날이 갈수록 날카롭게 벼려졌다. 학교 교육을 받지 못했음에도 그랬다. 데무트를 보며 민중의 위대성을 확신한 이유이다. 그리고…… 데무트가 아름답게 마음속에 자리한 까닭이다.

어느새 어슴새벽이다. 편지쓰기를 여기서 일단 매듭지어야겠다. 이제 잠자리에 들어야 할 때라는 '할멈' 데무트의 엄숙한 목소리가 저 멀리 유럽 대륙과 바다를 건너 런던에서 들려오는 듯하다. '독재자의 감시'를 피해 마저 이야기를 들려주마.

데무트와 더불어 한지붕 아래 좁은 공간에서 살면서 마음가짐을 엄격히 하리라 다짐했다. 고백하거니와 나 또한 마음 한곳 어디선가는 데무트를 아내의 하녀일 따름이라고 나지리 여겼는지도 혹 모르겠다. 나로 하여금 데무트의 존재를 새로 발견케 한 사람은 벗 엥겔스였다.

엥겔스와 우정을 나누게 된 뒤 곧 그의 연인이 아일랜드 출신의 젊은 여성 노동자임을 알게 되었다. 엥겔스는 맨체스터의 빈민굴을 조사하다가 그곳에서 우연히 메어리를 만났다. 자본가의 아들로 호사스레 자란 그는, 어릴 적부터 갖은 모욕을 당해온 메어리를 선뜻 아내로 맞았다. 메어리는 데무트와 동갑이었다. 비슷한 조건의 민중의 딸을 나는 '가정부'—말로는 '친구'라고 했지만—로 삼았고, 엥겔스는 아내로 맞은 셈이다.

그렇다고 해서 내가 데무트와 나눈 '운명적 사랑'을 마치 함정을 파놓고 기다렸던 것은 정말이지 결코 아니었다. 아니, 오히려 내 나름대로 피하려고 노력도 했다. 가령 데무트에게 걷잡을 수 없이 끌려가는 나 자신을 저어할 자신이 도저히 없어 예니에게 상의했다. 데무트를 다시 친정으로 돌려보낼 것을.

우리 형편에 임금을 줄 수 없다는 걸 명분으로 내세웠다. 예니는 데무트가 없을 때 자신이 가사일을 전담해야 한다는 부담이 컸지만, 우리가 임금을 지불할 형편이 못되는 상황에서 붙잡아두는 것은 '지능적 착취'라는 내 지적에 수긍했다.

정작 문제는 데무트였다. 그날 데무트의 슬픈 얼굴을 잊지 못한다. 데무트는 임금을 줄 수 없으니 프로이센으로 돌아가라는 예니의 말을 듣고 오열했다. 오열보다 더 가슴을 파고든 것은 울부짖음이었다.

"그렇다면 두 분을 사랑하는 제 마음 따위는 너무나 하찮다는 뜻인가요?"

이어 데무트는 단호히 쏘아붙였다.

"아하, 그런 거였군요. 제 사랑은 그저 한낱 돈으로 해결할 수 있다는 거지요? 아, 이건 정말이지 저를 모욕하는 거여요."

울음을 터뜨리며 절규했다.

"가지 않겠어요. 여기가 제 집이어요. 두 분은 제가 없으면 어린아이와 같아 온전히 살아갈 수도 없어요. 아씨는 물론 칼 박사님도 돌볼 사람이 없어 건강을 해칠 게 불을 보듯 뻔해요."

자, 어떻게 데무트를 돌려보낼 수 있었을까. 불가능했다. 어쩌면 난 자기 합리화를 위해, 훗날 내가 저지른 일에 '알리바이'를 만들려고, 그런 '모험'을 벌였는지도 모르겠다. 아무튼 데무트가 한없이 고마웠다. 기실 데무트의 말은 예니와 나의 밑바닥을 꿰뚫고 있었다. 데무트가 조리차하지 못했다면 예니는 물론이거니와 나 또한 엄혹한 일상생활의 굴레에서 도저히 헤어날 수 없었으리라.

결국 내가 마음을 다잡는 방법밖에 없다고 생각했다. 그렇게 결의를 다지면서도 혹 데무트가 나를 사랑하고 있는 게 아닐까 생각이 들자 가슴속 어디선가 쓰라린 설렘이 번져갔다.

런던으로 망명한 초기에 부끄럽게도 나는 깊은 좌절에 빠졌었다. 공산주의라는 유령이 말 그대로 유령처럼 사라지고 반동의 물결이 거세게 밀려왔다.

실의에 빠져 있던 시절 예니는 도와줘야 할 섻에 오히려 상처를 주었다. 지금 돌이켜보면 언죽번죽한 발상이었지만 난 예니의 따뜻한 격려를 기대했었다. 그런데 예니는 예니대로 생활의 궁핍에 시드러워하고 있었다. 투명하지 못한 미래 때문에 불안감에 사로잡혔다. 아마도 어머니로서 본능적인 둥지의식일 거라고 애써 생각했다. 그럼에도 고백하거니와 예니의 언행은 내게 상처를 주었다. 젊은 시절 한때 나를 지배했던 자살의 충동마저 불쑥불쑥 일어나기도 했다. 절대적 사랑이란, 또는 영원한 사랑이란 사람에겐 환상이자 사치임을 아프게 확인했다.

데무트는 달랐다. 말하기 좋은 사람들은 그것을 하녀와 주인 남자 사이의 주종관계 탓으로 풀이할지도 모르겠다. 아닌게아니라 그 때문이 아닐까 자문해보지 않았던 것은 아니다. 하지만 분명 아니었다. 데무트는 세련되진 않았지만 무엇보다 넉넉했다. 어머니로부터도 느끼지 못했던 모성마저 전해왔다. 실제로 아이들에게 데무트는 예니 버금가는 어머니 구실을 했다. 그것이 풋풋한 민중성이 아닐까 싶다.

선드러진 예니는 내가 힘겹게 성취해나가는 것을 아주 당연하게 여기는 듯했다. 반면에 부드레한 데무트는 내 글자 하나하나까지 촘촘히 들여다보며 읽어갔다. 몰입해 읽느라 얼굴이 붉게 물드는 표정은 탈고를 끝낸 뒤 허탈감에 잠긴 내게 새로운 생명력을 불러일으켰다.

때때로 예니와 대화에선 부담이나 피로감을 느꼈다. 하지만 데무트와 말할 때는 더없이 자연스러웠다. 글자를 빨아들일 듯이 읽어가는 데무트의 눈빛을 보면 다시 글을 써가고 싶었다. 어찌 데무트만일까. 숱한 데무트, 그리고 아직 오지 않은 싱그러운 영혼들이, 젊은 남성 노동자들과 여성 노동자들이, 이미 사멸한 내 영혼과 교감을 나누는 상상은 그것만으로도 심장을 뛰게 했다.

1850년 초가을이었다. 예니는 친척에게 돈을 빌리러 네덜란드로 떠났다. 끝없는 궁핍에 이어 공산주의자 동맹 내부의 분열로 나는 절망에 잠겼다. 습관처럼 밤늦게 서재에서 혼자 술을 마시기 일쑤였다. 가난에 허덕이던 예니가 여느 때보다 더 나를 원망하고 떠났기에 더욱 그랬다. 오죽 했으면 예니가 그랬을까 싶었다. 그 우울은 데무트의 정성으로 가셔지고 있었다. 술을 마실 때면 어김없이 데무트가 들어왔다. 데무트는 내게 술잔을 빼앗고 차를 마시라며 준비해온 향긋한 차를 술잔 자리에 놓았다.

그랬다. 마음을 가라앉힌 뒤 거듭 연구에 파고들 수 있었던 것은 온전히 데무트 덕이었다. 대영박물관 도서실로 가 돈이 지배하는 사회현실을 본격적으로 들여다보기 시작한 것도 그때였다. 집으로 돌아와서도 밤늦도록 연구에 몰두했다. 데무트는 나를 삶의 어두운 수렁에서 구원해주었다.

하인리히. 우연이었는지도 모르지만 필연이 아니었을까 싶다. 너의 어머니와 아름다운 가을밤을 더불어 보냈다. 자연스러운 열정이었다. 그 싱그러운 추억은 그러나 '어린 천사'가 갑작스레 숨을 거두면서 파탄이 났다. 난, 그리고 데무트도 깊디깊은 죄의식에 사로잡혔다. 우리의 사랑과 하인리히의 죽음 사이에 인과관계가 있었던 건 분명 아니었다.

그럼에도 바닥 모를 죄책감을 느끼지 않을 수 없었다. 하인리히가 죽은 그 시점에 또 다른 아들, 바로 네가 잉태되었다는 사실이 나를 되우 괴롭게 했다. 내가 너를 자연스레 대하기 힘든 가장 큰 이유였다. 게다가 데무트는 너에게 '하인리히'라는 이름을 붙였다. 나를 위로하려는 뜻이었겠지만, 내겐 더더욱 고통스러웠다.

나의 아들. 하인리히 데무트

나라는 인간은 일상에서도 저 미네르바의 부엉이가 아닐까 싶다. 후회, 아니 참회하고 있다. 전혀 인과관계가 없는 두 사건을 죄의식으로 풀이한 것은 너의 존재를 부인하고 싶은 얄팍한 마음에서 비롯된 것인지도 모른다.

다시 고백하거니와 나는 그해 아름다운 가을에 너의 어머니 데무트를 오래 전부터 사랑해왔다는 사실을 확인했다. 그때 내 나이 서른두 살. 바로 지금 네 무렵이었다. 1850년 초가을. 우리는 신혼부부처럼 살았다. 분명히 말하마. 네가 이미 오래 전부터 애틋한 사랑을 느끼던 두 사람 사이에서 태어났다는 진실만은 잊지 말기 바란다.

어린 하인리히의 죽음, 그리고 곧 이은 예니의 귀환은 나와 데무트의 사랑이 놓여 있는 현실을 우리 두 사람에게 잔인하게 깨우쳐주었다. 네가 꼭 이해해주길 바라는 건 아니지만, 예니와 이혼은 불가능했다. 그것은 모든 걸 희생한 예니에게 씻을 수 없는 배신이었다.

데무트는 모든 걸 꿰뚫고 있었다. 짧았던 초가을의 사랑 그 이상을 요구하지 않았다. 민중이 지녀온 침묵의 인내심을 데무트는 온몸으로 체득하고 있었다. 진정 죄의식을 느껴야 할 사람은 바로 나이고 그 대상은 데무트와 너임을 지금 이 순간 뼈 시리게 깨닫고 있다.

아들아.

예까지 써내려간 뒤 청동 바다를 바라보고 있다. 알제리의 대자연이 눈부시게 빛난다. 선명한 색과 선이 강렬한 아름다움을 자아낸다.

솔직히 말하마. 혹 네가 이 글을 읽으면서 불쾌감을 느끼지 않을까 걱정스럽다. 이 또한 내가 지금껏 글을 써오면서 의식하지 못했던 감정이다. 왜 지금 새퉁스레 변명을 늘어놓느냐는 너의 항변이 들리는 듯하다. 그렇게 나를 원망하더라도 고스란히 받겠다.

숱하게 책을 썼으면서도 정작 지상에 남은 단 하나의 아들에게 단 한 줄의 글도 써주지 못했다는 사실이 사리사리 쓰라림으로 맺혔다. 아니, 글은 물론이고 단 한 번 네 몸을 안아주지 못했다. 알제리로 떠나기 전 먼발치에서 너를 보았을 때 젊은 날의 내 모습을 보는 듯 뭉클했다. 하지만 내가 너에게 무엇을 말할 수 있었을까. 아버지임을 스스로 부인하지 않았던가.

사랑스런 아들아.

너에게 아랍우화를 들려주고 싶다.

비바람이 불어오는 어느 날이었단다. 강변의 작은 배에 앉아 있는 뱃사공에게 강을 건너려는 손님이 찾아왔다. 세상의 고뇌를 저 혼자 다 걸머진 철학자였다. 배가 떠나자 철학자가 사공에게 물었다.

"뱃사공, 인류의 역사를 좀 아시오?"

"저는 그런 것 모릅니다."

"당신은 그럼 반평생을 헛되이 보낸 셈이군. 혹 수학은 공부했소?"

"아니요."

"허, 그럼 당신은 남은 반평생마저 낭비한 셈이군."

철학자가 거드름을 피우며 뱃사공을 조소할 때였다. 폭풍이 몰아쳤다. 순식간에 배가 뒤집혔다. 뱃사공과 철학자가 물에 빠졌다. 뱃사공이 소리쳤다.

"헤엄칠 줄 아세요?"

철학자는 허우적거리며 다급하게 부르댔다.

"몰라! 몰라요!"

뱃사공이 그렇게 말했다고 하더구나.

"그럼 평생을 헛사셨군요!"

이 우화를 운명처럼 되새기고 있다. 우화에서 철학자의 이름은 전해져 오지 않는다. 하지만 난 이름을 짐작하고 있다. 너도 짐작했겠지? 혹 칼 하인리히 마르크스가 아니었을까.

알제리의 쪽빛 바다가 쉼없이 하얀 손길을 보내고 있다. 기나긴 여정이었다. 트리어에서 샘솟아 베를린과 파리 그리고 런던으로 굽이굽이 흘러온 강은 이제 바다와 마주하고 있다.

존재의 법칙은 더 말할 나위 없이 투쟁이다. 하나 덧붙이자면 사랑이 아닐까. 이제 모든 투쟁과 사랑을 결산하며 세상을 떠날 채비를 하고 있다. 우연한 선택이었지만 알제리의 바다는 내게 귀한 만남이다. 내 삶이 마침내 바다에 이르렀음을 깨닫게 해준다. 더구나 알제리는 유럽의 식민지, 유럽의 노예가 된 나라다. 발 딛고 있는 생생한 현실로 식민지를 바라보았다. 비참한 삶의 풍경화를 들춰보던 어느 순간, 한 깨달음이 벼락처럼 내 삶을 산산조각 냈다.

내 삶의 식민지가 문득 떠올랐다. 그 각성은 처절한 아픔이었다. 노예가 된 식민지의 푯말에는 이렇게 쓰여 있다.

'헬레네 데무트'

30여 년 전 데무트와 사랑을 나눈 뒤 지금까지의 시간들이 하염없이 아픔으로 다가왔다.

그래서다. 아들아.

너의 어머니와 네게 속죄하는 마음으로 머리를 삭발하고 수염을 깎았다. 1882년 4월 28일. 나의 벗 엥겔스에게 편지를 보냈다.

"예언자의 턱수염은 물론이거니와 왕관처럼 영예롭게 뒤덮였던 머리칼을 모두 없애버렸네."

익살을 섞었지만 실제로는 자신에 대한 조롱이자 가차없는 선전포고였다. 나 자신과 마지막 투쟁을 벌일 때임을 절감했다. 이곳에 와서도 나와 데무트 사이를 잘 알고 있는 엥겔스에게는 예니에 대한 그리움만 편지로 써보낼 만큼 난 지독히 두꺼운 껍질에 싸여 있었다.

나를 감싸온 누더기 외투를 벗어버리고 정직하게 마주하고 싶었다. 삶에 마침표를 찍을 순간이 시나브로 다가오고 있어서다. 인도에서 2천여 년 전에 살았던 붓다가 가르쳐준 '마음을 비우는 지혜'가 마침표 앞에서 적잖은 도움을 주고 있다. 종교는 민중의 아편이지만 붓다가 가르친 비움의 슬기는 주체적으로 마음의 평온을 얻게 한다.

딱히 예정해둔 것은 아니었다. 다만 불교의 승려들이 삭발하는 뜻을 알았을 때 언젠가 한번은 그렇게 하고 싶었다. 마음을 비운다는 뜻을 깨달으면서 너와 네 어머니 앞에서 아집으로 살아온 내 삶에 한층 부끄러움을 절감했다.

해탈의 새로운 세계를 인류에게 열어젖혀준 붓다의 생애도 깊이 있는 울림을 주었다. 삶의 진실을 깨우치려는 일념으로 붓다는 사랑하는 아내와 아들을 버렸다. 그럼에도 붓다는 훗날 이들을 자신이 찾은 길로 이끌었다. 참담하지만 나는 그렇게 하지 못했다. 너의 존재를 좀더 일찍 시인하고 품었어야 했다. 거듭 사과한다. 언젠가 네가 마주할 이 글을 너에 대한 아비의 참회록으로 읽어주기 바란다. 너에게 내가 찾은 길을 걸어달라고 부탁하기엔 아무래도 늦은 듯하다. 너 자신의 판단에 맡기마.

네게 변명처럼 들릴지도 모르지만, 그리고 후일담 같은 고백이 어떤 위로가 될지 모르겠지만 그래도 삶에 꺾자를 치기 전 고백하고 싶다. 내 필생의 역작『자본』은 네가 아니라면 햇살 앞에 드러나지 못했을 게다.

아들아.

너와 네 어머니를 버린 죄책감 속에서 비로소 프롤레타리아트의 형상을 사랑으로 빚어낼 수 있었다. 내가 프롤레타리아트에 처음으로 역사적 뜻을 부여한 것은 스물여섯 살 때[26]였다. 프롤레타리아트를 내 철학의 물질적 무기로 상정했다. 추상적 개념으로 제안한 프롤레타리아트는 그 시절 창백한 유령에 지나지 않았다.

데무트와 너를 만나면서 프롤레타리아트는 내 삶에 애틋한 실존으로 다가왔다. 마침내 그 창백한 유령에 뼈와 살을 얹히고 피를 돌게 할 수 있었다.

너도 이미 알고 있겠지만 프롤레타리아트는 라틴어 프롤레타리^{proletari}에서 비롯된 개념이다. '프롤레타리'는 저 로마시대의 최하층계급이었다. 가진 게 아무것도 없고 그저 자손^{proles}을 낳음으로써 국가에 봉사하는 사람을 일렀다. '프롤레타리'라는 말을 발견했을 때 섬광이 번쩍이는 기쁨에 사로잡혔다. 자본주의 사회의 무산계급인 노동자계급을 형상화하는 데 썩 잘 어울리는 개념으로 다가왔다.

너는 이제 왜 내가 프롤레타리아트 개념을 운명처럼 받아들이는지 이해할 수 있을 터이다. 그랬다. 섬광의 기쁨으로 발견한 그 개념을 그로부터 7년이 흐른 어느 날 몸서리치는 슬픔으로 재발견했다. '프롤레타리'는 말이 그대로 데무트와 '프롤레스'인 네게 적중하고 있다는 사실을 문득 깨달았다. 그 순간 이후 너의 실존은 적어도 내 뇌리에서 단 한 번도 지워지지 않았다.

---

26 1844년『헤겔 법철학 비판서설』

그 죄책감, 그 책임감을 채찍으로 숱한 밤을 밝히며 『자본』을 써나 갔다. 『자본』 뒤에는 너의 어머니 데무트의 싱그러운 사랑을 도외시한 죄의식 그리고 나의 유일한 아들인 너를 모르쇠한 죄책감이 피투성이 시신들로 깔려 있다.

그랬다. 너에 대한 그리움이 사무치면서 비로소 나는 미래의 계급 으로 조각한 프롤레타리아트에 숨결을 불어넣을 수 있었다. 해방의 심 장으로서 프롤레타리아트가 내 삶에서 마침내 숨쉬기 시작했다. 진실 로 고백하거니와 만일 그때 프롤레타리아트의 재발견이 없었다면 아 마도 나는 자살로 일찌감치 삶을 마감[27]했을 터이다.

프롤레타리아트 그 개념은 온새미로 나의 아들이 되었다. 네가 보 고 싶을 때마다, 네가 눈에 밟힐 때마다, 프롤레타리아트를 그리고 앞 으로 올 프롤레타리아트의 수많은 아들과 딸들을 생각했다. 그것이야 말로 내 삶의 원동력이었다.

미래의 인류이자 나의 아들인 프롤레타리아트가 살아갈 세상은 모 든 것을 이해관계의 타산이라는 차디찬 물 속으로 던져버리는 자본주 의를 넘어선 사회이어야 했다. 네가 눈앞에 어른거릴 때마다 자본주의 를 변혁해나갈 주체로서 프롤레타리아트에게 구체적 현실이라는 옷 을 입혀갔다.

1862년 마흔네 살 때 닥친 위기를 벗어날 수 있었던 힘의 원천도 데 무트와 너였다. 예니가 내 전 재산인 장서들을 팔지고 했을 때 쇠뭉치 로 뒤통수를 맞은 충격에 사로잡혔다. 결국 철도사무소에 취업을 하겠 다고 결심했다. 돈을 벌지 않고서는 더 이상 가족을 지킬 수 없다는 참담함을 느꼈다. 정장을 하고 철도사무소로 가던 날, 배웅하러 문밖 에 나온 데무트의 얼굴과 마주쳤다. 데무트의 젖은 눈빛은 '겨우 이런

27 마르크스는 당시 엥겔스에게 보낸 편지에서 "자식들만 없었다면 나는 자살했을 것"이라고 토로 한 바 있다.

일로 당신의 큰 뜻을 접을 거냐고, 그렇다면 당신이 버린 프레디는, 그리고 나는 뭐란 말이냐고 원망스레 말하는 듯했다. 사무소에 도착할 때까지 데무트의 눈빛과 예니의 얼굴이 교차되었다. 이윽고 지배인이 내게 서류를 작성해보라고 권했을 때 잠시 생각을 모았다. 더 이상 판단을 유보할 수는 없었다. 펜을 들었다. 이어 한 점 망설임없이 그렇지 않아도 남들이 알아보기 어려운 필체를 마음껏 휘갈겼다.

예상대로 지배인은 난색을 표명했다. 집으로 돌아오는 발걸음은 무거웠다. 하지만 다행히 예니도 내가 악필 탓에 취업이 되지 못한 사실을 반겨주었다. 진실을 감춰 미안했지만 결과적으로 예니와 나 사이에 놓인 갈등도 해소할 수 있었다.

무엇보다 지금 내 노년의 기쁨은 나의 아들이 튼실하고 들찬 노동자, 곧 프롤레타리아트로 성장했다는 사실이다. 너의 건강한 모습을 가까이서 확인한 순간이 떠오른다. 1872년 6월 23일. 네가 성년을 맞은 날이었다.

고백하거니와 나는 오래 전부터 그날을 어떻게 맞을까 고심했다. 지금 이런 말을 늘어놓아 무슨 소용이 있을지 모르지만 네가 집으로 데무트를 찾아올 때 창문에서 가끔 너를 지켜보았단다. 너를 기다리느라 창 밖에서 하염없이 서성이던 때도 있었다. 네가 열다섯 살이 되었을 때 데무트의 기지로 처음 얼굴을 마주할 수 있었다. 아비도 없이 듬쑥하게 큰 네가 더없이 고마웠다. 그때 네게 들려준 말은 미처 준비하지 못한 가운데 불쑥 나온 말이었다. 하지만 지금도 네게 그 이상의 말을 들려줄 자신이 없다.

"훌륭한 프롤레타리아트가 되거라."

그런 만남이 있었기에 성년의 생일을 맞아 무언가 데무트의 조처가 있으리라고 예감했다. 나 또한 너를 가까이서 보고 싶은 마음이 강했다. 열다섯에 너를 만난 뒤 네가 곧 공장에 들어갔다는 사실도 이미 알고 있었다. 비록 힘겹겠지만 내 아들이 먹물이 든 나와는 달리 실제 삶으로 온전한 프롤레타리아트의 길을 걷는다는 사실은 아름찬 일이었다.

그런데 그날 해가 기울 때까지도 정작 데무트는 아무런 기별도 없었다. 조마로웠다. 식당 주위를 몇 차례 어슬렁거려 보았지만 별다른 인기척이 없었다. 소극적으로 기다리기만 해야 하는 자신이 싫었다. 그럼에도 내가 먼저 그 말을 꺼내기에는 계면쩍었다. 저녁 무렵 데무트가 서재로 들어올 때까지 얼마나 애를 태웠던가.

데무트는 엥겔스가 날 초대했다는 말을 전해주었다. 혹 데무트가 살림살이에 지쳐 스물한 살 아들의 성년식을 깜박 잊은 것은 아닐까 불안했다. 갈피를 잡지 못해 주춤거리자 데무트는 엥겔스가 저녁식사 자리에 꼭 모셔오라 했다고 거듭 독촉했다. 모시고 오라? 그렇다면 데무트도? 그제야 엥겔스의 집에서 성년축하 자리가 있으리라고 직감했다.

과연 그랬다. 하인리히. 네가 그곳에 있었다!

인생의 뜻깊은 전환점에서 네게 결코 삶이 외롭지 않다는 것을, 너는 절대 혼자가 아니라는 사실을 눈빛으로라도 알려주고 싶었다. 네가 다소 열쩍어 보였지만 내 눈길을 당당히 받는 너의 눈빛에서 오랜만에 행복감을 느꼈다.

그리고 그때로부터 옹근 10년의 세월이 더 흘렀다. 10년 동안 거의 하루도 빠짐없이 훌륭한 프롤레타리아트로 성숙해가는 네 모습을 떠올리며 글을 써왔다. 너를 생각하며 고통으로 빚어간 사색이 펜을 타고 종이로 옮겨질 때, 아들을 버린 아비의 쓰라린 가슴이 빚어낸 슬픔은 고여 그 펜의 잉크가 되었다.

어느덧 내 나이 곧 예순네 살. 알제리 숙소로 예니헨28이 편지를 보내왔다. 생일을 객지에서 맞을 게 아니라 집으로 와 함께 지내자는 간절한 부탁을 담았다. 어머니가 돌아가신 뒤 이제 그건 자신의 몫이라고 밝힌 대목에선 눈을 슴벅거렸단다.

기실 이곳 바닷가에서 내가 할 일은 어느 정도 마무리되었다. 너에게 더 주절주절 이야기를 늘어놓는 것은 낯부끄러운 짓이기 십상일 게다. 수많은 세월 동안 네가 감당해야 했던 서러움을 그럴싸한 변명으로 위로하겠다는 망상을 스스로 용서하기도 어렵다. 나 또한 하루가 다르게 몸이 이울고 있다. 어쩌면 이 지상에서 마지막 생일일지도 모를 그날을 예니헨과 더불어 맞고 싶다. 예니를 가장 닮은 딸. 심지어 남편으로부터 고통을 당하는 수모까지⋯⋯.

런던.

겨울의 도시. 자본주의의 세계 중심에 나 다시 서 있다. 새해를 맞았지만 삶은 어김없이 차디찰 뿐이다. 병든 몸으로 굳이 생일상을 차려준 예니헨마저 거짓말처럼 이 지상을 떠났다. 투시를 통해 처음 그 비보를 들었을 때 아직 세상에 머물고 있는 나 자신이 증오스러웠다. 몸도 마음도 더 이상 버텨가기 벅찰 만큼 사그랑이가 되었다.

서둘러 다시 네게 펜을 든 까닭이다. 알제리를 떠나 파리로 가는 길에 모나코의 몬테카를로에서 묵게 되었다. 그곳은 이삼년 전부터 급격하게 도박산업이 늘고 있다. 화려하게 만들어진 카지노 도박장은 참으로 안타깝게도 젊은이들로 붐볐다. 도박장 뒤로 우거진 소나무 숲 길 끝은 절벽이다. 도박에서 모든 것을 잃은 청년들이 몸을 던져 '자살자의 낭떠러지'라는 이름을 얻고 있었다. 실제로 그곳을 산책할 때 삶을 던지는 젊은이를 목격했다.

자신의 내면에 있는 가능성을 열어젖히지도 못한 채 오락으로 삶을

---

28 마르크스의 큰딸로 당시 프랑스 사회주의자 롱게와 결혼해 파리 근교의 아르장퇴유에 살고 있었다.

탕진하고 죽음을 맞는 젊은이들을 보며 이윤추구를 위해 도박을 부추기는 자본가들과 자본의 파괴력에 새삼 몸서리를 쳤다.

아니, 어찌 비단 카지노에 그치겠는가. 자본주의 체제는 앞으로도 한탕주의를 부추기는 도박만이 아니라 젊은이들의 의식을 사로잡을 다양한 상품[29]을 생산해낼 게다.

눈 맑은 젊은이라면 자연스레 자본주의의 착취적 본질을 꿰뚫어볼 것이기에, 자본가들로서는 순결한 영혼들을 은밀히 마비시킬 음모를 꾸밀 게 분명하다. 더구나 그 음모마저 상품으로 만들어 이윤을 얻어낼 터이다. 도박에 삶을 걸고 이윽고 목숨을 던지는 비극 아닌 희극은 앞으로 자본주의 사회에서 수많은 젊은이들의 표상이 되지 않을까 싶다.

그래서다. 젊은 너에게, 젊은 노동자인 너에게, 블랑키[30]의 전설을 들려주고 싶다. 파리의 민중과 더불어 1848년과 1871년의 역사적 현장에서 투쟁을 일궈간 블랑키는 결국 36년 동안 감옥생활을 했다. 불굴의 사회주의 투사가 지난해 1월 '순교'하기 전에 남긴 말을 네게, 그리고 어쩌면 삶의 길을 잃고 방황할지도 모를 후세의 모든 젊은이들[31]에게 들려주고 싶다.

"아아, 내가 당신만큼 젊었다면! 당신은 나보다 적어도 서른 살 이상은 젊습니다. 불이 꺼진 당신의 횃불에 다시 불을 붙이고 민중으로 다가가십시오 민중에겐 귀하의 횃불이 필요합니다. 우리는 이대로 늙어버릴 권리가 없습니다. 혁명가는 무덤 속에서도 불덩어리가 되어 걸어나오지 않으면 안 됩니다."

블랑키의 마지막 뜨거운 숨결이 밴 이 말을 네가, 그리고 혁명을 일

---

29 마르크스가 살던 시대에 아직 라디오는 물론이려니와 텔레비전도 없었고 광고산업도 발전하지 않은 점에 비추어보면 탁월한 혜안이다. 섹스·스포츠·스크린의 이른바 3S산업은 20세기에 대중의식을 마비시키면서 어느새 자신을 '세련된 문화'로 내세우기에 이르렀다.

30 프랑스의 혁명적 사회주의자 1805~81.

31 블랑키의 나이가 일흔여섯 살임에 비추어보면 여기서 젊은이는 10대·20대는 물론이고 30대와 40대까지 아우른다.

귀갈 '젊은' 노동자들이 한순간도 잊지 않기를 바란다. 도리없이 나이가 들어 쓸데없는 걱정일지 모르겠거니와 네가 결코 젊음을 탕진하지 말기를, 자본가들이 만들어놓은 올가미에 걸려 인생을 탕진하지 않기를 간곡히 바란다.

하나만 더 당부하마. 혁명의 길을 걸어갈 때 세상 사람의 눈과 입을 지나치게 의식하지 말기 바란다. 시베리아로 추방된 러시아 지성 체르니셰프스키는 젊은 벗들에게 호소했다. "역사의 큰길을 걷는 사람은 진흙투성이가 되는 것을 결코 두려워해서는 안 된다." 그 말에 내가 늘 좋아한 경구를 덧붙이련다. "사람들로 하여금 떠들도록 내버려두라. 네 길을 걸어가라."

모나코를 거쳐 프랑스의 아르장튀유와 스위스 제네바 호반에서 두 딸, 아니 너의 두 누나들과 대화를 나누었다. 운명의 예고일까. 가는 곳마다 비바람과 폭풍이 거세게 몰아쳤다. 불벼락과 뒤이은 천둥소리는 내 삶의 마지막을 예고하는 듯했다. 그래서일까. 너의 어머니 데무트가 한결 그립더구나.

오랜 여행에 지쳐 이윽고 런던 집에 다다랐을 때는 가슴마저 쿵쾅거렸다. 그랬다. 나의 아들에게 거듭 고백한다. 너의 어머니를 마음속 깊이 사랑했다. 예니 못지않게, 아니 예니와는 다른 지평에서 사랑했다. 그 진실 앞에 몹시 당혹감을 느끼던 시절이 있었다. 하지만 그것이 삶임을 조용히 깨달았다. 누군가 희생할 수밖에 없었고 하릴없이 그 몫은 고스란히 데무트에게 돌아갔다.

데무트는 모든 걸 그대로 남겨두었다. 예니의 방안을 생전 그대로 하나도 바꾸지 않고 깨끗하게 보관했다. 침대는 물론 그 밑의 작은 실내화까지. 데무트의 세심한 배려가 고마웠다. 아니, 외려 부담스러웠다. 어느새 데무트가 내 앞에 성자처럼 우뚝 서 있음을 깨달았다.

아들아.

거듭 고백하고 싶다. 나 칼 하인리히 마르크스는 데무트를 사랑했다. 지성인 칼이 아니라 지극히 고집쟁이이고 이기적으로 투정만 부리는 칼. 그 사내를 데무트는 있는 그대로 아껴주었다. 열다섯 소년 때 데무트를 만난 이래 언제나 푸른 눈길을 의식하지 않을 수 없었다. 애틋한 눈빛을 지닌 한 전형적인 민중이 늘 가까이서 나를 지켜보고 있는 것은, 더구나 하늘빛 눈길 가득 담겨 있는 존경심은, 나 자신을 정화해주었다. 데무트로부터 난 '데무트'를 배웠다.

긴 겨울이 지나고 봄 햇살이 제법 따뜻하다. 창 밖의 나무들 우듬지마다 봄바람이 나부낀다. 봄은 뭇 생명에 축복의 계절이다. 새 봄이 밝아오는 지금 이 순간 경건한 마음으로 서재 보관본인 『공산당 선언』 표지를 열어 서명을 하고 있다. 내 기억으로는 『자본』이 햇빛을 보았을 때 너의 어머니를 통해 네게 책이 간 것으로 알고 있다. 네가 지금까지 그 책을 보관하고 있는지 모르지만—아마도 보관하리라고 확신한다— 이제 다시 『공산당 선언』에 서명을 해서 선물하고 싶다. 『공산당 선언』에는 인류의 이상이 녹아들어 있기에. 그리고 이번에야말로 주저없이 아들에게 주는 선물임을 밝히고 싶기에.

노동하며 살아가는
사랑스러운 나의 아들에게
1883년 3월 1일
칼 마르크스.

『공산당 선언』은 온 세계의 노동자들을 위한 책이자 지상에 아직 오지 않은 사람들에게 남긴 나의—더 정확하게는 내가 흡수한 역사상의 모든 지혜를 응결했기에 인류의— 유서이다. 모든 프롤레타리아트를 위한 책인 동시에 한 사람의 진정한 프롤레타리아트를 위한 책이기도 하다. 프롤레타리아트로 성장한 네가 그 책을 나의 유서로 여긴다면 더 바랄 게 없다.

나는 언제나 글을 쓸 때 새로운 것을 배우려는 열의가 있고 주체적으로 살아갈 의지가 있는 성실한 독자들을 염두에 두어왔다.『자본』도『공산당 선언』의 연장선에 놓여 있다.『자본』첫 권을 출간한 뒤 죽는 날까지 최선을 다하겠다는 결기로 15년 넘게 원고를 써왔지만 아직 완결하지 못했다. 아쉽지만 그것을 완성하기에는 내 몸이 한계에 이른 듯하다. 언제부터인가 오히려 미완으로 남겨두는 게『자본』의 성격에 더 걸맞지 않을까 하는 생각도 든다. 아직 펼쳐지지 않은 삶의 현실까지 하나의 체계에 담아내려는 꿈은 욕심임을 깨닫고 있다. 열어두는 슬기는 어디서나 미덕이다.

무릇 모든 위대한 운동은 느리게 이루어지게 마련이다.『자본』은 나 아닌 다른 후대의 누군가가 완성해야 하리라. 혁명이 내 생애에 완수되지 않듯이 '혁명의 이론'『자본』도 끝없이 변화하는 자본주의의 현실을 담아내 마침내 실천으로 완성해나가야 하리라.

평생을 만나온 공산주의 유령에 온전히 피와 살의 사랑을 주지 못한 채 나 이제 스스로 유령이 될 운명을 '겸손'하게 마주하고 있다. 하여 숨 모아 고백하마.

나의 아들, 나의 프롤레타리아트, 나의 별.

너를

사랑한다.

3부 유령

그때였다. 내가 유령의 실존을 확신한 순간은.
유령이 언제나 우리와 대화를 갈망하고 있는 사실을 깨우친 순간은.
유령의 존재를 부인해온 것은,
하여 우리에게 유령을 잊게 한 것은 바로
그 유령에 전율을 느낀 누군가의 치밀한 전략이었다.

1 블라디미르의 원고, 아니 칼 마르크스의 유서 마지막 '유령' 대목을 읽었을 때다. 전율을 느꼈다. 몸 소름이 도톨도톨 돋았다. 창 밖은 어느새 깊은 밤이었다. 왜였을까. 캄캄한 저 어딘가에서 불쑥 유령이 걸어나오는 환상에 사로잡혔다. 원고 해석에 몰두하느라 하루 종일 햄버거와 깡통맥주 하나를 마셨지만 시장기는 그닥 없었다. 서둘러 블라디미르에게 가야 했다. 원고를 돌려줄 시간이었다.

철문이 굳게 잠긴 하이게이트 옆을 지나치면서 상념에 잠겼다. 내가 걷는 이 길을 19세기 어느 나날에 '하녀'로 걸어간 한 여성이 심장을 저미며 다가왔다. 헬레네 데무트의 생생한 '육성'을 읽을 때 그가 마르크스의 종기 고름을 입으로 짜내는 대목에선 하릴없이 원고를 덮었다. 눈을 감았다. 구토를 일으킬 고름을 무람없이 혀로 짜내는 여성이 떠올라서만은 아니었다. 그런 풍경을 실감 있게 그릴 상상력은 오래 전에 메말랐는지도 모른다. '신분'도 다르거니와 자신이 모시는 '아씨'의 남편을 사랑한 한 여인의 애틋한 사랑이 가슴을 시리게 해서도 아니었다. 그랬다. '하녀' 헬레네 데무트가 '성녀'처럼 떠올라서였다.

바로 그 성녀인 하녀, 하녀인 성녀가 사랑한 남성은 인류가 천년에 걸쳐 빚은 사상가였다. 불혹을 훌쩍 넘어 절망의 한복판에 선 중년, 칼 마르크스라는 이름의 사내가 데무트와 더불어 감은 눈의 각막에 홀연히 나타났다.

어느 가을날. 영국 철도사무소에 취직하려고 정장을 차려입은 채 는적는적 집을 나서는 철학박사. 부조리한 시대와의 불화를 근본적으로 해소하려고 혁명을 기획한 거인이 런던의 연보랏빛 안개를 배경으로 유령처럼 아른아른거렸다.

런던의 빈민가에서 빈곤과 질병에 시달리던 두 아들과 딸을 잃고 이윽고 궁핍이 동화처럼 간직해온 사랑조차 갉아먹을 때 그는 인생을 무엇이라고 생각했을까. 늘 튼실한 벗이던 장군의 우정마저 절박한 생활에 쫓긴 자신의 편지로 티격났다. 뿐만인가. 그나마 가족들의 입에 가까스로 풀칠하게 해준 '비정규직' 신문기자 생활도 마감할 수밖에 없었다.

궁핍의 역경과 절망을 이겨가는 데 귀족의 딸 예니와 민중의 딸 데무트 가운데 누가 더 마르크스에게 힘을 주었을지는 자명한 게 아닐까. 데무트의 견실한 사랑은 비단 마르크스만이 아니라 예니에게도 시련을 이겨낸 뿌리가 아니었을까.

그렇다면 무엇이었을까. 데무트에게 사랑은. 더구나 칼 마르크스와 예니 마르크스 사이에서. 유럽 문학의 문법을 빌리자면 '데무트의 비가悲歌'쯤은 진작에 나왔어야 하지 않은가. 과연 가능한가. 성녀가 아니라면. 자신의 몸으로 낳은 아이는 남에게 맡기고 예니의 자녀들에게 헌신하는 사랑이.

평생 모진 가사노동에 찌든 데무트가 엥겔스의 저택에서 밤도와 칼의 기록을 정서해나가는 풍경이 떠올랐다. 자신과 마르크스의 사랑을 잔잔하게 회고하며 기록해가는 60대 여성의 가슴에 고이는 사랑은 무엇이었을까. 맑은 사랑? 영원한 사랑? 깨끗한 사랑? 숭고한 사랑? 민중의 사랑이라 할 수 있을까. 데무트가 고백장에서 이야기했듯이 '나도 잘살고 남도 잘사는 세상을 향한 사랑'이었을까.

오늘을 살아가는 대다수가 데무트를 비현실적인 인물로 여기거나 온전히 이해할 수 없다면 시대적 제약 때문일 터이다. 사회주의자 데무트가 경멸한 자본가들의 이기주의가 우리도 모르는 새에 뼛속까지 지배하고 있는 까닭에. 그리고 우리 모두는 탐욕이 빚은 황금 철창에 갇혀 있기에. 너나없이 죄다 쾌락의 자식들이기에.

거꾸로 데무트가 살았던 시대가 지닌 한계도 있었을 테다. 아직 남녀 사이에 평등이 보편화하지 못한 시대, 데무트가 마르크스 집에서 나와 독자적으로 생계를 꾸려가기 힘든 사회경제적 조건도 무시할 수 없는 요인이었으리라.

블라디미르는 밤늦도록 내가 오지 않아 초조했던지 반갑게 맞았다. 손에 들린 술병을 보자 더욱 그랬다. 식탁에 마주 앉았다.

"귀한 작품을 읽어볼 수 있게 해주셔서 고맙습니다. 마땅히 보답할 게 없어서요. 이거라도……."

술을 내밀었다.

"좋지요. 한잔합시다."

블라디미르가 술잔을 내오며 물었다.

"작품은 어떻습디까."

"우문이기도 하고 실례이기도 합니다만 왜 이걸 소설이라고 말씀하셨지요?"

내 진의를 파악하려는 듯 눈을 깊이 들여보았다. 이윽고 싱긋 웃으면서 말했다.

"왜요? 소설처럼 보이지 않아요?"

"소설이라면 작가로서 그렇게 쓰지는 않을 테니까요."

"호? 무슨 뜻인가요?"

"저는 소설이라면 그에 걸맞은 구성이 있어야 한다고 생각합니다.

무엇보다 인간성이 지니는 악마적 요소들이 드러나야 하고요."

"인간성의 악마적 요소라면?"

"한마디로 말씀드린다면 소설의 인물로서는 칼이나 데무트 그리고 하인리히 두루 적절하지 못합니다. 착하기만 해 세 사람이 모두 한 사람 같아요."

"알겠어요. 성격 갈등이 없다는 뜻이지요? 그러나……, 상업적으로 조작된 갈등에 익숙해진 우리에겐 낯설어 보이지만 세 사람 모두 실제로 착한 사람들 아니었나요?"

"바로 그겁니다. 실제 착한 사람들이었기에 굳이 소설을 빌릴 이유가 없다는 겁니다. 때로는 소설보다 삶이 더 아름다우니까요."

"소설에 선입견을 지니고 있군요. 당신이 말하는 그런 원칙은 소설이라는 장르에 없어요. 소설은 어떤 형식이든, 어떤 내용이든 담을 수 있는 열린 마당입니다. 거기에 소설의 위대성이 있지 않은가요? 소설과 실재가 딱 부러지게 구분되는 것도 아니지요."

"그러나 소설이 소설로서 지녀야 할 정체성은 있어야지요."

"소설은 삶의 현실 속에 숨겨진 진실을 드러내는 탐색입니다. 우리가 어떤 소설을 놓고 실화인가 아닌가 논쟁을 벌이는 게 의미 없는 까닭입니다. 소설은 그것이 책이라는 존재로 탄생하는 순간 생생하게 살아 있는 실재가 되지요. 따라서 중요한 것은 어떤 소설이 어떤 현실, 또는 삶의 어떤 진실을 드러내고 있느냐에 있습니다. 제가 듣고 싶은 것도 그 연장선에 있습니다. 어떻게 읽으셨어요?"

"충격을 받았습니다. 그래서 더욱 실화인지를 알고 싶은 겁니다."

"내 말을 이해 못하는군요. 좋습니다. 당신의 문법으로 말씀드리지요. 유감이지만 질문에 만족할 만한 대답을 줄 수는 없을 것 같군요. 가령 마르크스의 유서는 데무트가 옮겨쓴 것이기에 필체로 진위를 파악하기란 불가능합니다. 실제 마르크스 유고임이 확인되면 역사적 가치는 더 말할 나위가 없을 테지요. 하지만 존재하는 것은 데무트가 옮겨 정서했노라고 밝힌 영문 원고뿐입니다. 따라서 누군가의, 그 누군가에는 모정이 깊었던 헬레네 데무트도 포함됩니다만, 창작일 가능성도 높습니다. 그리고 데무트가 마르크스의 글을 정서한 것은 예니에 대한 부러움으로 이해할 수 있어요. 아니, 어쩌면 모든 게 사려깊은 데무트의 주도면밀한 의도인지도 모르지요. 설령 아들의 뜻과 달리 원고가 공개되더라도 그것이 칼의 글임을 입증할 증거를 원천적으로 없애려는 게 아니었을까요. 소련공산당이 '확인 불능'으로 분류한 것도 결국 검증 방법이 없어서가 아닐까 싶어요. 그게 답니다. 당신이라면 어쩌겠어요? 만일 이것을 공식문서 형식으로 공개한다면 쓸데없는 논쟁만 벌어지겠지요. 학자들의 따분한 논란에 맡겨두기보다는 소설이라는 그릇에 담는 게 훨씬 더 아름다우리라 생각합니다."

"제가 보기에 칼 마르크스의 '유서'에 나타난 그의 행적은 역사상의 실제 날짜와 정확하게 일치하고 있어 큰 문제가 없을 것으로 보이는데요."

"그러나 그것이 그의 내면을 고백한 대목들까지 진위 여부를 확인해주는 것은 아니거든요. 옮겨쓴 기록이기에 수정이나 첨삭의 흔적들을 찾아볼 수 없는 것은 당연하지만 의혹의 눈길을 던지자면 끝이 없어요. 마르크스가 썼다는 원고에 그의 독특한 문체가 보이지 않거든요. 마르크스 특유의 현란하되 투쟁적인 문체에서 소박하되 달관한 듯한 문체로 바뀌어 있어요. 지극히 사적인 고백이기에 '붓 가는 대로' 썼기 때문이라거나 칼이 말년에 불교에 매혹되어서는 아닐까 등 여러 갈래로 유추해볼 수는 있습니다. 그러나 그 또한 함께 발견된 다른 문건들을 바탕으로 한 가설에 지나지 않아요."

블라디미르는 진실 여부를 최종적으로 판단할 수 없지만 심증은 있다며 덧붙였다.

"삶을 되돌아보면서 기록으로 남기는 것은 아무래도 마르크스 가문의 전통이었던가 봅니다. 추측컨대 홀로 살아가던 하인리히가 갑자기 심장마비로 숨짐에 따라 주변사람들이 그의 유품을 정리했겠지요. 그 과정에서 책갈피에 숨겨둔 기록들도 잡지와 더불어 고서점까지 흘러가지 않았을까 싶습니다."

"그래서 선생님은 결국 소설로 발표하시겠다는 건가요?"

"고심하고 있습니다."

"좀더 생각해보셔야 하지 않겠어요. 데무트는 아들에게 누구에게도 유서를 보여주지 말라고 했거든요. '프롤레타리아트의 아버지' 칼의 위엄이 달린 문제요, 가족의 문제요, 우리들만의 진실이라고 했던가요. 그리고 아름다운 진실은 어두운 우주 깊은 곳에 갈무리 해두어 영원히 반짝이게 하자고 말하고 있습니다. 어쩌면 마르크스 또한 그것을 원했는지도 모르잖습니까?"

"당신도 알다시피 프레디가 마르크스의 아들임을 밝힌 엥겔스의 비서 편지가 이미 1962년에 공개됐어요. 영국은 물론 온 세계에 알려졌지요. 따라서 모든 것을 '우주 깊은 곳에 갈무리 해두어 영원히 반짝이게 하자'는 데무트의 희망은 나의 의지와 관계없이 물거품이 된 지 오래입니다. 더구나 소설의 형식으로 출간되거든요."

"혹시 세레브리아코바를 아십니까?"

"물론입니다. 보아하니 당신도 그분이 쓴 전기소설을 읽었군요. 『프로메테우스』가 한국에도 소개되었던가요?"

"예, 1980년대 말에 한글로 번역되었습니다. 저는 그 전에 독어판으로 읽었어요. 그 작가분에 대해 알고 싶어요."

"아주 우아한 분이었습니다. 돌아가시기 직전에 병 문안을 갔었어요. '아무 한 일도 없이 세상을 떠나게 되었노라'고 한탄하기에 『프로메테우스』라는 대하소설을 남기지 않았느냐고 위로했지요. 그랬더니 고개를 저으며 말하더군요. '그렇지 않아요. 내가 그 작품을 처음 쓸 때 막심 고리끼 선생님이 한 당부가 있었어요. 생명력이 살아 숨쉬는 마르크스를 그리라고 했었지요. 그렇게 못했어요. 저 세상에 가 고리끼 선생님을 어떻게 만날지 걱정입니다.' 그러더니 눈물을 주르르 흘리는 거예요. 짐작컨대 데무트와 관련된 진실을 있는 그대로 담아내지 못해 후회하는 것 같았습니다."

"바로 그 문제인데요. 저는 이 문서가 공개되면 오히려 많은 사람들이 마르크스에 더 가깝게 다가갈 수 있으리라고 봅니다. 더구나 문서들이 마르크스의 '위엄'을 손상하기보다는 반대로 위엄을 한결 더 아름답게 드러내고 있거든요. 비단 마르크스만이 아니지요. 그 어디에도 자료가 없는 데무트의 진실을 증언하는 것만으로도 의미가 있다고 봅니다. 데무트와 하인리히, 두 프롤레타리아트 모자의 삶은 마르크스의 생애와 사상에 깊숙이 맞닿아 있으니까요."

"맞습니다. 두 사람은 예니와 더불어 진정한 의미의 마르크스주의자였습니다. 기실 모멸스러운 삶을 정당화하고 더 나아가 아름답게 한 것은 창백한 지성이 아니지요. 언제나 사랑이었어요."

블라디미르에게 눈빛으로 동감을 표했다. 이어 술을 따르며 사뭇 간절하게 물었다.

"문건들을 밤새워 읽었는데요. 영어로 쓰여서 제대로 정독하지 못했거든요. 그래서인데요 혹 결례가 되지 않는다면 제가 이것을 복사해도 될까요?"

블라디미르는 망설이다가 왼쪽 눈을 찡긋한 뒤 고개를 설레설레 흔들었다.

"미안합니다. 그건 좀 어렵겠는데요. 기다리시지요. 내가 언젠가 공개할 테니까요. 다만 그때도 상업적으로 이용할 생각은 없습니다. 바벨탑처럼 무너진 소련의 진실을 장편소설로 담아낼 구상을 이미 당신께 말했지요? 그 소설 가운데 이 원고를 삽입하는 방법도 검토하고 있습니다. 나로서는 당신이 읽어볼 수 있도록 배려한 것만 해도 운명처럼 끌리는 정감을 느꼈기에 가능했어요"

그 말에 거듭 고마움을 전했다. 그러면서도 아쉽고 착잡한 표정을 지었다. 그가 미안하다면서 미소를 보냈다. 난 전혀 개의치 말라고 진심으로 당부했다.

블라디미르와 헤어져 하이게이트 묘지로 걸어갈 때 그의 호의가 부담스러웠다. 고백하거니와 호텔을 떠나기 전에 지배인을 찾았다. 사무실에 복사기가 혹 있는지를 묻고 원고를 복사해놓았다. 개인적으로는 부도덕한 짓이겠지만, 기자라면 마땅히 복사해두는 게 본분이라고 애써 스스로 위로했다. 진실을 취재하고 그것을 독자들에게 알리는 일이야말로 한 사회에서 기자로 살아가는 사람에게 제1의 의무가 아니던가.

그 길로 호텔에 돌아와 둥지를 틀었다. 외출을 삼간 채 처음부터 다시 복사한 원고를 정밀하게 읽어나갔다.

2 아버지로서 마르크스가 아들에게 마지막으로 글을 쓴 것은 1883년 3월 1일이었다. 그로부터 13일 뒤인 3월 14일 오후 2시 30분. 마르크스는 잠에 들듯이 숨을 거뒀다. 언제나 예고없이 엄습하는 죽음은 마르크스에게도 예외는 아니었다. 운명이었을까. 결국 마르크스는 하인리히에게 자신이 아버지임을 밝히지 못했다. 심각한 갈등을 겪었으면서도 아버지를 존경했던 마르크스는 아들을 사랑했으면서도 생전에 아들에게 진실을 들려주지 못했다.

가슴 먹먹한 대목은 또 있다. 데무트가 아니었다면 『자본』이 빛을 보지 못했을지도 모른다는 고백이 그것이다. 어떻게 이해해야 할까. 대다수 독자들은 그렇지는 않았으리라고 여길 성싶다. 더러는 마르크스의 위대성에 흠집을 내려는 소시민적 음모라고 눈총을 쏠 만도 하다. 하지만 과연 그럴까. 프롤레타리아트 데무트의 존재가 프롤레타리아 혁명가 마르크스에게 새로운 삶의 의지를 불러일으켰다면, 이는 자연스러운 사랑이 빚어낸 맑은 진실이 아닐까.

하여 데무트가 없었다면 실제로 『자본』의 발간은 늦춰졌을지도 모른다. 그렇다고 『자본』이 아예 빛을 보지 못했으리라고는 생각하지 않는다. 어찌됐든 마르크스가 애면글면 써내려 갔거나 그도 아니라면 꼭 마르크스가 아니더라도 언젠가 다른 사람에 의해 쓰였을 게 틀림없다. 마르크스라는 인물이 그러하듯 『자본』 또한 시대의 산물 아닌가. 마르크스라는 사람과 『자본』이라는 사상 또한 인류의 기나긴 사랑의 역사 속에서 빚어진 걸작이 아니던가.

무릇 사람에게 사랑은 가장 큰 축복이다. 설령 실연의 비애로 치닫는다 하더라도 모든 사랑은 익어 열매를 이루게 마련이다. 마르크스와 데무트의 풋풋한 사랑 이야기를 읽을 때, 내게도 가슴 싸하게 번져온 한 '프롤레타리아트'가 있었다.

쉰 고개가 넘은 어느 날 마치 '시험'이라도 하듯 찾아온 그 만남은 삶을 바라보는 시선을 한층 더 깊게 해주었다. 그가 마르크스를 좋아한 노동자였기에 더욱 그랬다. 이제는 망각의 강 저편으로 영원히 넘겼거니 안도했음에도 처음 만난 그날의 맑은 목소리가 아직 귓속말처럼 다정하게, 아니 쓰라리게 울려온다.

"신문 칼럼을 쓰고 대학 강의도 나가시고 바쁘신 가운데 강연까지 해주셔서 감사드립니다. 다소 개인적인 질문인데요. 선생님은 살아가는 힘을 어디서 얻으세요?"

지난해 초여름. 경기도 안산의 노동자들이 꾸린 모임에서 '왜 언론은 노동자들에 적대적인가'를 주제로 강연을 했을 때다. 맑은 눈빛들에 고무되어서였을까. 2시간 동안 열정을 쏟은 강연에 이어 질의응답도 끝나갈 무렵이었다.

지하철 4호선 상록수역에서 강연장까지 안내를 맡았던 젊은 노동자가 강연 잘 들었다면서 툭 던진 질문이다. 대수롭지 않은 질문으로 여겼는데 뜻밖에도 말문이 막혔다. 딱히 할 말이 없다는 사실을 새롱스레 깨달았다. 과연 나는 살아가는 힘을 어디서 얻고 있는가.

저녁 8시로 예정된 강연 시각에 맞추려고 퇴근하자마자 곧장 지하철을 탔다. 역에 내린 것은 7시 30분께. 만나기로 약속한 역내 공중전화 앞에 서 있던 그가 곧장 내게 걸어왔다. 청바지 위에 붉은 옷을 헐렁하게 걸쳤다. 붉은 바탕 옷에 검은 색으로 그려진 얼굴이 눈에 빨려 들어왔다.

칼 마르크스

그랬다. 마르크스의 옆모습이었다. 정면의 마르크스 얼굴을 새기기란 옷을 만든 노동자나 입을 소비자 두루 부담스러웠을까. 마르크스 얼굴을 골똘히 바라보다가 문득 그곳이 젊은 여성 노동자의 봉긋한 가슴이라는 사실을 깨닫고 얼굴을 붉히며 고개를 들었다.

"여기까지 와주셔서 고맙습니다."

정중한 말씨. 아무런 꾸밈없이 깨끗한 얼굴 가득 환한 미소가 번지고 있었다. 짙고 굵은 눈썹 아래 진한 눈동자도 웃음을 머금었다. 눈빛 깊은 곳에선 나이에 걸맞지 않게 슬픈 그늘이 배어나왔다. 강연장까지 걸어가며 사소한 질문이 오갔다.

"뵙게 되어 영광입니다."

"영광은 무슨……. 놀리는군요. 그 옷에 그려진 사람이 누구인지 아세요?"

"그럼요. 멋있지요? 저희 지역 노동자들이 지리산에서 단합대회 할 때 주문한 옷이어요."

"그렇군요. 그런 좋은 옷 입은 분이 괜히 빈말을 하면 안 되지요."

"어? 저는 정말 마음에 없는 말 할 줄 몰라요. 선생님과 이렇게 나란히 걸어가는 건 가문의 영광이지요."

까만 눈동자에 솔솔 장난기가 감돈다. 짐짓 모른 체하며 말을 받았다.

"마르크스……, 좋아하세요?"

"그럼요! 우리 노동자들을 위해 평생을 사신 분인데요."

"어디서 그런 불온사상을 접했어요?"

대화는 그렇게 시작됐다. 말투와 말 두루 진솔했다. 텔레비전 부품 공장에서 '지난 20세기부터 일하고 있는 늙은 노동자'라며 슬쩍 농담을 섞기도 했다. 언제부터인가 자신이 일한 만큼 평가받지 못하고 있다는 억울한 생각이 들어 좀더 공부를 하고 싶었다는 대목에선 생글거리던 검은 눈이 어느새 진지하게 바뀌었다. 퇴근길에 우연히 같은 작업반 언니와 이야기를 나누다가 노동자들이 모여 서로 이야기를 나누는 모임이 있다는 것을 알게 되었단다. 곧장 참석하기 시작해, 지금은 교양사업쪽 일을 맡고 있다고 담담하게 말했다. 참되게 살아가려는 젊은 열정이 야무진 목소리에서 뚝뚝 묻어나왔다.

바로 그가 강연장에서 공개적으로 던진 질문이었다. 짧은 순간이지만 자문해보았다. 과연 난 어디서 삶에 힘을 얻고 있는 걸까. 썩 시원한 답이 나오지 않았다. 그렇다고 스스로 힘을 얻는다고 말하기란 쑥스러울 뿐더러 자신이 없었다.

"글쎄요. 강연 다니면서 질문에 답이 막힌 것은 처음이군요. 그러고 보니 이제 '충전'된 게 모두 날아갔다는 생각이 드는데요. 아마도 제가 다시 힘을 얻는 곳이 있다면 술이 아닐까 싶네요."

농 섞인 진담에 모두 와하고 웃었다. 농담임을 알리려고 나 또한 희미하게 미소를 보냈다. 그 순간이었다. 젊은 노동자의 맑은 눈에서 반짝이며 스쳐가는 물기를 보았다. 입술도 다부지게 감쳐 물었다. 왼쪽 가슴이 날카롭게 생채기가 난 양 쓰라렸다.

강연이 끝난 뒤 둘러앉아 뒤풀이를 했다. 강연장 옆에 붙은 작은 방에서 젊은 노동자들이 김치전을 만들어왔다. 소주를 따랐다. 조금이라도 비용을 아끼려는 모습에 콧날이 시큰했다. 그는 자리에 앉지 않고 쉼없이 전을 만들어왔다. 송골송골 이마에 맺힌 땀방울이 이슬처럼 맑아 보였다. 다음날 출근 때문에 먼저 자리에서 일어났다. 한사코 만류했지만 그는 자정이 넘어 지하철은 끊어졌다면서 택시 잡는 데까지 따라나왔다. 택시를 기다릴 때 멈칫거리더니 손가방에서 붉은색으로 단아하게 포장한 선물을 꺼내 내밀었다.

"죄송한데요, 강연료를 돈으로 드리기는 좀 그래서요. 저희가 선물을 준비했어요."

가로등 아래였지만 귀뿌리까지 얼굴이 붉어지는 게 보였다. 그제야 여태 이름을 묻지 않았다는 사실을 알았다.

"고수련입니다."

"고·수·련? 혹시 순 한글이름?"

"과연 다르시군요. 단숨에 제 이름 뜻을 아는 분은 처음 뵙네요. 어머니가 지어주셨어요……. 운명처럼요……."

말을 맺을 때 수련의 표정은 어두웠다. 하지만 그때는 무심코 넘겼다. 뜻있는 이름을 지어준 수련의 어머니가 섬세한 분이라는 생각만 스쳐갔다. 택시를 타자 수련이 작은 손을 흔들었다. 손으로 답해주고 선물을 꺼냈다. 궁금했다. 붉은 포장지 안은 만년필 상자였다. 나무로 만든 투박한 만년필이다. 민낯의 수련과 첫인상이 어금지금했다. 분홍빛 작은 쪽지에 또박또박 쓴 글씨도 정겨웠다.

"강연 감사드립니다. 노동자를 위한 글 오래오래 써주세요."

글자가 곧 뿌옇게 흐려졌다.

수련으로부터 전자편지가 온 것은 그로부터 며칠이 지난 뒤였다. 신문에 칼럼이 나온 다음날 아침 출근했을 때다. 새벽 1시에 보낸 편지가 들어와 있었다.

고수련입니다. 모든 분들이 제 이름을 물 수*에 연꽃 연蓮자로 지레짐작했습니다. 저도 고등학교 입학할 때서야 '앓아누운 사람을 돌보라'는 뜻임을 알게 되었지요. 제 이름의 '비밀'을 다른 사람에게 처음 간파당했을 때 얼떨떨했답니다. ^ ^

저는 선생님의 칼럼이 나오는 날이면 신문을 다 들춰본 뒤 마지막에 읽습니다. 칼럼을 읽을 때마다 늘 힘이 솟아요. 가끔 어렵기도 하지만 되풀이 읽으면 단어 하나하나에서 노동자를 생각하는 뜻이 오롯이 배어 있는 걸 깨닫게 됩니다. 선생님 글을 기다리는 독자들의 행복을 위해서라도 꼭 건강하셔야 합니다. 술 많이 드시지 마세요.

뭉클했다. 하지만 과찬이 부담스럽다며 짧게 답장을 보냈다. 며칠 뒤 다시 편지가 왔다. 수련은 남녀노소 두루 자신의 둘레에 있는 사람들 절대다수가 돈 많이 벌어 행복하게 살 궁리만 한다며 물었다.

때로는 저도 막막할 때가 있습니다. 어떻게 살아가는 게 옳은 건가요? 저의 좌표가 될 만한 책을 추천해주십시오.

빙긋이 웃으며 답장을 쓰려고 나섰을 때다. 딱히 들려줄 말이 없다는 사실을 깨달았다. 문득 의문마저 들었다. 나 자신도 어떻게 살아야 하는지 모르면서 다 알고 있는 체 살아온 게 아닐까. 삶의 길을 진지하게 물어오는 젊은이에게 아무런 해답도 주지 못하고 스스로 혼란에 빠져드는 오십대란, 나이테 자체가 슬픔이다.

수련이 한 번은 강연장, 한 번은 편지로 던진 두 질문은 내 삶이, 내 영혼이 얼마나 가난한가를 절감케 했다. 새삼스런 사실 앞에 또 얼마나 공허감을 느꼈던가. 그래서다. 그냥 정직하게 답장을 보냈다.

사람은 누구나 어느 나이에서든 바로 앞 한 걸음을 어디로 옮겨야 할지 모를 때가 있답니다. 하지만 그건 사람의 한계가 아닙니다. 사람의 권리이지요. 그리고 고수련의 좌표가 될 책은 없습니다. 책보다 삶이 더 위대합니다. 좌표는 스스로 선택해야 합니다. 다만 좌표를 선택하는 데 도움이 될 만한 책은 있어요. 제게 권해달라면 고수련 옷에 담긴 분이 쓴 『공산당 선언』을 추천합니다. 어려울지 모르지만 인터넷에도 올라 있을 만큼 길지 않은 글이니 되새기며 읽어보십시오.

일주일 정도 지나서일까. 재답장이 왔다.

인터넷에서 선언을 내려받았어요. 얼추 다 읽었지만 처음부터 다시 읽고 있습니다. 말로만 들었지 감히 마르크스가 쓴 책을 읽어볼 생각은 엄두도 못 냈는데 선생님 덕분에 읽게 되었습니다. 막상 마르크스의 글을 직접 읽으니 모든 게 새롭게 다가오는 감동에 휩싸이게 됩니다. 고맙습니다.

아마도 그날부터였을까. 삶이 낯설게 다가올 때마다 수련의 자태가 의미있게 전해왔다. 아니, 어쩌면 정반대가 아닐까. 수련이 뜻깊게 다가올수록 내 삶이 헛헛하게 느껴졌던 게 아닐까. 그럴 때마다 수련의 맑은 얼굴이 보고 싶지 않았던가. 마르크스 얼굴을 새긴 붉은 옷도 생생하게 그려졌다.

취재생활 안팎에서 만난 숱한 먹물에게 한결같이 배어 있는 이기적 가식이나 겉멋 따위는 묻어나지 않았다. 갈라진 아스팔트 틈에서 피어난 민들레처럼 청신했다. 다만 청순한 열정이 넘실대는 얼굴 어딘가에 숨어 있는 그늘의 정체가 궁금했다.

아무튼 수련이 존재한다는 사실만으로도 고마웠다. '고수련'이라는 한글 이름이 깊이 각인해준 부드레한 인상도 한몫했을지 모르겠다. 어쩌면 수련 같은 샛맑은 노동자가 살아 숨쉬는 현실, 때묻지 않은 새세대가 줄기차게 인류의 역사를 이어가는 도저한 흐름이야말로 내가 살아가는 힘의 원천이 아닐까 생각했다. 딱히 할 말도 없었지만 만나서 이야기를 나누고 싶었다. 조금이라도 수련의 그늘을 걷어주고 싶다는 '명분'으로 합리화했다.

감사합니다. 고수련이 보내준 따뜻한 격려의 글 한마디 한마디가 제게 큰 힘이 되었습니다. 고수련이 이따금 삶을 먹먹하게 느낄 때 도움말을 줄 수 있는 사람이고 싶습니다. 부담없이 언제든 연락하세요.

지금 돌이켜보아도 민망스런 답장을 보낸 뒤 보름 만이었다.

지하철 4호선 사당역 주변의 작은 술집인 '시나브로'에서 고수련과 마주 앉았다. 초가을이지만 아직은 무더워서일까. 수련은 강연 때 본 수더분한 모습과는 완연히 달랐다. 소매가 없는 하얀 통옷을 입어 성숙한 여성미가 물씬 풍겼다. 큰 눈가를 빙 둘러 보일락 말락 엷은 주홍빛으로 화장까지 했다. 전형적인 미인의 얼굴은 분명 아니다. 하지만 청순한 고혹이랄까. 숨이 막혀왔다.

"존경해온 분과 만나는 자리라 어머니가 가장 아끼셨던 옷을 입었어요. 좀 이상하지요?"

얼굴을 수줍게 붉히며 아무래도 어색한지 수련이 둘러댔다. 싱그레 웃을 수밖에 없었다. 청바지에 붉은 옷 못지않게 하얀 정장도 잘 어울린다고 말하고 싶었지만 그러지 않았다. 아니, 그럴 수 없었다. 온몸이 서늘할 만큼 귀엽고 상큼했기 때문이다.

어깨가 눈부시게 드러난 수련을 마주 보기 어려웠다. 노동으로 단련된 튼실한 팔과 하얀 통옷 위로 부풀어오른 가슴이 자꾸만 눈에 들어와 눈길을 어디에 두어야 할지 난감했다. 젊은 여성 노동자 앞에서 들썽한 자신이 더없이 초라했다. 그래서였다. 결국 수련과 눈길 한 번 제대로 마주치지 못한 채 쫓기듯이 술만 비우고 일어섰다. 수련과 헤어지면서 다시는 만나지 않겠다고 다짐했다. 잠깐의 대화였지만 수련은 첫인상 그대로였다. 올곧게 살아가려는 의지가 또렷했고 사고도 명석했다. 언행 하나하나가 조신했다. 바로 그만큼 한때나마 노동자가 아닌 여성으로 수련을 생각했던 자신이 당혹스럽고 더 나아가 구접스러웠다. 어쩌면 수련이 나를 좋아하는지도 모른다는 미망에 사로잡히다가 뒤늦게 정신이 들기도 했다. 고개를 절레절레 흔들었다.

마가을에 접어들면서 수련을 잊어갈 즈음이었다. 어느 날 아침 전자 편지함을 열었을 때 쓰레기처럼 쌓인 편지들 가운데 한 편지의 제목이 화살처럼 날아들었다. 앙가슴 깊숙이 꽂혔다.

고수련입니다.

창 밖을 바라보았다. 손돌이바람에 낙엽들이 나부끼며 떨어지고 있었다. 건너뛰어 다른 편지들을 모두 처리했다. 그런 다음에도 얼마나 물끄러미 바라만 보았던가. 가슴이 아려왔다. 숨을 깊이 들이마신 뒤 열었다.

오늘 신문에 실린 선생님의 칼럼에는 어딘지 슬픔이 깔려 있습니다. 처음 강연장에서 뵐 때도 그랬지만 직접 마주한 자리에선 더욱 외롭고 지쳐 보이셨던 기억이 새롭습니다. 힘겹거나 또 그래서 술을 드실 때마다 선생님을 사랑하는 독자들이 언제나 많이 있다는 사실을 기억하시고 힘내시기 바랍니다. 고수련 드림.

　* 추신 : 술 드실 때 안주 많이 드셔야 하는 것 알고 계시지요?^ ^

정체 모를 두려움 탓이었을까. 애써 짤막하게 답장을 보냈다.

　오랜만의 편지 반가웠습니다. 다만 부끄럽습니다. 글을 쓰며 편안하게 살아가면서 오히려 노동현장의 독자분께 힘을 드리지 못하고 슬픔을 주었다면 깊이 반성해야겠지요. 염두에 두겠습니다. 거듭 고마움을 전합니다. 몸과 마음 두루 건강하게 잘 지내리라 믿습니다.

닷새 뒤 수련은 긴 편지를 보내왔다. 살아온 이야기를 잔잔하게 담았다.

　지금 새벽 2시인데요. 울고 있답니다. 어렸을 때, 이제는 갈 수 없는 그 행복한 시절이 사무치게 그립습니다. 저 욕심이 많았어요. 초등학교 때는 피아니스트였고 중학교 때 꿈은 유엔사무총장이었지요. 철이 들면서 시인이고 싶었어요. 아무튼 고등학교 2학년까지 '행복에 겨워' 살았겠지요. 엄마가 아름다운 분이셨어요. 예술적 감수성도 풍부하셨지요. 엄마의 덕일 거예요. 어렸을 때부터 동화는 물론이고 미술전시회나 음악회 그리고 연극까지 두루 섭렵했지요. 하지만 1997년 겨울 국제통화기금의 '관리체제'를 받게 되면서 모든 게 순식간에 날아갔답니다. 그동안의 행복이란 유리성에 지나지 않았다는 걸 깨달았어요. 모두 산산조각 났어요. 고등학교 2학년을 마무리하는 겨울방학 때였지요. 큰 건설회사 이사로 있던 아빠가 실직하셨어요. 두 달 뒤에 아빠는 친구가 경영하던 작은 하청업체에 사장으로 취임해 가셨어요. 그런데 그게 속은 거예요. 부도 직전이었답니다. 책임감이 강한 아빠는 퇴직 위로금은 물론이고 정기예금까지 해지하며 전 재산을 쏟아부었지만 결국 부도가 났어요. 사장이기에 모든 책임을 아빠가 져야 했어요. 친구는 아무 말도 없이 이미 미국으로 떠난 상태였고요. 순진하셨던 거지요. 임금체불과 엄청난 빚에 몰린 아버지는 며칠 동안 계속 술에 취해 집에 들어오셨어요. 검찰에 출두하기 전날이었습니다. 문고리에 노끈으로 목을 매 세상과 작별하셨어요. 넋을 잃고 있던 엄마마저 충격으로 시름시름 눕더니 채 한 달도 안 돼 돌아가셨어요. 처음에는 엄마가 원망스러웠지만 지금은 엄마가 아빠를 얼마나 사랑하셨는지 이해하고 있어요. 두 분 모두 마음이 여리셨나 봐요. 저도 그런지 몰라요. 하지만 저 아니어요. 그럴 수 없었고 그러지 않았어요. 중학교 3학년이던 남동생과 단 둘이 남았지요. 모든 재산이 압류당했고요. 그때가 고등학교 3학년 초였지만 결국 학교를 접어야 했어요. 아빠쪽이나 엄마쪽이나 가족들이 오래 전에 모두 이민을 가셨어요. 도와주실 분이 아무도 없었어요. 가까스로 동사무소 아저씨가 소개해줘 일자리를 얻게 되었답니다. 공장 일이 끝나면 몹시 피곤했지만 대학에 들어가지 못한 게 언제나 속상했어요. 매일매일 꼭 2시간 이상을 졸음을 이겨가며 책을 읽었어요. 대학입시 준비를 하는 동생도 격려할 겸 늦게까지 함께 공부했어요. 엄마나 아빠 기일이 돌아오면 둘이 촛불을 켜놓고 절을 드리다가 부둥켜안고 울었지요. 그 시절 얼마나 외로웠는지요.

왜 그랬을까. 눈물이 주르르 흘러내렸다. 수련의 귀여운 얼굴이 더없이 가여웠다. 작은 가슴으로 감당하기 벅차게 다가왔을 충격이 더욱 눈물샘을 자극했다. 하지만 바로 답장을 쓸 수 없었다. 무슨 말을 해주어야 할지 몰랐다. 틀에 박힌 말보다 따뜻한 격려가 필요하지 않을까 싶었다.

그래서였을까. 그날 이후 자주 수련의 손전화 번호를 꾹꾹 눌렀다. 대부분 후배기자들이나 강연장 뒤풀이 자리를 파하고 자정을 넘겨 건

전화였음에도 수련은 늘 웃음 담은 목소리로 받아주었다.

설날을 앞둔 어느 날 다시 '시나브로'에서 마주했다. 사무치게 아팠을 시련을 위로하자 다부지게 답했다.

"하지만 슬픈 것만은 아니어요."

눈물이 그렁그렁하면서도 눈빛만은 빈틈없어 보였다. 낡은 외투가 열려진 사이로 마르크스 얼굴을 담은 붉은 옷이 눈에 들어왔다.

"강남의 '새침데기'에서 이렇게 건강한 노동자로 거듭났으니까요. 아버지의 죽음이 자살이 아니라 실은 타살임을 깨닫고 있어요."

물기에 다부진 결기가 더해 강렬하게 반짝이는 눈동자 앞에서 사사로운 감정에 기울던 자신의 몰골이 더욱 초라해짐을 견딜 수 없었다. 내가 어찌해야 하는지도 판단이 서지 않았다. 술잔을 빨리 비우기 시작했다. 마주 앉은 자리 바로 옆 창 밖으로 함박눈까지 펑펑 쏟아졌다. 부끄럽게도 기어이 대취하고 말았다.

의도하지 않은 방향—정반대로 치밀한 의도였을 가능성도 있었을까—으로 이야기가 흘러간 것은 술기가 오르면서였다. 처음 한국사회와 노동계급에서 시작한 대화는 마침내 추태로 번져갔다.

"나를 존경한다고 했지요. 조금만 더 나를 알게 되면 그렇지 않다는 사실을 꿰뚫게 될 겁니다. 고수련은 아마 내기 얼마나 형편없는 사람인 줄 모를걸?"

수련이 또렷하게 답했다.

"아니어요. 지금 그 모습 그대로 정말 좋아요."

그 말에 용기를 얻어서일까. 아니면 술이란 늘 그렇듯이 알근히 몸으로 퍼져가며 술술술 말을 흘리게 마련이어서일까. 그날도 그랬다. 높임말로 시작한 대화는 어느 결에 서부렁섭적 반말로 바뀌었다. 어쩌면 난 그해 가을과 겨울 내내 수련을 향하던 정체 모를 열정을 감당하기 어려워 차라리 그 순간에 파국을 맞고 싶었는지도 모르겠다. 필름이 끊어져 아령칙하지만 얼추 기억나는 대목들은 있다. 흐린 안개 속에 한 장면이 떠오른다.

"고수련! 내가 좀 치근대는 것 같지? 정말이지…… 그런 건 아니야. 나 그렇게 추한 사람은 아니거든. 수련에게…… 바라는 것…… 전혀 없어. 그냥 이 세상에 수련처럼 귀한 사람, 그리고 그래…… 솔직히 말하지, 귀여운 사람! 그런 사람과 한 달에 한 번 정도라도 만나 이야기를 나누는 것만으로도…… 난…… 이 공허한 세상에서 살아가는 힘을 얻고 있어. 그런 거야……."

마주친 수련의 맑은 눈에 당혹스러움이 번져갔다.

"영광입니다."

배시시 웃으며 넘긴 그 말에 더욱 고무되었던가. 쉼없이 서털구털 떠들면서―술자리에서 내가 무슨 말을 했는지 도통 기억이 나지 않지만― 스스로 모멸감이 어렴풋이 들었던 순간은 떠오른다. 그 시각 이후의 기억은 짙은 안개 속으로 사라졌다. 자정이 넘도록 술잔을 들이킨 시간으로 미루어 더 나아간 추태를 보였을 법하지만 아무리 되돌려보아도 끊어진 필름을 이을 길이 없다. 혼자 집에 갈 수 있다는 수련에게 기어이 집 앞까지 데려다주겠다며 막무가내로 부린 억지도 가까스로 떠오른다.

다음날 아침 군드러진 자리에서 깨어나서야 비로소 무슨 짓을 저질렀는지 어슴푸레 알 수 있었다. 아버지 · 어머니의 돌연한 죽음으로 힘겹게 살아가면서도 노동자로 거듭나는 데서 보람을 찾는 젊은 노동자 앞에 내 꼴은 얼마나 왜퉁스러웠을까. 예상 밖으로 일찍 술에 취했기에 더더욱 그럴 가능성이 높았다. 수련에게 서머해 더는 만날 수 없다고 다짐했다. 솔직하게, 하지만 참담한 심정으로, 아니 어쩌면 전혀 솔직하지 않을지도 모를 편지를 보냈다.

사과를 받아들일 수 있겠는지요. 왜 그렇게 고수련을 가깝다고 생각했는지 모르겠습니다. 불편하게 해드려 정중히 사과드립니다. 불쾌하셨더라도 부디 저의 추한 언행을 잊어주시기 바랍니다. 저와 사적으로 만나기 전의 모습으로 기억해주십시오. 앞으로 사사로운 전화나 편지 드리지 않을게요. 고수련의 건강과 행복을 기원합니다.

수련은 그날의 술자리가 "불편하거나 불쾌하지 않았다"는 짧은 답신을 보내왔다. 나이에 걸맞지 않게 오히려 나를 배려해주는 슬거운 마음이 전해왔다. 수련이 덧붙인 '추신'은 더욱 여운을 남겼다.

우울하시다 해서 술을 드시지는 마세요. 선생님의 우울이 술로 해결할 수 없다는 것 잘 아시지요? 소련이 무너진 것도 길게 보면 역사의 발전에 도움이 되지 않겠어요? 역사는 어떤 경우에도 뒷걸음질치지 않는다고 배웠습니다. 저는 아직 어리고 감성적입니다. 강철이 되도록 노력하겠습니다.

바보처럼 콧잔등이 시큰거렸다. 소련이 무너지면서 역사에 대한 믿음이 금갔다는 말을 수련에게 장황하게 늘어놓던 기억이 비로소 되살아났다. 역사는 뒷걸음질치지 않는다는 수련의 믿음이, 강철이 되겠다는 한 노동자의 다짐이 감동의 물살로 밀려왔다. 하지만—아니, 그래서일까— 더욱 수련에게 편지를 보낼 수 없었다. 수련 앞에 자세를 엄정히 지니자며 다잡을수록 수련의 얼굴은 성큼 더 눈앞에 다가섰다. 동그스름한 얼굴에 슬픈 그늘과 열끼가 두루 담긴 눈빛, 시원하게 웃는 붉은 입술, 깨끗한 살결, 하나하나가 생명력이 살아 넘쳤다. 무엇보다 수련이 노동자로서 지닌 또렷한 자아의식과 고운 마음성이 미덥게 감겼다.

그래서였을까. 술에 잠겼을 때는 더욱 허우룩했다. 상그레 웃는 수련의 눈초리가 그리웠다. 예전에 그랬듯이 밤늦게 수련에게 손전화를 했다. 신호음이 갔지만 받지 않았다. 술이 확 깼다. 발신자 표시로 내 전화임을 알았을 터임에도 받지 않는 것으로 미루어 무슨 뜻인지 분명했다. 거듭 수련 앞에 바끄러웠다. 힘겨울 때 언제든지 마음 편하게 의논해줄 수 있는 언덕이 되고 싶었다. 그 진실까지 탕진되었다는 절망감이 들었다. 수련에게 추한 몰골로 뒤범벅돼 남는다는 게 늘 마음 한 자락에 짐으로 남아 있다.

류선일이 마르크스를 모욕했을 때 문득 고수련이 떠오른 까닭도, 동시에 그 사실이 싫었던 것도 그래서였다.

블라디미르의 원고를 읽은 뒤 부끄러움은 걷잡을 수 없이 더 커졌다. 비단 고수련에 머물지 않았다. 아들 혁 앞에서도 마찬가지였다. 적어도 마르크스는 프롤레타리아트를 자신의 아들로 상정하지 않았던가. 과연 내게 그에 견줄 만한 진정성이 있는가. 시대와 정면으로 맞서 싸운 마르크스 앞에서 나 얼마나 떳떳한가. 아들 앞에서 나는 무엇을 말할 수 있는가. 정녕 아들은 나를 어떻게 볼 것인가. 마르크스와 아들 하인리히가 남긴 고백을 되풀이해 읽었다.

마르크스와 데무트의 아들 하인리히 프레데릭 데무트의 삶은 아직 소상히 알려지지 않고 있다. 하인리히는 1851년 6월 23일 칼 마르크스의 허름한 집 뒷방에서 태어나 곧바로 노동자인 루이스 집안에 보내졌고 그곳에서 자랐다. 하지만 칼의 집—더 정확히는 데무트가 일하던 부엌—을 방문하는 것은 허락되었다. 어머니 데무트와 정서적 유대감을 지니며 커나간 셈이다.

마르크스의 딸들은 하인리히가 데무트의 아들임은 알고 있었지만 아버지를 엥겔스로 여기고 있었다. 기록에 따르면 딸들이 하인리히와 배다른 남매 사이임을 안 것은 예니와 마르크스 그리고 데무트가 두루 세상을 뜬 뒤다. 엥겔스가 임종 때서야 하인리히가 마르크스의 아들임을 밝혔기 때문이다.

그런데 과연 딸들이 그제야 진실을 알았을까는 의문이다. 하인리히는 금발에 전형적인 독일인이었던 엥겔스 외모와는 완연히 달랐다. 유대인 얼굴에 머리카락도 검었다. 누구보다 감수성이 예민했던 마르크스의 딸들은—마르크스보다 먼저 세상을 뜬 예니헨을 포함해— 일찌감치 하인리히가 핏줄임을 간파했을 가능성이 높다.

하인리히의 일생에 대한 기록은 데무트보다 더 적다. 거의 남아 있지 않다. 문헌으로 하인리히의 그 후 행적을 간추리면 다음과 같다. 1888년 열망하던 조립기술 노동자가 되었다. 이어 자동차정비 노동자로 일하면서 노동조합운동에 적극 참여했다. 영국노동당에도 가입했다. 마르크스의 막내딸 투시는 진실을 안 뒤 오빠인 하인리히에게 가족이므로 함께 살자는 제의도 했다. 하인리히와 한때 함께 지냈던 한 노동자의 증언이 로버트 페인^{Robert Payne}에 의해 기록으로 남겨져 그의 사람됨을 엿볼 수 있게 한다.

> 프레디는 키가 작은 사나이(158cm)로 우아하고 겸손하며 아주 지적이었습니다. 노동조합운동과 정치생활에 관심이 높았지만 전투적이지는 않았습니다. 사리사욕이 없으며 남을 위해 봉사하려는 마음가짐을 지니고 있었습니다.

우리는 그 증언에서 프레디, 그러니까 하인리히가 아버지 칼 마르크스와 어머니 헬레네 데무트의 성격을 골고루 물려받았다는 사실을 확인할 수 있다. 평생 독신으로 살았던 하인리히는 1929년 1월 28일에 심장마비로 죽었다.

귀국한 뒤 여기저기 자료를 더 뒤지고 런던특파원으로 나가 있는 신문사 후배에게 부탁해 수소문해보았지만 더는 알 수 없었다. 그가 마르크스의 아들이라는 사실이 알려지지 않았기에 세상 사람들의 관심을 받지 못했을 가능성이 높다.

하인리히의 삶에 더 이상의 기록을 톺아보려는 것은 어쩌면 무의미한 일인지도 모른다. 중요한 것은 그가 한 사람의 '훌륭한 프롤레타리아트'가 되려고 주어진 삶에 최선을 다했으리라는 점이다. 투시가 죽기 한 달 전에 오빠 하인리히에게 보낸 편지는 시사적이다.

나는 당신을 지금까지 알고 있는 가장 위대하고 훌륭한 사람들 가운데 한 분으로 여기고 있어요.

하인리히가 과연 꿈을 이루었는지 아무도 알 수 없다. 그가 아버지 마르크스를 홀로 가슴에 묻은 채 평생을 프롤레타리아트로 살아갔고 노동조합과 노동당 활동에도 적극 참여한 것은 틀림없다. 그의 생전에 러시아혁명이 일어났고 일시적이나마 영국노동당도 집권했다. 러시아혁명과 노동당 집권에서 그가 무엇을 느꼈는지도 기록이 없어 알 길이 없다.

마르크스의 아들이 삶을 마감한 1929년 전 세계에 대공황이 닥쳐왔다. 하인리히는 자신의 계급인 프롤레타리아트의 내일을 아버지보다 더 확신하고 죽었는지 모른다. 아니, 정반대일수도 있다. 소련공산당의 좌편향과 영국노동당의 우편향을 보며 '훌륭한 프롤레타리아트'로서 어느 쪽에도 마음을 열지 못한 채 아직 오지 않은 혁명을 기약했을 수도 있다.

아버지의 핏줄을 이어받아서일까. 1884년에 기록된 하인리히의 짧은 고백은 다분히 문학적이다. 당시 하인리히의 나이가 서른세 살— 그가 '자서전'을 쓰며 자신의 서른세 번째 생일을 강조하며 부활을 이야기하는 대목에서 혹 그가 예수를 염두에 두고 있지 않은가 싶었다.

하지만 이는 어디까지나 상상에 지나지 않는다. 세 문건을 종합해보건대 오히려 불교에 심취했을 가능성이 크다—이었고, 모정이 깊은 헬레네 데무트와 평소 편지를 주고받으며 문장력을 가다듬지 않았을까 짐작할 따름이다. 더구나 아버지 칼의 책들을 즐겨 읽었고, 그 글을 쓰는 순간 감정이 여느 때보다 고조되었다는 사실을 감안할 필요도 있을 터이다.

칼 마르크스가 남긴 글을 읽은 뒤 데무트와 하인리히 두 사람은 다시 만났으리라. 그리고 기록 이상으로 더 아름다운 이야기를 나누었을 법하다. 아쉽게도 그 기록은 없다. 아직 발견되지 않았다고 해야 할까.

그로부터 6년 뒤 데무트는 숨을 거뒀다. 새로운 인터내셔널이 만들어진 이듬해다. 데무트는 칼의 묘역에 묻혔다. 엥겔스의 결정이라는 게 정설처럼 전해져온다. 하지만 내가 보기엔 아니었을 성싶다. 두 사람 모두의 아들 하인리히 데무트가 강력히 요구하지 않았을까. 데무트가 기록한 예니의 증언이 결정적인 뒷받침이 되었을 가능성이 높다.

서울로 돌아와 블라디미르의 원고를 한글로 옮겨갈 때 한 사람이 동참했다. 두 사람 또한 아버지와 아들이다. 혁이 번역한 초고를 내가 원문과 대조하며 고치고 다시 혁에게 돌려줘 확인케 했다. 이어 내가 마지막으로 다듬었으나 원문에서 벗어난 의역은 철저히 삼갔다.

하나 더 독자들에게 덧붙이고 싶다. 데무트의 회고도 그렇지만 특히 하인리히의 고백은 그가 놓인 처지 때문에 예니에 편견이 있으리라는 점이다. 예니의 시각에선 현실을 다르게 볼 수도 있을 터인데 그 대목은 독자들의 상상에 맡길 수밖에 없다.

3 런던의 호텔에서 거듭 밤을 패며 복사한 원고의 정독을 마쳤을 때다. 몸이 달아오르는 느낌이 들었다. 처음에는 마르크스 일가의 슬픈, 그러나 아름다운 진실을 알게 된 감동에 더해 기자로서 '특종'을 발굴한 데서 오는 희열로 여겼다.

그런데 아니었다. 서울을 떠나기 안날 한둔에 이어 마르크스 무덤 그리고 블라디미르의 원고 앞에서 연이어 밤을 해뜩 새운데다 호텔에 틀어박혀 식사를 거른 채 술만 마신 후과였다. 긴장이 풀리며 몸살에 잠겼다. 온몸이 열로 뜨거워 침대에서 하루종일 꼼짝도 못했다.

나이 탓일까. 푹 자고 나면 나아지리라 예단했지만 눈을 떴을 때 정반대였다. 손가락 끝 하나 움직일 수 없었다. 그러면서도 몸 전체가 마치 공중에 붕붕 떠다니는 듯했다. 구토를 겨우 참았다. 그새 열이 더 높아진 걸까. 사지가 떨리며 곡두가 보였다. 정체 모를 시커먼 그림자가 섬뜩하게 내 둘레를 어슬렁거리더니 어느새 사진으로만 보았던 마르크스와 예니 그리고 데무트가 사뿐사뿐 걸어다녔다. 마르크스에 다가섰다 싶으면 어느새 멀어지고, 쫓아가면 어디선가 머리 위로 집채만 한 바위들이 셀 수도 없이 쏟아져 내렸다. 악몽에 가위눌린 채 아무도 아는 이 없는 런던에서 혹 열병으로 객사하는 건 아닐지 은근슬쩍 겁이 나기도 했다.

얼마나 지났을까. 누군가 호텔 방안으로 들어왔다. 누워 있는 나와 눈이 마주치자 흠칫 놀라 되돌아나갔다. 부르려고 했지만 말이 나오지 않았다. 손을 들어올릴 수도 없었다. 그 사람이 문을 닫으며 사과하는 듯이 나를 바라보았을 때 안간힘을 써 눈빛으로 호소했다. 그가 가깝게 다가왔다. 이윽고 눈앞까지 바투 다가온 한 아주머니의 회색 눈동자가 동그랗게 커지는 것까지 보았다. 부산을 떠는 소리가 요란한 가운데 의식을 잃었다.

깨어났을 때는 팔뚝에 영양제 주사가 꽂혀 있었다. 침대 옆에서 나를 바라보던 젊은이가 미소를 지었다. 그가 나가더니 곧이어 지배인이 왔다. 그는 내게 서울에 있는 집으로 연락하겠다며 전화번호를 물어왔다. 가볍게 손사래를 쳤다. 나중에 안 일이지만 청소하러 들어온 아주머니가 심상치 않은 상황을 파악해 지배인에게 연락했고 이어 의사가 다녀갔다. 주사를 맞아서인지 한없이 무겁기만 했던 머리가 시나브로 가벼워졌다. 지배인으로부터 내가 사흘 동안 깊은 잠에 빠져 있었다는 말을 들었을 때서야 그가 얼마나 황당했을지 짐작할 수 있었다. 나 자신 충격이었다.

지배인은 의사의 지시라며 외출을 삼가고 충분히 휴식할 것을 권했다. 아직 몸 여기저기가 쑤셔 눈을 되감았다. 다음날 새벽 눈을 떴을 때는 상쾌했다. 정신이 한 점 티없이 맑았다. 침대에서 일어나 원고를 거듭 정독했다.

호텔 현관에 전화를 걸어 날짜를 확인했을 때 가슴이 철렁 내려앉았다. 땅거미가 어둑어둑 질 무렵 서풋서풋 호텔을 빠져나온 까닭이다. 기실 마르크스의 묘 앞에 서고 싶어 오히려 몸살이 도질 상황이었다. 더구나 서울로 귀국할 항공편을 예약해두었기에 묘지를 찾을 마지막 기회였다. 다만 아직 열기가 가시지 않아서일까. 막상 숙소를 나와 걸으니 봄바람이 이마에 차가웠다. 다리도 때때로 후들거렸다.

마르크스와 데무트 그리고 하인리히 세 사람이 으밀아밀 나눈 기록을 읽고 나서일 게다. 하이게이트의 무덤이 예사롭지 않아 보였다. 저 아득한 옛날부터 머문 곳처럼 정겹게 다가왔다. 안내원을 따돌리고 밤이 이슥할 때까지 묘소를 지켰다.

언제 이곳에 다시 오겠는가. 한낱 자기위안이나 관광으로 찾을 수는 없는 일이다. 그렇다고 해방의 꿈을 이룬 뒤에 찾아오겠다고 다짐하기엔 나 이미 50대였다. 밤 공기를 쐬어 몸에 열이 오르는 아득한 현기증이 났다. 그래서일까. 캄캄한 마르크스 무덤 둘레의 작은 묘비와 석상들이 들썩거리는 환상에 젖어들었다. 열이 오르고 있음을 자각했지만, 마르크스와 작별을 위해 외투속 주머니에 찔러 둔 포도주는 비워야 했다.

묘비 앞에 붉은 술을 세 번 뿌리며 고수레했다.

칼……

예니……

그리고 데무트……

그 붉은 사랑을 위하여.

까닭 모를 슬픔이 몸 어디선가 밀려왔다. 단숨에 병을 비웠다. 두 번째 병을 꺼내 또 고수레했다. 붉은 술이 저 깊은 곳으로 스며들기를, 하여 창백한 주검들에 이르러 마침내 핏줄을 타고 흐르기를 바라는 터무니없는 환상에 잠기며.

열기 탓일까. 채 두 병을 비우기도 전에 술기운이 손끝, 발끝으로 퍼져가더니 심장으로 역류하듯 뜨겁게 밀려왔다. 지하에 묻혀 있을 핏빛 사상과 그 못지않게 짙을 핏빛 사랑이 붉은 포도주가 스며든 길을 타고 거꾸로 올라와 내 온몸으로 퍼져가는 듯했다. 모세혈관의 안쪽까지 붉은 술로 촉촉이 적셔지는 느낌에 아득했다.

붉디붉은 사랑과 사상을 불러내고픈 갈망에 사로잡혔다. 칠흑의 어둠 속에 갇혀 있을, 아니 지하에서 영원의 향기를 자아내고 있을 사랑과 혁명의 진실에 귀기울이고 싶었다.

쇠울타리 안쪽 묘비 옆에 팔다리를 한껏 벌리고 엎드렸다. 이마를 땅에 바투 대었다.

낮은 목소리로 느끼어 말했다.

"당신의 가르침과 정반대로 모든 세계의 노동자들이 조각조각 갈라져 있습니다. 당신의 사상을 연구한다는 마르크스주의 학자들조차 세계를 해석만 하지 바꾸려 하지 않고 있습니다. 당신은 그럼에도 여기 이렇게 잠들 수 있어요? 마르크스! 제발 말 좀 해보세요!"

아무런 말도 들리지 않았다. 시나브로 감상에 젖어갔다.

"당신의 아들, 프롤레타리아트의 초라한 오늘은 도대체 누구의 책임입니까?"

가슴이 답답해왔다.

왜였을까. 문득 외할머니가 떠오른 까닭은.

어린 시절 외할머니는 유난히 나를 귀여워하셨다. 당신은 그 시절 내가 본 어떤 할머니보다 고우셨다. 그래서였다. 설이나 추석을 쇠고 난 다음날 어머니 손잡고 눈어치 외갓집에 가려고 집을 나설 때면 벌써부터 풀솜할머니 품안으로 달려가 안기는 상상에 젖었다. 그로부터 수십 년이 지난 어느 날이었다. 사진첩을 뒤적일 때 빛 바랜 사진으로 만난 외할머니는 어머니가 돌아가시기 전 꼭 그 모습이었다.

초등학교에 들어가고 조금씩 철이 들면서다. 외할머니의 살가운 얼굴 어디선가 낯선 인상을 발견했다. 가령 어린 가슴이 공포로 시서늘해질 만큼 골똘히 허공을 응시하던 눈빛이 그랬다. 낯설음의 정체가 밝혀진 것은 열두 살 때였다. 우연히 동무들과 집으로 오는 길에 흥겹게 들려오는 꽹과리소리와 징소리에 어깨가 절로 들썩였다. 아이들이 신이 나서 소리쳤다.

"야, 굿이다. 굿."

순간 멈칫했다. 어머니로부터 굿하는 집에는 얼씬도 하지 말라고 귀에 못이 박히도록 들어온 탓이다. 하지만 아니었다. 막상 현장에 부닥치자 호기심이 한결 더했다. 사람들이 구름처럼 몰린 큰굿이었다. 어른들 허리춤을 헤집고 들어섰다. 금기의 문을 여는 흥분으로 가슴이 터질 듯했다. 뭇 사람의 눈길을 모은 무당은 알록달록 큰 부채로 얼굴을 가리고 있었다. 춤추는 무당의 오른손에 쥔 방울이 끊임없이 흔들렸다. 굿판 둘레에 모인 사람들을 빙 둘러보았다. 표정들이 사천왕처럼 죄다 굳어 있었다. 별세계였다. 숨이 막혔다. 그때였다. 굿판 가운데서 누군가 나를 뚫어져라 쏘아보는 기운을 느꼈다. 무심코 눈을 돌렸다. 무당의 눈과 맞닿았다. 바로 그 순간 내 몸은, 아니 내 마음은 숨쉴 틈도 없이 얼어붙었다.

신바람 일으키며 시퍼런 작두 날 위에서 훌쩍훌쩍 뛰는 무당. 아! 외할머니였다! 온몸에 소름이 돋는 충격이었다. 무슨 까닭일까. 자랑스러웠다. 어머니께서 왜 굿판에 기웃거리지 말라 했는지 비로소 깨달았다.

첫 굿판을 목격한 날, 집에 와서 난 오래 망설였다. 결국 어머니께 굿 본 사실을 이야기하지 않았다. 몇 달 뒤 설을 쇠러 갔을 때다. 풀솜할머니는 아무 말씀이 없으셨다. 나를 보며 예전보다 더 따사로운 미소를 지었을 뿐이다. 굿판에서 번쩍이던 눈빛도 보이지 않았다. 부드러운 사랑만 담겨 있었다. 그 뒤로 외할머니 굿을 한 번 더 보았다. 이웃집에 살던 아저씨가 갑작스레 돌아가셨을 때다. 굿판을 벌인다는 말을 들었다. 어머니는 학교 가는 내게 오늘은 동무들과 운동장에서 놀다가 저녁 먹을 때나 오라고 말씀하셨다. 난 그때 확신했다. 외할머니께서 오신다고!

수업을 마치자마자 쏜살처럼 달려왔다. 마을 어귀부턴 슬금슬금 걸었다. 굿집으로 들어섰다. 과연 예상이 적중했다. 어른들 사이로 외할머니를 바라보았다. 무당이 죽은 귀신을 불러온다는 말을 어린 시절에 들었을 때 무서우면서도 설마 했다. 그런데 굿판에서 외할머니가 죽은 옆집 아저씨의 원혼을 불러왔다며 그의 목소리를 고스란히 재현하는 걸 똑똑히 보았다. 당신이 공수를 내리던 풍경은 지금도 내게 풀리지 않는 수수께끼로 남아 있다. 안타깝게도 외할머니와 깊은 대화를 나눌 수 있을 만큼 내 영혼이 익어가기 전에 당신은 돌아가셨다.

'무당의 피가 내 핏줄 어디선가 한 줄기 흐르고 있지 않을까.'

외할머니가 죽은 이의 망령을 불러온 굿판이 떠오른 순간, 불칼처럼 스친 의문이다. 얄팍한 생각만은 아니었다. 머리가 맑아지면서 사뭇 진지하게 되쳐 물었다.

'어쩌면 나 또한 오늘 이 밤에 마르크스의 혼을 불러내올 수 있지 않을까.'

공수를 내리는 풀솜할머니의 엄숙한 얼굴이 눈앞에 어렸다. 이마에 송골송골 맺힌 땀이 흘러내려 속눈썹을 적셨다. 그 아래 검은 눈동자가 커다랗게 몰려왔다. 가득 찬 텅 빔의 세계, 캄캄한 세계로 빨려들어가며 정신이 몽롱해졌다.

얼마나 시간이 흘렀을까.

어인 일인지 땅 밑 어디선가 두런두런 사람의 소리가 들려왔다. 연푸른 풀잎을 헤치고 귀를 바짝 대었다. 땅 속에서 들려오는 게 틀림없었다. 게다가 소리는 저 깊은 땅 밑에서 차츰 커졌다. 어디선가 들어본 소리 같았다. 외할머니의 굿판에서 들었던 방울소리가 떠올랐다.

하지만 귀밑아래까지 소리가 들려왔을 때는 달랐다. 사람의 소리가 틀림없었다. 화들짝 놀라 일어났다. 어느새 묘비를 슬근슬근 휘감으며 밤안개가 피어나고 있었다. 서늘한 기운이 내게로 뻗쳐왔다. 으스레를 쳤다.

그 순간이다. 땅으로 누군가 불쑥 솟아올랐다. 드디케 니낀 민인끼. 사람이되 사람이 아니다. 흔적도 없이 땅을 뚫고 나타나는 사람은 없지 않은가. 다닥다닥 위아래 이가 맞부딪쳤다. 발끝에서 머릿살까지 으르르 떨렸다. 말은 물론 신음조차 낼 수 없었다. 사부자기 다가서는 걸 하릴없이 바라만 보았다.

그랬다. 유령이었다. 그러나 참으로 이상하게도 유령이 다가올수록 전율보다 평안을 느꼈다. 공포감은 봄볕에 눈석듯이 사라졌다. 이윽고 유령이 걸음을 멈추었다. 지긋한 눈매로 바라보더니 고요히 묻는다.

"누구인가. 어디서 왔는가. 왜 나를 불렀는가."

정녕 유령일까. 의문이 들 만큼 목소리에 정감이 묻어났다. 어인 까닭인지 유령의 음성마저 어디선가 자주 들은 것처럼 친숙했다. 누구일까. 유령에 홀려 뚫어지게, 아니 어쩌면 멍하게 바라보았을 게다.

아, 칼 마르크스!

마르크스가 아닌가!

사자 갈기처럼 머리칼과 수염이 온 얼굴을 뒤덮은 먀르크스 초상에 익숙해서였다. 유령을 단숨에 알아보지 못한 까닭은.

유령은 사진과 달리 흰 수염과 흰 머리칼 두루 막 깎은 잔디처럼 짧았다. 하지만 마르크스가 틀림없었다. 유령이 서 있는 뒤로 묘비 위에 놓인 마르크스 얼굴상이 머리칼을 자르고 면도를 한다면 바로 그 얼굴이다. 마르크스가 1882년 유럽을 떠나 알제리에서 머리와 수염을 모두 깎았다는 고백이 섬광처럼 스쳤다.

사진에서 강렬했던 눈매와 고집스런 콧날마저 수염과 머리가 짧아서인지 한없이 부드럽게 보였다. 얼굴 전체에서 거룩함이 배어나왔다. 유령임에도 그랬다.

"칼……, 칼 마르크스…… 선생님이신가요?"

싱그레 미소를 지으며 고개를 천천히 끄덕였다.

"아! 맞군요. 이런 일이 벌어지다니! 정말 믿어지지 않는군요."

꿈결처럼 다가온 순간이었다. 얼마나 갈망했던 만남인가. 옷깃을 여미며 일어났다. 정중하게 인사를 드렸다.

"뵙게 되어 참으로 영광입니다. 저는 멀리 동아시아에서 왔습니다. 용서하십시오. 조선 민족의 전통의식으로 선생님 넋을 불러왔습니다. 예기치 않은 초혼으로 지하의 안식을 가리틀어 송구스럽습니다."

마침내 마르크스가 입을 열었다.

"조선? 당신이 조선인이오? 조선 사람은 처음 만나는군. 그나저나 지금은 어떤 시대인가요?"

"놀라지 마십시오. 선생님은 1883년 3월 예기치 않은 순간에 이곳으로 거처를 옮기셨지요. 지금은 1900년대인 20세기도 지나 21세기입니다."

마르크스가 오른쪽 눈썹을 조금 치켜뜨며 내 얼굴을 뜯어보듯 살폈다.

"21세기? 참으로 지금이 2000년대란 말이오?"

고개를 끄덕였다. 마르크스가 느낄 시간적 거리감이 우려됐지만 의외로 대수롭지 않게 여기는 듯했다. 오히려 반기며 말했다.

"그렇다면 귀하는 내가 그리던 미래의 인류, 새로운 사람이군요."

어떻게 답해야 할까. '미래의 인류'나 '새로운 사람'이라는 말에 긍정도 부정도 할 수 없었다. 슬그머니 말머리를 돌렸다.

"조선 사람이 처음이라 하셨지요? 인도와 중국 못지않게 조선도 오랜 역사를 지니고 있습니다. 유라시아 대륙의 가장 동쪽에 있어요 산이 높고 물이 맑은 나라이자 깨끗한 아침의 나라이지요."

"깨끗한 아침의 나라? 조선은 내가 살았을 때는 은둔의 왕국으로 알려졌소. 볼테르를 비롯해 몇몇 작가들의 책에서 조선 이야기를 읽은 기억이 나오 가장 먼 동쪽의 나라…… 흠……, 그런데 조선에 죽은 영혼과 대화를 나누는 전통이 있다는 건, 하여 지상에 다시 불려올 줄은, 꿈에도 상상 못했소 만년에 대학동창의 덕으로 불교에 매혹됐었지만 그런 문화가 있는 줄은 미처 몰랐소."

"불교와 다릅니다. 불교도 조선문화에 녹아들었지요. 조선에서 삶과 죽음은 갈라지지 않습니다. 죽은 어버이를 집안의 신으로 섬깁니다. 자손의 삶 속에 더불어 살게 되지요 기독교에서 예배드리듯이 조선의 민중들은 죽은 사람의 기일에 해마다 경배합니다. 술과 음식을 차려 기리며 죽은 이와 하나가 되지요. 죽은 이와 하나 되어 대화를 나누고 삶을 새롭게 발견합니다. 더러는 술·노래·춤이 함께 어울려 산 자와 죽은 자 두루 신명나는 한판을 벌이기도 합니다."

"호! 그래요. 술상을 차려 기리며 죽은 이와 하나가 된다? 게다가 노래와 춤을 곁들여 신명나는 한판을? 왜 내가 생전에 조선의 문화를 연구하지 못했을까 후회되는군요. 혹시 귀하는 성직자인가요?"

"아닙니다. 성직자의 외손자이긴 합니다만, 저의 직업은 기자입니다."

"성직자의 후손이고 기자? 신문을 만들어요?"

다소 창백했던 얼굴에 호기심이 번져갔다. 그의 가계가 성직자였고 생전에 유일한 '직업'이 신문기자이어서일까.

"신문을 만든다니 반갑구려. 무엇보다 먼저 확인하고 싶소. 너무나, 너무나 궁금하오. 자본주의야 벌써 종언을 고했으리라 믿소. 인류는 어디까지 걸어왔소? 공산주의 사회 첫 단계인가, 아니 그 단계도 넘어섰을까? 사람들 모두가 능력만큼 일하고 필요한 만큼 나눠 쓰는 공산주의 사회를 이루었소?"

말문이 막혔다.

어떻게 설명해야 할까.

시간을 벌고 싶었다.

"저……, 선생님. 저는 까마득한 후손입니다. 먼저 앉으시지요. 말씀도 편하게 해주시고요. 그래야 제가 편합니다."

"아니오. 내게 주어진 지상의 삶을 남김없이 미래의 인류, 곧 귀하들에게 바쳤소. 내 삶이 고통으로 갈기갈기 찢어질 때마다, 아니 그럴수록, 인류의 내일이 나의 희망이었다오. 귀하가 참으로 21세기 사람이라면 귀하야말로 내가 생전에 섬긴 종교이고 마땅히 내가 존경해야 할 새로운 인류요. 아마도 귀하는 나보다 훨씬 더 풍부한 인간성을 지니고 있을 게 틀림없소. 지금 귀하가 나를 불러내온 이 현상 자체가 그

걸 입증해주고 있소 죽은 사람과 대화를 벌인다는 걸 생전에 나는 상상조차 못했다오 귀하가 초인처럼 보이는군요 좋아요 우리 더불어 앉읍시다. 미래의 인간, 슬기로운 인류를 나도 자세히 살펴보고 싶소"

무슨 말을 할 것인가. 19세기에 삶을 역사에 불태운 거인의 '기대' 앞에서 21세기를 살아가는 후손으로 어떻게 오늘의 현실을 설명할 수 있을까. 전혀 감이 잡히지 않았다.

마르크스가 가늘게 눈을 감으며 사위를 둘러보았다.

"세월이 많이 흐른 게 틀림없군요 이곳 하이게이트도 정녕 몰라보게 달라졌소 참, 당신은 기자라고 했지요 내가 살던 19세기에는 어처구니없게도 거의 모든 신문이 자본가의 치밀한 통제 아래 있었소 신문을 만들면서 내가 얼마나 좌절했는지 아시오? 당신은 '설마 그럴 리가' 할 거요 그들은 심지어 내가 일생을 걸고 펴낸 『자본』에 대해서도 서평 한 줄 소개하지 않았다오"

"예, 잘 알고 있어요 선생님은 그 침묵의 음모에 괴로워하셨지요 하지만 당대의 신문이 모르쇠로 복수한 그 책은 20세기에 성경 다음으로 많이 읽힌 책이 되었습니다. 마음 편히 지니세요"

"하, 그래요? 하지만 성경 다음? 흠! 그렇다면 인류는 아직은 첫 단계(사회주의)이겠군요. 어떻소'? 비록 뼈와 피는 없지만 내 직관력은 아직도 쓸 만하지 않소?"

그를 위로하려고 무심코 건넨 말에서도 시대를 읽어내려는 탐구심이 묻어나왔다. 더 이상 숨길 수 없었다. 감추는 것은 예의가 아닐 뿐더러 옳지도 않았다. 아니, 다 털어놓아야 비로소 마르크스의 지혜를 빌릴 수 있지 않은가. 환상인지 현실인지 판단이 서지 않지만 아무튼 그와 얼굴을 맞댄 상황에서 있는 그대로 현실을 낱낱이 고백하고 충고를 받아내는 게 현명한 태도 아닌가.

"선생님이 너무 실망하시지 않을까 두렵습니다. 차마 말씀을 드리지 못하겠어요. 하지만 진실이 아무리 가혹하더라도 언제나 선생님은 알고 또 알리기를 원하셨지요. 신에게 간을 쪼이는 형벌을 받은 프로메테우스처럼 불굴의 용기로 시련을 이겨갔고요. 그래요, 진실을 알려드리지요."

거기서 말을 끊었다. 마르크스의 눈빛에 긴장이 감돌았다.

"잔인한 진실일지 모르겠어요. 에두르지 않고 곧장 말씀드릴게요. 21세기의 인류는 그 어느 때보다 강력한 자본주의 체제 속에 살아가고 있습니다. 선생님께서 『자본』을 쓸 때보다 자본의 힘은 더 커졌습니다. 신문으로 예를 들어볼까요. 지금도, 아니 그때보다 더 신문사 안팎에서 자본의 통제를 받고 있습니다. 더욱 기막힌 것은 선생님이 사셨던 19세기보다 더 많은 사람들이, 아니 대다수 사람들이 자신의 삶이 자본의 고삐 아래 놓여 있다는 사실조차 모른다는 데 있습니다. 자본주의 체제는 '티라노 사우루스'처럼 가장 폭력적인 육식공룡이면서도 감미로운 미인의 가면을 쓰고 있어요. 살점이 끼고 피로 물든 이빨에는 최고급 향수를 뿌렸지요. 선생님께서 기다린 '새 사람'은 오지 않았고 사람들은 19세기보다 더 왜소해져 있습니다."

시커먼 먹구름이 마르크스의 하얀 머리칼 아래 너른 이마로 달음박질치듯 몰려왔다.

4 얼마나 지났을까. 마르크스가 고개를 들어 말없이 검은 하늘을 우러러보았다. 무거운, 아니 무서운 침묵이었다. 이윽고 절규하며 절망을 토로했다.

"아아, 그대는 대체 무슨 말을 하는가요. 되묻지요. 분명 귀하가 21

세기의 기자인가요? 내가 이곳에 묻힌 게 1883년 아닌가요? 그럼에도 자본주의 체제가 더 강력하다니요? 아니, 그렇다면 지난 세월 동안 인류는, 우리 후손들은, 도대체 무슨 일을 했는가요? 자신의 삶을 기꺼이 내던진 수많은 투사들의 자손이 죄다 무릎꿇고 살아갔단 말이오? 아니, 그럴 리는 없을 거요. 내가 21세기의 기자와 만나 이야기를 나누는 것, 이것 자체가 환상 아니오? 꿈 아니오? 허! 참. 유령의 꿈이라니! 기막힌 일이로군.”

답할 말이 없었다. 나 자신 반세기 넘도록 살았지만, 스스로 실존을 거부하고 싶을 만큼 부끄러움을 느낀 순간은 처음이었다. 사상사나 혁명사를 읽을 때 다가오던 감동이나 전율과는 차원이 달랐다. 나보다 앞서 삶을 치열하게 살아간 선인 앞에 하릴없이 주눅드는 참담함이란. 그럼에도 여태껏 가당찮게 시대의 지식인인 양 행세해온 자신이, 초라한 몰골이, 더없이 모멸스러웠다.

도시 답답하다는 듯 그가 재차 물었다. 어느새 눈시울은 볼그스레 물들었다. 마치 살아 숨쉬는 얼굴처럼……

“그렇다면 혁명은, 내가 여기 묻힌 뒤 어느 곳에서도 일어나지 않았단 말이오? 어떻게 그럴 수가 있었소!”

“혁명이 일어나지 않은 것은 아닙니다. 아니, 노동계급의 혁명은 활활 타올랐어요. 선생님의 서거 뒤 30여 년이 지났을 때입니다. 1917년 혁명이 일어났지요. 선생님도 생전에 예측하셨지만 러시아에서였습니다. 이어 동유럽과 중국 그리고 조선에서도 혁명이 일어났습니다. 세계적으로 사회주의 체제가 성립되었지요. 20세기 중반께는 세계사가 사회주의로 전환하는 과도기에 있다고 대다수 지식인들이 생각했습니다. 기꺼이 혁명에 자기 목숨을 던졌어요. 조선에서도 1917년 이후 현대가 시작되었다는 시대구분이 설득력을 얻었습니다.”

“가만, 가만, 러시아에서 혁명이 일어났다는 귀하의 이야기는 충분히 예상했던 사건이오. 그런데 뒤이은 혁명이 동유럽과 중국 그리고 조선이라 했소? 그건 뜻밖이오. 그렇다면, 프랑스나 독일 그리고 영국과 미국에선 혁명이 일어나지 않았단 말이오?"

"유감스럽지만 그렇습니다. 독일에서 러시아혁명 직후 혁명적 봉기를 모색했지만 실패했습니다. 지도자가 잔혹하게 학살당했었어요. 프랑스와 영국 자본주의도 건재합니다. 무엇보다 미국이 세계자본주의 체제를 지배하고 있습니다."

"아! 그랬군요."

탄식하며 무릎을 툭 친 뒤 말을 이었다.

"그렇다면……, 자본주의가 발전한 국가에서 혁명이 일어나지 않았다면……, 러시아나 중국 그리고 당신의 나라인 조선도 온전한 사회주의 혁명을 일궈내기 어려웠을 터인데?"

"과연 혜안이시군요. 결국 그 결과입니다. 러시아혁명은 70여 년 동안 버텼지만 1991년 끝내 파국을 맞았습니다. 러시아에 자본주의가 마구 들이닥쳤어요. 러시아혁명의 영향으로 형성된 동유럽의 사회주의 국가들도 1989년부터 무너져내렸습니다. 선생님이 과학이라고 강조한 공산주의도 결국 인간의 덧없는 공상에 지나지 않는다는 허무주의가 21세기의 인류를 지배하고 있답니다."

그의 온 얼굴을 드리운 먹구름이 한층 시커멓게 짙어갔다. 금세 낙담의 빗줄기를 억수처럼 쏟아부을 것만 같았다.

위로의 말을 전하고 싶었다.

"하지만 21세기이자 제3의 천년을 맞이하면서 온 세계의 지식인을 상대로 한 여론조사에서 지난 천년간 최고의 사상가로 선생님이 뽑히셨습니다."

"천년이 빚은 사상가? 그게 중요하오? 하물며 지식인들에게?"

말을 끊더니 쓸쓸한 미소를 지었다.

"날 위로하려는 뜻임을 잘 알고 있소 하지만 귀하는 아직 나를 모르오 내게 철학이나 사상은 그것만으로는 아무런 의미가 없다오 잿빛에 지나지 않아요 문제는 언제나 짙푸른 생명의 세계, 싱그러운 삶의 현실입니다. 그 현실의 세계에서 유럽은 물론 미국의 프롤레타리아트가 자본주의 체제에 굴복했다면서요? 공상적 사회주의에 맞서 싸운 나의 삶이 조롱받고 있다는 말 아니오? 난 박물관 속에 갇혀 기념 받는 사상가 따위는 염두에 두지 않았소 그건 위로가 아니오 고문이오!"

"......"

"자, 이제 하나하나 되짚어봅시다. 먼저 귀하의 말 가운데 정정해야 할 대목부터 지적하겠소 영국·프랑스·독일에서 혁명이 따르지 않을 때 러시아혁명이 파국을 맞을 것은 과학적으로 충분히 예견할 수 있었던 일 아니오? 실제로 내가 이미 그런 분석을 내놓았지 않았나요? 그러므로 그걸 근거로 삼아 과학적 공산주의가 공상이라고 비난하는 것은 걸맞지 않소 정반대요 오히려 과학적 공산주의 이론의 타당성을 입증해주는 것 아니겠소?"

마르크스 글을 읽을 때 나도 그렇게 생각했었기에 고개를 끄덕였다.

"그리고 허무주의가 지배하고 있다고 했소? 천만에! 그렇지 않겠지요 스스로 허무를 즐기는 사람들은 인류의 모든 시대를 '관통'하고 있어요 그러나 언제든 허무주의가 한 시대를 온전히 지배하기란 불가능하오 허무를 즐기는 부류 못지않게 인류의 내일을 열어가려고 최선을 다해 삶을 살아간 사람들이 늘 존재했기 때문이오 지금도 마찬가지라오 누군가 허무주의에 몰입하고 싶으면 그렇게 하면 되오 다만 허무주의에 몰입하면서 공산주의는 결국 공상이었다는 따위를 명분으로 내걸지는 제발 말았으면 하오 문제를 제기할 새로운 출발점은 왜 자본주의가 무르익은 국가에서 혁명이 일어나지 않는 것일까라는 점이오 사태 파악을 위해 한 가지 물어봅시다. 자본가들의 자본주의 체제

관리 능력이 그만큼이나 발전했단 말입니까?"

"그렇습니다. 기막힌 역설입니다만 자본가들의 통제 능력을 높여주는 데 누가 가장 크게 공헌했는지 짐작하실 수 있겠습니까?"

"우리, 시간을 낭비하는 수수께끼는 그만둡시다."

"바로 선생님입니다."

"그건 또 무슨 궤변이오?"

"궤변인 듯하지만 현실이고 현실인 듯하지만 궤변이지요. 궤변 반, 현실 반인데요. 어쩌면 이런 말 자체가 궤변일지도 모르겠습니다. 그러나 자본주의가 살아남은 가장 큰 이유는 자본주의의 사망을 선고한 『자본』의 출간이라는 풀이가 전혀 설득력 없는 것은 아닙니다. 어쨌든 선생님께서 『자본』을 발표한 뒤 자본주의가 엄청난 변신을 한 것은 사실이니까요. 선생님은 『자본』을 세상에 내놓았을 때 자본가들은 물론 대다수 먹물들이 무시했다고 말했지요? 아닙니다. 표면상 그랬던 것뿐이지요. 적어도 자본가들은 겉으론 무시했지만 『자본』이 내린 자본주의 사망 선언에 경악했어요. 당연히 생존하려는 본능이 무섭게 타올랐지요. 내부적으로 그 책을 분석해 철저히 대책을 마련했습니다. 자본가들은 무궁무진 지니고 있는 돈을 무기로 자본주의를 살려나갈 대책을 마련하기 시작했어요. 자본가들이 대책을 세우는 데 돈을 뿌릴 때마다 그 둘레에 먹물들이 들끓며 경쟁적으로 자본주의를 옹호하고 나섰습니다. 그 결과입니다. 간단히 말씀드리면 공황을 피하려고 자본의 논리에 정책적으로 개입해 들어갔어요. 상품 판매시장을 인위적으로 늘렸지요. 노동자들의 임금도 적절하게 올렸고요. 더 많이 소비할수록 행복하다는 이념 아닌 이념이 대중의 일상생활을 지배하게 되었습니다. 무엇보다 노동자들의 단결을 가로막으려고 일부를 중산층으로 포섭해갔습니다. 노동자들의 정치참여도 혁명을 예방하는 데 필요한 정도만큼 보장해주었어요."

마르크스가 눈을 가늘게 감으며 얼추 빈정거리는 미소를 띠었다.

"무슨 말인지 이해할 것 같소. 솔직히 내가 가장 우려했던 것도 바로 그 점이었다오. 배고픈 가난뱅이들은 부자들이 빵 부스러기를 눈곱만큼 나눠주더라도 인생의 은인으로 여기게 마련이라오. 자신이 가난한 근본적인 이유가 부자들에게 있다는 사실을, 그들이 나눠주는 빵 부스러기는 본디 자신이 마땅히 가졌어야 할 몫의 극히 일부라는 사실을 깨닫기는 쉬운 일이 아니오."

"그렇군요. 생전에 예견하셨군요."

"뭐, 예견이랄 것까지는 없소. 다만 내가 『자본』을 집필하던 시절 이미 그런 조짐은 엿보이기 시작했소. 아니, 불길함은 예전에도 있었다오. 노동자들이 잃을 것은 쇠사슬뿐이라는 글을 쓸 때, 문득 그런 생각이 들었다오. 아, 어쩌면 이 문장을 읽은 저들이 노동자들에게 '잃을 것'을 준다면? 그때는 어떻게 될까…… 삶은 누구에게나 하나일 터인데. 삶을 조금이라도 즐길 가능성이 있을 때 혁명의 전선으로 선뜻 나서기란 어려운 일이 아닐까…… 개개인에게 삶의 일회성은 당연한 말이지만 대단히 중요한 문제라오. 그때 난 창 밖의 어둠을 응시하며 생각했소. 하지만 그렇다고 하더라도 인류의 새로운 세대가 그 난제와 씨름하겠지, 그리고 상애를 넘어서겠지…… 그렇게 믿었다오."

마르크스가 오른손을 들어 엄지로 턱을 괸 뒤 집게손가락과 가운뎃손가락으로 엷게 깔린 하얀 턱수염을 비스듬히 아래위로 쓰다듬었다. 아름다운 품격이 배어 있었다. 왜일까. '거인'의 눈시울이 촉촉이 젖어들었다. 반짝이는 이슬을 발견했을 때 마르크스가 술을 즐겼다는 기록이 섬광처럼 스쳤다.

"술 한잔하시겠습니까?"

거인은 성긋이 미소를 지었다. 내민 포도주 병을 흐뭇한 표정으로 바라보았다. 도시 유령답지 않아 눈빛엔 어느새 갈증마저 감돌았다.

조금 전 혼자 마시던 종이컵을 깨끗이 털었다. 컵을 두 손으로 내밀며 앉은자리에서 일어났다. 무릎을 꿇고 공손히 술을 따르려고 했을 때다. 황급하게 만류했지만 마르크스가 오른쪽 무릎을 짚고 일어나 술잔을 받았다. 정중함과 겸손이 배어 있었다. 마르크스의 성격이 괴팍하고 거칠었다는 세간의 기록들이 얼마나 악의적 왜곡이었는지 새삼 절감했다.

붉은 포도주를 한 모금 맛보면서 그가 회상에 잠겨 말했다.

"오랜만에 호사하는군. 어떻소? 적잖은 술고래들이 자부했듯이 확실히 인류가 신보다 위대하지 않소? 물을 만든 신보다 술을 만든 사람이 얼마나 더 아름답소? 참, 당신의 직업이 기자라고 했소? 해볼 만한 일이오. 내가 박사학위 논문을 제출한 다음이었소. 대학에서 교수 자리를 얻기 힘들 거라고 생각했지만, 설령 그게 가능했다고 하더라도 신문을 선택했을 거요. 지배체제에 최후의 심판이 온 것을 동시대의 모든 이들에게 널리 알리고 싶었소. 대학강단이 아니라 신문 지면이야말로 수구세력이 지배하는 프로이센에서 최상의 연단이라고 생각했소. 대학강단은 오히려 투쟁정신을 매장하는 무덤처럼 여겨졌오. 그런데 내가 그때 그 말을 하자 브루노가 말했던 게 생각나오. 브루노가 누구인지 아시오?"

딱히 신문 이야기가 나와서만은 아니었다. 기실 처음부터 적절한 기회를 찾고 있었다. 안주머니에서 슬그머니 취재수첩을 꺼냈다. 마르크스와 나누고 있는 대화를 기록할 작정이었다. 이것이 환상인지 생시인지 도통 분간할 수 없었지만, 더구나 유령과 만나고 있다는 게 도대체 가능한 일인지 따져볼 겨를도 없었지만, 틀림없는 점은 내가 마르크스와 대화, 아니 인터뷰하고 있는 사실이었다. 어떤 차원에서 이루어졌든 적어도 칼 마르크스 인터뷰라면 세계적 대특종 아닌가. 수첩을 꺼내 펴들자 마르크스는 어색하게 웃었다. 그가 만류할까 두려워 나무 만년필 뚜껑을 열면서 나름대로 재빨리 주의를 돌렸다.

"물론입니다. 잘 알고 있어요. 브루노 바우어를 말씀하시는 거죠. 선생님과 같은 시대를 살아간 청년 헤겔파의 사상가였죠?"

마르크스는 결코 녹록하지 않았다. 세심했다. 의중을 꿰뚫어보며 수첩과 내 눈을 번갈아 응시했다.

"맞아요. 아시는군요. 그런데 그것은 뭡니까?"

"......"

"기록하게요?"

"......"

"그러지 마세요. 그냥 우리 진솔하게 마음을 열고 이야기 나눕시다. 귀하가 기록한다고 해도, 기사를 쓴다고 하더라도, 당신이 나와 만났다는 사실을 아무도 믿지 않을 거요. 그렇지 않소? 유령을 만나 대화를 나누었다? 누가 믿겠소. 그러니 펜을 집어넣고, 수첩도 접으세요. 나 또한 부담없이 21세기 후손과 대화를 즐기고 싶소."

차분한 목소리였다. 하지만 거역하기 어려운 어조였다. 어쩔 도리 없었다. 딴은 마르크스의 말이 이치가 닿았다. 21세기를 맞은 오늘 19세기에 죽은 마르크스의 인터뷰를 누가 믿겠는가. 그럼에도 바짝 정신을 집중했다. 독자들이 믿고 안 믿고는 나중의 문제요, 궁극적으로 독자가 판단할 문제 아닌가. 지금 이 순간 명백하게 벌어지고 있는 대화를 하나라도 놓치지 말아야 했다. 오랜 경험으로 취재수첩 없이 기사화하는 데 미립도 난 터였다. 수첩과 만년필을 풀밭에 내려놓는 걸 보고 마르크스는 말을 이었다.

"자, 그럼 다시 이야기해봅시다. 브루노가 부르대더군요. '신문을 무대로 신에게 반란을 일으킵시다. 모든 천사가 항복하고 곧장 지상에 몸을 던져 목숨을 구걸할 때까지!'라고. 어떻게 생각하오? 신에게의 반란이라……, 제법 그럴듯하잖소? 삶의 부조리를 항의하기엔 아주 좋은 선동문구이지요. 하지만 그 유치한 발상을 더 참기는 어려웠소 조용히 말했다오 '자유를 쟁취하기는 쉽지 않습니다. 하지만 저도 돌격을 제안하지요' 브루노는 그때까지도 사태파악을 못한 채 다시 소리치지 않겠소? '그래 돌격이야. 하늘을 향해 돌격하자!' 참 황당하더군. 하늘을 향해 돌격한다? 내가 무엇이라 했겠소? 즉각 큰 소리로 정정하고 나섰소 '아니! 지상을 향해 돌격해야지!' 알겠소? 지상을 향해! 아, 새로운 시대를 열기 위해 신문을 만들던 젊은 시절들이 사무치게 그립군요."

향수에 잠겨 두 눈에 슬픈 미소를 띠며 붉은 포도주를 바라보았다. '내 노년의 얼굴도 저런 모습이라면' 하는 부러움이 들 만큼 표정이 아름다웠다.

"선생님. 브루노 바우어는 비단 그 시대만 살았던 게 아닙니다. 오늘날에도 너무나 많은 브루노가 살아 숨쉬고 있어요. 괜스레 하늘에 울분을 터뜨리거나 하늘을 겨냥해 주먹을 내지른답니다. 아니, 어쩌면 오늘은 그나마 하늘을 향한 울분을 그려낼 붓조차 없는지도 모릅니다. 소비와 향락에 대다수 사람들이 젖어 있습니다. 아예 울분 자체가 사라지고 있어요 선생님의 깨우침이 지금 이 시대야말로 절실한 까닭입니다. 저의 진정입니다."

마르크스가 손을 들어 내 어깨를 살짝 쥔 뒤 내렸다. 마치 새가 어깻죽지 위에 사부자기 내려앉았다가 날아가는 느낌이었다.

"무슨 말인지 당신의 심경을 모르진 않소 하지만 난 언제나 공허한 미사여구를 싫어했소 마찬가지로 무조건 나를 숭배하는 '노예'들도 경멸했다오 내가 카알라일의 영웅숭배론을 비판한 글을 읽어보았소?"

미소로 긍정했다.

"좋아요 그 글에서도 강조했지만 개인숭배 그것은 아무에게도 도움이 되지 않소 인류는 언젠가 나 같은 사람을 역사의 구석에 처박고 나를 훨씬 뛰어넘는 새로운 지성을 창조해낼 거요. 귀하에게 내 장담하리다."

마르크스는 변함없이 미래를 낙관하고 있었다. 지금이야말로 공세적 인터뷰를 할 기회라고 생각했다. 아니, 그것은 단순한 인터뷰가 아니었다. 마르크스에 대한 오랜 의문이었거니와 나의 화두이기도 했다. 에위가지 않고 다짜고짜 물었다.

"선생님은 무엇을 근거로 그렇게 확신하는가요? 이미 제가 말했지요. 인류는 아직 공산주의는커녕 1단계인 사회주의의 새벽조차 열지 못했다니까요. 캄캄한 자본주의의 밤에 살고 있단 말입니다. 제발 근거 없는 낙관은 버리세요. 미래요? 선생님은 미래를—저에게는 이미 과거입니다만— 잘못 예상했어요. 그럼에도 또 낙관하는 것은 무책임합니다."

"잠깐! 짚고 넘어갑시다. 러시아혁명은 성공했지만 서구혁명을 통해 보완할 수 없었기에 무너진 것이오. 아까도 말했지만 내가 이미 과학으로 제시했잖소. 뭘 잘못 예상했단 말이오?"

"좋습니다. 그 문제는 그렇다고 하지요."

"그렇다고 하자? 그런 말은 과학적 태도의 문제 이전에 성실하지 못한 자세요."

마르크스의 얼굴에 분노가 어리고 있었다.

"죄송합니다. 잘 알겠습니다. 문제는 왜 서구의 프롤레타리아트가 혁명을 일으키지 않았던가입니다. 오늘 이 순간에도 자본주의를 극복할 노동계급, 프롤레타리아트는 속속들이 자본주의 문화에 물들어 있어요. 자본주의의 포로가 된 프롤레타리아트, 더욱이 포로가 된 사실조차 망각한 채 '자유시민'을 자처하고 있습니다."

마르크스가 이맛살을 찌푸렸다. 그 모습에 우쭐해서일까. 자신 있게 비판을 시작했다.

"저는 근본적인 문제가 사람관에 있다고 봅니다. 선생님은 노동계급만이 아니라 사람을 보는 눈이 너무나 낙관적이었어요. 사람들이 모인 사회를 바라보는 눈도 한계가 또렷했지요. 그것은 얼추 사람에 대한 믿음처럼 보이지만 실상은 사람에 대한 무시, 아니 더 정확히는 인권유린이기도 합니다. 한없이 흔들리기 쉬운 사람을 강철의 노동자로 상정하는 게 과연 사람을 위해 좋은 일인가요? 아니지요. 그건 당사자에 대한 엄청난 고통입니다."

딴에는 날카로운 비평이라고 자못 우쭐했지만 마르크스는 동요하지 않았다. 오히려 엷은 미소를 머금었다. 해탈했음을 인정받고픈 제자에게 늙은 선승이 떠보는 표정이었다.

"귀하의 논점이 갑자기 관념적으로 흐르고 있는 것을 알고 있나요? 내가 낙관적이었다? 그런 관념적 비난들은 내가 살아 있을 때도 쏟아졌어요. 인류는, 아니 지식인들은, 21세기에도 그 버릇을 버리지 못했군요. 아무튼 좋습니다. 하지만 비판이 막연하면 아무 의미가 없어요. 구체적이고 정확하게 찌를 때 상대가 아프다는 상식을 충고해줄게요."

"사람관, 그것도 낙관적 사람관이 왜 문제가 되는지 구체적으로 말씀드리지요. 사람에 대한 턱없는 환상은 예의 선생님 사상의 출발점에서 나타납니다. 선생님이 남긴 첫 글은 「직업 선택에 대한 한 젊은이의 사색」이지요? 1835년, 그러니까 고등학교를 졸업할 때 쓴 글입니다. 이런 구절이 있어요. '사람은 자신과 같은 시대를 살아가는 사람들의 삶을 향상시키고 그들의 행복을 위해 일해야 비로소 자기완성을 이룰 수 있다. 그것이 사람의 본성이다.' 하지만 과연 그럴까요? 저는 사람의 본성이 그렇다는 확신이 없어요. 오히려 사람의 본성을 그리 규정하는 것은 사람에 대한 깊이가 얕기 때문이라고 생각해요. 이어 이렇게 주장했지요? '만일 사람이 자신만을 위해 일한다면 설령 저명한 학자나 훌륭한 현자 혹은 뛰어난 시인이 될 수 있을지는 모른다.

하지만 결코 진정으로 완성된 위대한 인간이 될 수는 없을 터이다. 역사는 이 세상 전체를 위해 일하면서 동시에 자기 자신을 높여가는 사람을 위인으로 인정한다.' 그러나 거듭 말하지만 모든 사람이 위대하거나 이상적인 사람일 수는 없어요. 또 그것을 바라지도 않아요. 아니, 더 정확히 말하면 도대체 사람으로서 위대하거나 이상적이란 게 무엇을 가리키는 것인지 물어야 옳을지 몰라요. 선생님의 확신과 단정은 사람에 대한 터무니없는 낙관, 혹은 다른 사람에 대한 우월감으로 가득한 오만에 밑절미를 두고 있습니다. 해체해야 할 믿음이지요."

"해체를 하든 말든, 그건 당신이 알아서 할 일이오."

실망해서일까, 마르크스가 시큰둥하게 넘겼다.

"그렇게 무시할 문제가 아니라고 생각하는데요. 선생님의 낙관적 사람관은 그대로 낭만적 사회관으로 이어집니다. 보세요. 선생님은 앞의 글에서 모든 사람이 인류를 위하여 최선을 다해 일할 수 있는 직업을 선택할 수 있는 것처럼 말했지요. 하지만 모두 그런 직업을 지닌다는 게 현실적으로 가능할까요? 더 큰 문제는 세상 사람들 누구나 선생님이 제시한 삶을 원하지는 않는다는 데 있어요. 그건 그저 선생님 생각뿐이지요. 실제로 그렇게 살아야 할 이유라도 있나요. 어떤 사람을 아주 쉽게 '속물'이라고 규정하는 것도 문제가 이닐까요? 아무리 옳은 길이라도 뭇 사람들이 걸어가는 길과 다른 자신만의 길을 선택해 자기 존재를 입증하려는 게 사람이거든요. 그것이 소멸의 운명을 지닌 사람의 뿌리깊은 본성이라는 통찰이 선생님에겐 없어요."

눈감고 경청하던 마르크스가 눈을 떴다. 서분서분한 목소리였다.

"삶의 마지막 1년 동안 유럽을 떠나 배회했었소. 아무런 기록을 남기지 않았지만 실은 알제리에서 많은 것을 깨닫고 더러는 수첩에 적어두기도 했지요. 마지막 여행을 통해 삶과 역사에 더욱 폭넓은 생각을 하게 됐소. 하지만 당신과 나 사이에 큰 차이가 있어요. 사람과 사회에 대해 귀하가 지적한 모든 것을 받아들일 수 있습니다. 하지만 분명히 말하지요. 나는 그 문제를 사회주의나 프롤레타리아트에 대한 비판 또는 해체의 무기로 삼을 생각은 추호도 없소. 과학적 공산주의의 길을 걸어가는 과정에서 풀어야 할 문제 가운데 하나에 지나지 않아요. 귀하가 인용한 글의 다른 대목에서 나 이미 말한 바 있소. '종교도 가르쳐준다. 모든 사람이 지향하는 이상적인 인물은 인류를 위해 자신을 희생했다. 이런 생각을 섬멸할 용기가 있는 사람이 있을까?' 젊은 시절의 나 자신에게 던진 그 질문을 오늘 다시 귀하에게 던지고 싶소. 인류를 위해 자신을 희생한 사람이야말로 위대한 사람이라는 생각을 당신은 섬멸할 용기가 있소?"

그 생각을 섬멸할 용기? 답변이 궁색했다. 하지만 오랜 의문을 애매한 상태로 마무리하고 싶지는 않았다. 그래서다. 생각이 정리되진 않았지만 비판적 질문을 이어갔다.

"용기를 논의하기 이전에 무엇이 진정 인류를 위한 것이냐가 쟁점으로 불거질 수 있지요. 선생님은 사람과 역사에 대해 모든 걸 파악했다고 말합니다. 그런지도 몰라요. 동시에 선생님은 삶에 대해 아무것도 모르는 것 같기도 합니다. 한 개인의 삶이야말로 우주입니다."

마르크스는 날카롭게 허점을 파고들어왔다.

"그런 수사학은 단순한 말장난에 지나지 않는다고 생각하오. 한 개인의 삶이야말로 우주다? 그래서 어쨌다는 것이오. 물에 빠진 사람에게 그를 물에서 구할 생각은 않고 그 물 또한 생각하기에 달려 있다고 도덕적으로 훈계하는 것이 과연 도덕적이겠소?"

"제 말은, 그 우주가 어둡다는 사실입니다."

"아하, 그렇소? 점점 볼 만하군. 그렇다면 다시 묻겠소. 우주에 그리고 사람 안에 어두움이 있다고 합시다. 그래서 어쨌다는 것이오? 그래서 혁명을 하지 말자는 것은 설마 아니겠지요? 다시 묻지요. 민중의 고통을 그냥 방관하자는 뜻인가요?"

익히 알려진 대로 마르크스는 과연 논쟁을 좋아했다. 도저히 유령이라 할 수 없을 만큼 얼굴에 혈색마저 감돌았다. 이 모든 게 혹 꿈이아닐까 생각했다. 그렇다면 그와 나누는 대화를 더욱 기억해두어야 한다는 생각을 문득 했다. 바짝 긴장한 채 물었다.

"그렇다면, 저도 선생님의 문법으로 묻지요. 눈을 감는다고 해서 현실이 사라지는 것은 아닙니다. 어두운 영역에 고려가 없었기에 혁명은물론 사회주의 실험이 막을 내렸어요. 그래도 그것이 혁명과 무관하다거나 자본가계급의 이데올로기라고 고집만 피울 셈인가요?"

"무슨 말을 하고 싶은지 어렴풋이 짐작은 하겠소. 하지만 귀하는 지금 논점을 일부러 흐리거나 아니면 논점파악을 못하고 있소. 난 사람과 사람이 일궈온 역사의 모든 걸 남김없이 해명했다고 생각해본 적이 단 한 번도 없소. 더구나 늘그막에는 더욱 그랬소. 귀하는 러시아에서 혁명이 일어났고 소비에트사회주의공화국연방이 세워졌지만 20세기 말에 붕괴됐다고 했소. 과연 그것이 나 마르크스의 책임이라는 것이오? 이런! 21세기의 벗이여. 나는 이 지상에서 신이 되고 싶은 생각은 추호도 없소. 그것은 나에 대한 모욕 중에 가장 큰 모욕이오. 나는그저 19세기 유럽에서 내가 살던 시대를 인간화하려고 최선을 다한한 사람의 지식인일 뿐이오. 20세기가 부딪친 문제들은 20세기 사람들이 풀어가야 했던 것 아니오? 더구나 지금 내게 던지는 귀하의 질문을들으며 솔직히 무슨 생각이 드는지 아시오? 21세기의 사람들은 모두당신처럼 응석둥이인가요? 인류의 역사는 지난 세기 동안 퇴화한 것이오? 도대체 철학자들은 무엇을 하는가요. 인류의 후손들이 자신들의 철학적 무능을, 미처 가슴속에서 타오르지 못하고 식은 사랑의 열정까지, 19세기의 무덤에 갇힌 사람에게 책임을 묻는다면 너무나 터무니없는 일 아니오? 차라리 한 세기의 실패를 스스로 실토하는 게 정직한 자세 아니오?"

먹먹히 그를 바라보자 마르크스의 말투가 다소 부드러워졌다.

"좋아요. 귀하에게 말하고 싶은 것은 하나요. 조급하지 마시오. 나는 준비없이 혁명을 꿈꾸는 이들을 언제나 경멸해왔습니다. 경제 현실에 과학적 분석없이 혁명을 꿈꾸기, 바로 그것이 공상이오. 자본주의 사회의 생산력은 일반적으로 자본주의 생산관계 안에서 발달할 수 있는 최대한의 한계까지 발달하게 마련이오. 거듭 말하거니와 러시아혁명의 실패가 결코 과학적 사회주의의 실패는 아니오. 자본주의의 생명력이 내 사상으로 인해 더 연장됐다는 귀하의 분석은 인상적이오. 하지만 말 그대로 '연장'되었을 뿐이오. 모든 것을 차디찬 이해타산으로 타락시키는 자본주의의 비인간적인 체제가 사람이 살아가는 세상에서 영원할 수는 결코 없어요"

마르크스의 논리에 밀리면서 나도 모르게 묘한 반발감이 일었다.

"여전히 낙관적인 환상을 지니고 계시는군요. 실제로 선생님의 사상을 종교처럼 믿는 사람들이 있지요"

"허허, 21세기 인류는 정말이지 전혀 발전하지 못했군. 귀하는 왜 자꾸 행동에 나서지 않으려는 변명만 둘러대고 있는 거요. 그것도 얼토당토않게. 종교를 민중의 아편이라고 비판한 나의 사상을 사람들이 종교처럼 믿는 것조차 내 책임이란 말이오? 대체 귀하는 내가 쓴 책들을 제대로 읽어보기나 한 거요?"

마르크스가 불쾌한 눈초리로 쏘아붙였다. '21세기 인류가 전혀 발전하지 못했다'거나 '귀하는 왜 자꾸 행동에 나서지 않으려는 변명만 둘러대고 있는가'라는 판잔은 큰 망치가 되어 머리를 때렸다. 하지만 나 이미 마르크스에게 될 수 있는 대로 최대치를 얻어내려 작심하고 있었다. 상대를 흥분시켜 하고 싶지 않은 말까지 듣는 것, 그것은 오랜 기자생활에서 몸에 밴 취재 기법이기도 했다.

"제가 말하고 싶은 게 바로 그것입니다. 선생님은 종교를 민중의 아편으로 지나치게 단순화했습니다. 종교가 사람에게 지니는 깊은 뜻에 통찰이 없어 보여요"

"종교가 지니는 뜻이라고 했소? 서로 대화가 어긋나는 느낌이 들지만 이것만은 전제로 삼기 바라오. 포이에르바하가 말했듯이, 과학이 인생의 수수께끼를 풀 수 없다고 종교에 매달려서는 안 되오. 인생과 실생활을 자세히 연구해보시오. 이론이 해결하지 못하는 의문은 언제나 실생활이 해결해왔소. 종교는 아니오. 종교는 그저 고민하는 사람의 한숨이거나 비정한 세계 속에서 값싼 연민에 지나지 않을 뿐이오. 바로 그 점에서 민중의 아편이란 말이오"

"좋습니다. 종교가 민중의 아편 구실을 했던 것도 부인할 수 없는 사실입니다. 하지만 그게 전부일까요? 아닙니다. 선생님도 늘 강조했지만 중요한 건 실생활이지요. 20세기의 실생활을 들려드리지요. 종교는 혁명에 적대적이기도 했지만 반대로 혁명의 효소이기도 했습니다. 가령 자본주의 소비문화라는 아편에 젖은 노동자들에게 종교는 각성제가 되고 있어요. 마비되어가는 노동자들 의식을 종교인들이 깨우고 있다는 거지요. 비단 자본주의 세계에서만 의미있는 것은 아닙니다. 사회주의 혁명 뒤의 문제이기도 합니다. 20세기에 이루어진 사회주의 사회에서 사람들은 '새로운 사람'으로 거듭나지 않았어요. 오히려 이기적 동물임을 확연히 드러냈지요. 대다수 사람들이 자본주의 체제에서만큼 열심히 일하지 않았어요. 과연 사람의 그런 태도가 부르주아 문화의 잔재로만 해석될 수 있을까요? 그걸 교육으로 바꿀 수 있을까요? 프롤레타리아 독재로 인간성을 바꿀 수 있나요? 스탈린이라는 인물이 레닌 이후에 그런 식으로 사회주의를 건설하려고 했어요. 그 결과죠. 민중의 영혼을 사로잡지 못하고 말았어요. 아니, 민중으로부터 배척받았지요. 아주 간단한 산수입니다. 혁명은 그렇게 무너졌습니다.

문제의 핵심이 바로 거기에 있어요. 반대로 20세기 들어와 기독교는 사람이 거듭나야 한다는 예수의 가르침에 주목했어요. 누구에게나 불성이 있다는 붓다의 가르침도 새롭게 인식되고 있습니다."

"흠, 흥미로운 분석이군. 그런데 귀하의 이야기에 동의한다고 하더라도 그런 주장을 꼭 종교적 언어로 할 필요는 없다고 생각하오. 더 치밀하게 과학의 언어로 내와야 하지 않겠소? 20세기 사회주의 실험에 대해 난 그것이 불완전한 조건에서 이루어졌다는 것밖에 모르지만 최소한 귀하가 분석을 거꾸로 하고 있는 사실만은 지적할 수 있소. 과학적 해명이 불완전하다고 해서 종교적 언어로 되돌아갈 수는 없는 일이오. 더구나 당신이 설교로 혁명을 하자는 것이 아니라면 더욱 그렇소. 설교가 아니라 진실, 그래요, 과학적 해명이야말로 노동자들을 움직일 수 있다는 사실을 명심하기 바라오. 아직 어떤 혁명도 반석 위에 올려지지 않았다니 하는 말이오. 거듭 말하지만 부족한 건 과학이지 종교가 아니오."

"저도 거듭 강조하지요. 문제는 깊은 성찰 없이 인간성을 단순화해 혁명을 일으켰다는 사실에 있어요. 아직 설익은 과학이었음에도 과학적 사회주의가 진리를 주장하고 혁명의 이상을 실현하는 과정에서 수많은 사람의 목숨을 빼앗은 것은 얼마나 큰 비극인가요. 결국 그 피묻은 체제마저 무너진 오늘에는 더욱 그렇지요."

"내가 지하로 온 뒤 어떤 일들이 벌어졌는지 얼추 짐작이 가오. 하지만 분명히 말하겠소. 나는 젊은 시절부터 무모한 행동주의자들이나 모험주의자들과 가차없이 싸워왔어요. 그렇다고 인간성에 깊은 탐색이 없다는 이유를 들어 혁명적 활동을 부인하는 사람들을 이해할 수 있는 것은 결코 아니오. 게다가 프롤레타리아혁명이 인간성을 단순화한다는 주장은 사실과 동떨어진 지적이오. 아니, 정반대지. 귀하는 혁명의 목적이 어디 있다고 생각하오?"

"……."

"설마 정치권력을 획득하는 데 목적이 있다고 답하지는 않으리라 믿소 정치권력의 획득이 중요하지 않은 것은 아니지만 그것은 목적이라기보다는 수단이오. 혁명의 목적은 개개 인간성의 발전이나 성숙을 가로막는 사회경제적 구속을 제거하자는 데 있소. 인간성을 돈의 굴레에 가둔 채 단순화하는 자본주의에 맞서 인간성을 풍부하게 전면적으로 발전시키자는 것이 바로 혁명이오. 귀하가 인간성을 강조하니 분명하게 짚어두겠소. 인간성에 대한 한 혁명가의 개인적 판단보다 더 중요한 것은 모든 사람의 인간성을 성숙케 하는 현실적 조건을 이루는 것이오. 바로 그곳에 사회현실에 대한 과학적 분석의 중요성이 있소. 다시 간추리면 사회주의는 어떤 사상보다 사람의 무궁무진한 가능성을 열어놓고 있는 것이라오. 모든 인간이 자신의 개성을 다채롭게 꽃피우는 걸 가로막는 사회적 조건을 바꾸는 것, 바로 그게 혁명이오. 거꾸로 인간성의 다양한 차이를 내세워 혁명을 비판하겠다는 것은 내가 제시한 혁명에 대한 무지이거나 의도적 왜곡이오. 무엇보다 내가 가장 경멸해온 관념적 말장난에 지나지 않소. 더 정확하게 말하면 현실의 혁명적 요구 앞에서 자신의 이익을 지키려는 변명이오."

마르크스의 열변을 하나하나 입 속에서 되새김질했다. 감동이 밀려왔지만 거기에 머무를 수는 없었다.

"그렇군요. 그런데 선생님이 평등주의자 바이틀링을 비판한 대목이 떠오르는데요. 아마도 이렇게 말씀하셨을 겁니다. '확고한 강령도 슬로건도 제시하지 않고 민중을 선동하는 건 민중을 속이는 짓이다. 엄밀한 과학적 사상 없이, 검증이 끝난 이론 없이, 노동자에게 호소하는 건 민중을 쉽게 속아넘어가는 어리보기로 여기는 시시껄렁한 예언자와 다를 바 없다.' 그러면서 선생님은 호통을 쳤지요. '바이틀링! 당신은 잘못 생각하고 있소! 정치강령을 갖지 않은 사람들은 노동자를 온갖 재앙으로 몰아넣고, 착수한 사업 자체도 자기 책임을 자각하지 못하고 파멸에 이르게 하오.' 저는 선생님의 호통이 비단 바이틀링에게만 유효하다고 생각하진 않습니다."

"바이틀링에 대한 비판이 부메랑처럼 내게 온다는 말을 하고픈 게로군."

"선생님은 무조건적인 행동, 노동계급의 힘에 무조건 호소하는 것을 결연히 반대해왔습니다. 늘 강조했지요 '무지가 사람에게 도움이 된 적은 한 번도 없어!' 하지만 선생님의 이론 또한 지금 검증이 끝난 이론이라고 하기 어려운 상황입니다. 되풀이 말하지만 사람에 대한 과도한 신뢰가 가장 큰 구멍이지요"

"몇 번 말하지만 바로 그 대목에서 귀하와 내 생각이 분명히 갈라지오. 당신은 문제를 끝없이 사람의 문제, 인간성의 문제로 환원하고 있어요. 그것은 우리 삶의 현실과 다릅니다. 모든 것을 사회성으로 환원하는 속류 유물론을 비판하는 것은 타당하오. 그런데 그것이 사회성을 넘어서서 인간성에 대한 과도한 강조로 흐르고 더구나 그것을 이유로 혁명을 부정한다면, 물구나무서서 세상을 바라보는 짓이오. 이야기가 반복되는 것 같아 오해 없도록 말하겠소. 나 칼 마르크스도 평생 인간성을 탐험했소. 개인적으로 내 인생의 초기에는 예수에, 그리고 늙마에는 붓다에 심취했다오. 붓다의 삶과 가르침은 내가 인간의 본성과 인생을 바라보는 데 큰 도움이 되었소. 하지만 그때에도 난 사회적 조건이라는 현실의 끈을 결코 놓치거나 '중생'의 현실적 조건에 무심하지 않았소. 마지막으로 귀하가 말끝마다 '사람'을 앞세우니 '지하생활자'인 나 또한 한때 지상에서 숨쉬었던 권리로서 말하겠소. 나? 칼 마르크스? 사람이었소. 그 이상 자처하지 않았다오. 제발 나를 우상화 마시오. 생전에도 난 '마르크스주의자'가 아님을 밝혔잖소? 우상화는 나 마르크스와 걸맞지 않소! 정반대 지점에 있소! 나를 한 점 오류도 없는 사람으로 추앙하다가 갑작스레 부정하고 더러는 증오하는 그런 변덕은 정말이지 나를 몇 번씩 되풀이해 죽이는 짓이라오. 지상에서 내게 주어진 시간 내내 인간을, 인류를 사랑하려고 최선을 다한 사람 그 정도로 나를 평가해주기 바라오. 그 연장선에서 말하겠소. 귀하의 비판을 다 경청했어요. 그러나 귀하처럼 문제를 제기하면 아무것도 해결할 게 없소. 귀하의 고뇌를 충분히 감안해 문제를 이렇게 설정하는 것이 어떻겠소."

말없이 그를 바라보았다. 유령이, 아니 거인이, 단어 하나하나에 힘을 주어 물음을 던졌다.

"노동자들의 각성을 누가 어떻게 가로막고 있는가? 바로 그것이 문제 아니오?"

5 마르크스의 논리는 칼로 두부 자르듯 선명했다. 인간성의 '진실'을 변명 삼아 혁명 앞에 우물쭈물하고 있다는 질타는 문제의 징곡을 찌르고 있었다.

이쯤해서 적잖은 독자들이 궁금해할 대목으로 넘어가야겠다고 생각했다. 대화를 좀더 진전시켜 나가기 위해서도 그러하거니와 그가 언제 사라질지 몰라서였다. 뜬금없어 보이더라도 꼭 물어보아야 할 것은 불쑥 묻는 게 인터뷰 취재의 요령이다.

"선생님과 부인 사이의 사랑은 눈부셨지요. 21세기에도 적잖은 사람들이 두 분의 사랑을 예찬하고 있습니다. 젊은 시절의 선생님이 예니에 바친 시들 가운데 일부가 지금까지 전해지고 있어요."

"새퉁스레 무슨 소리요. 논점이 밀리니까 엉뚱한 이야기를 꺼내는

군. 하지만 예니의 이야기라면 언제나 좋아요. 예니 이름을 듣는 것만으로 난 행복에 잠길 수 있다오. 우리들의 사랑은 실로 아름다웠소. 누군가 우리의 사랑을 주제로 소설이나 희곡을 쓰더라도 결코 손색이 없을 게요. 그 사랑을 문학으로 읽지 않고 삶으로 살아간 난 정말 지상에서 행복한 사내였소"

마르크스가 흐뭇한 표정으로 너스레를 떨었다. 기실 그는 적어도 사랑에 관한 한 행복한 사람 아니던가. 그러나 난 냉정한 취재기자의 자세를 조금도 늦추지 않았다. 아니, 그럴 수 없었다. 어디 이 만남이 예사로운가. 도발적으로 물은 까닭이다.

"과연 그럴까요. 선생님도 스스로 정직할 필요가 있지 않은가요?"

"무슨 말이오?"

예상대로 날카롭게 반응했다. 마르크스가 내 취재 그물망에 걸려들고 있다는 쾌감을 느꼈다. 짐짓 가라앉은 목소리로 이번에는 툭 던지듯 물었다.

"정말 예니만 사랑하셨나요?"

"예니만 사랑했다?"

두 눈을 가볍게 치뜨며 반문하더니 스스로 답했다.

"그렇지는 않소. 귀하도 알다시피 예니 못지않게 프롤레타리아트를 사랑했소. 프롤레타리아트는 내게 인류의 미래였다오"

"그게 다인가요?"

"묻고 싶은 말이 대체 무엇이오? 귀하야말로 정직할 필요가 있소"

"선생님은 헬레네 데무트를 잊으셨나요?"

마르크스의 얼굴에 일순간 곤혹스러움이 비껴갔다.

"알고 있소. 그는 우리 집안의 살림을 맡고 있었소"

쓸쓸한 미소를 그리며 말했다. 저 미소 뒤에 어떤 생각이 번지고 있을까. 궁금했다.

"언제나 선생님께 힘을 주었지요."

왼쪽 손으로 답실답실 덮인 볼수염을 어루만지던 마르크스가 흘금 쳐다보며 말을 받았다.

"흠, 무슨 말을 하고 싶은지 알겠소. 미안하지만 데무트는 당신이 생각하는 하녀가 아니었소. 우리 가족과 평생을 더불어 산 친구였소."

친구? 순간 마르크스가 슬미웠다. 진실을 밝힐 기회를 몇 차례 주었으나 계속 엇나가고 있지 않은가.

"선생님. 제가 지금 무엇을 묻는지 정말 모르세요?"

마르크스가 물끄러미 바라보았다.

"헬레네 데무트를 사랑하지 않으셨습니까?"

마르크스의 얼굴에 미세한 경련이 일었다. 하지만 이내 단호했다.

"귀하는, 아니 그 어떤 사람도, 그런 사사로운 이야기를 내게 물어볼 권리는 없소."

"사사롭다구요? 예니의 사랑은 사사롭지 않고 데무트의 사랑은 사사로운가요? 한 여인은 유명한 귀족 가문이고 한 여인은 가난한 농부의 딸이어서요?"

"……."

"그러신가 보군요?"

"귀하는 생김새와 달리 몹시 고약한 친구이군."

마르크스가 허허 웃다가 곧 진지한, 하지만 빈정대며 반문했다.

"내게 무엇을 듣고 싶은가. 그것이 프롤레타리아혁명이라는 세계사의 진전에 어떤 걸림돌이라도 되었는가?"

"중요한 것은 진실입니다. 선생님이 그 사실을 숨김으로써 마르크스주의자인 혁명의 지도자들도 진실을 호도할 수 있다는 무서운 생각을 하게 되었습니다."

논리적 비약이 있는 말이었지만 이미 엎지른 물이었다. 추궁하듯 물었다. 인터뷰에서 더러는 그런 질문이 예상하지 못한 진실을 낚기도 한다. 그런데 이번에는 아니었다. 마르크스는 격렬하게 반응했다.

"더는 참을 수 없소. 귀하야말로 무서운 생각을 하는 게 아닌가. 어떤 혁명의 지도자가 무슨 일을 했는지 모르겠으나 내가 알지도 못하는 사람들의 행동이 내 책임이라니 너무 심하지 않은가. 그리고 한 가지, 귀하에게 경고하지. 데무트와 내 관계를 잘 모르면서 함부로 말하지 말게."

마르크스의 얼굴에 노여움이 서리서리 맺혔다. 마음이 흔들렸지만 물러날 수 없었다. 어디까지나 기자의 본분을 지켜야 했다.

"화내실 일이 아닙니다. 저는 바로 그 말을 듣고 싶었어요. 데무트와 선생님의 관계를 함부로 말하지 말라는. 실제로 선생님은 데무트를 예니 못지않게, 아니 그 이상으로 사랑하셨으니까요."

지나치듯 그 말을 던지면서 마르크스를 흘끗 바라보았다. 예상대로 그는 부정하지 않았다. 마르크스가 데무트를 사랑했음을, 그리고 문건이 진품일 가능성도 그만큼 높아짐을 확인하면서 질문을 이어갔다.

"정작 제가 묻고 싶은 것은 그럼에도 왜 데무트를 사랑했다는 사실을 부인했고 지금도 선뜻 시인하지 않느냐에 있어요."

"그런 것까지 공개해야 할까. 내게도 지켜야 할 개인 영역이 있지 않겠소?"

그의 분노가 다소 숙지근해졌다.

"오히려 그렇기에 진실을 진실대로 밝혀야 합니다. 선생님의 아들, 오해 마십시오, 전 지금 혁명의 아들이나 사상의 아들을 말하는 게 아닙니다. 칼 마르크스의 아들, 실존인물의 존재를 이르는 겁니다. 왜 선생님은 아들의 존재까지 부인했습니까? 그것도 사적 영역이니 묻지 말아야 할까요?"

마르크스가 괴로운 표정으로 눈을 감았다. 충분히 이해할 수 있었다. 그가 얼마나 아들을 사랑했는지 알고 있었기에 한결 그랬다. 그럼에도 질문을 접지 않았다. 독자의 알 권리를 위한 취재라면 얼마든지 더 잔인해질 태세였다. 설령 마르크스의 아물지 않은 상처에 소금을 뿌리는 일이라 하더라도 기자로서 물어야 할 게 있다면 마땅히 물어야 한다. 그의 마음자리에 지금 무엇이 오고갈지 미루어 짐작이 갔다. 이윽고 눈을 뜬 마르크스가 포도주 한 잔을 다시 비웠다. 이어 뜨악한 표정으로 신음을 토하며 입을 열었다.

"그 사실까지 알려졌소? 세상에 정말 비밀이란 하나도 없구먼."

"죄송합니다. 알려졌다면 이제 충분히 짐작하시겠지요. 선생님께서 싸웠던 자본가들과 그들의 대변자들은 그 사실로 선생님을 마구 조롱하고 있어요."

"……."

"너무 무겁게 생각하실 사안은 아니로되 그렇다고 가볍게 넘겨버릴 생각은 아예 마세요. 수많은 순결한 젊은이들이, 그 사실에 상처도 받고 허전해하니까요."

"도대체 누가 그 이야기를 발설했소?"

"그게 중요한가요?"

마르크스가 고개를 들었다. 내 눈을 진지하게 들여다보았다.

"아니요, 그렇지는 않소."

눈길을 내리던 마르크스가 곧바로 눈을 들어 다시 응시했다.

"정말이지 귀하의 순한 눈빛 어디에 그렇게 날카로운 비수가 숨어 있는지 모르겠소."

마르크스의 말끝이 갈라졌다. 차라리 그게 내 마음을 편하게 했다. 마침내 그가 마음을 열고 있다는 징후였다.

"그렇소. 사랑했소. 그 여자, 데무트를 사랑했소. 그러나 귀하가 믿든 말든 예니도 사랑했다오."

"그러세요? 그런데 뭐가 문제이죠?"

"모순 아니오? 내가 얼마나 괴로웠는지 귀하는 상상도 못할 거요."

"예! 맞아요. 전 상상도 못할 겁니다. 다만 이유는 다릅니다. 아무런 문제가 되지 않기 때문이죠. 21세기에 들어와, 아니 이미 20세기에 성 혁명이 일어났습니다. 한 사람의 생애에서 꼭 한 이성을 사랑하는 게 도덕적으로 우월하다는 신화는 깨져나갔어요. 그렇지 않은가요? 무엇인가 영원한 사랑이 존재한다는 것은 아름다운 일이지만 또 하나의 형이상학적 믿음에 지나지 않지요. 물론 그런 사랑을 누리는 인간은 행복하겠지요. 그러나 우린 그저 사람이고 남성과 여성일 따름이어요. 그 엄혹한 진실을 직시해야지요. 그렇다고 제가 예니를 그리고 데무트도 사랑한 선생님의 진실과 오늘날의 경박한 성 풍속을 동일선상에 놓을 생각은 정말이지 추호도 없어요. 그건 선생님에 대한, 아니 더 정직하게 말씀드린다면 데무트에 대한 참을 수 없는 모욕이겠지요."

마르크스가 쓴웃음을 머금었다.

"귀하는 사랑에 마치 달관한 사람처럼 말하는군요. 하지만 적어도 사랑에 관한 한, 우리 인간은 말이든 실제든 여백을 남겨두는 게 현명하지 않을까 싶소. 다만 나를 에둘러 비판하려는 의도로 읽혀서 물을게요. '오늘날의 경박한 성 풍속'이란 무슨 뜻이오?"

"아, 선생님을 에둘러 비판하거나 비아냥거리려는 뜻은 조금도 없습니다. 오해 없으시기 바랍니다. 더 자세히 말씀드리지요. 20세기에 들어와 손쉽게 피임이 가능하게 되고 이에 따라 성 해방이 이루어졌어요. 선생님께서 살던 시대의 눈으로 본다면 쾌락이 넘쳐나고 있습니다. 무절제한 성적 추구로 인류는 치명적인 병까지 얻었어요. 면역이 결핍되는 병이지요. 더구나 과학기술이 발전하면서 '컴퓨터'와 '인터넷'이라고 불리는 소통수단이 발명되었어요. 간단히 말하자면 지구상의 어떤 특정한 곳에서 일어난 사건이 생생한 사진이나 글로 곧장 지구 곳곳에 전달됩니다. 문제는 그걸 매개로 성행위를 노골적으로 담은 그림들까지 퍼져가고 있어요. 모든 사람들, 심지어 어린이들 둘레까지 넘쳐납니다. 그 결과이지요. 곳곳에서 성이 홍수를 이루고 있어요."

"마침내 자본가들은 인간성의 가장 깊은 곳, 성마저 상품화했군요."

"선생님, 성을 상품화하면서 이윤만 노린 게 아니랍니다. 그들은 성의 상품화로 떼돈을 벌면서 동시에 프롤레타리아트의 의식을 벌거숭이로 만들었어요. 대다수 사회구성원들은 성의 범람이 자본가들이 의도한 양날의 칼이라는 사실조차 모르고 있어요. 깨어나서 잠들 때까지 모든 시간대에 그것도 곳곳에서 자극적인 성에 노출되어 있으면서도 그것이 누군가의 지배전략이라는 비판의식마저 없다는 것입니다. 결국 자본가들은 역사상 가장 혁명적인 노동자계급을 성의 상품화로 완벽하게 무장해제한 셈이지요. 그리고 마치 그것이 사람으로서 진보적 자유를 누리는 것인 양 포장하기도 했어요. 심지어 일부 진보적인 사람들조차 성행위를 한잔의 물 따위로 설교했지요."

"인간성에 남은 최후의 자연성마저 상품화했다면, 그것이야말로 후손인 귀하들, 인류의 비극일세. 바로 그 점에서라도 자본주의는 하루빨리 무너졌어야 할 체제였는데……."

"어쨌든…… 다시 본론으로 돌아오지요. 그래서라도 선생님의 사랑은 관심을 끌고 있어요."

"그래요? 조금 전 귀하는 21세기의 인간에게 엄숙한 성도덕주의는 사라졌다고 하지 않았소? 그런데 왜 나를 조롱한단 말이오? 더구나 순결한 젊은이들마저 허전함을 느낀다?"

"정말이지 선생님은 너무 순진하십니다. 무릇 사람이란 짐승은 자신에겐 한없이 관대해도 다른 사람에겐 그렇지 못하죠. 훌륭한 인격이 무너지는 걸 보며 환호성을 터뜨리는 것이 사람이란 말입니다. 하지만 진실을 알면 다를지도 몰라요. 그러니 진실을 듣고 싶어요. 선생님은,

이렇게 여쭈면 실례일지 모르겠으나 누구를 더 사랑했나요?"

말이 끝나기가 무섭게 마르크스의 눈빛이 번쩍였다.

"기자라고 했소? 내가 살던 시절에도 기자들은 상업주의로 치닫고 있었지요. 귀하의 질문이 조금전 성의 상품화를 비판하던 수준에서 갑작스레 곤두박질치는 걸 알고 있소?"

"저의 무례를 용서하십시오. 그러나 마음을 활짝 열어놓는 게 차라리 오해를 풀어가는 길이라고 생각합니다."

준엄한 꾸중에 가슴이 뜨끔했다. 하지만 어쩌겠는가. 마르크스와 이야기할 시간은 한정되어 있고 이 소중한 만남에서 얻어낼 것은 다 받아내는 게 21세기 인류를 대표하는 기자로서 의무요, 최선이라는 생각이 이미 나를 확고하게 지배하고 있었다.

"좋아요. 혁명의 길을 걸어간 내 삶에 처음 용기를 준 사람은 예니였소. 그러던 어느 순간 데무트가 들어왔어요. 둘 사이를 비교하기란 귀하의 생각처럼 무례한 질문이오. 내게 무례가 아니라 예니와 데무트에게 그렇다는 거요. 나이가 들면서 누군가를 사랑한다는 게 어떤 걸까 깊이 생각하게 됐소. 언제나 머즌일을 묵묵히 감당해온 데무트가 참으로 고맙기 시작했지요. 이기적 발상으로 오해하진 말았으면 하오. 누군가는 해야 할 허드렛일을 말없이 실천해가는 모습이 아름다웠소. 내가 노동하는 민중의 희생 위에서 살아가고 있다는 깨달음, 그리고 그 희생에 무엇인가 보답해야겠다는 다짐, 그것이 노년에 『자본』을 계속 써내려 간 원동력이었어요. 데무트는 내가 걸어가는 삶이 자신과 민중을 해방하는 길이라고 신념으로 믿고 있었소. 데무트가 자발적으로 그리고 기꺼이 나서는 헌신으로 인해 더욱 더 데무트와 그가 상징하는 민중을 위해 내 삶을 바치려고 최선을 다했소."

"그렇다면 만일 데무트의 희생적인 헌신이 없었다면 삶의 길이 달라졌으리라는 말씀인가요?"

"흠, 희생적인 헌신이라……. 귀하가 무슨 말을 하고 싶은지 이제야 알 것 같소. 하지만 난 생각이 다르오. 사람이 이룬 위대한 일들 가운데 누군가의 헌신이나 사랑 없이 가능한 일은 없어요. 그걸 귀하처럼 착취라고 생각할 수도 있을 거요. 다만 이것만은 알아두시오. 누군가에 대한 헌신이, 더구나 그것이 사랑이라면 당사자 아닌 사람이 왈가왈부하는 건 주제넘은 일이오."

"저는 한 번도 착취라고 표현하지 않았는데요? 하지만 어차피 말씀하셨으니까 여쭤볼게요. 희생적인 헌신이 당사자 처지에서도 아름다웠으리라는 생각은 헌신을 받은 사람의 합리화가 아닐까요?"

"그래요? 그 점에서 난 낡은 시대를 살아간 사람인지 모르겠소. 그런데 헌신과 희생이라는 사랑의 가치마저 귀하가 사회성의 잣대로 재거나 부인하려는 건 아니리라 생각하오. 만일 그렇다면 인류란 얼마나 작아지겠소? 헌신이란, 희생이란, 언제나 사랑의 미덕이라오. 한 사람과 또 한 사람 사이의 사랑마저 사회성의 잣대로만 들이댄다면, 분명히 말하고 싶소. 그것은 마르크스주의일지는 몰라도 마르크스의 생각은 아니오. 남성과 여성 사이의 모든 것까지 사회적 관계로 들이댄다면 우리들의 사랑에, 아니 사람에게 남는 것은 무엇이 있겠소? 여성만 희생을 요구하거나 여성을 억압하는 것은 두말할 나위 없이 비인간적이고 개혁해야 마땅한 일이오. 하지만 여성의 사랑으로부터 남성이 배워야 하는 것도 그 못지않게 중요로운 일이오. 몸을 찢어 사람을 낳고 젖을 물려 키우는 여성이 본능적으로 지니는 헌신적 사랑마저 메말라 버린다면 과연 인류에게 무엇이 남겠소? 이해관계의 타산만 남지 않을까 싶소. 여성이 남성의 이기적 사랑을 배울 게 아니라 남성이 여성의 헌신적 사랑을 배워야 하오. 그게 성 평등이오. 사랑의 성역이나 삶의 가치 영역까지 남김없이 사회화하자는 것은 어리석거니와 더 나아가 인류에 대한 범죄요. 사회주의자가 할 일은 사랑의 가능성을 제약

하는 물질적 조건이나 억압하는 사회 구조를 바꾸자는 것이지, 사랑 자체나 삶 자체까지 사회화하자는 것은 결코 아니오. 성을 사회과학으로 남김없이 분석했다고 합시다. 과연 그것이 가능할지도 의문이지만 설령 그렇다고 하더라도 그런 해부가 바람직할지에 난 회의적이오. 사람의 몸을 정밀 해부해보시오. 아무리 잘게 썰어보아도, 해골 속의 뇌수에서도, 가슴속의 심장에서도, 사랑을 찾을 수 없소 무슨 말인지 알겠소?"

마르크스의 눈빛이 고여오는 물기로 반짝였다.

"전 선생님의 말씀에서 한 인간에게 시대적 한계가 무엇인지 깨닫게 됩니다. 여성이라는 사실과 헌신적 사랑은 직접 연결되지 않아요. 여성의 본성을 '모성'이나 '헌신'이라는 말로 신비화함으로써 여성을 최후의 식민지로 삼은 남성들의 이데올로기적 지배전략은 20세기에 들어와 여지없이 깨졌어요. 오해 마십시오. 선생님이 꼭 그랬다는 것은 아닙니다."

"시대적 한계라는 말을 함부로 쓰는 것은 당신의 특기 같군요. 아니면 21세기 사람들의 문법인가요? 그렇다면 무엇보다 먼저 귀하에게 적용해보시오 문제를 좁혀서 말하지요 모든 사회적 차별과 억압은 마땅히 사라져야 한다는 뜻에서 여성해방에 전적으로 찬성합니다. 그러나 그렇다고 여성이나 남성으로 태어나는 사실까지 부인할 이유는 없습니다. 그것은 본의든 아니든 인간성을 왜소화하는 일입니다. 자연으로서 여성과 남성의 영역, 그곳에서 싹트는 사랑과 진실이 빚어내는 무한한 지평 앞에 우리 모두는 겸허해야 합니다."

"자연으로서 성의 영역이란 말이 무슨 뜻인지 잘 이해가 되지 않습니다."

"당신은 모성이나 헌신이 남성들의 이기주의적 지배전략에 지나지 않는다고 말했지요. 물론 그런 남성들의 지배가 오랫동안 있어왔습니다. 그러나 모성이나 헌신을 누가 감히 함부로 재단할 수 있을까요 당신에게 묻지요 모성이나 헌신성이 나쁜가요 21세기의 남성과 여성들은 그런 헌신을 할 만한 대상을 찾지 못했기에 그런 비난을 하는 게 아닐까 하는 애처로운 생각까지 드는군요 누군가를 헌신적으로 사랑하지 못한다거나 사랑받지 못하는 사람들은 불행하지요 왜 자신의 불행을 평등화하려는 거요? 그건 평등이 아니라 지독한 불평등이오 해방이 아니라 오만이오 어쩌면 아주 천박한 질투일지도 몰라요"

"그러나 모든 사랑이 헌신적이어야 한다는 것은 또 다른, 이를테면 여성들에게 강요되는, 독단이 아닐까요?"

"물론! 독단이어서는 안 되오 헌신을 강요해서도 안 됩니다. 아니, 헌신이란 강요할 때 이미 헌신이 아니지요. 헌신을 강요하는 사람에게도 그것은 상처로 남게 마련입니다. 절대 오해 마시오. 헌신을 여성만의 몫으로 주장할 생각은 추호도 없습니다. 노파심에서 말합니다만 난 여성의 활동을 요리와 자녀교육에 묶어두려는 프루동과 싸웠소 국제노동자협회가 남녀평등을 선언하는 데 앞장섰지요 실생활에서도 평등을 실천했다고 자부할 수 있소 그 전제를 의심하지는 마시오 거듭 강조하지만 사랑은 헌신이오 헌신의 덕은 여성으로부터 비롯되었지만 남성도 여성을 얼마든지 헌신적으로 사랑할 수 있습니다. 인류의 역사에서 많은 예를 찾을 수 있지 않은가요 사회화 교육이 필요한 곳은 바로 그 대목이지요 더 논의를 진전시키기 전에 한 가지만 확인해봅시다. 사람과 사람이 서로 나누며 만들어가는 사랑과 역사에서 헌신의 가치를 당신은 어떻게 생각하오? 헌신이라는 사랑의 미덕조차 21세기 인류가 '사회'라는 수술대에 올려놓고 해부해 갈기갈기 찢어버렸다면, 그것은 자본주의 상품화의 논리가 사랑의 영역까지 깊숙이 물들인 결과가 아닐까요? 내 분석이 틀렸기를 바랍니다만."

"모든 사람이 헌신적 사랑으로 살아갈 수야 없지 않은가요?"

"그렇소. 내가 귀하에게 말하고 싶은 것 또한 헌신만이 사랑이라는 것은 결코 아니오. 이미 말했지만 사람과 사람 사이에서 사랑의 깊이와 넓이 그리고 높이는 헤아릴 수 없기 때문이오. 다만 사랑의 영역을 사회적 가치의 잣대로 마구 난도질한다면, 도대체 그 끝은 어디일까요. 여성이 최후의 식민지라는 말은 옳은 명제인지도 몰라요. 그러나 귀하의 말을 들으면 아직 21세기의 인류는 최후의 식민지를 논의할 만큼 성숙하진 않은 것 같군요. 더구나 그 '식민지'가 '해방'된 다음에 여성은, 그리고 그 여성의 몸에서 태어나는 남성과 여성들의 어린 시절은, 그리고 그들의 삶은 무엇이 될까 우려하지 않을 수 없어요. 창백한 이기주의자 남성과 여성들이 '합리주의'를 내세운 타산으로 만나 사랑하고 아이를 낳아 기르며 살아가는 가족, 그것은 전형적인 자본주의 질서가 가정까지 지배하고 있는 꼴 아니오? 결코 내가 그리는 미래의 사회는 아닙니다. 완전히 거꾸로 된 것이지요. 그렇기에 뒤집어서 이렇게 말할 수 있소. 사회주의의 이상과 여성들의 감성은 상당 부분 일치하오."

"어쩐지 선생님의 사상이 갑자기 도덕이나 감성 차원으로 떨어지는 느낌이 듭니다."

"흠, 그렇게 말할 수도 있소. 다만 내가 진정 말하고 싶은 것이 무엇인가를 경청해주었으면 하오. 새삼스런 말이지만 난 생전에 그랬듯이 지금도 과학적 사회주의자요. 21세기적 상황에 걸맞게 과학적 사회주의이론을 발전시키는 것은 오늘 지상에서 삶을 누리고 있는 사람들의 과제입니다. 왜 정작 그 일은 않고 나를 비난하려고만 드는 거요? 내 말은 인류가 새로운 인간적 사회를 건설해내는 과정에서 여성의 인간성마저 내버리진 말라는 뜻이오. 오히려 여성해방의 길에, 아니 더 나아가 인류를 해방하는 길에 그 인간성을 적극 활용해야 하지 않겠소? 내가 자주 써오던 비유이지만 더러운 목욕물을 비우면서 목욕시키던 아이까지 버릴 수야 없지 않겠소?"

"그런데 선생님은 실제로 아이를 버리지 않았습니까?"

모질게 마음을 먹고 말허리를 자르며 질문했다. 거듭 밝히거니와 기자는 때때로 그런 악역을 맡을 수밖에 없다. 독자를 위해서 무슨 일을 마다하겠는가.

"내 말을 알아듣긴 한 거요? 당신은 또 어물쩍 우리들의 주제를 건너뛰고 있어요. 그것도 아주 천박한 저널리즘의 자극적인 수법으로!"

"……."

"그래도 인류의 후손인 귀하에게 끝까지 성실하게 답해주지요. 당신은 모를 거요. 내가 그 아이를 얼마나 사랑했는지. 감히 짐작이나 할 수 있겠소?"

"제 아들도 이미 스무 살을 넘어섰어요. 아들을 사랑하는 마음에서 선생님이 다른 아버지보다 더 깊다고 말할 생각이라면 그만두시기 바랍니다. 적어도 선생님은 그 대목에서 말을 하면 할수록 손해일 테니까요."

"무슨 말인지 알겠소. 그러나 이것만은 분명히 해둡시다."

그가 낡은 외투 안주머니에서 작은 액자를 꺼내며 물었다.

"이게 뭔지 아시오? 내 무덤에 너불어 묻힌 내 아버지 사진이오. 난 아버지를 존경했소. 당신은 어떻소?"

"글쎄요."

"글쎄요라니? 그런 말이 어디 있소? 후세의 인류가 삶의 뿌리마저 잃어가고 있다는 걱정이 자꾸 드는군요. 더구나 귀하의 나라 조선에서는 죽은 조상을 신으로 모신다고 하지 않았소?"

할 말이 없었다. 미처 의식하지 못하고 있던 내 삶의 모순이 드러나고 있었다. 마르크스가 내 밑바닥을 들여다보았다는 듯이 쓸쓸한 웃음을 머금었다. 사뭇 비장한 회고조로 말을 이었다.

"난 한때 아버지를 베스트팔렌 남작과 비교해 실망을 느끼고 심각한 갈등까지 겪었어요. 귀족보다 세련되진 못했지만 투박하고 때로는 촌스럽기까지 했던 그분의 언행에서 사랑의 깊이를 읽었을 때는 그분이 돌아가신 뒤였다오. 그래서 내 무덤에 아버지 사진을 넣어달라고 부탁해 놓았었소. 귀하에게 처음 이야기 하지만 거기에는 한 가지 이유가 더 있었소. 이 액자 속 사진 뒤에 무엇이 있는지 보겠소?"

마르크스가 아버지의 사진을 들추자 또 다른 사진이 나왔다. 앳된 얼굴이었다.

"누군지 짐작하겠소? 자, 바로 나의 아들 하인리히요! 이분은 아버지이고 젊은 친구는 아들이오. 난 무덤에서도 두 사람 사이에 있소. 세 사람의 하인리히가 더불어 있는 셈이오. 예니도 저 지하의 세계에선 모든 것을 용서하고 사진을 지니는 걸 받아들였소. 데무트도 그것을 보고 만족했다오. 귀하가 훗날 삶을 떠나면 알겠지만 죽음은 모든 걸 비우게하오. 왜 삶의 초록빛 세계에 머물 때 다른 사람을 위해 자신을 더 버리지 못했는지 모든 망자들이 잿빛 지하에서 부끄럽게 생각한다오."

"저로서는 쉬 이해가 안 가는데요. 선생님은 헬레네 데무트나 아드님에 관한 한 부도덕하다는 평판을 받고 있습니다."

난 짐짓 마르크스가 남긴 사랑의 고백을 모르는 체 질문했다. 그에게 고백 글 이상의 말을 얻어내야 했기 때문이다.

"그렇게 생각하고 싶으면 그렇게 하시오. 변명하고 싶지 않소. 다만 당신게 말해주리다. 무릇 사랑에 불륜이란 없소. 모든 사랑은 아름다운 거요. 하지만 조건은 있소. 두 사람 모두 진실로 서로 사랑할 때 그렇소. 데무트와 사랑을 나눈 그 밤이 없었다면 후회했을 거요. 이렇게 유령이 된 지금 사랑스런 데무트와 살을 나눈 순간이 더더욱 축복처럼 여겨진다오. 어린 시절부터 가사 노동을 해와서일게요. 데무트의 몸과 마음은 두루 건강한 생명력이 파도처럼 넘실대었소. 그 사랑으로 지상에서 절망을 이겨냈어요 삶에서 다시 아름다움과 꿈을 좇을 용기가 일어났단 말이오 그러나 예니와 이혼할 수는 없었소. 나, 예니, 데무트 그리고 하인리히 모두에게 불행했던 선택이었을지 모르지만 다른 한편으로 생각해보면 그것이 모든 이의 행복을 지키는 유일한 길이었소 분명히 말하겠소 귀하의 추궁은 옳소 아니, 인류의 후손들이 그 문제로 날 추궁한다면 할 말이 없소 그 법정에 나 당당히 서리다. 벌을 받겠소 다만 그것으로 내 사랑이나 사상을 부도덕한 것으로 판정한다면 그것만은 단호히 받아들이지 않겠소 그렇소 민중의 딸 데무트는 나의 사랑이었소 여기서 후손들에게 강조하고 싶소 남성과 여성이 참된 사랑을 꽃피우기 위해서라도 자본주의 체제는 무너져야 하오 여성이 경제적으로 자유로울 때 그때 비로소 남성과 여성 사이에 진실에 바탕을 둔 사랑이 가능하오 결혼의 자유 못지않게 이혼의 자유도 그때 비로소 참다운 사랑의 조건이 될 것이오 마지막으로 나의 사랑, 나의 아들 하인리히에 대해 말해주리다. 난 두 아들을 잃고 한 아들은 스스로 버린 사람이오 모든 프롤레타리아트가 나의 아들이라고 다짐했소 죽은 두 아들과 하인리히에게 주지 못한 아버지의 정을 모두 프롤레타리아트에 쏟았소"

마르크스가 말을 끊고 웅숭깊은 눈길을 던져왔다.

"귀하에게 결례일지도 모르겠지만 그대도 나의 아들처럼 느껴진다면 믿겠소?"

느닷없는 질문에 당혹스러웠다. 그 말을 할 때 마르크스는 목소리마저 자애로웠다. 어떻게 답해야 할지 몰라 망설이던 내게 마르크스가 작별을 고했다.

"먼동이 터오는군. 돌아갈 시간이오 만나서 반가웠소"

그랬다. 어느새 짙은 어둠이 얼푸름히 바뀌고 있었다. 동녘 하늘 아래가 희붐히 밝았다. 어디선가 닭이 울고 마르크스가 금세 사라질 것 같았다. 정작 물어보아야 할 이야기가 아직 남아 있지 않은가. 서둘러야 했다.

"한 가지만, 한 가지만 묻고 싶어요. 아까 선생님께서도 제기한 문제인데요. 결국 핵심은 노동자들의 각성을 누가 가로막는가라는 점이었지요. 프롤레타리아트 곧 선생님 '아들'의 죽음에 대한 문제입니다. 어떻게 생각하세요? 수많은 마르크스주의자들이 고민하고 있어요. 선생님의 생각을 직접 듣고 싶어요."

"프롤레타리아트. 그 말은 내가 『헤겔 법철학 비판서설』에서 처음 제기했소."

곱슬곱슬한 턱수염을 쓸며 회상에 잠기는 그에게 조급하게 맞장구를 쳤다.

"기억이 나요. 선생님은 그렇게 말했죠. '철학이 프롤레타리아트에서 물질적 무기를 찾아내듯이, 프롤레타리아트는 철학에서 정신적 무기를 찾아낸다.'"

우연이었을까. 다음 구절을 마르크스와 '합창'했다.

"해방의 머리는 철학이요, 심장은 프롤레타리아트다. 프롤레타리아트의 지양 없이 철학은 자기를 실현할 수 없으며, 철학의 실현없이 프롤레타리아트는 자신을 지양할 수 없다."

마르크스와 눈이 뜨겁게 마주쳤다. 순간 그가 프롤레타리아트 개념을 언제나 자신의 아들로 생각했다는 말이 내가 아들로 느껴진다는 고백과 겹쳐서 떠올랐다. 감히 말하지만 마르크스가 처음으로 살붙이처럼 다가왔다. 눈을 슴벅였다. 마르크스가 다정한 눈길로 말했다.

"난 프롤레타리아트를 혁명의 주체로 제안했소. 적잖은 동지들이 그 뜻을 정확히 모르고 헛소리로 떠벌렸소. 프롤레타리아트는 인류의 미래를 짊어질 계급이오. 물론, 모든 노동자들이 역사가 자기 앞에 제시하는 위대한 과제를 통찰하고 있지는 않소. 그러나 노동계급이 나아갈 길은 분명합니다. 해방은 노동자들 스스로 쟁취할 수밖에 없어요. 노동자들은 노동조합과 정당을 통해 또는 21세기에 걸맞은 형태로 이론적·실천적 무기를 단련해나가야 하오. 귀하의 이야기를 들으니 노동자의 성숙을 가리틀고 있는 저들의 깜냥이 성공하고 있는 것 같지만, 그 성공이 영원할 수는 결코 없을 거요. 먼저 저들이 성공하고 있는 이유를 과학적으로 분석해야겠지요. 그걸 내게 묻지 마시오 내 몫이 아닙니다. 잊었소? 나는 19세기의 사람이오 20세기와 21세기의 현실을 짐작으로밖에 몰라요 그 현실을 생동하는 몸으로 살아왔고 지금도 살고 있는 오늘의 인류가 해답을 내야 하오. 내게 묻지 말고 자기 자신에 물으시오. 그게 21세기 사회주의자들의 이론적·실천적 과제입니다. 하나 더 덧붙이겠소 멀리 그리고 깊이 바라보시오. 그래요, 프롤레타리아트는 아직 커나가는 아이일게요. 아직 성숙하지도 않은데 죽음이라니, 당치도 않은 말이오 성장의 아픔, 사춘기의 열병은 누구나 있게 마련 아니오? 아이의 아픔을 어른은 온전히 이해할 수 없소 프롤레타리아트의 죽음이란 말도 그래서 나온 게 아닐까 생각하오. 21세기의 세계를 자본주의가 지배한다고 했지요? 그렇다면 바로 그만큼 온 세계에 노동자들이 살아 숨쉬고 있다는 말이 아니오? 누가 감히 프롤레타리아트의 죽음을 예단할 수 있단 말이오? 프롤레타리아트라는 말을 헛소리로 떠벌리지 않는다면."

하이게이트의 밤하늘을 배경으로 열변을 토로하는 마르크스를 보며 거룩함에 잠겨들 때였다.

"이제 가보겠소. 21세기 후손이여!"

"잠깐만……, 조금만 기다려주십시오 오늘 선생님과 나눈 대화를 이 머릿속에 숨겨둔 수첩에 한 말씀도 놓치지 않고 적었어요. 들려주신 말씀을 저 혼자 아는 것은 인류에게 큰 손실, 아니 범죄라고 생각합니다. 기사화하겠습니다. 만류하셔도 어쩔 수 없습니다. 선생님 또한 기자이지 않았나요?"

그랬다. 그것은 기자로서 인터뷰 상대에 대한 최소한의 예의였다. 더구나 마르크스는 기자로서 대선배였다. 스물네 살에 기자생활을 시작해서 비록 '정규직'은 아니었지만 그 일을 마흔네 살 때까지 했다.

마르크스가 성긋벙긋 뜨듯한 미소를 지으며 말했다.

"그런데 말이오 누가……, 믿겠소? 아까도 이야기하지 않았소?"

"믿거나 말거나 괜찮습니다. 설령 환상이라 하더라도 제가 이렇게 만나 인터뷰한 것은 틀림없는 사실이니까요 기자는 기사를 쓰는 것만으로 할 일을 다한 것이라고 생각합니다. 나머지는 독자의 몫이지요 선생님도 진실을 널리 세상에 알리는 것을 기자의 제일 덕목이라고 말하지 않았나요?"

"그랬소 그러나 만일 내가 귀하라면 다른 길을 찾아보겠소 진실을 알게 된 사람이 다른 사람에게 그것을 알리는 방법이 꼭 신문기사라고만 여기시오? 천만의 말씀이오 그것은 신문기자들이 지니는 오만이오 신문은 강력해 보이지만 한계가 있소 휘발성이오 곧장 타오르기엔 가장 쉽지만, 그만큼 증발도 빠르오 신문 못지않게 난 생전에 소설을 즐겨 읽었소 신문 같은 인화성은 없지만 소설은 영혼을 차갑게 타오르게 하오 그만큼 쉽게 꺼지지 않소 당신이 나와 만난 경험을 무엇으로 전하든 그것은 당신의 자유요 중요한 것은 진실이지, 진실을 전달하는 수단이 아니잖소 어떤 형식이 가장 좋을지는 당신이 선택할 문제요"

"좋습니다. 형식은 제게 맡기세요 마지막으로 지상에 오늘 살고 있는 인류를 위해 한 말씀만 해주시지요"

"내가 무슨 말을 할 수 있겠소 21세기는커녕 20세기 삶의 풍경도 난 모르오 그러나 아직 인류가 자본주의 체제에 살고 있다니 하나만 문겠소 왜 당신들은 나를 밟고 가지 않으려는가. 왜 당신들은 내가 걸음을 멈춘 그곳에서 단 한 걸음도 더 전진하려고 하지 않는가. 왜 앞으로 걸어가지 않고 자꾸 뒤를 돌아보는가."

조사 하나 놓치지 않으려고 취재수첩을 찾았다. 그의 눈치를 살피려 고개를 들었을 때다. 마르크스 얼굴이 고삽하게 일그러져 있었다. 더구나 보랏빛으로 변해가 섬뜩했다.

"왜 그러세요? 무슨 일이시지요?"

마르크스는 더는 괴로움을 참기 어려운 듯 토로했다.

"오늘 귀하가 나를 불러낸 것이 얼마나 잔인한 짓인지 아마 상상도 못할 게요. 당신이 오늘 내게 들려준 이야기로 이제 안식이란 사라졌소. 앞으로 날이 저물 때마다 지상의 곳곳을 떠돌 생각이오. 유럽은 물론 미국과 러시아 그리고 귀하의 나라를 찾아 동아시아까지……. 유령에게 시간은 밤으로 제약되어 있지만 공간은 활짝 열려 있어요. 어디로든 원하는 곳에 출몰한다오. 동쪽에서 온 귀하 때문에 밤마다 떠돌 운명이 되었소."

"안식을 깼다는 말씀이 제 앙가슴에 비수처럼 꽂히고 있습니다."

"정말이지, 나, 다시는 잠들지 못할 성싶소."

마르크스가 침통하게 말했다.

"비수 꽂힌 가슴에서 흘러나오는 생각을 솔직하세 털어놓을게요. 감히 말씀드린다면 선생님이 지하에서 안식하실 때는 아직 아닙니다. 편히 잠들어 계신다면 제가 아는 칼 마르크스답지 않습니다."

짧은 시간이었지만 영겁처럼 무서운 침묵이 흘렀다. 적막을 깨며 어디선가 닭이 울었다. 마르크스가 슬픈 미소를 지었다.

"좋아요. 자책하지 마시오. 한편으로 귀하에게 고마움을 느끼고 있는 게 사실이니까. 그동안 누워 있으면서도 뭔가, 어딘가, 딱히 꼬집을 수 없이 늘 불편했소. 그 불편의 실체가 오늘 만남에서 드러났어요. 게다가 저 지하의 세계는 참으로 창백하오. 이제 안식 아닌 안식에서 일어날 때도 되었소. 귀하의 말을 들으니 더욱 그렇소. 지하의 안식은 투쟁으로 살아온 내게 사치요. 하물며 자본의 주술이 온 지구를 뒤덮고 있다면 나 마르크스의 안식은 그야말로 모욕이자 조롱감이오. 자, 귀하의 부담을 내 말끔히 씻어주겠소. 나를 깨운 귀하에게, 아니 죽은 조상과 대화를 해온 조선의 전통에, 진심으로 경의를 표하오."

"선생님! 죄송합니다. 그리고 고맙습니다!"

그렁그렁 눈시울을 슴벅이며 말했다.

"자, 저 멀리 귀하가 온 동녘이 붉게 타오르는군. 서둘러 내 길을 가야겠소. 당신도 자신의 길을 가시오. 다른 사람이 무엇이라 하든 스스로 선택한 길을 가시오. 잘 가시오."

주먹 쥔 손을 올렸다 내리며 묘비 쪽으로 돌아섰다.

밤안개, 아니 새벽 안개가 벗개는가 싶더니 마르크스가 홀연히 사라졌다. 소리내어 그를 불렀다.

"가지 마세요! 가지 말아요!"

마르크스가 사라진 곳에서 동심원을 그리며 맑은 빛이 퍼져갔다. 깨끗하면서도 밝은 기운이 눈살 위로 쏟아졌다. 눈이 부셨다. 안간힘을 다해 눈을 부릅떴다. 묘비의 마르크스 얼굴상에 찬란한 아침 햇살이 숲 우듬지들을 지나 고요히 깃들고 있었다.

생생한 밤이었다. 영혼의 교감이었을까. 무엇이 환상이고 무엇이 현실인지 언뜻선뜻 구분하기 어려웠다. 누워 있던 상태에서 왼쪽으로 얼굴을 돌렸다. 바로 옆 잔디밭에 수첩이 펼쳐진 채 놓여 있었다. 엎드리며 수첩을 당겼다. 나무 만년필을 꺼내 한밤에 마르크스와 나눈 향연을 기록해갔다. 청동 얼굴상에 머물던 우듬지 햇살이 만년필 펜촉으로 내려와 은은히 반짝였다.

어지럼증이 가시지 않은 가운데 술을 마시고 게다가 한둔했음에도 몸살기는 씻은 듯 가셔 가뿐했다. 무거웠던 머리도 티없이 맑았다. 텅 빈 넉넉함, 가득 채운 텅 빔이란 이런 걸까.

  인터뷰 사이사이 머릿속에 꼭꼭 암기해둔 취재 내용을 기억나는 대
로 서둘러 다 적었을 때 하이게이트의 철문이 활짝 열렸다. 곰비임비
참배자들이 찾아오기 시작했다. 묘지를 나와 곧장 블라디미르의 집으
로 걸음을 옮겼다. 런던을 떠나기 전 작별인사를 나누고 싶어서만은
아니었다. 블라디미르가 보여준 문서를 서울에 돌아가 공개하겠다는
결심은 최소한 알려야 할 것 같았다.

  블라디미르의 집은 문이 잠겨 있었다. 한 시간 가량 집 둘레를 서성
이며 그가 돌아오기를 기다렸다. 마르크스와 나눈 대화 때문일까. '소
설은 현실 속에 숨겨진 진실을 드러낸 실재'라는 그의 소설 예찬론을
되새겨보았다. 문득 소련의 붕괴를 어떻게 보느냐는 물음에 블라디미
르가 들려줬던 이야기도 기억났다.

  "역사에 비약은 없어요. 인류는 아직 사상이나 이론 그리고 정책 모
든 면에서 공산주의 사회를 일궈내기엔 미숙합니다. 그것이 러시아혁
명의 첫 번째 교훈이지요. 문제는 인류가 그 꿈마저 잃어가고 있다는
데 있어요. 불가능한 유토피아라고 단정하며 마음 편한 전향이 이어지
고 있습니다. 하지만 비로 그것이야말로 삶으로부터 노피고 마땅히
비판받아야 할 배신이라는 사실, 바로 그 진실이 역사에 실존했던 러
시아혁명으로부터 인류가 배워야 할 더 중요한 교훈입니다."

  공항으로 떠나야 할 시간이 임박했다. 기다리던 블라디미르는 오지
않았다. 이웃집 문을 두드려 물었다. 예순 안팎의 금발 아주머니였다.
푸른 눈에 시종 품위 있는 웃음을 머금었다. 오늘 새벽 일찌감치 자동
차에 큰 가방을 싣는 걸 보아 어디론가 여행을 떠난 모양이라고 들려
주었다. 블라디미르의 다른 연락처를 물어보았으나 알고 있는 정보가
거의 없었다. 본디 은둔을 좋아해 동네 사람 누구와도 사귀지 않았으

며, 낮에는 하루종일 집안에 있고 저녁이 되어서야 산책을 즐겼다는 것이다. 따라서 이웃 사람 누구도 그의 직업은 물론이고 정체를 몰라 궁금했다고 덧붙였다. 새벽에도 자신이 산책에서 돌아오는 길에 얼푸름한 안개 너머로 자동차에 여행 가방을 싣는 걸 목격했을 뿐이란다.

새삼 그와 만남조차 환상처럼 다가왔다. 하지만 마르크스와 달리 블라디미르와 만난 시간은 물증까지 남아 있지 않은가. 원고를 복사해두지 않았더라면 그조차 현실인지 환상인지 가름하기 어려웠을 터이다.

대체 블라디미르는 어디로 갔을까. 필생의 역작을 구상하며 '마지막 취재'를 떠난 걸까.

예약해둔 비행기 시간에 쫓겨 더 이상 집 앞에서 머물 수 없었다. 다음에 런던에 들러 블라디미르를 꼭 찾으리라고 마음속으로 기약했다. 그리고 그때는 그가 지니고 있던 소련공산당 문건을 내가 복사해 서울에 돌아가 공개한 사실까지 고백하고 용서를 구해야 하리라. 어쩌면 그 무렵엔 블라디미르의 소설이 런던에서 출간되어 있지 않을까. 아무튼 런던에 와 블라디미르를 만난 것은 큰 행운이었다. 그를 만나 데무트의 회고록이나 유서를 읽지 못했다면 아마도 내 평생에 불멸의 추억이 될 '하이게이트의 밤'도 없었으리라.

하이게이트 역을 떠날 때 문득 아쉬움이 들었다. 시간에 쫓긴 나머지 마르크스에게 물었어야 할 결정적 질문을 놓쳤기 때문이다. 인터뷰 끝자락에선 적어도 'K. M의 유서'가 진실인지 직접 확인을 거쳤어야 했다. 하지만 마르크스에게 진실 여부를 설령 확인했다고 하더라도 문제는 남을 터이다. 어떤 객관적 증거가 있겠는가. 차라리 하이게이트의 밤을 있는 그대로 기록하는 게 더 진솔하지 않을까. 마르크스와 나눈 대화가 블라디미르의 원고와 이어지는 대목이 많아 문서의 진실성이 한결 짙어진 걸 위안으로 삼을 수는 있을 터이다.

6 물한리의 봄이 꿈길처럼 함초롬히 다가왔다. 걷되 걷는 게 아니었다. 새벽까지 내린 봄비를 고스란히 모아 콸콸콸 흐르는 계곡 물도 어느 순간 멈춘 듯했다. 문득 산수화한 귀퉁이에 아무렇게나 그려진 길손으로 들어앉은 착각이 일었다.

황룡사를 지나 산길이 가팔라지면서 그림의 색조도 급격히 바뀌었다. 봄비에 젖은 산색을 배경으로 붉은 진달래가 스러져가며 꽃 사태를 이루었다. 이우는 진달래가 계곡 옆으로 가지런히 난 봄 길을 분홍빛으로 물들였다. 피를 다 토해서일까. 아니면 봄비에 씻겨서일까. 연갈색으로 바래가는 진달래 꽃빛에 목이 잠겼다. 그리움이 울컥울컥 밀려왔다. 어머니 손잡고 와룡강^{臥龍岡}을 오르던 기억, 그 시절의 진달래 추억이 새로웠다.

하늘을 찌르며 드높이 치솟은 잣나무 숲을 지나 속새골로 접어들었다. 민주지산^{岷周之山} 정상으로 곧장 오르는 가풀막이다. 저만치 뒤에서 들려오는 아들의 거친 숨소리가 께끄름했지만 쉼없이 그냥 걸었다. 도시에서만 살아서일 게다. 아들은 산행이 서툴렀다. 지금쯤 혁이는 무슨 생각을 하고 있을까. 느닷없이 수업도 빠진 채 산행에 따라나섰음에도 별날리 말을 건네지 않는 내가 불만스러울까.

기실 혁과 더불어 산행할 생각은 미처 못했다. 귀국하면 가장 먼저 만날 사람으로 후배 선일을 꼽았다. 선일과 술 한잔 나누며 하이게이트에서 일어난 이야기를 담담하게 들려주고 싶었다. 마르크스의 묘비 아래서 새벽을 맞았을 때. 저 옛날 어둠이 가실 무렵 양수리의 안개 낀 강변에서 선일과 다짐한 약속이 떠올랐다. '칼 형님' 무덤을 찾아 '조선의 술' 한잔 올리자는 '결의'를 선일은 거듭 확인했었다.

"좋아요 약속한 겁니다. 형! 우리의 약속을 지켜 본 이 새벽 안개를 잊지 맙시다."

잊지 말라며 새끼손가락을 내밀어 걸고 엄지로 도장을 찍던 후배의 얼굴은 얼마나 맑았던가. 왜 선일에게 함께 가자고 연락하지 않았을까. 후회스러웠다. 설령 그가 거절하더라도 나는 제의했어야 옳았다. 선일을 만나 사과하자고 스스로 다짐했다. 이어 젊은 시절 읽은 『공산당 선언』을 다시 정독해보자고 제안할 생각이었다.

소련이 무너지자 윤똑똑이들은 기다렸다는 듯이 마르크스의 '선언'을 희고 곰팡슨 소리로 조롱했다. 그러나 신자유주의가 지구를 정복한 오늘, 더구나 남녀노소 대다수가 더 많은 돈을 벌려고 오직 "돈! 돈!"을 외치는 광기가 지배하는 이 땅에서, 마르크스의 호소는 여느 때보다 더 종요롭다.

하이게이트의 밤을 지새우며 거듭났다는 느낌은 런던 공항으로 가는 전철 안에서 확신으로 바뀌었다. 내가 앉은 바로 앞자리의 젊은 연인들이 사랑을 속삭이는 풍경을 목격했다. 다정하게 이야기 나누던 연인들은 서로 이마를 비비더니 무람없이 입술을 맞추었다. 싱그럽다 못해 풀풀 향기가 풍겨왔다.

성은 얼마나 성스러운가. 인류는, 젊은 인류는, 대지의 곳곳에서 저마다 다른 살색처럼 다채로운 사랑을 꽃피우고 있지 않은가. 지구라는 떠돌이별에서 지금 이 순간 빚어지는 젊은 벗들의 모든 사랑을 축복해주고 싶었다. 연인들이 내리려고 일어났을 때다. 금발의 젊은 여성이 걸친 붉은 웃옷이 눈에 들어왔다. 마르크스의 옆얼굴이 쐐기처럼 눈에 들어와 박혔다. 수련이 입었던 바로 그 옷이다. 마음 깊숙한 곳에 꾹꾹 눌러두었던 수련의 정겨운 자태들이 터진 봇물처럼 밀려왔다. 그리움에 눈시울을 촉촉이 적셨다.

그와 동시에 런던의 젊은 여성을 충심으로 축복했듯이 고수련이 또래의 들찬 노동청년과 맺어지길 기원하고 싶었다. 저 자본주의의 냉혹한 손길에 아버지와 어머니를 빼앗겨 붉은 서러움에 잠긴 노동자 고수련 앞에서 내가 무엇을 해야 할지 비로소 확연히 깨우쳤다.

그랬다. 수련을 사랑하는 길이 달라야 했다. 애동대동한 수련의 귀여운 자태를 군이 내 '가슴의 망막'에서 지우려는 것도 욕망의 다른 표현이다. 역사는 결코 뒷걸음질치지 않는다며 강철이 되겠다는 신념으로 해맑게 살아가는 젊은 노동자가 실존한다는 사실, 그것으로 충분하지 않은가. 기실 수련과 짧은 만남으로 나 이미 삶에 새로운 투지를 얻고 있지 않은가. '살아가는 데 어디서 힘을 얻느냐'는 수련의 질문에 이제는 자신 있게 답할 수 있을 것 같았다.

스스로 물었다. 고수련과 수련을 사랑할 청년 노동자의 행복을 위해, 눈 맑은 두 사람이 투쟁으로 열어갈 새 세상을 위해, 대한민국의 노동계급을 위해 무엇을 할 것인가. 언론 현장에서 '지천명'을 넘도록 일해온 늙은 노동자의 천명은 무엇인가. 그것이 삶이라는 교실에서 내가 수업해야 할 사랑이 아닌가.

비행기가 런던 공항을 이륙했다. 런던과 서울은 유라시아라는 두툼한 책의 앞뒤 표지처럼 서쪽과 동쪽 끝에 있다. 지나온 인류의 발자취가 책의 갈피갈피마다 살아 숨쉰다. 수천 년에 걸쳐 인류는 저 아래 펼쳐진 광활한 대륙, 구름과 안개로 가린 대지에 핏물을 잉크로 역사를 써왔다. 프랑스혁명과 러시아혁명의 절규들로 붉디붉은 상물을 이루었다. 그리고 나의 삶 또한 그 핏빛 아우성, 핏빛 사랑의 끄트머리에 실존하고 있다. 그러므로 진정 내가 준엄하게 자문할 것은 이런 게 아닐까.

'피투성이 사랑을 이어가겠다던 젊은 날의 결의에 오늘 나의 사랑은 얼마나 정직한가?'

그 물음표 앞에서 후배 류선일을 떠올렸다. 젊은 날의 추억을 함께 했던 숱한 벗들이 어근버근 갈라져 있지만 적어도 선일을 만나 서로가 서로에게 지킴이가 되자고 제안하면 선뜻 받아들일 것만 같았다.

눈을 감고 사랑을 되뇌었다. 젊은 우리의 가슴을 채웠던 깨끗한 열정을 되찾겠노라고 결기를 곧추세웠다.

마음을 텅 비울 때 비로소 오롯하게 차오는 바로 그것이 사랑 아닐까. 까맣게 잊고 있던 내 마음속의 진실에 새로 눈뜨는 희열이 온몸으로 퍼져갔다. 고요한 이 순간 고여오는 맑은 사랑을 고수련과 류선일 그리고 지상에 살아가는 모든 이들에게 골고루 나누어주련다. 서울로 가는 길 내내 가슴 부푼 까닭이다. 런던이 아직 밤일 때 서울은 새벽. 완숙한 런던을 떠나 풋풋한 동쪽으로 가는 설렘. 새롭게 꽃피어날 사랑을 예감하며.

기실 데무트의 진실과 사랑이 웅숭깊게 다가서는 까닭도 우리 시대가 끝모를 절망의 늪이어서다. 그 수렁에선 모든 진실이 우스개로 되고, 모든 사랑이 상품으로 추락한다.

하지만 사랑의 다짐은 지상에 내리자마자 곧바로 차디찬 현실에 부닥쳤다. 집에 돌아오자 편지 한 통이 기다리고 있었다.

발신인은 류선일.

편지를 건네주며 아내는 무슨 급한 일일까 싶어 뜯어보았다고 양해를 구했다. 아내의 표정이 다소 어두웠다. 대학 시절 학생운동을 하며 만난 아내는 후배와 나 사이를 잘 알고 있었다.

한민주 선배.

불쑥 편지 띄우는 걸 용서하십시오. 신문사에 전화 드렸더니 한달 동안 쉰다고 하더군요. 댁으로 전화했을 때 대학 시절 민주 형의 목소리를 듣는 착각이 들었습니다. 아들 이름이 혁이라면서요. 아마도 형이 지었으리라 짐작됩니다. 형이 아들을 얼마나 깊은 사랑으로 키웠을지 눈에 선하더군요.

런던으로 떠났다는 말을 들었습니다. 저의 예단일지 모르지만 형이 하이게이트를 찾아갔다 싶었습니다. 직감이 틀리지 않았다면 아름다운 여행이었기를 바랍니다.

대학 시절 방학 때 형에게 편지를 쓴 뒤 처음이군요. 저 많이 변했다고 생각하시리라는 것 잘 알고 있습니다. 당연하지요. 스스로 돌이켜보아도 변했다는 것을 인정할 수밖에 없습니다. 지금까지 변한 게 아니라 발전한 것이라며 눈 흡뜨고 자신을 몰아세우기도 했지만, 바보가 아닌 한 자신의 변절을 모를 리 있겠습니까. 다만 보지 않으려 외면하거나 모른 체했을 따름이지요.

변절의 귀결일까요. 아니면 변절을 발전이라며 떼쓰던 나날의 종착점이겠지요. 형이 이 글을 읽을 때면 저는 이 땅에 없을 겝니다.

민주 형.

저 대한민국을 영원히 떠나기로 결심했습니다. 오늘이 마지막 밤입니다. 몇 년 전부터 준비한 이민을 실행에 옮겼습니다. 신문사에 사표를 내고 환송회가 있었던 바로 그날 형을 광화문에서 만났습니다. 그날 그 순간을 형은 우연이라고 여기겠지만 저에겐 필연으로 다가왔습니다.

왜 이 나라를 떠나는지 구차하게 설명드리진 않겠습니다. 제가 몸담았던 신문사에서 지칠 대로 지쳤다는 사실, 몸부림 쳐보았지만 더 이상 두꺼운 위선 아래서 저의 온전한 삶을 지켜가기란 불가능했다는 사실만 말씀드리겠습니다.

바로 그랬기에 형은 저에게 희망이었습니다. 형을 처음 만난 대학 시절 그러했듯이 늘 형의 글을 챙겨 읽었습니다. 형의 용기에 진심으로 박수를 보냅니다.

그러나 민주 형.

형의 글에 대한 칭찬은 제가 아니더라도 이미 많이 들으셨을 겝니다. 그래서 오늘은 형에게 의도적으로 '쓴 소리'를 하렵니다. 어디서부터 이야기해야 좋을지 모르겠습니다만 생각나는 대로 적겠습니다. 형의 글을 볼 때마다 마음 한구석 어딘가 허전함을 느꼈습니다. 그때마다 형에게 무엇인가 이야기해주어야겠다고 생각했지만 불가능했습니다. 어떤 노래도 부르지 못하고,

더 나아가 저들의 장단에 맞춰 용춤추는 저에 비한다면, 그래도 형은 '음치'이지만 자신의 노래를 불러왔기 때문입니다.

민주 형.

사람이 나이가 들면 노여움도 잘 타고 귀가 얇어진다고 합디다. 듣기 싫은 소리는 듣지 않으려 한다지요. 형은 그럴 리 없다고 생각합니다. 하지만 혹 오해가 있을까 두려워 먼저 이 말부터 전하고 싶습니다.

저, 언제나 마음 한곳에서 형을 존경하고 있었습니다. 형의 글에 질시를 느끼기도 했습니다만, 그리고 그 시기의 시선이 그날 술집에서도 극단적으로 드러났습니다만, 저의 진실입니다.

제 나름대로 신문기자를 저의 천직으로 여겨왔습니다. 정치부장 시절 국회의원의 유혹도 있었으나 가지 않았습니다. 그나마 저를 지킬 수 있었던 것은 형의 존재 때문인지도 모릅니다. 30여 년 전 형을 따를 때 한 말 기억나십니까? 후배들이 형을 얼마나 사랑하고 있는 줄 아느냐고 다그쳤지요? 형의 순결성, 순수성 전혀 변하지 말아야 한다고 윽박질렀고요. 민주 형의 글을 볼 때나 먼발치에서 몇 차례 보았을 때나 아직 그때의 모습을 지니고 있는 게 늘 든든했습니다.

그러나 늘 벼르고 있던 질문이 있습니다. 오늘 형에게 묻지요. 민주 형. 이 나라에서 형이 해야 할 몫을 다했다고 생각하시나요? 더 읽지 말고 이 대목에서 멈추어 대답하십시오.

편지읽기를 멈추었다. 어느새 내 눈시울은 젖어 있었다. 선일의 글에서 학창 시절의 향수가 강렬하게 묻어났기 때문이다. 술집에서 만났을 때 선일의 우격다짐은 사표와 환송회 그리고 이민이라는 상황에 더해 취기 탓이었음을 이해할 수 있었다. 선일을 더 볼 수 없다는 안타까움이 퍼져갔다.

그래서였다. 선일이 시킨 대로 눈을 감고 질문을 되뇌어보았다. '민주 형. 이 나라에서 형이 해야 할 몫을 다했다고 생각하시나요?' 대답에 시간이 걸릴 물음이 결코 아니었다. 단연 대답은 '아니요'다. 그렇게 생각한 바로 그 순간 스스로 부끄러움에 사로잡혔다. 동시에 선일의 다음 말이 궁금했다. 다시 편지로 눈을 돌렸다.

답하셨습니까?

제가 맞혀볼까요? 형은 분명 아니라고 답했을 것입니다. 만일 그렇다고 답했다면 제가 편지를 잘못 보낸 셈이지요. 이하 글을 읽지 말고 찢어주십시오. 형이 아니라고 답했다는 전제로 묻지요. 형은 왜 할 일을 다하지 않습니까?

민주 형.

형도 이제 50대입니다. 언제 무엇을 하려고 남겨두고 있습니까? 혹시 형은 무엇을 해야 하는지 잊은 건 아닙니까?

만일 형이 신문에서 좌파 냄새 솔솔 풍기는 칼럼을 쓰는 일로 만족한다면, 정말이지, 더더욱 그렇습니다. 형의 칼럼은 늘 하고 싶은 말을 온전히 다 못하는 아쉬움을 남겼습니다. 형에게 정중히 묻겠습니다.

무엇입니까. 하고 싶은 말을 분명히 못하는 까닭은 정말 무엇입니까. 국가보안법을 없애고 사상의 자유부터 얻는 것이 선결과제라고 하시겠습니까?

아닙니다. 형은 할 일이 더 많았습니다. 형 자신에게 그러했을 뿐더러 왜 저나 다른 후배들에게 단 한 번이라도 호된 꾸지람을 주지 않았습니까. 그거 아십니까? 저에 대한 형의 침묵이 늘 참을 수 없는 고통이었다는 것을.

민주 형.

혹시 형은 못난 후배들을 방관하면서 스스로 만족해온 것은 아닙니까? 형의 타협적 삶을 후배들의 못남이나 변절 탓으로 돌리려는 의도는 과연 없었습니까? 홀로 조금 더 나아간 상태에서 뒤돌아보며 따라오는 후배가 없다는 이유로 머물 게 아니라 후배들을 다독여 더 나아갔어야 하지 않은가요.

대학 시절 제게 들려주었듯이 형이 마르크스를 지금도 존경한다면, 그리고 마지막으로 저와 만난 날 제게 '선언'했듯이 마르크스 사상이 자본주의가 전 지구를 재편한 오늘의 현실에 여느 때보다 더 적실성을 지니고 있다고 진정 생각한다면, 형에게 서슴없이 말씀드리겠습니다.

형은 해야 할 일을 전혀 못했습니다. 그 말을 꼭 하고 싶었습니다. 역사는 저 같은 사람보다 형을 더 가혹하게 심판할지 모릅니다. 제가 마르크스의 사생활을 꼬집었지만 역사는 마르크스의 사랑 따위는 묻지 않는다는 것을 저 자신이 누구보다 더 잘 알고 있습니다.

노파심에서 말씀드립니다만, 만일 형이 런던에 다녀온 뒤 행여 마르크스의 사생활 따위를 정당화하려는 글을 쓰려고 한다면 제발 그만두십시오. 형의 성격을 제가 잘 알아서입니다. 마르크스의 사생활은 그냥 그의 사생활로 남겨두십시오. 수구세력이 사생활을 흥미삼아 비난하더라도 개의치 마십시오. 제가 마르크스의 사생활을 공격한 것은 다른 맥락에서였습니다. 마르크스를 우상화하려는 '신도'들이 적잖기 때문입니다.

민주 형.

오늘 마르크스를 참으로 되살리는 길은 저들의 공격에 맞서 마르크스의 사생활을 정당화하는 데 있지 않습니다. 마르크스라고 개인적 결함이 없겠습니까만, 저는 그가 자신에게 주어진 역사적 과제를 다한 혁명적 사상가였다고 봅니다. 우리에게 주어진 역사적 과제를 다하는 것, 그것이 마르크스를 살리는 길이라고 생각합니다.

형.

저는 결국 이 나라를 떠납니다. 이 땅 어딘가에는 '빨갱이'로 젊은 날에 처형당한 저의 아버지가 원혼으로 묻혀 있습니다. 그 땅을 이제 저는 버리고 갑니다.

제가 어디로 가는지 아십니까? 미국입니다. 대한민국의 기득권세력이 '이상'으로 섬기는 미국에서 저 혼자 편히 살려는 의도라고 여기셔도 됩니다. 자학이라고 예단하지는 마십시오. 세계자본주의를 끌어가는 제국의 한 복판에서 미국의 존재를 실감하고 싶기도 합니다. 아무튼 분명한 사실은 이미 글로 숱한 죄를 저질러온 제가 이 땅에서 할 일이 아무것도 없다는 것입니다.

그러나 형은 다릅니다. 아직 할 일이 남아 있습니다. 아니, 해야 합니다. 그 일이 무엇인지 형이 더 잘 알 것입니다.

주제넘지만 하나만 덧붙이겠습니다. 형의 모습에서 저는 이 나라 진보세력의 오늘을 고스란히 읽을 수 있습니다. 저는 왜 진보세력이 자신들의 정치적 목표를 이루기 위해 먼저 자신들의 역량을 결집하는 데 최선을 다하려 하지 않는지 도저히 이해할 수 없습니다. 형도 기자생활을 하시면서 보신 바가 있을 것입니다.

반면에 어떻습니까. 진보세력이 맞서 싸워야 할 자본주의 세력은 얼마나 잘 뭉치며 얼마나 또 부지런합니까. 새벽부터 일어나 조찬회의로 시작한 저들의 일정은 밤늦은 시각 술자리의 정보교환에 이르기까지 치밀하게 전개됩니다. 주말에는 골프를 치며 서로 정보를 주고받지요. 진보세력이 깡소주를 들이부으며 울분을 삭이고 건강을 해치는 바보짓을 되풀이할 때 저들은 양주를 마시며 노동자들의 가난한 누이들을 마음껏 농락하지 않습디까? 더구나 막대한 자본력에 더해 가공할 만한 물리력을 갖고 있습니다.

저는 진보 정치세력이 자신들이 험한 길을 걸어가고 있다는 이유 하나만으로 자위하고 있는 게 아닐까 묻고 싶습니다. 한 줌도 되지 않으면서 갈라지고, 갈라진 채 싸우고 있습니다. 마치 교리싸움을 하듯이, 다른 진보세력을 매도하는 살풍경은 참으로 절망입니다. 저 로마의 노예들이 검투사가 되어 서로 죽을 때까지 싸움을 벌이며 로마의 귀족과 시민들을 즐겁게 해주다가 이윽고 예외 없이 처참한 죽음에 이르는 꼴이 아닌가요?

자본주의 지배세력이 그어놓은 테두리 안에서 관념적으로 혁명적 언사만 되풀이한다면 그것이야말로 저들이 파놓은 함정일 것입니다. 저들은 오늘 갈라진 진보세력을 보면서 얼마나 환희에 차 있을까요. 제가 몸담고 있었던 신문사 안팎에서 저는 한 줌도 안 되는 좌파들의 쪼개진 몰골들을 조소하는 치들을 수없이 목격했습니다.

민주 형.

'싸워야 할 대상'과 '함께 가야 할 동지'를 구분하지 못하는 사람들이 과연 진보주의자인가요? 아닙니다. 저는 형이 지니고 있는 '무기'가 이 땅에 진보세력이 거듭나는 걸 방해하는 무리까지 겨누기를 바랍니다. 하지만 그러기 위해서는 형 자신부터 거듭나야 할 것입니다. 그래서 묻고 싶습니다. 형은 언제까지 신문사에 앉아 '노예의 언어', 아니 노예적 실천에 머물 생각입니까. 거듭 말씀드리지만 역사는 저 같은 '변절자'보다 '술자리 좌파'나 '자기연민에 자족하는 관념적 좌파'를 더 통렬하게 고발할 것입니다.

끝으로 이미 간파하셨으리라 믿지만 그래도 제 마음이 걸려 사족으로 밝혀둡니다. 그날 제가 술에 취해 형을 심하게 몰아세우며 횡설수설했습니다만 결코 진심이 아니었습니다. 위악이었지만 그것은 이 땅에서 아버지를 배반했음은 물론이고 수많은 죄를 저지르고 떠나는 제가 그래도 희망을 걸고 있는 형에게 보내는 마지막 진실이었습니다. 만일 형이 제 위악이 계기가 되어 마르크스의 무덤을 찾은 게 분명하다면 저로서는 더없는 영광이겠습니다.

민주 형.

형을 사랑합니다.

마지막 문장까지 읽었지만 편지를 접을 수 없었다. 도심 한복판에 나 혼자 벌거벗고 서 있는 비참함을 느꼈다. 선일과 다툰 술자리와 비교도 안 될 만큼 더 참담한 자신과 마주 섰다. 중년의 낯선 사내는 추한 알몸을 가릴 생각조차 잊은 채 되록되록 눈알만 굴렸다.

변한 것은, 정녕 후배가 아니었다.

바로 나였다.

하나도 변하지 않은 것은 후배였다. 어줍잖은 글들로 나 얼마나 자족했던가. 선일의 편지는 한민주라는 한 천박한 인간을 역사의 법정에 세워놓고 조용히 '사형'을 선고한 판결문이었다. 그랬다. 나, 얼마나 자기합리화에 능했던가. 얼마나 소심했던가. 얼마나 괜스레 상처받은 척했던가. 아무런 일도 이루지 못한 주제에 마치 몹시 지쳤다는 듯이 가살피우며 사사롭게 위안을 찾으려 하지 않았던가. 좋은 후배를 영원히 잃은 상실감에 젖어들었다. 후배가 이 나라를 떠나게 된 것은 바로 나처럼 구역질나는 진보주의자들 때문이 아닐까.

멍하게 앉아 있던 내게 아내의 걱정스런 눈길이 전해왔다. 아내의 응시가 부담스러워 서재로 느적느적 들어갔다. 몸살과 여독이 아직 풀리지 않은 데 더해 후배의 편지가 준 충격으로 머리가 한없이 무거웠다. 서재에 남아 있던 술병을 꺼내 벌컥벌컥 들이켰다.

깨어난 것은 다음날 저녁께였다. 집에 왔다는 안도감 때문인지 자고 일어났지만 께느른했다. 편도선이 붓기 시작하더니 물을 삼키기조차 어려웠다. 몸살이 도졌다. 꿈을 꾸며 식은땀을 흘리다가 깨어나고 잠들기를 되풀이했다. 후배 선일과 아들에 이어 블라디미르까지 꿈에 나타났다. 꿈자리란 게 본디 그렇듯이 줄거리도 없이 비약되기 일쑤였다. 깨어나면 토막토막만 기억났다. 다만 그 혼란 가운데서도 하이게이트의 마르크스와 대화를 나누는 꿈만은 선명하게 기억할 수 있었다. 영화의 필름을 다시 틀어주듯 그 밤에 일어난 일이 고스란히 재현되어 나타났다.

불덩이로 끓어오르던 몸이 정상으로 되돌아온 것은 귀국한 지 나흘째 되는 날 새벽이었다. 열병을 앓은 뒤의 영혼은 나비처럼 가볍고 이슬처럼 맑았다.

곧바로 침대에서 일어나 노트북을 펴들었다. 런던에서 기록한 취재수첩을 펴들고 자판을 두들겨갔다. 반복된 꿈으로 하이게이트의 밤에 마르크스와 나눈 대화를 생생하게 복원할 수 있었다.

만족감을 느끼며 정리한 뒤 복사해온 문건들을 펼쳤다. 그 순간 선일이 편지로 남긴 '노파심'이 떠올랐다.

"만일 형이 런던에 다녀온 뒤 행여 마르크스의 사생활 따위를 정당화하려는 글을 쓰려고 한다면 제발 그만두십시오"

날카로운 예견이 아니던가. 기실 후배의 말은 정곡을 찔렀다. 자본주의가 전 세계를 정복한 오늘 마르크스를 참으로 되살리는 길이 '저들의 공격에 맞서 마르크스의 사생활을 정당화'하는 데 있는 것은 분명 아니기 때문이다. 하지만 그와는 별개로 마르크스의 사랑과 진실은 밝혀야 하지 않을까. 문건을 들추다 접힌 부분이 펼쳐졌다. 런던의 호텔에서 데무트의 회고록을 읽을 때였다. 귀국하면 꼭 확인해볼 대목이라며 접어둔 기억이 났다.

떨리는 심장으로 다시 처음으로 돌아가 읽게 되는 선언은 그때 비로소 첫 문장의 의미를 곱씹게 한다.

'하나의 유령이 유럽을 떠돌고 있다. 공산주의라는 유령이.'

유령.

그 말은 바로 선언 마지막의 '전율케 하라!'와 이어지고 있었다. 잘은 모르겠지만 칼이 단순히 전율의 뜻으로만 유령이라는 말을 쓴 것 같지는 않다. 칼이 세상을 떠난 뒤 그이가 즐겨 읽던 책 『햄릿』을 꺼내 읽을 때 우연히 흥미로운 사실을 발견했다.

칼은 유령이라는 단어가 나오는 대목마다 밑줄을 쳐놓았다! 생전에 칼이 자녀들에게 셰익스피어의 작품들을 들려주던 풍경이 아스라하게 떠올랐다. 덴마크 왕의 유령이 나오는 곳에서 여느 때보다 진지했다. 『햄릿』을 읽으며 '유령'이라는 단어에 밑줄을 쳤을 때 칼은 무엇을 생각하고 있었을까. 곰곰 생각해본다.

책꽂이에서 『공산당 선언』과 『햄릿』을 꺼내 들었다. 메케한 먼지냄새가 코끝을 아렸다. 그날 밤 서재에서 꼬박 밤을 새웠다. 차례로 두 책을 정독했다. 속가슴 깊이 갈무리했던 첫사랑과 30여 년 만의 '재회'였다. 그래서일까. 두 책은 젊은 날의 열정과 감동을 불러일으켰다.

『공산당 선언』 들머리에 '하나의 유령이 유럽을 떠돌고 있다'고 한 다음 문장에서 마르크스는 힘주어 강조했다.

공산주의라는 그 유령을 쫓아내려고 유럽의 모든 정치세력이 신성한 동맹을 맺었다.

이어 단호하게 진단한다.

이제 공산주의 유령이라는 동화 같은 이야기에 대처해야 할 때가 닥쳐왔다.

동화.

그 '동화 같은 이야기'는 『햄릿』을 읽는 내게 쓰라린 회한을 주었다. 예전에 『햄릿』을 읽을 때 아무런 느낌도 없었던 대목이 충격으로 다가왔다. 억울하게 살해당한 아버지의 유령이 원한을 갚아달라고 했음에도 이를 실천하지 못하는 자신의 우유부단함을 햄릿은 이렇게 자책하고 있다.

"가장 사랑하는 아버지가 살해당하고 하늘과 땅도 보다 못해 원한을 풀어주라고 독촉함에도 창녀처럼 입으로만 값싼 결심을 토로하고 있지 않은가. 그저 욕설만 퍼붓고 있지 않은가."

이에 앞서 아버지의 유령은 살해당한 진실을 밝히면서 햄릿이 감당할 수 있을지를 우려한다.

"내가 말하면 그 한마디로 너의 마음은 두려움에 떨고 젊은 피는 얼어붙을 터이다."

그러면서도 유령은 지하로 사라지면서 아들에게 마지막으로 호소한다.

"아버지를 잊지 말아라. 아버지의 부탁을⋯⋯."

그 대목에서 기어이 눈물을 쏟고 말았다.

얼마나 흐느꼈을까. 서재 창 밖으로 어둠이 가시며 동녘 하늘이 주홍빛으로 물들었다. 우연히 마주친 달력에 흠칫했다. 사월 열이렛날. 어머니가 돌아가신 뒤 거의 잊고 있던 아버지의 기일이었다. 지난 3월 14일 마르크스의 기일임을 발견한 새벽이 겹쳐져 마치 모든 것이 누군가의 치밀한 각본에 따라 일어나고 있다는 두려움이 스쳤지만 이내 슬픔에 묻혔다. 그동안 기일조차 제대로 제사를 지내지 않았다는 사실을 깨달으면서 오열은 더 심해졌다. 눈물로 범벅이 되어 자리에 누웠다.

눈을 떴을 때는 오후 3시. 아침 겸 점심을 먹으며 아내에게 내일 아침 민주지산으로 떠나겠다고 밝혔을 때도 아내는 별다른 말이 없었다. 다만 무엇인가를 골똘히 고심하는 표정이었다. 저녁 무렵 아내가 서재로 들어왔다. 말없이 내 눈을 들여다보더니 거절하면 안 된다는 듯이 결연히 말했다.

"혁이와 함께 가세요. 혁이에겐 내가 말할게요"

아침 일찍 집을 나와 영동永同으로 내려가는 경부선 열차에 올랐다.

기차가 한강을 건널 때까지 아들에게 아무 말도 건네지 않았다. 딱히 할 이야기가 없었거니와 그보다는 후배의 얼굴이 눈앞에 어른어른해서였다. 얼마나 외로웠을까. "이 땅 어딘가에는 '빨갱이'로 젊은 날에 처형당한 아버지가 원혼으로 묻혀 있다"는 선일의 고백이 아프게 메아리쳤다. 그랬다. 처음으로 안 선일의 비밀이었다. 기실 나 또한 그에게 아버지의 진실을 밝히지 않았다! 왜? 왜 우리는 진실을 서로에게 알리지 않았을까?

이 땅과 작별하는 순간 후배의 가슴에 찬비가 내렸으리라는 생각이 들자 더욱 견디기 어려웠다. 서울에서 영동까지는 기차로 2시간 30분. 멀뚱멀뚱 창 밖을 내다보다가 선일의 얼굴을 지울 겸 눈을 감았다. 런던에서 일어난 일들을 하나하나 되새김질해볼 때였다. 옆자리에 나란히 앉을 때부터 뭔가 묻고 싶은 게 있는 듯 여짓거렸던 혁의 조심스러운 목소리가 들려왔다.

"저……, 주무시기 전에 한 가지 여쭤보아도 될까요?"

살며시 눈을 뜨며 비스듬히 고개를 돌렸다. 아연 긴장한 얼굴빛이 수상했다. 아니나다를까.

"지난 겨울 사당역 앞에서 아버지와 함께 있던 젊은 여자분 누구세요?"

뒤통수를 얻어맞는 충격이었다. 반면에 참으로 나 자신도 의아스러울 만큼 마음은 가라앉았다. 침착하게 되물었다.

"보았었니?"

차분한 대응에 혁도 마음이 놓였을까. 그제야 성긋 눈웃음지었다.

"예. 그날 함박눈이 왔었지요. 여자친구와 길을 걷다가 우연히 들어간 곳이 거기였어요. 정말 우연이었어요. 음……, 아주 멋있고 지적이던데요? 아버지 표정도 완전히 다른 분처럼 환했어요. 그분, 방송사에 계시나요?"

나도 모르게 입술 사이로 웃음이 나왔다. 아니, 한숨이었을까. 술에 취해 밤늦게 집에 들어왔던 내가 신문칼럼에 대해 물었을 때 아들이 왜 그렇게 냉소적으로 반응했는지 비로소 짐작이 갔다.

지적이고 방송사에 다닌다? 딴은 그렇게 볼 수도 있겠거니 생각했다. 아니, 텔레비전 부품을 만드는 노동자 수련의 맑은 의지는 텔레비전 화면에 넘쳐나는 '화장 미인'의 교양과 비교할 바가 아니었다. 더구나 샛별눈에는 강철의 꿈이 숨쉬고 있지 않은가.

"너, 혹 쓸데없는 걱정을 한 건 아니겠지? 네가 상상하는 그런 감정은 없다."

어쩌면 그리 자연스레 너스레를 떨었을까. 능란하게 대응하는 자신이 밉살스러웠다.

"글쎄요, 쓸데없는 걱정을 한 건 아니었어요. 두 분이 퍽 다정해 보였어요. 젊은 여자와 이야기 나누는 아버지 얼굴도 놀랄 만큼 젊어 보였고요. 그런데 그 순간 어머니 얼굴이 떠올랐겠지요. 며칠 동안 힘들었어요. 제게 칼럼에 대해 물어보신 날도 그분과 술 드시고 오신 거 맞지요? 아버지가 런던으로 훌쩍 떠난 뒤 저 나름대로 많이 생각해보았습니다. 먼저 죄송하다는 말씀부터 드릴게요. 아버지에게도 개인 삶이 엄연히 있고 그것은 제가 간섭할 영역이 아니라는 생각이 들었어요."

제 깜냥으론 몹시 자글거렸을 터임에도 제법 말을 절제할 줄 알았다. 죄송하다는 혁의 말에 묵은 체증이 쑥 내려가는 느낌을 받았다. 섞삭은 빈자리로는 뜨거운 어떤 것이 몰려와 목젖을 뜨뜻하게 달궜다.

혁은 눈치를 슬쩍 살피더니 묻기 전에 벙시레 웃었다. 마치 농담을 하겠다고 전제라도 하듯.

"그분, 사랑하세요?"

서늘했다. 동시에 얼굴은 내 뜻과 달리 굳어졌다. 잠자코 아들을 바라보았다.

"화나셨어요? 대답을 듣고 싶어 여쭤본 건 아닙니다. 음……, 딱 한 가지만 더 말씀드려도 될까요? 어머니가 차가운 분이라는 건 저도 알아요. 아버지가 행복을 밖에서 찾는 것도 이해할 수 있고요. 하지만 저는 불모지인 여성운동의 한 일각에서 여러 가지 편견을 뚫고 냉철하게 일해나가는 어머니도 외롭지 않을까 싶어요"

마지막 말을 듣는 순간이었다. 젊은 시절 아내의 이지적이고 청순한 모습이 혁의 얼굴 위로 파스텔 그림처럼 번져갔다. 눈을 감았다. 애써 미소를 머금었지만 가슴은 더없이 쓰라렸다.

7 속새골을 지나 민주지산으로 오르는 길은 강파른 너덜이었다. 울퉁불퉁 불거진 돌들이 오르는 걸음을 지치게 했다. 그러나 정상에 오르자 피로감은 봄눈 녹 듯 사라졌다. 사방팔방으로 메숲진 산이 이어져 바다를 이뤘다. 왜 민주지산이라 하는지 절로 고개가 끄덕여졌다. 두루 굽어보는 산. 민주岷周의 새김이다. 이십 리는 족히 될 법한 긴 능선 저 멀리 뾰족하게 솟은 석기봉石奇峰이 그리고 그 너머 삼도봉三道峰이 한눈에 들어왔다.

해발 1천 미터가 넘는 능선이어서일까. 길섶 산죽들 사이로 핏빛 진달래가 아직 여울여울 붉었다. 이윽고 석기봉 돌비알을 지나 삼도봉에 올랐다. 충청도가 경상도·전라도와 맞닿으며 우뚝 솟은 삼도의 꼭지점이다.

겨레의 성산 백두산에서 굽이굽이 남쪽으로 달려온 산줄기가 태백에서 소백으로 이어지고 월악산·속리산을 거쳐 마침내 이르는 산. 민주지산은 남녘의 삼도에 백두의 기상을 골고루 나눠주고 있었다. 하늘을 품은 천지의 장군봉에서 남녘 끝 지리산·달마산까지 조국의 뼈대를 이룬 백두대간 산자락에 얼마나 수많은 숫민중이 잠들어 있는가. 얼마나 숱한 영혼들이 원귀로 아우성치고 있는가. 그럼에도 그 산줄기가 보듬은 겨레는 북·남으로 갈라지고 다시 동·서로 반목하는 현실이 새삼 통탄스러웠다.

삼도봉 멧부리에서 남쪽을 바라보면 왼쪽으로 멀리 가야산이 오른쪽으로는 덕유산이 겨레의 젖무덤처럼 넉넉하게 다가온다. 삼마재골로 내려가는 능선길. 그 길을 거꾸로 올라가면 속리산·월악산·소백산·태백산으로 이어져 백두산 가는 길이다. 삼마재골에서 삼도봉으로 가는 능선 어딘가에서 아버지는 총을 맞았다고 했다. 그래서일까, 내려가는 길에 쉬 발걸음이 떨어지지 않았다. 봄비를 흠뻑 빨아들인 길바닥의 흙은 황토가 아니라 차라리 시커멓다고 할 만큼 거름으로 기름져 있었다. 저 흙 빛깔에 얼마나 숱한 민중의 피눈물과 뼈와 살이 녹아들어 있을까. 핏빛 진달래가 분홍빛으로 변하고 이윽고 갈색으로 바래 흙이 되어가듯이.

조용히 마음속으로 되뇌어보았다.

'아버지!'

뒤에 걸어오는 아들이 듣지 못할 만큼 낮은 목소리로 불렀다.

"아버지!"

명주바람이 화답하며 불어왔다. 백두대간의 능선길 따라서도 선홍빛 진달래는 어김없이 피어 있었다. 무엇보다 군락 지어 무리로 나타난 참나무가 이채로웠다. 백두대간 능선의 모진 칼바람을 피하렴일까. 참나무는 위로 자라지 않고 옆으로 뻗어가 저마다 동화에 나오는 환상의 세계를 연출했다. 가지가지마다 연초록 새잎이 세차게 부활하고 있어 더욱 그랬다. 진달래나 참나무 두루 한 그루 한 그루가 예사롭지 않았다.

끝내 굵은 눈물을 뚝 흘리고야 말았다.

뿌옇게 가린 눈앞으로 나무 등걸이 신비로울 만큼 구불구불 휜 참나무가 들어왔다. 그 아래에 주저앉듯 무릎을 꿇었다. 등짐에서 포도주를 꺼내 땅 밖으로 툭툭 불거져나온 참나무 뿌리와 백두능선 길섶에 무심코 뿌렸다.

"아버지!"

산울림일까. 등뒤에서 들려왔다.

혁이었다. 어느새 다가왔을까. 두 손을 앞으로 모으고 공손히 자세를 갖췄다.

"여기가 할아버지께서 돌아가신 곳인가요?"

마주친 아들의 눈시울이 붉은 진달래 빛으로 물들어갔다. 아들이 어느새 나를 들여다볼 만큼 컸다는 생각이 들면서 문득 불안했다. 혁은 이미 나의 위선과 거짓조차 투명하게 파악하고 있는 건 아닐까.

"글쎄다. 아마도……."

목소리가 갈라져 채 말이 나오지 않았다. 아들이 다가오더니 내가 쥐고 있던 술병을 받았다. 한잔 따라 뿌리는 혁의 모습이 늠름했다. 이곳을 왜 왔는지 말해주지 않았지만 다 알고 있었던 게다. 아내의 살뜰한 배려가 고마웠다. 그때였다. 혁이 조심스레 술 한잔을 따라 내게 내밀었다. 혁의 눈동자를 감싸고 있는 하얀 눈빛이 맑았다. 그 한가운데 굵은 머루처럼 자리한 혁의 검은 눈을 들여다보았다. 캄캄한 가슴 한 귀퉁이에서 희붐히 새벽이 열리는 느낌이었다.

삼마재 골에서 물한계곡으로 내려오는 길섶에는 철쭉이 지천이었다. 온몸으로 봄을 외친 진달래는 이울면서 흙을 붉게 물들였다. 아버지가 지녔을 핏빛 그리움처럼, 마지막 숨을 몰아쉴 때 토했을 핏덩이처럼.

당신의 나이 스물다섯. 곧 혁이 그 나이가 된다. 혹시 혁의 맑은 눈빛은 당신을 닮은 게 아닐까. 깨끗한 눈빛을 못난 아들을 넘어 손자에게 물려준 게 아닐까. 얼굴도 모르는 낯선 청년이던 당신이 늘 내 둘레에 맴돌고 있었다는 친숙감이 느껴졌다. 해방 정국에서 눈치만 살피며 움츠리고 있다가 미군이 들어온 뒤 다시 설치기 시작한 친일지주들에 온몸으로 맞서 싸운 청년. 혁명에 목숨을 걸었고 실제로 생명을 바친 젊은 사내.

용이 살았다는 전설을 지닌 옥소폭포에서 쏟아져 부서지는 맑은 물소리가 봄 산 가득 산사의 종소리처럼 울려퍼졌다. 그 순간 쫓기듯 사위를 둘러보며 푸른 물 한 모금으로 목을 적시는 남루한 차림의 청년이 눈에 밟혔다. 환청일까. 그날의 피울음이 산울림으로 들려왔다. 그랬으리라. 비록 일본제국주의에 빌붙었던 토벌대들에 추적 당했으되 마음만은, 눈빛만은, 산색처럼 물빛처럼 아름다웠으리라.

물한계곡 들머리로 되돌아와 막 떠나려던 버스에 올랐다. 얼마 가지 않아 버스가 정류장에 멈추었을 때다. 차창 밖으로 허름한 올갱이 국 집이 띄었다. 반사적으로 자리에서 일어났다. 혁을 다그치며 서둘러 내렸다. 어린 시절 올갱이 국을 자주 끓여주신 어머니가 암암했다. 구수한 냄새가 안개처럼 하얀 김 속에서 모락모락 피어났다. 밥풀눈에 알금삼삼 손티가 있는 밥집 사내가 주문도 하지 않았는데 소주를 내왔다. 눈이 마주치자 텁수룩한 구레나룻 사이로 수더분하게 웃는다.

혁이 소주를 따랐다. 풀풀 이는 올갱이 향기 탓일까. 어머니와 살던 향수로 목이 잠겨왔다. 왜 그런 생각이 들었는지 모르지만, 국을 끓이면서 어머니가 언제나 젊은 지아비를 떠올리지 않았을까 싶었다. 끄느름한 어머니 얼굴이 올갱이 국에 어려 가슴이 저렸다. 소주를 비우자 아들이 손을 내밀었다.

"저도 한 잔 주세요"

"너, 오늘 제법이구나."

"후후, 제 모습을 다 보여주려면 아직 멀었어요."

"이 녀석아, 아주 쉬운 이야기 하나 해줄게. 벼는 익을수록 고개 숙이는 게야."

술잔을 채워주었다. 아들이 고개를 옆으로 돌리더니 단숨에 비웠다. 부전자전일까.

"너, 술 잘하니?"

"그럼요. 누구 아들인데요?"

두 손으로 술잔을 올리며 아들이 자랑스레 말했다.

"어디 그럼 한번 볼까?"

잔을 받지 않고 아들에게 술을 따라주었다.

"아버진 저희 젊은 세대들이 싫으시지요?"

말없이 아들의 눈을 보았다.

"아마 그러실 테지요. 진지하지도 않고 한없이 가벼워 보이니까요. 그런데 저희들 나름대로 갑갑한 현실을 벗어나려고 여러 가지 실험들을 해나가고 있어요."

구레나룻에게 잔 하나를 더 달라고 했다.

"싫다니……, 왜 그런 생각을 하니. 오히려 정반대다. 너희 세대의 가식 없는 사랑, 거침없는 열정이야말로 내게 남은 유일한 희망이다. 다만 갑갑한 현실을 벗어나려는 실험들이 정작 자신들을 가두고 있는 실체에 대해서 전혀 의식하지 못하고 있다는 생각은 든다."

"그 실체라는 걸 앞선 세대들이 너무 단순하게 인식한 게 아닌가 싶어요."

"글쎄다. 그런 대목도 있었겠지. 하지만 그렇다고 그런 인식 자체를 부인하는 것은 더 단순한 게 아닐까? 실은 네가 단순하다고 말하는 그 현실조차 우리는 아직 온전히 파악하지 못했단다."

"단순한 현실조차 제대로 파악하지 못했다고요?"

"현실을 다채롭게 보려는 자세는 좋다. 그러나 현실을 괜스레 복잡하게 보는 건 옳지 않아. 현실이 단순하지 않다며 복잡하고 어렵게 설명하면 과연 현실을 더 정확히 알 수 있을까? 아니란다. 오히려 근본적인 현실을 망각할 수 있다. 근본적 현실을 가리려는 누군가의 의도이기도 하고……."

"근본적 현실이요?"

"그래. 눈에 보이는 것만이 현실은 아니다. 현실은 시공간에 존재하지만 무엇보다 깊이를 지니고 있지. 드러난 현실만 본다면 먹먹하게 마련이지. 현실을 벗어나려면 현실의 깊은 곳에 숨어 있는 다른 현실을 읽을 수 있어야 한다."

더 말하고 싶었지만 입을 다물었다. 안개에 싸인 현실 속에 숨어 있는 무엇인가를 나 또한 아직 꿰뚫고 있지 못하다는 생각이 들었다. 아니, 어쩌면 아들의 얼굴에서 늘 엉거주춤했던 젊은 날의 흐릿한 내 모습을 발견했기 때문인지도 모르겠다. 아들에게 맡길 일이 떠오른 것도 그때였다.

두 부자가 단숨에 소주 세 병을 비웠다. 서울에서만 자란 혁이 올갱이국을 잘 먹을까 우려했는데 뚝배기 바닥이 깨끗이 드러났다. 아들에게도 아쉬움이 묻어났지만 술자리를 마감했다. 밤 9시 32분에 예약해둔 기차를 놓치지 않으려면 서둘러야 했다. 택시를 잡고 영동역으로 나왔다.

개찰구를 지나 어둠이 깔린 빈 철로를 바라보았다. 연착되는 기차를 기다리는데 혁이 바랑을 뒤적이며 우쭐해서 말했다.

"제가 비장의 무기를 꺼낼게요."

"과장하는 버릇은 여전하구나."

"아닐걸요? 짠!"

깡통맥주였다. 혁이 한 개를 더 꺼냈을 때 아내의 손길이 느껴졌다.

"오랜만에 네가 정확한 표현을 썼구나."

"하하! 그것 보세요."

술기 탓일까. 아들과 대화에 솔솔 윤기가 흐르기 시작했다.

"그런데 너 영문학도 맞니?"

"아이, 이 뜻깊은 날 또 왜 그러세요?"

"어쭈? 좋아, 네 영어 실력이 쓸 만한지 알아야 해서 그래."

"술 실력만큼은 됩니다."

"음. 술 실력이라……. 그럼 너에게 숙제를 하나 내줘도 되겠지?"

"감사합니다."

"번역을 해볼 수 있겠니?"

"그럼요. 번역 정도야 쉽죠. 해석이라면 제가 우리 과에서 가장 정확하다는 거 아닙니까. 그래서 번역료가 좀 비싼데요."

"저런, 또 오만이 드러나는구나."

"제가 어떤 분의 아들이더라……?"

"번역을 쉽게 생각하면 다친다. 번역이 제2의 창작이란 말은 설령 진부하게 들린다고 해도 늘 잊지 말아야 할 격언이야. 좋아, 네가 문학에 뜻이 있는 모양인데 어디 한번 맡겨보마."

"누구 작품인데요?"

아들을 바라보았다. 취기 탓일까. 턱수염이 까칠까칠 돋아난 볼을 한 대 쥐어박고 싶을 만큼 사랑옵다.

"맞혀볼래?"

"참, 그러시는 게 어딨어요? 스무고개 하실 춘추도 아니시면서……."

"너어? 이 녀석 늙은 아비에게 술 주정한다아?"

"아휴, 정말, 왜 그러세요? 제가 그 정도에 취할 것 같아요?"

아들의 호기심을 부추기려고 뜸을 들인 뒤 큰 선심 써서 말해준다는 듯이 입을 열었다.

"사랑 이야기야."

"사랑이요? 끌리는데요. 누구의 사랑 이야기인가요?"

반짝이는 아들의 눈이 한결 사랑스럽다.

"너와 비슷한 사람."

"예?"

"붉은 악마!"

"정말이어요?"

"그럼. 붉은 악마의 아주 오랜 전설처럼 아름다운 사랑 이야기지."

혁이 고개를 샐긋하며 골똘히 뭔가를 생각했다. 곧 고개를 바로 세
우더니 바라보는 눈빛이 상글상글 웃었다. 눈웃음으로 받아주자 대뜸
짚어왔다.

"아버지가 누굴 말씀하시는지 알겠네요."

"그래?"

"붉은 악마가 아니라 붉은 악령이겠죠?"

"이봐, 영문학도! 그게 영어로 차이가 나니?"

"⋯⋯."

"너 마르크스에 대해 아비에게 훈계한 말 기억나지?"

혁이 쓴웃음을 지었다. 아들의 벌레 씹은 표정을 충분히 이해할 수
있다. 21세기를 살아가는 대한민국의 구성원들 가운데 마르크스나 사
회주의의 진실을 아는 이들의 비율은 과연 얼마나 될까.

"아직 공개되지 않은 글이다. 마르크스를 창백하게 바라보는 너의
오해가 상당부분 풀리리라 믿는다. 그의 사랑 이야기가 담겨 있다. 여
성에 대한, 젊은 아들에 대한, 새로운 인류에 대한."

기차소리가 가까이 들려왔다. 역 구내로 기차가 들어오고 있었다.

기차에 오르자 피로가 몰려왔다. 눈을 감았다. 역사는 마르크스의

사랑 따위를 묻지 않는다는 선일의 편지가 떠올랐다. 옳은 말일지 모른다. 그러나 과연 그럴까. 아니다. 그것은 마르크스에 대한 예의가 아니다. 아니, 오히려 이렇게 물어야 한다.

그에게 사랑이 없었다면 혁명의 철학이 가능했을까.

치치 푸푸. 치치 폭폭.

서울로 달리는 기차소리가 아늑하게 울려왔다. 얼마나 지났을까. 기차바퀴 소리가 시나브로 사라지면서 어디선가 쇠붙이 긁히는 소리가 들려왔다. 소름이 돋았다. 창 밖 어둠 속에서, 아니 바로 내 발 밑에서 소리는 순간순간마다 커져왔다.

아, 사람의 비명이었다. 그 소리는.

거침없이 질주하는 기차바퀴와 경부선 철로 사이에서 온몸이 갈기갈기 찢겨져 질러대는 절규였다. 피가 거꾸로 흐르고 머리칼이 곧추서는 두려움이 엄습했다. 기차가 달리면 끝나야 할 비명이 무장 악머구리 끓듯 이어졌다.

도저히 견디기 어려워 허겁지겁 자리에서 일어났다. 홀린 듯 객실 문을 열고 기차 승강구 맨 아래 계단까지 내려갔다. 막상 그곳에 내려서자 비명은 되레 작아졌다. 그랬다. 철로에서 나는 게 아니었다.

소리는 어둠에 묻힌 들녘, 산 너머 곳곳으로 산울림처럼 퍼져가고 있었다. 조금 전 지나온 곳은 영동 노근리. 미군이 조선의 민중을 학살한 철둑 아래서 들려오는 소리였을까. 기차 난간에서 신음이 흘러가는 밤하늘을 바라보다가 발을 헛디뎠다. 천만다행이었다. 마침 기차가 금강으로 흘러가는 큰 시내를 가로지르고 있었다. 천교 비록 이끼끼 게법 물이 깊었다. 가까스로 정신을 수습해 헤엄쳐 둔치로 나왔을 때 기차는 이미 멀찌감치 달려가 이내 시야에서 사라졌다. 온몸이 흠뻑 젖었지만 다친 데 없이 멀쩡했다. 취기가 올라서인지 객기가 일었다. 신음이 퍼져오는 쪽을 향해 밤 들녘을 무작정 달렸다. 숨이 차고 입에서 단내가 났다. 무릎이 꺾이며 풀밭에 엎어졌다. 사위를 둘러보았다. 어둠 속에서 눈에 익은 풍경이 서서히 모습을 드러냈다. 그랬다. 밀골이었다. 신음소리는 한결 더 커졌다. 진저리를 쳤다. 검은 무선봉 아래 솔 향기 폴폴 나는 송천이 가물가물 별을 담은 채 흘러갔다.

신음은 밀골 선산 와룡강이 뱉어내고 있었다. 생게망게한 일이다. 시간이 거꾸로 흐를 수 있는가. 느닷없이 저녁 어스름께로 변했다. 게다가 언제 내 곁으로 왔는가. 아들이 나와 더불어 걷고 있다. 해가 뉘엿뉘엿 황혼을 그린다. 무선봉 용연사에선 저녁 종소리가 울려퍼진다. 얼추 방울소리처럼 들리기도 했다. 바로 그때다. 아버지 · 어머니 무덤 앞에 뒷모습이 어딘가 낯익은 사내가 유령처럼 서 있는 게 아닌가. 먼 발치에서 그가 흘끗 뒤돌아보았을 때 내 짐작이 맞은 것을 확인할 수 있었다.

그랬다. 마르크스! 칼 마르크스였다.

마르크스가 하이게이트 무덤으로 사라지며 앞으로 날이 저물면 온 세계를 두루 떠돌겠다고 한 말이 떠올랐다. 가까이 다가서자 유령은 얼굴을 숨기며 고개를 돌렸다. 등뒤로 다가붙으며 물었다.

"선생님! 반갑습니다. 마침내 이 땅을 찾으셨군요"

"……."

아는 체도 하지 않았다. 바투 다가서서 다정하게 팔을 잡으려 했다. 잡히지 않았다. 되처 잡으려 할 때 뒤돌아보았다. 그 순간이었다.

소스라치게 놀라 얼어붙었다. 이마에 뻥 뚫린 총구멍에서 흘러나온 피가 온 얼굴을 칠갑하고 있었다. 머릿살이 팽팽하게 당겨졌다. 어슬비슬 뒷걸음치자 유령이 다가섰다.

혼례복을 입고 구시시한 머리칼에 진달래 화관을 쓴 유령이 피눈물 가득 찬 눈으로 나를 바라보았다. 처음 보는 얼굴, 하지만 어디선가 본 친밀한 얼굴.

언뜻 혁의 얼굴 싶기도 했고, 선뜻 젊은 시절 내 얼굴 같기도 했다. 아, 그리고 무엇보다 어린 시절 꿈에 자주 나타났던 피투성이 유령 바로 그 얼굴이었다. 유령의 명치에서 등까지 뚫은 총구멍에선 한 줄기 찬바람이 소름끼치는 휘파람소리를 내며 불어왔다. 살범벅 피범벅 몸에서 비명과 무거운 신음이 섞여 나왔다. 붉은 눈동자가 내 눈동자까지 다가왔다. 나도 모르게 감기는 눈을 뜨려고 모질음 썼다.

가까스로 눈을 떴다. 등줄기로 식은땀이 차갑게 흘러내렸다. 기차 차창 밖으로는 야간 화물열차가 굉음을 내며 빠른 속도로 엇갈려 지나가고 있었다. 지붕 없는 화물칸에 탱크를 정렬해 싣고 칸마다 앞뒤로는 총을 든 군인들이 완전무장 차림이었다. 위압적으로 들고 있는 총 끝에 꽂힌 총검이 흐린 달빛에 반짝였다. 기차가 오산역으로 들어서면서 역사의 불빛이 군인을 비추었다. 미군이었다.

화물열차가 모두 지나간 뒤에야 아들에게 눈길을 돌렸다. 모처럼의 산행에 이은 과음 때문일까. 혁은 행복한 표정으로 깊이 잠들어 있었다. 앞으로 꺾인 아들의 고개를 슬며시 들어 어깨에 기대게 했다.

그랬다. 벼락처럼 다가온 깨달음을 감당하기 벅찼다. 몇 차례나 달리 생각해보았으나 아니었다. 틀림없었다. 피투성이 유령의 정체는! 문득 지금까지 살아오면서 내가 저지른 잘못을 뼈저리게 깨우쳤다.

왜 나는 지난 반세기, 평생 동안 아버지를 쉬쉬했을까. 왜 내 실존의 뿌리인 아버지를 다른 사람 앞에서 숨겼을까. 심지어 당신의 손자인, 나의 아들에게까지도 아니, 당신의 단 하나 피붙이인 나 자신에게도 나는 왜 여태 그분을 그분의 이름으로 부르지 않았을까. 왜 언제나 한 맺힌 분으로만, 연민의 대상으로만 바라보았을까.

나는 아버지를 기껏 '아픔'이나 '설움' 또는 '원혼' 따위의 수사에 가두고 있었다. 아니, 가두고 잊었다. 그것은 당신을 두벌주검으로 만든 범죄, 그것도 아들이 아버지를 죽이는 패륜 중의 패륜이었다. 아버지에게 그것은 민주지산에서 숨진 비극과 비교할 수 없을 만큼 더 큰 비애가 아니었을까. 하여 아들의 가슴속에서 값싼 연민으로 살해당한 기막힌 사실 앞에서 피를 토하며 신음하고 있었던 게 아닐까.

아, 그분이 누구였던가. 그 헌걸찬 청년의 바른 이름은 무엇인가.

혁·명·투·사.

질끈 눈을 감았다. 뜨거운 눈물이 하염없이 샘솟아 눈꺼풀을 달궜다. 안개에 휘감긴 아버지·어머니 무덤이 떠올랐다. 칼 마르크스의 무덤에서는 며칠씩 밤을 지새우며 그를 추모했으면서도, 그리고 진지한 대화를 나누었음에도, 단 한 번도 아버지를 위해서는 그러지 못했다. 숱한 세월 무덤 앞에 섰을 때도 늘 어머니만을 생각했다.

1925~1950년. 짧은 생애를 불꽃처럼 살아간 조선의 한 청년, 아버지의 은사죽음에 나는 왜 그토록 무심했을까. 내가 당신을 부인했기에 나 지금 아들로부터 부인되고 있는 것은 아닐까. 대화의 단절, 시대의 단절은 바로 내 탓이었다.

아버지·어머니 무덤 바로 위는 할아버지·할머니 무덤. 1894~1960. 두 분은 동갑이셨고 운명처럼 돌아가신 해도 같았다. 어린 시절부터 두 분의 한숨소리는 내게 자장가였다. 조선사람이라면 누구나 무의식 깊은 곳에 정한의 세계가 깔려 있을 터이다. 그랬다. 한숨은, 자장가는, 귓바퀴가 넘치도록 절망과 체념을 채워주었다. 하지만 그 꺼질 듯한 한숨을 듣고 자라며 나는 민중의 서정과 꿈을 고스란히 몸 속에 받아들였다.

그렇다. 무릇 변혁은, 혁명은, 철학에서 말미암지 않았다. 밑절미는 사랑이다. 지상에 머무는 마지막 순간까지 우리가 참으로 배워야 할 것도 사랑이 아니던가. 갈라진 세상을 피해 은둔하는 사랑이 아니라 갈라진 세상으로 나아가 세상을 하나로 이어가는 사랑. 간절하고 애틋

한 마음. 받들고 섬김으로 마침내 해원과 화해에 이르는 씻김굿의 신
명나는 사랑, 그 웅숭깊은 조선의 마음을 나는, 아니 우리는, 시나브로
잃어가고 있다.

마르크스와 데무트?

어머니의 아버지 사랑은 그 이상이 아니었을까. 당신의 삶을 온전
히 되돌아보지 못한 불효를 저질렀지만 30년에 걸쳐 동가슴 깊이 갈
무리해왔을 사랑의 이야기들이, 애틋한 사랑의 밀어들이 어찌 그에 이
르지 못하겠는가. 어머니는 얼마나 무수히 숱한 봄날 진달래꽃을 따셨
을까. 해마다 아버지 이마 위에 얼마나 많은 진달래 화관을 씌워주셨
을까. 바로 그 붉은 사랑이 오늘의 내가 존재하는 뿌리가 아니던가.

선홍빛 사랑 앞에서 나 오늘 아내와 아들에게 그리고 수련에게, 선
일에게, 후손에게, 무엇이고자 하는가. 참담한 부끄러움이 파도처럼
몰아쳐왔다. 아버지가 어떻게 살해당하셨는지 진실을 안 다음에도 내
생각을 올곧게 펼치는 데 근본적으로 경계를 그어놓았다. 스스로 설정
한 '붉은 줄' 밖으로 나가는 데 늘 망설였다. 안개 속으로 들어가 안온
과 고립을 은연중에 즐겨왔다. 진실을 되도록 감춘 채. '마음은 두려움
에 떨고 젊은 피는 얼어붙은 채.'

아, 그것은 배반의 세월이었다, 아들로서 아비의 결곡한 뜻을 배신
한. 그것은 비겁의 세월이었다, 들찬 아버지의 삶과 정반대로 굴종으
로 이어온. 이십대에 아버지가 맨주먹으로 혁명투사가 되어 혁명에 목
숨을 바친 사실에 비추어보면 자괴감은 한결 커졌다. 아버지보다 두
배나 긴 내 삶이 모멸스럽다.

어머니가 처음 내게 아버지의 이야기를 들려주실 때가 떠오른다.
그때 어머니는 말씀하셨다.

"아직 다 알려 허진 말거라."

그렇다. 분명 어머니는 내게 더 들려주실 이야기가 있었다. 왜 단

한 번도 진실을 더 알고자, 다 알고자 하지 않았을까. 혹 그것이, 매욱한 아들의 침묵이, 어머니 가슴에 못이 되어 박히지 않았을까. 그 피멍울이 암세포를 이룬 게 아닐까 싶어 심장이 부서지듯 아팠다.

무엇이었을까, 그 이야기는. 어쩌면 숫민중 두 분이 꿈꾸던 새 세상을 들려주려던 게 아니었을까. 혁명투사와 나눈 이들의 사랑을 갈무리하며 평생을 홀로 살아가 울가망했던 어머니의 삶은 인습과 전통에 얽매인 게 아니라 오늘 내가 안온하게 살아가는 병든 사회를 소리 없이 부정한 혁명적 선택이었는지 모른다. 불굴의 여성 당원으로서!

1950년. 그 뜨거운 여름에 태어나 반세기 넘도록 살아오면서 모든 일에 한낱 방관자에 지나지 않았던 내 삶이 참담한 회한으로 몰려왔다. 무엇 하나에도 헌신하지 못했고 온새미로 열정을 불태우지 못했다. 후배 선일이 나를 비판한 과녁 또한 정확히 그 지점이었다. 이제 '붉은 줄'을, 그 안일의 경계선을, 넘어서야 한다. 안개로 감싸온 나 자신과 정면으로 마주 서야 한다.

혁명에 헌신한 아버지와 어머니의 아들로서 나 얼마나 못난 삶을 살아왔는가. 어떻게 살아야 하는지 모른다는 것은 자기합리화에 지나지 않았다. 무엇을 해야 하는지 몰랐던 게 아니다. 모르는 체했을 뿐이다. 그렇게 스스로 속이며 나 이미 지상에서 50여 년을 탕진했다. 내게 남겨진 노동의 시간들일망정 늦었지만 최선을 다해 사랑을 노래해야 한다. 삶을 마치기 전에 단 한순간이라도 '훌륭한 노동자'이고 싶다. '강철'의 노동자이고 싶다.

지상에 불려온 수많은 남성과 여성들이 다함께 골고루 잘사는 세상을 이루려고 삶을 바쳐왔다. 그 기나긴 사랑과 싸움에 마르크스도 기꺼이 동참했다. 마르크스가 떠돌고 있다고 '선언'한 새로운 사회의 유령은, 아직 피와 살을 부여받지 못했다. 마르크스도 '고백'했듯이 유령에 살을 입히려다가 스스로 유령이 되었다.

무엇보다 그 유령은 저 와룡강의 가묘와 민주지산을 원혼으로 떠도는 아버지의 유령이기도 하다. 어린 시절 아무리 상상해보아도 그려지지 않았던 아버지의 얼굴은 바로 유령의 얼굴이었다. 아니, 어쩌면 유령은 모든 사람의 몸 깊은 곳에 숨어 있는 아버지들로부터, 아니 할아버지들로부터, 아니 그 할아버지의 오랜 할아버지와 할머니들로부터 연면히 내려온 유전자일지 모른다.

파리에서 코뮌의 투쟁이 벌어지고 있던 순간에 이 땅에서도 민중의 핏빛 항쟁은 일어나지 않았던가. 하이게이트에서 마르크스의 유령에게 조선의 문화를 들려주던 게 퍼뜩 생각났다.

"조선에서 삶과 죽음은 갈라지지 않습니다. 죽은 뒤에도 자손들의 삶 속에서 더불어 살게 되지요."

조선의 전통이라 말했으되 정작 무당의 핏줄이 흐르고 있는 나조차 그 문화를 체화하지 못했다는 자괴감에 사로잡혔다. 돌아가신, 그것도 억울하게 살해당한 아버지를 나 언제 섬겼던가. 아내와 아들의 삶 속에 더불어 살게 했던가. 아니, 내 삶, 내 몸 속에 모시고 있었던가.

치열한 혁명의 세대. 그리고 자신들이 딛고 있는 현실이 얼마나 피투성이인지 아무것도 모르게 '세뇌'된 젊은 세대. 그 사이에서 '혁명가의 유복자'인 내가 다리를 놓아야 한다. 다리 놓기, 그것은 핏빛투쟁으로 역사에 헌신한 아버지 세대와 화려한 영상에 매몰된 아들 세대 사이에, 사회주의라면 무조건 '박멸'의 대상으로 '마녀사냥'하는 수구세력과 이데올로기의 구절구절을 교리처럼 암송하는 범속한 추종신도들 사이에, 혁명의 철학과 혁명의 심장 사이에, 사회주의라는 유령과 실존하는 현실 사이에, 꽉 막힌 말길을 뚫는 일이다. 곧 유령에게 뼈를 주고 피를 돌게 하는 길이다. 수세기 동안 배회하고 있는 유령에게 '아름다운 집'을 지어주어 이 지상에 살게 하는 길이다. 동시에 온 세계를 떠도는 저 붉은 유령을 진실로 지하에 안식케 하는 길이다.

잠든 아들의 얼굴을 바라보았다. 무슨 꿈을 꾸는 걸까. 혁은 미소를 머금었다. 차창을 넘어온 연붉은 달빛이 해맑은 미소에 사부자기 내려앉았다. 눈을 감았다. 내년에 아버지의 기일, 그 봄날에 맞춰 아버지를 찾아야겠다고 다짐했다. 아들과 더불어.

그날을 맞기까지 준비할 일이 적잖을 터이다. 도래솔처럼 무덤을 빙 둘러 진달래를 심으면 어떨까. 붉은 꽃무덤 너머로 진달래 꽃목걸이와 화관을 주고받은 유령들이 꽃술을 따 꽃쌈 벌이는 정경이 진분홍빛으로 사물사물 그려졌다.

기차바퀴 소리가 다시 커져 눈을 떴다. 어느새 기차는 서울에 들어서서 한강철교를 달리고 있었다. 차창 밖 검은 강 밑에서 안개가 스멀스멀 올라와 유리창을 어루만졌다. 그때였다. 내가 유령의 실존을 확신한 순간은. 유령이 언제나 우리와 대화를 갈망하고 있는 사실을 깨우친 순간은. 유령의 존재를 부인해온 것은, 하여 우리에게 유령을 잊게 한 것은 바로 그 유령에 전율을 느낀 누군가의 치밀한 전략이었다.

정각 밤 12시.

사월의 새날이 소리 없이 열리고 있었다. 문득 달리는 기차 위로 올라가 밤안개를 맞으며 더덩실 춤을 추고 싶었다. 우리가 유령과 더불어 살고 있는 진실을 노래하리라고 다짐한 것도 바로 그 순간이었다. 불칼처럼 번쩍 떠오른 착상을 적으려고 수첩과 나무 만년필을 꺼내들었다. 수첩에 비워둔 첫 장 첫 줄에 힘차게 써넣었다.

유령의 사랑.

또는

사랑의 유령.

〈끝〉

뉴밀레니엄 시대의 피닉스

-손석춘의 소설 『유령의 사랑』에 부쳐-

임헌영
(문학평론가)

1. 무신론자의 유령

"한 유령이, 공산주의라는 한 유령이 전 유럽을 배회하고 있다"로 시작되는 『공산당 선언』(1848) 이후 얼추 70년 만에 그 혼백은 육화하여 소비에트 러시아 정권(1917)을 창출했다. 그로부터 70년 뒤 분단 한국에서 6월항쟁(1987)의 화염이 달아오를 때 소련·동유럽 사회주의는 이미 낙조에 접어들었다. 700여 년 족히 지속되었던 부르주아 국가권력(르네상스를 그 기점으로 삼을 때)을 무너뜨렸던 프롤레타리아 정권은 그 10분의 1도 못되는 단명으로 숱한 비난과 유언비어를 남긴 채 쇠잔한 유해를 마르크스 시대보다 더 세련되게 추악해진 부르주아의 사악한 손에 넘겨져 '사회주의의 종언'이란 역사학적인 낙인이 찍혀버렸다. 그리고 뉴밀레니엄이란 화려한 전자공학적인 유토피아에의 환영 앞에서 서성대며 인류는 불과 몇 년 사이에 '사회주의에 대한 추억'마저 까마득해져 이라크와 아프가니스탄 폭격을 스포츠 중계처럼 즐기도록 변해버렸다.

이제 마르크스는 유령으로도 다시 나타날 수 없는 인류의 재앙으로 각인된 채 드라큘라처럼 십자가 앞에서 먼지로 분해되어버린 해체주의의 표상으로만 남아 역사의 저쪽 한 귀퉁이를 차지하고 있는 과거분사형 기록 속의 존재일 뿐일까. 그래서 인류 역사에서 가장 먼저 등장했던 원시적 이데올로기인 신앙조차도 위기를 '종교개혁'으로 극복하면서 오히려 근대화하여 '재생의 역사'를 맞았는데, 사회주의는 그런 절차도 없이 독수리에게 간을 쪼이며 사슬에 목이 매인 채 바위를 매달고는 바다 속으로 침전하는 프로메테우스의 운명일 수밖에 없을까.

많은 석학들이 마르틴 루터나 칼뱅의 역할을 수행하고자 분투하는 가운데 한국의 한 언론인 출신 작가가 마르크스의 부활을 위하여 피닉스의 분형焚刑을 감행했다. 피닉스—생명이 다할 때 향기로운 나뭇가지에 둥지를 틀고 불에 타 사라지면 그 재에서 다시 태어나는 불사조不死鳥로 재생과 부활의 대명사인 전설의 새.

작가 손석춘이 『유령의 사랑』에서 제기한 피닉스란 바로 마르크스의 유령으로, 런던 하이게이트의 묘지에서 한민주에게 이렇게 말한다.

왜 당신들은 나를 밟고 가지 않으려는가. 왜 당신들은 내가 걸음을 멈춘 그곳에서 단 한 걸음도 더 전진하려고 하지 않는가. 왜 앞으로 걸어가지 않고 자꾸 뒤를 돌아보는가.

(중략)

지하의 안식은 투쟁으로 살아온 내게 사치요 하물며 자본의 주술이 온 지구를 디덮고 있다면 나 마르크스의 안식은 그야말로 모욕이자 조롱감이오. 자, 귀하의 부담을 내 말끔히 씻어주겠소. 나를 깨운 귀하에게, 아니 죽은 조상과 대화를 해온 조선의 전통에, 진심으로 경의를 표하오.

(322~324쪽)

무신론자의 유령, 그는 21세기의 세계사적 위기에서 한국적 샤머니 즘의 위력을 빌려 부활, 현대 마르크스주의의 과제와 인류의 미래를 논하고, 작가는 거대담론이 사라졌다며 불륜소설에 홀린 우리시대를 향하여 진정한 담론이 무엇인가를 유령의 긴급동의로 제안한다.

2. 불륜과 사랑의 거리

영동 출신 빨치산 부부의 아들 한민주는 진보적인 언론기관의 논설 위원에다 명 칼럼니스트로 성가가 나 있는데, 어느 밤 보수 어용 신문 논객인 후배 류선일에게 끌려간 술판에서 "선배의 칼럼은 지금 위기 야. 그것은 그저 좌파 상업주의에 이용해 적당하게 인기 관리를 해나 가는 포퓰리즘에 지나지 않아. 그러니 제발 그만 쓰쇼 절필하란 말이 오!" "당신은 위선자야! 그저 책상 앞 마르크스주의자지. (중략) 제발 정신 차려"란 주정을 당한다.

30여 년 전 대학 시절에 "형, 그럼 우리 나중에 둘이서 칼(마르크스) 형님 무덤 앞에 찾아가지요. 조촐하게 막걸리 한잔 바칩시다. 멀리서 찾아온 젊은 벗들이 칼 큰형님께 절하고 조선의 술 한잔 정히 차려 올 리면 좋아하지 않겠어요"란 추억을 공유한 사이인 이 둘은 역사의 굴 곡을 거치면서 정반대의 언론에서 극과 극을 이루는 논객이 되어 있 다. 류선일은 계속 공격한다.

"칼 마르크스! 그 위대한 노동계급의 혁명가는 자기 하녀를 평생 월급 한 번 주지 않고 착취했어. 게다가 하녀를 임신시켰지. 성적 착취까지 감행한 거야. 화대조차 주지 않은 지능적인 오입이지. 아니, 이데올로기적 축첩이지. 뿐만인 줄 알아. 하녀에게 태어난 아이를 친구 엥겔스의 아들로 은폐하며

평생 동안 모르쇠했지." (31쪽)

　　마르크스 집안의 하녀, 정확히는 아내 예니 집안의 하녀였다가 출
가한 아씨에게 보내진 헬레네 데무트와 마르크스의 관계는 사회주의
몰락 이후 온갖 비판의 융단폭격을 감행하던 중 가장 치사한 대목으
로 아예 마르크스를 비인격적인 존재물로 비하시키는 데 큰 기여를
했던, 그러나 엄연한 사실의 하나다. 이데올로기적 비판은 사회과학의
몫이지만 이 비인격적 모멸에 대한 해명 없이는 어떤 이념적인 피닉
스도 설득력이 없다는 입장에서 이 소설은 출발하는데, 결론이야 너무
뻔하지 않은가. 마르크스와 데무트는 서로 진솔한 프롤레타리아적 사
랑에 빠졌고 그 사랑 때문에 역경을 딛고 『자본』이 탄생할 수 있었으
며, 아내 예니 마르크스조차도 이 사실을 용인했던 '불륜이 아닌 사랑'
이었다는 사실을 입증해 보여주는 이외에 다른 무슨 논리가 가능하겠
는가.

　　이 너무나 명백한 결론을 도출하고자 소설은 가상 대체 역사소설적
형식을 동원하여 유령까지 등장시키는 포스트모더니즘적 기법을 활
용, 독자를 긴장 속으로 몰아간다. 한민주는 런던으로 가 계속 마르크
스의 무덤엘 다녔는데, 거기서 우연히 "거의 평생을 소련 공산당 문서
보관소에서 근무"하며, "사회주의 리얼리즘에 충실"한 소설을 쓰다가
연방 분해 이후 런던으로 이주한 블라디미르 보른슈타인을 만난다.
그는 극비문서로 분류되었던 헬레네 데무트의 고백과, 칼 마르크스의
유서, 이 둘 사이에 태어난 아들 하인리히 프레데릭 데무트의 수기를
바탕으로 쓴 영문 소설(이라기보다는 원문 그대로 인용)을 한민주의 간
청으로 빌려줬고, 이를 번역하는 형식으로 『유령의 사랑』 제2부는 채
워진다.

　　작가는 마르크스와 하녀의 사랑이 지고지순한 프롤레타리아적 연

애의 전형(318쪽, 이하 숫자는 쪽수임)이었음을 분명히 입증하기 위하여 단일 기록만이 아닌 3종(하녀, 마르크스, 그들의 아들)의 기록에다 마르크스 유령의 증언까지 동원하여 교차 증명 형식으로 구성, 대비시켜 불륜처럼 보이는 사랑이 얼마나 불가피한 상황(예니가 가난에 견디지 못한 채 가출) 아래서 이뤄졌던가를 밝혀준다. 1833년 봄, 13세 소녀 데무트가 폰 베스트팔렌 귀족 명문집안(예니 마르크스) 하녀(73)로 들어가 마르크스와의 첫 대면부터 남몰래 사랑(77)한 나머지 그의 아내 예니에게 살의도 느꼈던 일(83), 하녀라기보다는 가족의 일원으로 봉사하는 심정에서 돈에 구애받지 않았던 정황(100), 마르크스와의 첫 포옹과 임신(118부터) 등등이 실감나게 형상화된다. 이런 사랑과 병행하여 예니가 왜 마르크스를 선택했으며 데무트 때문에 얼마나 괴로워하며 자살도 고려했던가(92, 95, 101, 111, 117, 128), 그녀가 종내에는 하녀에게 남편을 부탁하며 얼마나 숭고하게 죽어갔던가(192~195)에 대한 기록들이 부쩍 실감을 더한다. 사생아 하인리히 프레데릭 데무트의 기록(204부터)은 아버지로부터 버림받은 아들의 고아의식(216)과, 15세 생일 때 아버지와의 정식 대면(164), 성년식(181), 이 모든 난관을 극복하고 프롤레타리아 전사로서의 모습이 늠름하게 재현되어 있다. 마르크스 자신도 아들에게 남긴 유서(223)를 통하여 하녀를 향한 연정(225, 234~5)과 그녀에 대한 속죄로 삭발하기(239), 프롤레타리아 의식을 견고화시키기(240), 인간미 물씬 풍기는 아들 몰래 훔쳐보기(242) 등등의 극적인 장면을 연출한다.

세레브리아코바의 마르스크스 전기소설 『프로메테우스』와 쌍벽을 이룰 수 있는 역사대체 문학 형식의 이 작품은 마르크스와 하녀의 사랑에 초점을 맞춰 그들의 현실적인 사랑이 없었다면 혁명적 투지가 불가능했듯이 오늘의 진보주의자들도 프롤레타리아에 대한 사랑이 없이는 혁명이 공허해진다는 사실을 반증한다.

소설은 마르크스 생존 시기의 역사적인 배경을 섭렵(예를 들면 보불
전쟁 172, 파리코뮌 173, 국제노동운동이 당 차원으로 전화하기 179 등등)함
과 동시에 엥겔스의 여공 출신 아내 메어리(233)를 비롯한 마르크스 주
변 인물들도 눈요깃거리로 등장시키면서 인류 역사의 영원한 과제인
자본가(115), 혁명(191), 지식인과 현실 문제(237~8) 등도 진지하게 거론
한다.

3. 다시 무엇을 할 것인가

소설은 제1부가 도입부로, 한민주와 류선일의 만남과 뜻밖에 당한
모욕(마르크스 매도 바로 오늘의 현실을 상징), 국제통화기금 위기 때 친
구의 꼬임에 빠져 가산을 날린 부모의 죽음으로 고2의 꿈을 접고 노
동자가 된 고수련(262부터)과의 닿을 듯 말 듯한 사랑을 거론한다. 이
어 제2부는 민주의 런던행, 소련 출신 작가 블라디미르와의 만남과
그가 쓴 작품(곧 3종류의 글) 전문 소개, 제3부는 마르크스의 유령과의
대화와 토론을 마친 뒤 귀국한 한민주가 영문학도인 아들 혁과 민주
지산의 아버지 유령 찾기와 거기서 마르크스 유령의 재회를 다루며
끝난다.

작가는 (1) 마르크스와 하녀와 그들의 아들을 (2) 한민주와 고수련과
아들 혁으로 대비시키면서 (1)을 프롤레타리아 혁명의식을 고취한 사
랑으로 평가하는 한편, (2)에 대해서는 마르크스의 유령이 부활하는 형
식을 취한다. (1)의 마르크스와 하녀는 육체관계를 가지고 그 후예로
프롤레타리아 아들을 가지나 (2)의 한민주는 고수련과 아련한 추억만
남긴 채 서로의 일상으로 돌아가나, 아들 혁이 마르크스의 아들처럼
프롤레타리아 의식을 가지도록 작동하는 계기를 만들면서 끝난다는

점에서 세기가 바뀐 부자의 혁명의식엔 변함이 없음을 확인해준다. 더더욱 소중한 점은 마르크스에게도 하녀가 인간적이고 진솔한 프롤레타리아적 혁명의식을 고취했듯이 한민주에게도 노동자 고수련이 그런 역할을 수행토록 만든 작가의 의도이다.

남자, 지배계급이라는 등식에다 여자, 피지배계급이라는 등식을 대응시켜 19세기와 21세기의 혁명의식을 재창출하려는 주제의식이 실체로 그대로 드러나는 대목이다.

유령이란 무엇일까. 이 작품에서는 마르크스의 유령만이 아니라 "전 유럽을 배회"하는 사회주의의 사상과, 한민주를 일깨워주는 혁명의식을 통틀어 작가는 '유령'으로 표기하고 있다. 유령은 사라지지 않을 뿐만 아니라 거침이 없어 지구 어디에나 나다닌다. 그래서 한민주가 아버지가 사라져간 민주지산에 갔을 때 거기까지 마르크스의 유령은 나타났는데, 작가는 이 대목을 이렇게 마무리짓는다.

> "선생님! 반갑습니다. 마침내 이 땅을 찾으셨군요."
> "······."
> 아는 체도 하지 않았다. 바투 다가서서 다정하게 팔을 잡으려 했다. 잡히지 않았다. 되처 잡으려 할 때 뒤돌아보았다. 그 순간이었다.
> 소스라치게 놀라 얼어붙었다. 이마에 뻥 뚫린 총구멍에서 흘러나온 피가 온 얼굴을 칠갑하고 있었다. 머릿살이 팽팽하게 당겨졌다. 어슬비슬 뒷걸음치자 유령이 다가섰다. (352쪽)

그 유령은 마르크스가 아니라 바로 한국의 '혁·명·투·사'였음을 알아차린 건 한참 뒤였다. "아직 피와 살을 부여받지 못"한, 그래서 "유령에 살을 입히려다가 스스로 유령이 되"어버린 "저 와룡강의 가묘와 민주지산을 원혼으로 떠도는 아버지의 유령이기도 하다. (중략)

어쩌면 유령은 모든 사람의 몸 깊은 곳에 숨어 있는 아버지들로부터, 아니 할아버지들로부터, 아니 그 할아버지와 할머니들로부터 연면히 내려온 유전자일지 모른다."

작가는 이 21세기의 혁명의 피닉스를 다루면서 혁명의식과 소설의 운명을 일치화시킨다. "소설이 죽었단다. 우울한 진단이다"고 이 작품 첫 문장은 시작된다. 이 소설의 죽음은 곧 거대담론의 소멸, 즉 사회주의의 분해를 상징하기도 한다. 인류 역사에서 서사구조(소설)의 부활은 곧 변혁과 혁명의 부활에 다름 아님을 감안한다면 이 말의 지향점에 닿을 수 있을 것이다. 자본주의의 정체된 사회에서 서사구조는 배격당하는 소멸의 운명일 뿐이지 않는가.

이렇게 다 읽고 나면 허전한 인물 하나가 남는다. 바로 부정적 인간상인 류선일이다. 보수반동으로 한민주의 심경을 몹시도 부당하게 건드렸던 그가 이 소설 속에서 맡은 역할은 무엇일까. 반동은 영원히 풍요롭고 행복하다는 부르주아의 철학일까. 작가는 그렇게 결론 내리기에는 너무 열정적이다. 한민주가 런던에서 귀국하자 신문사를 그만두고 미국으로 "이민을 실행에 옮"겼다는 류선일의 편지가 기다리고 있었다.

"이 땅 어딘가에는 '빨갱이'로 젊은 날에 처형당한 저의 아버지가 원혼으로 묻혀"있다는 고백을 겸하여 선일은 한민주가 시도한 마르크스의 부도덕 행위에 대한 옹호론을 일갈한다. "마르크스라고 개인적 결함이 없겠습니까만, 저는 그가 자신에게 주어진 역사적 과제를 다한 혁명적 사상가였다고 봅니다. 우리에게 주어진 역사적 과제를 다하는 것, 그것이 마르크스를 살리는 길이라고 생각합니다."고 충고한다.

……왜 진보세력이 자신들의 정치적 목표를 이루기 위해 먼저 자신들의 역량을 결집하는 데 최선을 다하려 하지 않는지 도저히 이해할 수 없습니다.

형도 기자생활을 하시면서 보신 바가 있을 것입니다.

반면에 어떻습니까. 진보세력이 맞서 싸워야 할 자본주의 세력은 얼마나 잘 뭉치며 얼마나 또 부지런합니까. 새벽부터 일어나 조찬회의로 시작한 저들의 일정은 밤늦은 시각 술자리의 정보교환에 이르기까지 치밀하게 전개됩니다. 주말에는 골프를 치며 서로 정보를 주고받지요. 진보세력이 깡소주를 들이부으며 울분을 삭이고 건강을 해치는 바보짓을 되풀이할 때 저들은 양주를 마시며 노동자들의 가난한 누이들을 마음껏 농락하지 않습디까?

(중략)

'싸워야 할 대상'과 '함께 가야 할 동지'를 구분하지 못하는 사람들이 과연 진보주의자인가요? (335~336쪽)

이 편지 앞에서 민주는 망연자실하며 자책감에 빠져 "하나도 변하지 않은 것은 후배였다"며 "자기 합리화에 능했던" 자신을 역사의 심판대에 세운다. 여기서 새로운 자아 찾기가 아들 혁과 민주지산의 아버지 유령 찾기였고, 거기서 만난 마르크스의 유령이 알고 보니 한국의 혁명가였다는 건 예상된 결말이다.

마르크스의 불륜에 대한 비판—그 당위성에 대한 각종 자료—그러나 마르크스의 사생활 따위가 무슨 상관인가에 대한 반론—어쨌거나 새로운 세기에도 혁명과 사랑의 유령은 부활한다는 결말의 도출이 이 작품의 전개양식이다. 그러나 아무래도 류선일을 내세워 오늘의 한국 진보운동 상황을 점검하는 형식을 취하는 것은 진보세력으로서는 억울한 측면이 있을 것 같다. 같은 비판이면서도 동지적 비판이냐 냉담한 관찰자의 비판이냐는 점에 따라 그 수용측의 자세는 달라질 수밖에 없을 터인데, 아무래도 류선일의 말과 행위(이민)는 앞뒤가 모순된다.

이 부정적인 인간상의 처리가 아쉬운데도 불구하고 『유령의 사랑』

이 우리의 심령을 울리는 것은 그만큼 오늘의 한국은 뉴밀레니엄 시대의 새로운 포스트모더니즘적 위기를 맞고 있기 때문이다. 이 위기는 이미 1950년의 한국전쟁 시기와는 또 다른 엄청난 민족사적 영광과 재앙을 동시에 내장한 선택임을 감안하면 이 소설이 지닌 중요성은 한층 절실해질 것이다. 뉴밀레니엄 시대의 피닉스는 다시 살아나야 할 민족사적인 필연의 불사조이기 때문이다.

우편엽서

우편요금
수취인 후납부담

발송유효기간
2002.3.15~2004.3.14

서울 마포 우체국
제969호

보내는 사람

□□□ - □□

돌녘 ｄｄｄ미디어 독자관리팀 귀중

서울특별시 마포구 합정동 366-2 삼주빌딩 3층
전화 : 편집부 323-7366 마케팅) 337-0296
팩스 : 편집부 323-8950 마케팅) 338-9640
www.ddd21.co.kr

| 1 | 2 | 1 | - | 8 | 8 | 4 |

애독자 카드

저희 책을 읽어주셔서 감사합니다. 보내주신 의견은 더 좋은 책을
만드는 데 귀중한 자료로 활용됩니다.
들녘 홈페이지(www.ddd21.co.kr)에서 회원등록을 하시면 신간안내
서비스, 마일리지 적립 등 많은 혜택을 드립니다.

- ■ 성명 :   ■ 남/여 :   ■ 직업 :
- ■ 생년월일 :   ■ 전화 :
- ■ 주소 :
- ■ e-mail :   ■ 구독신문/잡지 :

- ■ 구입 도서명 :

- ■ 이 책을 구입한 동기
  주위 권유 / 광고 / 기사서평 / 제목·표지·내용을 보고 / 인터넷 / 기타

- ■ 이 책에 대한 나의 평가
  내용 ☆☆☆☆☆   디자인 ☆☆☆☆☆

- ■ 들녘에 전하고 싶은 말